Jesús Fernández Santos
El hombre de los santos

Jesús
Fernández
Santos

El hombre
de los santos

Ediciones Destino
Colección
Destinolibro
Volumen 282

© Herederos de Jesús Fernández Santos
© Ediciones Destino, S. A.
Consell de Cent, 425. 08009 Barcelona
Primera edición: mayo 1969
Primera edición en Destinolibro: marzo 1989
ISBN: 84-233-1732-3
Depósito legal: B. 9.134-1989
Impreso y encuadernado por
Cayfosa
Carretera de Caldes, km 3
Santa Perpètua de Mogoda (Barcelona)
Impreso en España - Printed in Spain

I

Al fondo, más allá de la blanca ventana, está el valle que ahora apenas se distingue bajo el manto de niebla. Sólo surgen, rompiéndolo, las siluetas grises de los dos campanarios: el del pueblo y el otro solitario, a mitad del camino que lleva hasta el río, dormido en su bosque de castaños.

Sobre el pueblo fluye, en la mañana, el humo de unas cuantas chimeneas, columnas perezosas, blancas, pesadas, pero más vivas que la niebla, con la que al rato acaban confundiéndose.

Poco a poco, a medida que el sol avanza, bajando de los montes, brillan pulidos los techos de pizarra, las tapias que la escarcha blanquea por la noche, la hierba dura de los prados altos, la nueva carretera que trae a los franceses a pescar, en los fines de semana.

El pueblo, en torno al parador, comienza a vivir cuando el sol hace tibias las piedras de los tres dobles arcos que componen la torre. Cuando la campana mayor brilla humilde en su tono ceniciento, sale a la calle la primera res o la blanca punta de un rebaño, o la sombra de un hombre envuelto en su oscuro tabardo, con la boina cubriéndole la frente, contra esa niebla que estalla en tos cuando entra fría, helada, hasta los bronquios.

El parador despierta un par de horas después. Antes —sobre todo en los fines de semana—, quizás algún francés aparece con sus grandes chanclos de goma en la mano, su chaqueta de nylon y su caña de níquel diminuta, casi de juguete. Va colocando todo lenta, metódicamente, en su coche, pone el motor en marcha y cuando está caliente avisa a la mujer. A poco desaparecen en el zigzag cerrado de la carretera que baja hasta los remansos de las truchas.

Mas, por lo general, el blanco parador, grande, nuevo, con su tejado remedo de las casas de la aldea, despliega tarde sus sombrillas de colores, sus toldos, sus mesas de tijera, en la terraza de piedra que domina el valle. Ya la niebla no está, ya el pueblo vive en mulos, en ovejas, en pequeños caballos de montaña que sirven a los paisanos para subir a los turistas la leche, el pan, la carne, en tanto por la carretera cercana al río que nace arriba, donde acaba Francia, se aleja algún camión que elige este paso perdido para cruzar la frontera.

Don Antonio prefiere esta hora. No le gusta el desayuno a solas, ni el frío, a pesar de la calefacción apenas encendida, ni el ventanal del comedor cegado por la niebla. Toma pausadamente su café y sus tostadas, y escucha la voz del dueño que, como cada mañana, murmura a sus espaldas:

—¿Qué? ¿Para arriba otra vez?

Don Antonio se vuelve a medias; le mira y, asintiendo en un gesto, responde:

—Sí, arriba... Bueno, si me deja el tiempo.

El dueño del parador se ha acercado a la ventana y mira, a su vez, el valle. El valle brilla al sol en su césped de azul como de acero, pero del lado de los montes, de la parte donde yace, entre hayedos y castaños, el pueblo de arriba, nacen nubes redondas, oscuras, de contornos dorados.

—Ahora es raro acertar con cuatro o cinco días buenos.

Lo ha dicho en tono de lamento, mirando el comedor semivacío y la terraza desierta, a pesar del sol, encharcada aún por los últimos chubascos.

—¿Le falta mucho todavía?

Don Antonio mira más allá del ventanal.

—Algo queda... Un poco —responde vagamente.

Al fondo del comedor hay un bar pequeño, discreto. El dueño se ha alejado a comprobar la presión de la cafetera, y don Antonio se alza y ya va camino de la puerta.

—¿Vuelve usted a comer?

Se detiene en el quicio, cortando, sin querer, el paso

a una pareja madura ya, vestida con macizos jerseys de colores brillantes.

—No. No vuelvo. A no ser que cambie el tiempo a mediodía.

Se ha disculpado ante la pareja y ellos responden algo en un francés que no entiende.

El pueblo de abajo, el que rodea al parador, está semivacío ahora, y casi siempre; mas se le nota vivo a pesar de sus desiertos arcos, de sus calles que mueren apenas iniciadas, en las trochas que llevan a los prados. Está vivo en los diminutos escaparates de las dos o tres tiendas repletas de relicarios empolvados, juguetes, radios baratas y bombonas de butano, en el olor a pan, a la jara quemada que lo cuece, en unos cuantos rótulos de bebidas refrescantes.

Su gente se adivina en los prados divididos, cuadriculados irregularmente por el agua que negrea a través de invisibles canalillos, en las tierras de labor salpicadas de pardos montones de abono, en prolongados silbidos lejanos que nacen y mueren quién sabe dónde, en alguna imprevista motocicleta inmóvil entre unas zarzas como esperando fuerzas para emprender el duro repecho de la cuesta que inicia la senda hacia el pueblo de arriba.

También don Antonio la teme, también se para un rato y mira en derredor como si alguien pudiera sorprenderle. Pero nadie le ve; los turistas le ignoran igual que los del pueblo, acostumbrados ya; y el dueño del hotel y las muchachas limpian, friegan, preparan la colada, cierran cuentas para pronto cerrar hasta la primavera.

Don Antonio conoce la cuesta, sabe que engaña como casi todas a cierta edad. El otro pueblo, visto desde allí, desde el arranque de la senda, parece cerca, se distinguen claramente sus tejados rotos, mecidos por el ir y venir de los castaños. Se distinguen muy bien sus dos iglesias, con los dos campanarios iguales, diríase gemelos, altos, enhiestos, sobre el fondo quebrado de los montes. Alzados a la vez, consagrados con un día de intervalo, los dos templos macizos se miran mudos, inmóviles como los pasos que los fieles enfrentan en las procesiones. Quizá por ello uno lleva el nombre del Salvador y el otro el de la Virgen patrona. Desde uno y otro linde opuesto se miran ambos en el pueblo de arriba y las mismas rachas de cierzo baten las cinco altas arcadas de sus torres.

De lejos, los dos templos parecen grandes, casi solemnes, pero por dentro son rústicos y helados, y llegar hasta ellos lleva casi una hora de camino.

No hay carretera aún, aunque todos los años dicen que la comienzan, sólo el viejo sendero cimentado por muchos cascos y pisadas, roído por el agua de la nieve, pulido por los haces de leña que el otoño arrastra, asentado en rústicos peraltes que el tiempo va desmoronando.

Don Antonio podría alquilar un mulo o un duro caballejo de los muchos que crían en el pueblo, pero piensa que hacerlo sería una renuncia, claudicar ante la cuesta. La subió tantas veces con el sol picando en lo alto que hoy, a medida que el cielo se cubre, respira más hondo y aviva el paso. Va pisando casi en sus propias huellas de días anteriores y cuando alcanza los muros de la primera iglesia, la del Salvador, apenas se detiene. Los días de calor, cuando vibra la luz en los bordes candentes de las lábanas, es imposible andar y, al entrar en los castaños, parece alzarse una mano de fuego de la espalda. Es preciso hacer alto antes de salir nuevamente a la luz, y, al llegar al Salvador, detenerse nuevamente.

Don Antonio, esta vez, no se ha demorado mucho. El cielo se ha acabado de cubrir y, ya entrando en el pueblo de arriba, comienzan a caer las primeras gotas.

Agustín, de charla con el cura, le vio llegar desde la segunda iglesia. Viendo nublarse el día, pensó que no iba a subir, pero el cura, que conocía a don Antonio, había murmurado:

—Dentro de diez minutos, ya verás...

Y ya don Antonio aparecía en el callejón.

—Buenos días.

—Buenos días.

—Ya le echábamos de menos.

—¿Qué hay, don Antonio?

Pareció adivinar su charla de minutos antes porque miró los nubarrones, en tanto comentaba:

—Creyeron que no vendría...

El cura sonrió sin responder, limpiando los cristales de sus gafas y Agustín rompió a andar circundando la iglesia que ocupaba, casi del todo, el centro de la plaza.

En hilera los tres, buscando el amparo de la lluvia en los muros rechonchos, verdinegros, el cura proseguía:

—Decía yo a Agustín que para lo que queda tiene usted mala suerte.

—Con poner dos estufas... —murmuraba Agustín—, se arreglaba la cosa. Con un par de ellas había suficiente.

—Lo que puede que no haya es sección —apuntó el cura.

—Sección hay... Lo único, comprar el cable, y los dos aparatos, claro.

Don Antonio pensó que si compraba las estufas, el Patronato no se las pagaría luego, o tendría que luchar con papeles y facturas para justificarlas. Ya tenía experiencia de otras veces. También podía pedirlas prestadas en el parador, pero era preferible no deberle favores al dueño.

—Habría que traer la luz del poste de fuera, de la palomilla.

—Estamos en las mismas. Si hacemos la traída de tan lejos nos quedamos sin ella a mitad de camino.

—Pues es una verdadera pena —concluyó el cura—, con lo buena que llega en esta época.

El cura sí que tenía un aparato al menos. Por eso hablaba de la luz tan buena, pero no lo ofrecía y callaba ahora, dejando que Agustín discutiera a solas vagos problemas de conducciones eléctricas.

Casi siempre era así. En torno a su trabajo solitario solían gravitar ayudantes que él mismo buscaba en cada pueblo, pero también, por lo normal, un público de niños, locuaces a su espalda, callados luego, viejos inmóviles, sacristanes perezosos, curas muertos de tedio.

También llegaba a veces, tras el alud de los primeros días, algún espectador silencioso que insistía en la visita y, al fin, cuando los otros acababan marchando, quedaba a solas con la pareja, con don Antonio y su ayudante. Entonces, semana tras semana si se le permitía, intentaba colaborar, primero un poco, luego más activamente, como el cura que ahora empujaba la pesada hoja de la puerta, franqueando el paso a su iglesia.

11

La puerta cedió tras resistirse un poco, y del interior vino un relente húmedo, cargado de olor a moho. Agustín se apresuró a cerrar tras sí, en tanto el cura encendía una tenue bombilla junto al presbiterio, una lámpara chata, pequeña, de aquellas que don Antonio recordaba sólo en las viejas fondas de algunos pueblos. A pesar de ello, todo el lienzo de la pared maestra surgió en la penumbra, en carne viva, al aire su revoque primitivo, como en el corte reciente y vivo de una cantera. Sin las manchas sucias de la vieja cal —pensaba siempre el cura—, se hubiera dicho que aquel hombre de pelo tirando a cano ya y pantalón sujeto dentro de las botas de elástico, venía, no a llevarse lo mejor de su iglesia, sino tan sólo a poner más decentes sus muros. Bien sabía él que aquellas figuras apenas entrevistas bajo las sucias costras de humedad y polvo, mejor estaban lejos de allí, al resguardo del cierzo y de la lluvia, pero nunca podía evitar estremecerse cada vez que aquel hombre, educado a veces y mudo en el trabajo, comenzaba a alzar, lentamente, su mosaico de paños endurecidos sobre la cal chirriante, crujiente, hasta dejarla al aire en todas sus vetas, en sus ocultos caminos de gusanos, lodo, residuos de humedad y líquenes.

Implacable era la palabra, contemplando desde el presbiterio todo el templo o el ábside pelado desde lo alto de los tres gastados escalones y frente al coro, a la escasa luz de su pobre rosetón donde el viento zumbaba, pensó el cura que el hombre de los santos venía en realidad a rematar el fin, la suerte de aquel templo donde él nunca había llegado a oficiar.

Después del viento que en el techo alzaba la pizarra, empujando bajo sus lastras el polvillo sutil de la nieve, tras del agua, de esa misma nieve pudriendo poco a poco la madera del techo, a la par que el moho, la escarcha, el óxido, el excremento de tantas palomas, después que los vecinos robaron los sillares para cimentar sus casas en el pueblo de abajo, el hombre de los santos, arrancando, llevándose a Madrid todas aquellas imágenes pintadas que tan sólo él era capaz de adivinar, remataba el fin del templo, de su vida, y tanto daba derribarlo o simplemente dejarlo abandonado a su suerte como el pueblo entero,

una vez que el último vecino tomara un día el camino de
la cuesta.

Bien, allí estaba, arriba, en el andamio, como siempre,
como cada día desde tantos años. La bóveda en penumbra olía a humedad, a la ácida mezcla del adhesivo que
Agustín abajo removía sin descanso. De cuando en cuando
le alzaba el cubo y en él se hundían los paños cuadrados
que más tarde iban a cubrir los rasgos imprecisos del
muro. En silencio iba y venía el cubo de unas manos a
otras. Sólo alguna palabra, alguna petición leve y preci-
sa y las respuestas monótonas de Agustín desde el pie de
la bóveda.

El cura había salido, cerrando con la llave.

—Así es mejor; así no les molestan.

Y él en realidad lo prefería, porque de ese modo se
hallaba defendido de curiosos, aunque eran raros ya en
aquellos meses.

A eso de las dos el cura volvía y con el ayudante
podía marchar a su casa, donde ya la mujer tenía preparada la comida. Y cuando arriba, en la bóveda, comenzaba
a faltar la luz, mucho antes de que empezara a anochecer
en la plaza, iniciaba, de mala gana, la vuelta hacia el
hostal.

Ahora, allá arriba estaba, sobre aquellos tablones retorcidos, comidos de carcoma, alzados sobre viejos caba-
lletes, intentando arrancar con cuidado y paciencia, aquellos frescos desvaídos. Con paciencia sobre todo, porque
antes de aplicar el adhesivo era preciso limpiar de polvo
las figuras, del moho —si era posible—, de cientos de
oscuros goterones que, desde las vigas del tejado, dibujaba
en el muro el ir y venir de las palomas.

En la desigual superficie de la bóveda, iluminada sólo
por el resplandor de la lluvia, por el mezquino haz de la
bombilla que en la clave ocupaba el lugar de la antigua
lámpara, iban surgiendo un ala recamada de ojos y plumas, retazos de inscripciones, rostros vagos como sorpren-
didos. Al compás del monótono rumor del agua, don Antonio pensaba que su mano era un poco hermana de la

otra, de la que había trazado, un día, todo aquello que él ahora trataba de salvar.

—No deja de llover. No escampa. —Vino de abajo la voz de Agustín multiplicada por la bóveda.

Volviéndose, miró en el fondo del ábside el filo luminoso de la ventana, pero no era preciso, las palabras del ayudante parecían haber desatado el temporal y el agua sonaba continua, insistente en derredor del templo.

—¿Terminó usted, por lo menos?

—Terminado está. Veremos si aguanta —respondió don Antonio con pocas esperanzas. Y pesadamente se dispuso a bajar.

Aún no había pisado el suelo de tablas del crucero y ya sonaba la cerradura de la puerta. De nuevo los empujones desde fuera, intentos con la llave y al fin, la gran hoja de roble sembrada de grandes clavos se abrió con estrépito hacia el interior.

—¡Esta dichosa puerta! —se justificó vagamente el párroco, en tanto examinaba con la punta del zapato la piedra del umbral.

Más allá de su enjuta silueta, vio don Antonio que la niebla iba cayendo sobre el anillo de la plaza, en torno de la iglesia. Apenas se distinguía vagamente la fuente en su centro y el suelo cubierto de morrillos rotos, residuos del primitivo pavimento. Si la niebla caía del todo, probablemente cesaría de llover. Era mejor esperar allí, con la primera mitad del trabajo concluido, que hacer tiempo hasta que apareciera la comida, en el oscuro comedor de Agustín.

—Esta lluvia le echa a usted a Madrid —murmuró el cura.

—No creo.

—¿No cree? —le miró ocultando las manos con gesto friolero, en el jersey negro, sobre la sotana—. Deje usted que se meta el tiempo en agua y ya verá.

En el silencio que vino ahora, sin volverse, vio don Antonio, en el fondo de la niebla, el rostro magro y joven del párroco, sus ojos castaños, su barba apuntando, sus dientes diminutos, sembrados de sarro tras el almuerzo. Recordó que esperaba a sus padres y murmuró:

14

—Si me echa a mí a Madrid, tampoco va dejar que venga su familia.

—Mis padres ya están acostumbrados. Son gente de campo. Están hechos a esto. —Calló un instante y, dudando, continuaba al fin en tono de disculpa—: Bueno, no quiero decir que usted no lo esté. La verdad es que hablaba del trabajo, de que con este tiempo no le va a secar y no creo que vengan días buenos ya, lo menos hasta la primavera.

Ahora ya sus palabras tomaban un vago aire de plática. Agustín, en tanto, mirando la chorrera que desde lo alto del dintel se deshacía en el aire, convertida de nuevo en lluvia, murmuró en voz alta su deseo:

—Aún pueden venir días de sol. Es fácil.

—Eso es lo que yo quiero también. A ver si te decides y me arreglas la campana.

La niebla, como un gran río opaco y blanquecino, fluía desde el monte, desde las altas moles de las hayas. Llegaba casi a rozar la tierra, en lo alto como un blanco fanal; a ras del suelo esparcida en vagas fumarolas. Fijaba en el aire el humo de las casas, envolviendo en un halo miope los hombres y las plantas, a algún perro furtivo y hacía más sonoros los pasos, las voces perdidas, el fluir monótono del agua.

—Bueno, señores... Esto no parece que vaya a aclarar —murmuraba el cura, al cabo de un buen rato, y tras despedirse brevemente se perdía, fundiéndose poco a poco, en la inmóvil claridad de la plaza.

Más o menos todos se parecían. Amables o antipáticos, simples o cultos, a todos molestaba que arrancara pinturas en su iglesia. Mostrándoles el oficio del Ministerio cambiaban de actitud, pero en el fondo siempre pensaban que aquello era un expolio más o menos razonado. Quizá tuvieran su parte de razón. Al menos eso pensaba ahora el de los santos, camino de la casa de Agustín, al cabo de tantos años de llevar a buen fin el mismo trabajo.

La figura de la mujer cubrió por un instante el resplandor del fuego.

—Vamos, deje de mirar a la ventana. Se va a gastar

los ojos. Y coma. Se los va a dejar fuera, de tanto mirar si escampa.

La mujer iba y venía de la cocina al cuarto, y en uno de los viajes tropezó con el marido, con los ojos fijos también más allá de la niebla.

—Déjale en paz, mujer —se había vuelto—. ¿Qué entiendes tú de esto ni de nada?

Y la mujer quedó esta vez en la cocina, donde comía con los hijos. A don Antonio le ponían el cubierto en lo que ellos llamaban el comedor, frío y desnudo, con los eternos cromos de ciudades en lo alto de los muros, casi rozando el techo, con los mismos retratos de bodas y las mismas sillas vacilantes de los cuartos sin habitar, cerrados siempre.

Agustín volvió de la ventana con un gesto aburrido, viendo los restos del postre en los platos.

—Ya le echó usted un remiendo al estómago.

—Hasta la noche...

—Tomaremos café, entonces...

Mejor era el café, malo y todo, que aquella habitación triste y helada. Al menos en la cocina estaba la mujer, que a aquella hora se mantenía locuaz, llenando con su mole grande y huesuda los rincones cercanos a la lumbre. Luego, a media tarde, empezaría a beber y acabaría volviéndose agresiva y pesada. Al final del verano, en una de aquellas borracheras, descolgando una guadaña a punto estuvo de perder un pie, pero ni el corte ni aquel aguardiente que dejaba un hálito oloroso en su boca le hicieron perder a un amante que tuvo, cosa insólita en un pueblo tan pequeño.

Subía a visitarla en primavera, cuando Agustín andaba con los rebaños por el monte, cuando los niños no habían vuelto aún de la escuela. Su bicicleta azul quedaba inmóvil, apoyada en el banco del muro, cerca de la puerta, como desafiando a los otros vecinos y al cura párroco que había por entonces.

Aquella bicicleta, inmóvil ante la casa cerrada, a plena luz del día, llenó muchas horas de los hombres, muchos sueños de las pocas mujeres de la aldea, hasta que al fin alguien los denunció y Agustín no tuvo más remedio que enterarse.

16

Agustín y el otro se encontraron cerca de la iglesia del Salvador, la que aún mantenía el culto, cerca de las antiguas eras, y decían los que les vieron que fue una rápida pelea. Habría durado más de no llegar gente del pueblo a separarlos. Discutieron, volvieron a enzarzarse y se habló de llevar la cosa al juzgado, hasta que el otro, el amigo, se avino a indemnizar. Así, a la siguiente primavera, Agustín subió al monte con dos o tres corderos más.

Ya el café caía hirviendo desde el puchero, sembrando de trasparentes goterones los bordes de la taza.

—Vale; vale así...

—Espere, que le pongo un poco más. Bien caliente. Falta le va a hacer ahí dentro de la iglesia.

—Le vas a abrasar, mujer.

Pero ella en la cocina se crecía y sin oír las palabras del marido llenó hasta el borde la taza tornasolada. Luego volcó en su fondo los residuos del polvoriento azucarero y, en tono satisfecho, igual que quien ofrece un reconstituyente, se la alargó por encima de la mesa.

—Hala; tómeselo.

Don Antonio bebió un sorbo que le abrasó los labios y sacando tabaco comenzó a romper pausadamente el precinto del paquete.

—Traiga acá un cigarro de ésos —se le había adelantado Agustín a punto de continuar, aunque como siempre la mujer se le adelantara:

—Vaya trabajo el suyo. Allá arriba subido en el andamio. El frío que tiene que pasar en el invierno por esas iglesionas.

—En invierno me quedo en Madrid.

—En casa. Tiene familia allí...

Don Antonio no continuó. Miraba a los niños que intentaban sorber los restos del café en el fondo del puchero. La mujer los sorprendió también y de un manotazo los espantó al portal.

—¿Y le gusta estar tanto tiempo, tan lejos de su casa?

Seguro que hoy tendría carta, abajo, en el parador. Carmen solía escribir una vez a la semana y casi siempre en domingo. Para matar la tarde, decía. Cartas largas, repletas de largas explicaciones, que acababan perdiendo significado, obligándole a volver atrás a cada instante.

17

Una hoja no bastaba y solía escribir de través también, transformando la carta en una tupida red de diminuta letra, de consejos y recomendaciones, de bodas y noviazgos y enfermedades de parientes, de nombres que ya apenas recordaba. Al principio las leía con paciencia y contestaba punto por punto, pero ahora solía saltar de párrafo en párrafo, de lamento en lamento, asomándose sólo a todas aquellas historias que tantas veces se repetían.

—Y dígame —volvió de nuevo en la penumbra, la voz de la mujer—, todas esas pinturas que se lleva, ¿valen tanto como dice Agustín?

—Mujer —cortaba Agustín—; deja de preguntar. Esas pinturas valen lo que valen y no hay más que hablar.

Pero ella miraba incrédula aún a don Antonio.

—¿Usted qué dice?

—Depende.

—¿Cómo depende?

—Tú no sabes hablar más que por la boca. Hay que oírte las cosas que dices...

—¿Y por dónde voy a hablar?

—Por aquí —se llevó Agustín dos dedos a la frente—, por aquí hay que hablar, por la cabeza.

—Por aquí vino un pintor —proseguía implacable la mujer.

—Bah, no le haga usted caso. ¡Qué pintor, ni pintor! Dice uno de esos que doran los altares.

—Fíjese si lo haría bien que se llamaba Pedrito el fino.

—Lo llamaban así, mujer. Un mote, un apodo... ¿Sabe usted?

De pronto había tomado por juez a don Antonio que apuraba, aburrido, su cigarro, pero los niños acabaron la disputa, volviendo de la plaza con la noticia de que ya la niebla se estaba alzando.

Sin embargo llovía como antes. Ahora, con el último resplandor iluminando las crestas rotas de los montes, la plaza, apenas entrevista abajo, relucía limpia y pulida como las lábanas de un río, como un brillante remanso de losas y cascotes, con su iglesia en medio como flotando inmóvil.

Dentro, en la bóveda, el agua comenzaba a filtrarse dibujando agudas formas. Descendía de lo alto, de las grietas en torno a la clave, primero en siluetas agudas, afiladas, y apuntando hacia el suelo invadía los mohos primitivos, los nidos estivales de las avispas, el camino en zigzag de las termitas.

Aún se hallaba como a metro y medio de los frescos, pero don Antonio calculaba que de seguir lloviendo así toda la noche y la mañana siguiente, a la tarde alcanzaría a las pinturas.

Paseó en su mano la bombilla junto a los paños húmedos aún, y maldijo a media voz.

De la penumbra, de abajo, vino al punto la respuesta de Agustín:

—No se lo tome así. Si la cosa no tiene remedio, no hay más que conformarse y tomarlo con calma.

Pero don Antonio ya había devuelto la bombilla a su lugar y bajaba haciendo oscilar el caballete.

—Espérese a mañana. A ver qué tal pinta el día. Si vemos que no escampa, traemos las estufas y en paz.

Si no escampaba, ni prendiendo fuego a la iglesia iban a conseguir que el muro se secara, y como la humedad llegara a la pintura, el yeso, las telas, el fijativo acabarían hinchándose, cubriéndose de ampollas.

De nuevo maldijo el de los santos. Ahora para sí. Quizás esta vez había andado lento, se había entretenido. Quizá las lluvias vinieron antes aquel año, o los frescos no valían tanto y él mismo, sin saberlo, se había dado cuenta de ello. Pero de cualquier modo allí arriba estaban, invisibles de nuevo ahora, aguardando en lo alto de la cúpula, defendidos de su mano por el manto implacable de la lluvia, cuyo murmullo seguía resonando fuera, por el viento que zumbaba en aleros y cornisas, es decir, por todo aquello que durante tanto tiempo perpetró su ruina.

Quizás había trabajado mal. Ahora había otros métodos. Pero al cabo de tantos años de oficio, cambiar era como alquilar un animal para subir la cuesta: renunciar, y como antes, no estaba dispuesto a resignarse.

Otros, sobre las figuras, una vez extendido el fijativo, aplicaban hojas de papel de seda y encima un velo de gasa empapado en cera, pero él luchaba solo, sin más ayuda que la blanca y sólida pasta adhesiva que él mismo, por su mano, fabricaba. Y después con ásperas esponjas y agua hirviendo, que en verano, y a pesar de los guantes de goma, le quemaba las manos.

Era un trabajo ingrato, una fatiga que se hundía hasta los huesos cuando de rodillas sobre los suelos de tablas de las sacristías iba apartando luego los paños pegados antes, a fuerza de frotar, como en una monumental calcomanía.

A veces era preciso dar algún retoque, renovar algún rincón de pintura astillada.

Cuando con el pincel iba cubriendo las manchas de humedad; cada vez que sobre el lienzo o el tablero intentaba igualar el color primitivo solían venir a su memoria los buenos tiempos de San Fernando o el primer dinero que ganó, copiando Inmaculadas en el Prado, y para no ponerse melancólico solía madrugar, escogiendo las primeras horas de la mañana para aquella su lucha con el agua. Porque el agua era, de todos, su mayor enemigo, madre común de todos los demás, aunque Agustín pensara de otro modo.

—El agua, no. El mayor enemigo de *usté* es *usté* mismo.

Y fuera el agua caía suave desde el cielo invisible ya, deshaciéndose en polvo centelleante bajo el cono de la bombilla que dominaba el centro de la plaza. La lluvia hacía rebosar el pilón, dibujaba círculos y esferas en la rizada superficie de los charcos, borraba la diminuta huella doble de los corderos, bruñía las matas de lentisco y pesaba insistente sobre los hombros de Agustín, que chapoteaba ahora camino de su casa, o sobre la cabeza entrecana ya de su patrón, aquel hombre mayor, acostumbrado a andar, rumbo al hostal ahora, hundido en la sonora soledad de la noche.

Así, pues, Anita quería casarse. Aquella letra tan menuda lo decía. Siempre se esperan tales cosas y siempre parecen presentarse de improviso. Ya en sus breves retornos a Madrid, entre uno y otro viaje, apenas la veía y desde que se empeñó en dejar San Fernando, menos aún.

No es que el cambio le hubiera entristecido, no sintió ninguna decepción, pero ahora, en su nueva vida, con un empleo nuevo, la había sentido alejarse un poco más.

Él había querido que aprendiera a restaurar, y no por egoísmo, sino porque dibujaba bien desde pequeña, y con el tiempo iba progresando.

A veces, sobre todo en invierno, cuando más tiempo paraba en casa, solía llevarla a los museos. Incluso había llegado a sacarle permiso de copista. El primer cuadro que hizo, a pesar de sus protestas, no dejó que lo tapara. Le puso un marco y en el recibidor estuvo hasta que, años después, a la vuelta de un viaje, lo echó de menos. Viendo la pared vacía, no dijo nada en un principio; sólo más tarde, como restándole importancia.

—El cuadro ese del recibidor...

—Creíamos que no te habías dado cuenta...

—Por Dios, papá —concluía Anita, ante su silencio contrariado—, no lo vas a tener ahí hasta que nos mudemos de casa.

Luego explicó que, allí colgado, le producía la misma sensación que esos retratos en donde una se va cada mañana, desnuda y retozando sobre un almohadón de raso.

Siempre, lo que esperaba, lo que a veces temía, llegaba así, de pronto en una carta o ya como hecho consumado, al final de algún viaje. Recién vuelto de Andalucía, después de tres meses de luchar con el calor, con el polvo del yeso aún en la garganta, supo que Anita iba a dejar la Escuela. Quería estudiar idiomas, pero, eso sí, en casa seguiría dibujando.

La madre y la hija debieron tramarlo durante largo tiempo y no podía decir que a sus espaldas, porque en todos sus años de casado apenas recordaba haber quedado allí, con la familia, más allá de cuatro meses seguidos.

No había sufrido decepción. Tampoco se iba a entristecer por ello. A fin de cuentas, tampoco él estaba demasiado contento de sí mismo.

Tras los idiomas, dominados a medias, vino el empleo en publicidad y ahora quería casarse y la boda llegaría implacable, como todas las cosas que de verdad le interesaban.

21

Era la edad, el tiempo, la costumbre, y, sin embargo, por primera vez, no sintió ganas de volver, no sintió esa falsa añoranza de otras veces, que tan bien conocía, que le empujaba a casa cuando ya el trabajo iba declinando y que una vez en ella, a las pocas semanas, renacía otra vez, volviéndole colérico, nervioso, hasta empujarle al campo de nuevo a sus iglesias, ermitas y conventos, a sus colas y paños, con un nuevo ayudante.

Quizá su casa no estaba allí, en Madrid, junto a las dos mujeres, en el blanco chalet a la vera del río, con sus dos parras cubriendo el jardín, cara a la vieja tapia de la Casa de Campo. Quizá su alcoba no era aquella ventana, bajo la cual, en los días de fiesta, bufaban alejándose rumbo a la carretera general, eternas caravanas de automóviles, sino la alcoba del parador blanca y aséptica, como de un sanatorio. Tal vez su silla estaba allí y su mesa y su cama, y su fuego era el fuego de Agustín, y su hogar aquella gran mole de piedra perdida en la oscuridad ahora, a media ladera, sin una cruz, sin campana siquiera. Quizá su familia eran Agustín y los demás: Faustino, Antonio, Basilio y otros cuyos nombres o motes apenas recordaba, y también sus mujeres y sus hijos y hasta aquel Pedrito el Fino de quien sólo el apodo conocía.

Y los párrocos. Zafios o sabios, honrados, jóvenes o adustos, con ganas de luchar o hundidos en su aldea, a un paso de su ʌn o apenas iniciados, con fe, sinceros, vacilantes o invictos.

Y las hermanas: hermana María de Jesús, hermana Irene de la Anunciación, hermana Rosario de la Eucaristía. Hermanas de conventos, de ciudades, y las otras, mujeres campesinas poblando de apresurados pasos, toses y murmullos los pasinillos del coro, otras veces hieráticas y altivas, mudas o alegres, simpáticas porteras con sus manos cárdenas de sabañones, huidizas o místicas, niñas algunas, ancianas también, esperando la muerte al sol del claustro, en su silla de ruedas.

Seguramente todo aquello era su hogar, que allá en el pueblo de arriba yacía bajo el musgo, la vieja cal y las pizarras escamosas, bajo la translúcida costra de la escarcha. Cuando entraba en él sentía algo que sólo vagamente podía explicar, se sentía defendido, seguro, más firme den-

22

tro y fuera de sí, a medida que el sombrío interior se iba llenando de su afán, de sus cosas, de sí mismo y del afán también de Agustín y del párroco.

En días de buen humor, con buen tiempo y el trabajo al día, solía recibir allí, como en casa propia, al secretario del pueblo de abajo o a algún turista aburrido y solitario. Los celos del párroco tomaban forma entonces de silencio hostil, de huida repentina y él, don Antonio, le daba en el fondo la razón, acabando a veces enojado consigo mismo.

Al final, cuando ya conocía los rincones más lejanos del convento o la iglesia donde trabajaba, desde los entresijos del altar a los desvanes secretos, vecinos al coro, el hastío empezaba, lo mismo que en Madrid, igual que en la otra casa junto a las dos mujeres, más ya para entonces su tarea estaba concluida.

La luz de las estrellas vacilaba en pequeños relámpagos como si arriba, por encima de las nubes veloces e inmensas, el viento soplara, más fuerte aún que sobre los tejados, transformándolas, abriéndolas, haciéndolas cerrar. Las estrellas surgían de improviso, en una ráfaga, y a poco se ocultaban tras de las blancas manchas que dejaban flecos de bruma en el ramaje desnudo de las hayas. Por grietas y barrancas, ladera abajo, por los recién abiertos caminos del agua, llegaba en remolinos todo el monte. Grandes hojas de castaño con racimos de erizos verdes, puntiagudos, sin romper aún, hojas de chopo dentadas, redondas, tallos rojizos, flores rojas de brezo y cardo santo.

El viento arrastraba, tras el agua, los últimos residuos del verano. La espuma negra y cambiante de las nubes más altas caía sobre el monte en un murmullo tenaz y agudo, casi metálico, barriendo, tronchando, haciendo huir, secando a un tiempo veredas y tejados.

Cuando la última racha se apagó en el valle, más lejos del camino que lleva hasta las truchas, una mancha horizontal de luz se fue abriendo paso lentamente entre las nubes hasta tocar las cumbres. El cielo se hizo azul, terso, brillante y con el monte rezumando manantiales, envuelto en el rumor de los arroyos, parecía que comenzaba allí la primavera. Pero hayas y castaños aparecían macilentos y en el monte, sobre la voz del agua, sólo flotaba un silencio de hombres y animales que acabaría cubriendo todo el valle cuando llegara la nieve definitivamente.

Y desde muy temprano, los últimos huéspedes del parador acabaron de cerrar sus maletas, al tiempo que estudiaban las complicadas y largas cuentas, y sus guías y planos complicados también, en tanto los más jóvenes preparaban los coches para el viaje de vuelta. El mostrador de recepción fue quedando desnudo de postales, escritas apresuradamente bajo el son insistente de los cláxones y el parador vacío, con los dueños y el servicio despidiendo a los autos, fuera.

El dueño fue el primero en volver al comedor.

—¡Hala!, id recogiendo esto —ordenaba al encargado—. Id poniendo las mesas en el mismo rincón del año pasado. Y cerrad bien las ventanas. Bien metidos esos pasadores.

—Don Jorge. Con el señor de Madrid, ¿qué hacemos?

El dueño se detuvo un instante, cuando ya volvía a la cocina.

—Mira, me había olvidado de él. Por completo. Me acordé esta mañana, pero luego, con estas prisas...

Se acercó a la ventana, lanzando una ojeada a la mancha de castaños arriba, con sus dos campanarios, y como si desde allí pudiera ver a don Antonio murmuró para sí, en voz alta:

—El señor de Madrid me parece que no terminó todavía.

—¿Sabe si baja hoy a cenar?

—No cena, no. Al menos a mí no me dijo ni palabra. Además ya se le avisó de que cerrábamos a mediados de mes, de modo que no puede decir que le pille de sorpresa.

—Para unos días podía dormir en el pueblo. Además le lavaban la ropa. Si supiéramos cuánto le queda...

—¿Te lo dijo a ti? —el dueño se volvió una vez más hacia el encargado—. Pues a mí tampoco. Tan pronto dice que le falta un mes como diez días. Tan pronto habla de irse, como de quedarse. En fin: una molestia.

—Volvió a quedar inmóvil, meditando y, mirando otra vez, más allá del cristal, el camino del monte, concluyó—: Ya hablaré yo con él esta noche.

Por la senda, a punto de entrar ya en la carretera, aparecía ahora la sombra vacilante de un jinete. El dueño del hostal reconoció al párroco y salió a la terraza.

—¡De modo que por fin le vemos la cara a usted! ¿Qué hay de bueno por allá arriba? ¿Qué le trae aquí abajo?

—De bueno, poco —replicó el cura, echando pie a tierra, envuelto en un vuelo de su sotana—, y de malo, poco también... por lo pequeño que es el pueblo —aclaró—, que no por otra cosa. Ayer llovió, hubo niebla, granizó y hasta quiso nevar. No sé qué vamos a dejar para febrero.

—En cambio —replicó el dueño—, mire qué día hoy...

El párroco miró un instante con desconfianza a la montaña y, sin responder, entró en el parador.

Ya las mesas formaban como una pirámide escalonada en el rincón, lejos de las ventanas que los mozos comenzaban a cubrir por fuera con grandes tableros de maderas grises. Las sillas habían desaparecido; sólo quedaban los altos taburetes de la barra. El párroco, tras lanzar un rápido vistazo a la sala, se acomodó en uno de ellos, esperando el café que iba a servirle uno de los mozos. A medida que los ventanales quedaban tapiados por aquellas maderas grises, quemadas por las nieves, un prematuro invierno parecía ir cubriendo el comedor hasta casi dejarlo en total oscuridad. El dueño encendió la luz y, a poco, dejaba sobre el mostrador el café solitario del cura.

—No habrá encendido la cafetera por mí... —paseó de nuevo la mirada en derredor.

—No; esta mañana, para los turistas que se fueron. —El dueño hizo una pausa para recoger el azúcar y añadió—: El que no tiene trazas de marchar es su amigo.

—¿Mi amigo? —le miró el párroco, un poco sorprendido.

—Don Antonio... el que trabaja arriba, en la iglesia, el de los santos...

—Ah, no sé —repuso un poco frío, rechazando el tono familiar del otro—, no sé qué tendrá pensado hacer.

25

—Aquí no dijo nada. ¿A usted tampoco?

—¿Y por qué iba a decírmelo?

—Usted le trata más. Yo, aquí, sólo durante la cena y como nunca se queda de tertulia... No es como los ingenieros que vienen de vez en cuando. Ésos son gente más normal... ¿Cómo le diría yo? Más abierta... Se sientan ahí —señaló la chimenea apagada, en la penumbra del comedor vacío—, y empiezan a pedir ginebras y a fumar y a jugar al dominó... ¡A veces les dan así las tres de la mañana! ¡Y eso que tienen que madrugar!

—Don Antonio también debe de madrugar —repuso el cura, distraído de nuevo.

—¡Ya lo creo!

—... Porque por la mañana, cuando yo toco a misa ya está él con Agustín en la otra iglesia.

—Eso sí, ya ve *usté*, aquí se levanta casi con el servicio, desayuna y ya lo tiene cuesta arriba, haga frío o calor, antes que empiece a dar el sol allá en Santa María. Hablar, hablará poco, pero se ve que su trabajo le tira. Yo sólo le vi un par de veces subido al andamio, con toda la broza aquella saltándole a la cara y, la verdad, hace falta mucha vocación o un buen sueldo para que un hombre que ya no es un chaval se meta en esos trotes

—Sí, claro, la vocación... —repitió lejano el sacerdote.

—Éste debe tener mucha porque hay que ver cómo se toma su trabajo. Y a propósito —añadió al cabo, retirando la taza en tanto lanzaba otro vistazo fuera—, no me dijo usted si quiere que le guardemos el caballo.

—¿El caballo? ¿Por qué?

—¿No va usted a coger el autobús?

El párroco pareció despertar, oírle por vez primera. Miró al dueño antes de responder y luego murmuró:

—Vine a esperar a mis padres.

Lo dijo en un susurro, en tono que apenas cubría su mal humor, su cólera callada desde que viera, minutos antes, el comedor vacío.

—¿Pero de veras llegan hoy? ¿Ahora mismo? —se alborotó el dueño—. ¡Vaya contrariedad! Y tiene que ser hoy precisamente. No pudo ser ayer...

—De todos modos, ellos piensan quedarse casi una semana. Hubiera sido igual.

—¡Pero hombre de Dios! Eso se avisa, se me dice con tiempo.

Se lo dijo una vez, a principios de verano y el dueño respondió que si era a fines, casi en otoño, quizás aquella semana de sus padres no le costara nada. Por aquel tiempo habría habitaciones libres. Lo dejó así, en el aire, como una vaga promesa y él recordaba haber vuelto a insistir a mediados de agosto, aunque el otro no se acordara o fingiera ignorarlo. Pudo mandarle aviso por don Antonio pero quizá las lluvias y la espantada de los turistas luego, le pillaran de improviso como a él mismo, que también pensaba hallar gente abajo todavía. Quizás era sincero, quizá no. Había dicho que iba a ser algo como un honor, que el párroco era lo más importante en un pueblo, al menos en un pueblo pequeño como aquéllos, y él no quiso recordárselo una tercera vez, porque esperaba que el dueño lo recordara cuando viera bajar a sus padres del coche, ante su puerta.

Y ahora el autobús cruzaba el puente a la entrada del valle, llenándolo con su sordo traqueteo, con su postrer ímpetu para vencer el arranque de la cuesta. Tendría que alojar a sus padres arriba, en su casa. Estaban hechos al frío, a la niebla, seguramente al tedio, pero no a verle en aquel deshecho caserón, con su suelo de tierra, con su cielo raso de maderas al aire, con su techo de tablas que se combaba cada mañana señalando el ir y venir de la mujer que, en el piso de arriba, le arreglaba la cama y le hacía la limpieza.

La corteza se desprendía poco a poco, crepitando entre polvo de yeso y bloques de cal reciente. Era como una gran corteza, como la piel del muro, del otoño, que dejara al aire sus músculos y venas, sus caminos de hormigas y gusanos, secretos hasta ahora. En algunos rincones no estaba seca aún, pero más valía arriesgarse porque afuera otra vez las nubes iban bajando desde la cordillera, velando la poca luz que aún llegaba al interior de la iglesia.

Antes de oscurecer llovería de nuevo y don Antonio,

de un tirón seco y continuo, se quedó con toda la tela en su manos, tiesa aún por la cal y el adhesivo. Era un pequeño triunfo, como un descubrimiento y un expolio también a la vez y se sentía siempre una vaga sensación de victoria.

—Tuvo suerte esta vez —habló al fin Agustín, oyendo el último chasquido del lienzo al desprenderse—. Esta vez si se descuida, sí que lo pierde.

—Veremos cómo queda...

—¡Bah, no diga eso! Lo principal es arrancarlo. ¡De sobra lo sabe!

Cerró el de los santos la puerta de la iglesia y con la pintura enrollada bajo el brazo, como un gran pergamino, se hundió con Agustín en el resplandor luminoso de la plaza. Ahora el cielo bajo y opaco se abría entre dos veloces frentes de nubes. Por el boquete azul un gran haz de luz se precipitaba en el valle alumbrando entre los redondos muñones de los olmos, retazos de prados y tierras inundadas. En la otra ladera, más allá del río, la mancha tostada de los robles se hizo casi morada, para volverse a apagar luego cuando el sol se alejó, resbalando hacia los montes.

Y lejos, en el límite del horizonte brilló por un instante la nieve como una lámina blanca y reluciente.

Agustín hizo un alto, deteniendo al de los santos con un gesto:

—¡Mírela, allí está: este año vino pronto!

Hablaba de la nieve igual que de la caza o de las reses perdidas por entre los bosques más altos, como de un antiguo conocido que viniera puntual cada año a coronar el valle.

Al compás de sus palabras, la gran mancha de sol se borró definitivamente, yendo a morir al otro lado de la cordillera, y los dos pueblos, el monte y sus hayas y castaños volvieron otra vez a la penumbra.

Desde el fondo del callejón abierto al norte, a medida que los dos hombres iban bajando, llegaba un helado relente que sólo se calmó al abrigo de la casa del párroco.

—¿Estará? ¿Tú qué crees? —preguntó el de los santos.

—Creo que sí —Agustín miró su reloj—. No son las dos siquiera, pero éste come pronto y además no perdona la siesta. De todos modos —envolvió la fachada entera en un vistazo—, muy muerto me parece esto.

—Puede que esté en la iglesia.

—Puede que esté, pero de todos modos vamos a llamar.

Mientras el eco de los golpes se ahogaba sin respuesta en el interior de la casa, don Antonio, como siempre que visitaba al párroco, echó la vista atrás, hacia lo alto.

Allí seguía inmóvil el muchacho, sedentario, en su eterno balcón de tablas de la casa de enfrente, como dentro de una gran jaula colgada en el vacío. Les miraba, como siempre también, muy atento y sin decir palabra.

—Bueno, se ve que no está. Mejor —vino de nuevo la voz de Agustín.

—Mejor. ¿Por qué?

—Porque si no, se va a empeñar otra vez en que suba con él al campanario a hacerle una chapuza, y malditas las ganas que tengo.

Luego Agustín se volvió a su vez y comenzó a charlar con el muchacho como si hablara con un pajarito, como a un jilguero de esos que cantan por mayo en los portales.

—¡Eh, Pablo! —le decía—, ¿qué haces?, ¿qué miras? ¡Eh, tunante!

El muchacho se incorporaba, quedando con casi medio cuerpo por encima de la barandilla de madera. Viéndole siempre sentado en su rincón, parecía pequeño, pero así, en pie, era un hombre. Ahora Agustín había sacado un cigarrillo y antes de llevárselo a la boca se lo mostraba en el aire.

—¿Quieres? Toma... ¿Quieres fumar?

Hacía ademán de lanzárselo y el muchacho todas las veces seguía con un ademán la invisible trayectoria del cigarro.

—Anda, vamos. Debe de estar en la iglesia.

La iglesia estaría cerrada, pero aquella mirada del muchacho producía desazón al de los santos, como los juegos de Agustín con él y aquel balcón de maderas en lo alto.

Siguieron camino abajo, rumbo al Salvador y viéndola cerrada, se apartaron hasta la casa donde solía comer el

29

párroco. Pasaron al portal sin llamar, precedidos por la voz de Agustín que hizo salir de la cocina a la dueña.

—¿Buscan al señor cura?

—¿Quién es, Antonia? —vino la voz del párroco desde dentro.

Allí estaba, al lado del escaño, frente a un hombre y una mujer de edad que hacía solitarios a la luz incierta de la lumbre.

—¡Ah, es usted! —se había alzado el párroco, abrochándose la tirilla en el cuello—, mire —dudó un instante—: mis padres. Le presento a mis padres.

La mujer había alzado un instante el rostro de las cartas, sonriendo vagamente, volviéndose a abismar en sus combinaciones.

—Mucho gusto. Encantado...

Don Antonio había tendido la mano al hombre por encima de los postres aún en los platos. La cabeza del padre era como la de los santos que antiguamente tallaban en los pueblos, con su nariz breve y recta y el cogote vertical, de un tajo, de un solo golpe de azuela. Y sus ojos eran también como los de los santos, castaños, de cristal, embutidos de dentro afuera en la cabeza. Eran como los de la mujer en el otro rostro pequeño y vacío, enmarcado por el cuello del abrigo.

—Y éste es don Antonio, el señor que os dije del Patronato, el que viene a llevarse —se justificó con un desgarbado gesto de humor— lo poco de valor que tenemos en el pueblo.

El padre asintió en el aire y la madre miró al de los santos, y más que a él, a un punto lejano a sus espaldas.

—¿Querrá usted la llave? —preguntó luego el cura.

—Sí; por eso venía.

—Habrán comido ya ustedes...

Agustín miró a don Antonio, pero éste ni siquiera respondió; seguía con sus ojos fijos en el cura que, adivinando su impaciencia, alcanzó en el vasar, sobre el fuego, la llave y se la dio.

—¿Sabe usted que cerraron el parador?

—¿Qué lo cerraron?

—Sí, señor; esta mañana —respondió el párroco, en tanto los acompañaba hasta la puerta.

—¡Pero si esta mañana, cuando salí yo para acá, había gente aún!

—Pues esta misma mañana se acabaron de ir todos. Se ve que los echó el agua de ayer. Don Jorge ha mandado recoger. Me mandó que le diga que no tiene que preocuparse. Le buscarán una habitación en alguna de las casas del pueblo.

Don Antonio salió en silencio. Olvidó despedirse de los padres del cura, que al otro lado de la mesa habían alzado por un instante la cabeza y escuchaban las palabras del hijc igual que un jurado silencioso.

Rumbo a Santa María, cuesta arriba, empujado ahora por el viento frío que la nieve del monte proyectaba sobre el pueblo, Agustín se preguntaba si el hombre de los santos se acordaría de que allá detrás, a sus espaldas, envuelto en el tabardo y con el estómago vacío, salvo el blanco de media mañana, andaba él, añorando su comida que en casa debía esperar, temiendo la voz de su mujer cuando le viera llegar, como poco, a eso de las cinco, lamentando unir su vida, aunque sólo fuera por tan breve tiempo, a la vida de un hombre tan tenaz, tozudo y caprichoso, capaz de descargar su ira tan sólo en el trabajo.

Ahora, por culpa del dueño del parador, se empeñaría en clavar el lienzo, aquel rollo como de pergamino que aún llevaba bajo el brazo, y entre barrer el suelo de la sacristía, estirarlo sobre él y clavarle las puntas, seguro que no acababan antes de las cuatro. Y para recordarle su presencia y su hambre, y también su amistad, murmuró en voz alta:

—... Para una habitación en el pueblo de abajo, mejor se queda arriba aquí en mi casa. Por lo menos se ahorra la subida.

Agustín no supo si el de los santos le había oído siquiera. Ya cruzaban el ábside y entraban en la sacristía y cruzando ésta, más allá de modestas casullas y cruces procesionales arrumbadas, llegaban a la habitación que utilizaba don Antonio para clavar en el suelo las pinturas.

—Don Antonio —insistió de nuevo—. Don Antonio...
—El otro se volvió serio, hostil, casi enemigo—. Don Antonio. ¿Qué tal si comemos antes? Hay tiempo en toda la

31

tarde antes que anochezca. Y aunque anochezca —concluyó dudando—, me parece a mí...

Señaló con un gesto la bombilla colgada casi a media altura de los dos rostros y, como para dar más fuerza a sus palabras, la encendió.

—Apaga, apágala...

La luz de la lámpara daba un relieve mortecino a los dos hombres. La mesa con los pinceles y los botes, el techo ennegrecido, los rincones con la alegre mancha de los cubos de plástico parecían como a la luz de un sol polar; y los lienzos, ya fijados, clavados en los muros, aparecían en su verdad de telas fragmentadas, rotas, retocadas a veces.

—Apaga de una vez —repitió el de los santos, y el cuarto volvió a la penumbra confortable de antes—. Vete tú a comer, si quieres. Yo maldita la gana que tengo. Y bárreme esto antes.

—¿No quiere que le traiga un bocadillo?

—No, gracias. Ya iré luego.

Nunca más volvería a trabajar con aquel hombre. Nunca jamás aceptaría un trabajo parecido. Aunque volvieran los malos tiempos de cinco años atrás, aunque fuera preciso cerrar la cantina que montaba los veranos, ahora que los turistas ya no iban a subir por culpa de aquel hombre necio y orgulloso que se iba a llevar —como el cura decía—, lo mejor de la iglesia.

El cuarto frontero a la cocina es su despacho: una mesa de pino, algunos libros, dos rimeros de revistas eclesiásticas y una fotografía iluminada del último papa. Con la puerta de la cocina entreabierta aún se caldea un poco. Las brasas de la hornilla aún alcanzan a templarle las piernas, pero cuando las lluvias vienen tan pronto, ya mucho antes de las primeras nieves, la humedad comienza a rezumar lo mismo que en la iglesia, formando en la pared vagos rosetones verdes.

La única habitación que existe en la casa, cuando acaba el verano, es la cocina, a pesar de los humos, del olor del aceite cuando en ella se cocina algo y el polvo que desprenden la leña y la retama, a pesar de su única ventana, más allá de la cual, en su balcón de tablas, vela el muchacho. En las horas de sol se le puede ver inmóvil casi siempre, pero cuando a la tarde suena la campana de San Salvador, suele alzarse como si se aprestara a marchar al rosario. Mas sólo se queda en pie, atisbando la plaza, a través del pequeño resquicio que dejan el muro de su casa y la pared del párroco. Permanece así hasta caer el sol y sus ojos, lo único que se adivina vivo en él, llenan de desazón al párroco hasta la noche, hasta que la madre del chico sale y, tras de hacerle entrar, cierra el balcón sin ruido.

Hoy piensa más en él, con sus padres recién llegados. Al entrar en la casa le vieron allá arriba y la mirada de ambos, del padre sobre todo, ha huido hacia el portal, intentando ignorarle.

Pero no es fácil. El párroco lo sabe bien. Nada más sentarse en la cocina, el padre ha comenzado:

—Ese chico de afuera..., de enfrente. ¿Está siempre ahí arriba?

El resto ya lo sabe, ya lo suponía. La casa es mala, el pueblo vacío sin un alma, tal como el mismo padre le predijo, allá en los lejanos días del seminario. No es ni un pueblo siquiera. Al menos el de abajo está junto al hostal. Hasta allí llega el auto; no es preciso subir, como antes de la guerra, a lomos de animales. Si la iglesia está arriba, abajo podrían arreglar una capilla. Además iría más gente a misa, al rosario, a las novenas. No se puede pedir a la gente, sobre todo cuando ya empiezan a pesar las piernas, que suba la cuesta en pleno mes de agosto o un domingo en invierno, cuando hiela.

Y el padre ha concluido su monótona lamentación, resumen —bien se ve— de interminables charlas con la madre, revisando la casa, inspeccionando las demás habitaciones, asomándose al desván, al retrete, probando el mullido de las camas en la helada alcoba recién instalada para ellos.

El hijo piensa de nuevo en el parador y en la traición del dueño, pero ya el padre, de nuevo en la cocina, concluye su sermón, mirando más allá de la ventana.

—... y por si fuera poco; encima; con ese chico ahí, delante de tu casa.

33

Y no sabe por qué este final, las últimas palabras del padre le han parecido más injustas, le han hecho odiarle casi. Ha salido casi huyendo al corral, dejando a la pareja sola.

Al amparo del soportal, sobre el pozo cuadrado tapiado con cemento, espera a calmarse antes de volver a la cocina, aunque, de buena gana, no volvería, huiría de sus padres y del pueblo todo, de su viento helado y sus húmedos castaños, del frío que, en la iglesia, le amorata los dedos por enero.

Dentro, en la casa, ni un rumor, ni una voz. Se diría que la cocina está desierta. Las palabras del padre también deben pesar allí, entre los dos viejos.

Y fuera, en el corral, al tiempo que la luz de la tarde va bajando sobre los haces de retama que casi le cubren por completo, llega el olor punzante del abono —el olor del otoño, piensa él—. Lejos, más hacia el sur, mucho más allá del horizonte blanquecino, se irá hundiendo en el crepúsculo la mole enorme, cuadrada, del seminario erguido sobre su loma, cara a la última ruina del castillo que dominaba al pueblo.

Ahora habrán encendido la luz en los macizos soportales del patio y todos los muchachos romperán a gritar por un instante. Él gritaba también con el amigo y aquel que era capaz de aguantar más tiempo, ganaba no sabe qué, no lo recuerda. También luchaba entonces por tocar la pelota, al menos una vez, en aquel ir y venir de sombras en el centro del patio. Nunca se sabía quién la lanzaba allí, mas aparecía puntual como la luz en los soportales o el agrio silbato poniendo fin al recreo.

Él no luchaba como los demás, no llegaba nunca al centro de la liza. La seguía de lejos, esperando que un rebote o un golpe afortunado llevaran la pelota hasta sus pies.

Un día, el amigo le sorprendió rezando a media voz.

—¿Pero qué estás haciendo?

—Nada; nada...

—¿Cómo que nada? ¿Para qué rezabas?

—Para que me venga una vez por lo menos.

Mas el grupo iba y venía de un lado a otro del patio y a veces, hasta pasaba cerca de él, sin dejársela tocar siquiera. Y de pronto, los toques del silbato, tan agudos, tan enérgicos, retumbando muchas veces por encima del rumor de las pisadas que ya se hacían uniformes por la escalera, rumbo al piso de arriba...

A través de salas capitulares ya vacías, de oscuros laberintos con escenas de santos y mártires, llegaban al comedor y más tarde a la cama. El amigo era el último siempre en dormirse y a veces, al despertarse, al encender con cuidado la lamparilla de encima de la cama, era fácil encontrarle con los ojos abiertos.

—Pero oye: ¿Cuándo duermes tú?

—¿Yo? Me acabo de despertar.

Más por sus ojos se sabía que mentía. No estaban relajados sino vivos. Fijos en la oscuridad, debían velar gran parte de la noche.

Como una piel de tierra, como la de un gran bastidor cuadrado, fue quedando la tela cara a abajo, clavada al suelo. El martillo de forma especial, como de zapatero, recorría sus bordes, dejándolos bien fijos, sujetos a las tablas y cuando al fin casi cubrió el suelo por completo, don Antonio se levantó quedando en pie un buen rato.

Le dolían el espinazo y los riñones pero siempre era así y un poco de reposo lo borraba. Mientras, solía preparar el adhesivo para la nueva capa que era preciso fijar ahora en el revés del lienzo. Fuera debía de estar cayendo la niebla otra vez, porque, a pesar de que la tarde iba avanzando, la luz se mantenía dentro del cuarto y no era necesario encender la exánime bombilla. En tanto removía la mezcla, miró por la ventana. Más allá del polvo sedimentado en el cristal y los velos de las arañas, la niebla volvía. Si era verdad, como Agustín aseguraba, que la falta de arañas anunciaba el mal tiempo, el invierno debía de andar allí, a punto de llegar al quebrado quicio de la ventana sembrado de sus telas y sus nidos vacíos. De todos modos, los días de sol no volverían ya hasta marzo por lo menos y, como aquellos turistas del hostal, la nutria, el tejón o los mochuelos, era tiempo de volver a casa. El monte, como el pueblo todo, quedaría dormido, desierto, sin más rastro de vida que el rumor de torrentes y

35

neveros y el trote mullido y silencioso en la nieve del lobo, de los pocos que, al decir de Agustín, se veían ahora. Ahora, la trampa de mampostería que los dos pueblos acordaron construir ya iba para un siglo, aparecía desierta siempre. Y, sin embargo, entonces, cuando se juntaban todas las aldeas del concejo para la batida, llegaban a caer en su empinado recinto hasta veinte piezas que luego era preciso rematar a palos, una por una —una cada vez—, camino del pueblo.

El invierno, el mal tiempo estaba allí y podía empezar a nevar en cualquier momento. Habría que volver a casa ahora que, además, Anita iba a casarse.

Por el centro del callejón, en la parte que se alcanzaba a distinguir desde la ventana, vio surgir un jinete arrebujado en su tabardo, con el cuello alzado hasta las cejas. Parecía formar un solo cuerpo con la cabalgadura, y a su amparo, como fundido al animal, también reconoció don Antonio al mayor de los chicos de Agustín. Al llegar a la altura de la iglesia se separó y a poco sonaban sus recios golpes en la puerta.

—De parte de mi madre que aquí le traigo esto, y que si por fin va a quedarse a dormir en casa esta noche.

Era un gran bocadillo de rancio salchichón y una oscura botella, y aunque lo peor del hambre ya había pasado, se agradecía, sobre todo, el vino para pasar el pan y espantar el frío. Ofreció la botella al muchacho que la rechazó, interesado ahora en las pinturas.

—¿Sabes si va a volver tu padre?

—Está en la cuadra, sacando el abono —respondió vagamente.

Acabó de remover el adhesivo y alzando el cubo lo acercó hasta el lienzo endurecido clavado en el suelo; luego dijo al muchacho, mostrándole el rimero de paños pequeños:

—Cuando yo te los pida, me los vas dando, uno a uno.

Extendía la pasta lechosa por igual, cuidando de no hacer muchos grumos, y después aplicaba sobre ella los lienzos del tamaño de un pañuelo que el hijo de Agustín le alargaba. Era como cuadricular el revés de la pintura con grandes baldosines blancos que luego, poco a poco, acababan ensuciándose al volverse rígidos.

El muchacho se los tendía tal como se lo había indicado, pero pronto ni siquiera fue preciso pedirlos. Don Antonio pensaba que los habría pegado también con sólo explicárselo. Incluso encendió la bombilla por su cuenta, cuando ya no bastaba el resplandor de la niebla.

Mas su interés no duró mucho tiempo. Con la pintura encolada totalmente entre las dos capas de adhesivo endurecido, como un gran sandwich clavado al suelo, el muchacho se lavaba ahora las manos en silencio. Los lienzos clavados en los muros, la habitación entera parecían haberle defraudado. Quizás oyendo charlar al padre en casa pensó que allí dentro en aquella apartada habitación, a espaldas de la abandonada sacristía, sucedía algo fuera de lo común, extraordinario, pero ya no miraba de reojo a los rincones, ni los pinceles, ni la paleta sucia de colores sobre la mesa. Toda su curiosidad debió caducar a los pocos minutos y ahora, como si llevara largo tiempo en el oficio, se lavaba las manos en el agua caliente, humeante, con ademán profesional que recordaba al padre, en todo excepto en su silencio. Cuando tuviera edad, y antes quizás a buen seguro, no pararía allí, ni en el pueblo de abajo.

Como a muchos antes que él, aquel trabajo no debía importarle demasiado. Se notaba en sus pocas y precisas palabras, en su estricto y fugaz rigor profesional que extendía la soledad en torno suyo.

Agustín, en cambio, con su charla interminable, con sus historias del monte, que a veces don Antonio ni siquiera escuchaba, llenaba aquella habitación con algo de sí, con sus eternas parábolas de caza.

Pero Agustín no estaba allí y puede que ya no volviera, aunque todavía le faltaba un mes por cobrar y era una buena razón para no abandonarle. Quizá por ello enviara al chico. Tanto daba. Ya sólo restaba dar la vuelta al sandwich, clavarle otra vez en el suelo —esta vez cara arriba— y despegar, poco a poco, con el agua hirviendo, las telas que cubrían la faz de la pintura. Entonces podría verla definitivamente limpia y completa y calcular si, de verdad, merecía tantos afanes, tantos cuidados, porque quizá tuviera razón aquel chico cetrino y espigado, alevín de especialista en Madrid o en Alemania, que ahora colocaba ordenadamente en un rincón las esponjas, los cubos y las brochas. Quizás estuviera en lo cierto y no fuera un trabajo serio el suyo, aunque se lo pagaran bien, y aunque a costa de aquellas desvaídas imágenes hubiera conseguido pagar el chalet junto al río y pudiera casarse Anita dentro de poco.

Puede que sus muchos años de hinojos por los suelos, trepando a los andamios, en pugna con los del Patronato, con párrocos, alcaldes y abadesas, significaran poco. Quizás el suyo no fuera un auténtico trabajo sino un juego. Un juego fatigoso, rudo a veces y siempre solitario.

Y dice Agustín que la trampa no sirve ya. No hay dentro más que broza.

—¿Y cómo va a servir si ya no hay lobos? Aunque alguno se ha visto, desde luego, como ese que bajó a la carretera, ya va para dos años, y estuvo siguiendo a mi primo Alfonso, un primo hermano mío que volvía de noche, de cortejar, de ver a la novia. Le estuvo siguiendo casi una hora, siempre al paso, siempre bien cerca, ni más delante, ni más detrás, con ese trote suyo que cogen y que aguantan lo mismo una hora que tres, que una noche entera si me apura. Hasta mi primo —el muchacho que le digo—, al ver que no se le arrancaba, cogió ánimos y lo pudo espantar con la linterna de la bici. El día siguiente se lo pasó en la cama, del susto. Por nada, porque el animal no se le llegó a acercar, sólo hacía que mirarlo con esos ojos suyos que tienen, que son como dos chispas. Los tienen algo torcidos, caídos por en medio lo mismo que los gatos y cuando miran parece que piensan. Mi primo estuvo todo el día en la cama y allí mismo le encontraron los guardias cuando subieran a verle, a preguntar, para buscarlo.

"Pero ya no los hay. Acabaron con ellos. Antes bajaban cuatro o cinco a la vez. Antes; hace ya tiempo, porque yo nunca los vi. Bueno, miento, una vez, sí señor, de chico, en las campas de arriba. De repente empezaron a chillar los demás —los otros como yo que andaban por allí con los rebaños, y todos fuimos corriendo, con la cachava en alto adonde la berrina. Y allí mismo estaba, igual que un perro, con el lomo más magro y el pelo como gris, pero más ralo también, hozando en la barriga de un cordero que tenía allí mismo muerto. Bueno, ya sabe *usté* que es un bicho que mata por matar, pero además, aquél debía llevar su tiempo en ayunas. Se ve que me debió oír o me olió la sombra porque la cosa es que todo fue llegar nosotros y volverse, con los pelos del cuello tiesos como si fuera una carlanca y los ojos como las chispas que le digo. Tenía el hocico, el morro, todo lleno de la sangre del bicho muerto, hasta los ojos, y yo, no quiera *usté* saber, yo me puse a temblar y a darle a las piernas, que no paré hasta llegar al pueblo.

"Pero ya por entonces, cuando esto que le digo, bajaban pocos, y en la trampa —eso sí que puedo jurarlo— no he visto caer ninguno. Eso eran cosas de antes, de cuando no se conocía la estricnina y casi nadie tenía su escopeta. Así que un presidente que hubo, un hombre que hizo mucho bien por estos pueblos, mandó que se hiciera toda de obra como *usté* la ha visto, con su reja abajo y con su llave, que ahora anda perdida, y tan alta que el animal no podía echarse fuera. Y esto de no poder salir era por dos motivos: por la altura misma de la pared y por no poder hacer carrera el bicho. Una vez al año, ya le digo, se reunían los de todos estos pueblos para arreglar la valla de retamas y escobas que llega hasta casi la picota del monte, como un corral que se fuera ensanchando desde la boca misma de la trampa. A las primeras nieves —porque es la nieve la que echa abajo al animal— vuelta a subir al monte, esta vez con mucho vino caliente entre pecho y espalda, con cachavas y cencerros, pateando todo bien, armando ruido para que el animal, que andaría con la barriga bien pegada a la tierra, fuera bajando y acabara en el cepo.

"Yo siempre oí decir que caían cuatro o cinco por año, y algo de verdad debía de ser, porque la trampa está ahí, *usté* la ha visto. Luego los mataban con piedras y con palos o con algún buen tiro de escopeta, porque es un bicho que tiene mucha vida y aguanta como el mismo demonio por mucho que le muelan. Luego la piel; se hacen con ella alfombras, aunque es áspera y fea, ya le digo, o para las mullidas, aunque los animales, los primeros días, la huelen y no paran. Para nada, total, porque la piel es basta y un incordio. Hay que dejarla secar mucho para que los animales no la huelan. Por decir que es de lobo y destacar un poco delante de las mujeres y los chicos.

"Hasta hace algunos años, alguno andaba todavía por aquí, pero verlos, lo que se dice verlos es raro. Andan solos. No siendo por febrero, cuando el celo, cada cual anda solo y a su avío. Ellos sabrán por qué. También nosotros andamos solos y a mal llevar. ¿Por qué? Pues, ¿quién lo sabe? Igual porque los tiempos cambian a peor y no somos capaces de hacernos con amigos. La cosa es que en verano siempre en el monte y en invierno, cada cual en su casa, en la cocina o metido en la cama con la radio. Con la televisión, en cambio, dicen que es al contrario, que la gente se reúne más cuando son uno o dos los que la tienen. Se ve al *Cordobés*, se toman unos blancos, se discute y se mata la tarde. ¿Qué más puede pedir uno?

Es una tarde más, otro domingo que pasa sin visita. Desde la sala donde se recibe, junto a la portería, llega un murmullo de voces que resuena en el patio. A veces, llega también, envuelto en el zumbido de las eternas ráfagas del viento, el rumor de un auto. Se acerca, se calla, se detiene, se oyen los cuatro golpes seguidos de las portezuelas y aparecen los padres o los tíos del alumno que sea. Hablan con la portera que, si son primerizos, les aconseja que aparten el coche de la fachada porque el viento que socava las cornisas, dispara los restos de las tejas sobre la explanada, ante la puerta principal.

Fuera de esto, de espiar a los parientes de los otros, nada hay que hacer, hasta caer la noche, hasta las nueve.

A veces solía disputar interminables partidas de ping pong con el amigo, en los claustros de arriba. Allí los arcos cubiertos de cristales defendían del viento, y con el ejercicio se pasaba en calor toda la tarde, aunque de vez en cuando las ráfagas abrían de par en par una ventana y por ella se precipitaban los vencejos, chocando con los muros o entre sí, persiguiéndose hasta dar toda la vuelta y acertar con el hueco, o hasta que alguno, compadecido, les franqueaba la salida.

El viento es lo que más recuerda, y el camino hasta la carretera principal por donde llegaban los familiares de los otros. El camino se dominaba bien desde la gran terraza, de codos sobre la enorme barandilla de piedra, con jarrones calizos roídos por la lluvia, en donde se posaban los grajos orondos y tranquilos, como negras palomas.

Le llegaban a escocer los ojos de tanto mirar a lo lejos, siempre con la esperanza de ver aparecer el autobús o el coche de alquiler del pueblo.

—Te los vas a desgastar —decía el amigo.

—¿El qué?

—Los ojos, hombre. Anda, vamos a echar un futbolín.

Y el amigo ganaba siempre, porque era el más nervioso. Otras tardes se entretenían lanzando desde la terraza pizarras voladoras. El amigo echaba el brazo atrás, hacia su espalda y luego lo soltaba bruscamente. La lámina se alejaba zumbando de la escarpa, sobre las tanto ruinas de las antiguas dependencias de abajo, por encima de las viejas y enormes tinajas muertas al sol, sobre las cercas de las huertas vecinas al río, perforadas con redondos arcos para prevenir las avenidas. A la altura del pueblo perdía la lámina la fuerza del amigo y caía deslizándose en el viento para esconderse en algún oscuro rincón del cementerio.

Casi siempre conseguía colarla en el blanco rectángulo que tan bien se dominaba desde arriba, y oyendo el golpe abajo, quizá sobre una tumba, se reía:

—¡A ver si se despierta!

Y después miraban a su espalda por si alguien escuchaba, porque ya una vez subieron del pueblo a protestar y sin saberse cómo, los porteros averiguaron quién las tiraba.

Decía el amigo que, en su pueblo, todos los chicos acertaban con la primera piedra a la campana, pero allí no la había, las habían fundido en la guerra con todo el bronce y el hierro de la iglesia.

—¡Todo se lo comieron! ¡Se lo llevaron todo! —explicaba la portera a los raros turistas que, en los días de fiesta, la seguían a través de las naves desiertas, más allá de las nuevas rejas de latón, hasta el falso retablo de escayola.

—Aquí, la iglesia fue hospital. Aquí, ¡qué sé yo! ¡Aquí hicieron de todo! Aquí y en lo que fue sala capitular, en donde comen los chicos ahora.

Con la cena terminaban el día, mecidos por la voz monótona del celador, leyendo ante el micrófono, un libro de aventuras. El techo —lo primero que se mostraba a las visitas— se perdía oscuro en lo alto, poblado de cabezas talladas que, desde la penumbra, debían mirar abajo las mesas de los chicos. Entre ellas, entre sus perfiles invisibles de noche, nacían los cables de las lámparas y cuando el viento se filtraba en la gran sala, haciéndolos balancear, era como si desde arriba las movieran las manos de los rostros.

Luego, con el lunes, una semana más venía, como todas, comenzando siempre cuesta arriba. "Después de la fiesta, la peste" —murmuraba el amigo, rumbo a los dormitorios, aunque la fiesta de ambos era tan sólo mirar la carretera general, ver llegar los coches de los otros.

Una semana más, y luego cinco años, y después otro tanto hasta los veinte, en aquel segundo seminario mayor, allá en la capital de la provincia que conoció una vez, dominando el río desde su cornisa formidable. A veces soñaba estar allí. En la penumbra del dormitorio lo iban alzando sus pensamientos, creándolo enorme y dorado, con cientos de ventanas sembradas por sus muros sin orden ni concierto, con el gran campanario arañando las nubes y los techos pardos comidos por el musgo. Y una iglesia completa, con altares y cuadros y campanas, y una gran explanada barrida por la voz casi humana de los grajos. Al fondo, la voz del río; arriba, la voz del viento y el amigo. Pero el amigo desconfiaba siempre de sí.

—Yo allí no voy. Ya verás cómo por mucho que me empeñe no llego.

—Pero, ¿por qué?

—Porque yo, los libros, ni verlos. Yo no apruebo.

Él, en cambio, estaba seguro de llegar, aunque sus notas fueran sólo regulares, aunque tantos años de carrera le asustaran un poco, como al padre.

Porque el padre ya juzgaba, como ahora, que eran muchos, demasiados años. Ahora ya no lo dice, solamente lo piensa ensimismado, contemplando el crujiente fuego de la hornilla. Ahora debe pensar en aquel tiempo decisivo, cuando no fue capaz de hacer frente a la madre, de torcer la que ella llamaba la vocación del hijo.

Ahora los tres caminan por la calle del viento, rumbo a la iglesia donde trabaja el de los santos. A veces un rostro curioso y fugaz descorre un visillo o enciende una lámpara al oír por la calle la tos de la madre, a la que vence el frío de la niebla. Cuando el relente congestiona sus bronquios, apenas puede hablar, y su rostro pasa del blanco al rojo en un instante. Después se detiene y suspira y, pálida de nuevo, exclama:

—Nos vamos, Joaquín, nos vamos...

—Mañana mismo, mujer; no te pongas así, contente un poco —responde el marido y por un instante mira al hijo, haciéndole responsable de la niebla, de aquella maldita cuesta y la calle empinada con su piso deshecho, con sus sueltos morrillos y su fango, con su agrio, implacable olor de abono fermentado.

La tela endurecida parecía ahora la vela de una pequeña lancha. De un empujón la hizo caer al suelo don Antonio, y ya el hijo de Agustín acudía con el martillo y la caja de los clavos. Quedó el sandwich otra vez fijo al suelo, pero al revés que antes, con la pintura mirando al techo. En las partes donde el fijativo era menos espeso, las telas secas dejaban entrever ya vagas imágenes, un rostro simple y redondo, pliegues de túnicas o de manos orando, con sus dedos grandes y cuadrados.

—Ahora, con el agua hirviendo, van levantando todos esos paños secos y queda la pintura al aire. Y ya no hay más que llevársela al museo. ¿No es así, don Antonio?

La voz del párroco, con su eterno tono de homilía, sonaba en la penumbra, entre los padres.

—¿Y esto? ¿Cómo queda? ¿Cómo se queda el sitio donde estaban? —preguntó el padre.

—Aquí se pone una copia. ¿No es verdad, don Antonio?

—No lo sé... Ya se verá...

Se volvió a buscar las esponjas, mientras el chico apartaba el cubo humeante del hornillo.

—Pero usted dijo que sí, que las pondrían —insistió el párroco.

A veces lo decía, a veces no, según el ambiente o la

ocasión. Lo decía al principio, en los primeros días y luego se olvidaba hasta que alguien —el párroco o el alcalde, por ejemplo—, venían a recordárselo. Las monjas casi siempre preferían la indemnización —la limosna, decían—, y era una tarea pesada y laboriosa acordar la cantidad. Algunas renunciaban a ella, a cambio de unas obras —retechar la iglesia, limpiar una fachada—, pero la reproducción apenas interesaba a nadie por culpa del dinero y porque casi nunca arrancaba pinturas tan importantes. El párroco debía ser una excepción o hablaba así por lucirse ante sus padres. Ante el padre sería, porque la madre continuaba absorta, con su pálida cara de luna, como si meditara, ajena a las explicaciones.

—Mira; después que quitan las telas esas, queda así —insistía el hijo, mostrando al padre los lienzos que tapizaban las paredes. Y el padre dejaba vagar su mirada por las desvaídas escamas de los frescos. El párroco insistía una y otra vez, y don Antonio pensó que aquella tarde hablaba más de lo que en él era costumbre y en un tono poco normal, sin ironías, excepto para recordar a Agustín el arreglo pendiente de la dichosa campana.

—Estése *usté* tranquilo. Esté tranquilo, que ésa, un día, se queda como nueva.

—Un día de este año. A ver si puede ser...

Afortunadamente, cuando la pintura salió a la luz, ya ninguno de los tres estaba allí. Era un fresco pobre —o al menos a él se lo pareció—, con fondos desvaídos y una figura incompleta que debió de ser Jonás orando, con las manos a la altura del pecho y la ballena al lado, plana y sin relieve, reconocible sólo por su forma. Pero a fin de cuentas, ahora estaba allí, a sus pies, y sus días en el pueblo habían concluido. Así pensaba a veces, para paliar su decepción y una vaga tristeza que llegaba puntual al levantar la última tela. Y siempre se preguntaba qué pretendía hallar, qué perseguía con tanta paciencia, removiendo ruinas a través de tantos años, porque nunca buscó en ellas —al menos al principio—, el chalet junto al río con sus dos parras y su pino enano tumbado por el viento, ni una vejez tranquila, ni el porvenir de Anita, ni su boda ahora.

Además, Anita también se lo decía. "¿De dónde vienes? ¿Qué buscas? ¿Dónde está? ¿Dónde lo llevas?" Le sorprendía a veces con sus preguntas y no sabía contestar, y si inventaba una mentira era peor, era preciso mantenerla, ir haciéndola crecer, hasta volver al punto de partida.

Anita le preguntó hasta que fue mayor. Luego se distanció a la sombra de la madre y ya, como la madre misma, nunca más volvió a interesarse. Y ahora el matrimonio las uniría más, con sus secretas ceremonias.

Era preciso recoger las telas, volver a casa.

Al levantarse sintió el dolor de siempre en las rodillas, pero le saludó como a un viejo conocido. Allí estaba, en sus huesos, y también más arriba, en los riñones, pero era un antiguo amigo, y sabría esperar, darle tiempo a recoger sus trastos.

Ya el hijo de Agustín había devuelto a su rincón los cubos. Después abrió la ventana para tirar los paños inservibles y una racha de niebla vino a volver opacos los cristales.

—¡Vaya tarde!

—¿Llueve otra vez?

—Llover no llueve. Es la niebla que parece que levanta, pero luego vuelta a caer. Y que dure, no le dé al tiempo por meterse en agua, o en nieve que es peor.

En la calle, rumbo a la casa de Agustín, borrosas procesiones de ganado, volviendo del monte, meciendo sus grupas pesadamente como si navegaran en el barro.

En la casa, un buen caldo y la cama de sábanas tiesas, húmedas hasta que el cuerpo consigue calentarlas. La alcoba es como un blanco camarote, como un nicho ocupado totalmente por la cama. Una de las paredes es el muro del establo, la otra una cortina de cretona que la separa de la habitación contigua, vacía excepto en calendarios y fotografías, pegada a la cocina, con la mesa camilla en el centro y su lámpara de fideos que el viento hace tintinear.

Sobre la mesilla de noche, alta y espigada como una diminuta catedral con sus columnillas torneadas y su blanca placa de mármol, un mezquino ventanillo deja llegar los rumores del monte, el grito de los búhos llamándose en el alba, el sollozo sofocado del mochuelo o el golpe intermitente de los carboneros en el monte. En la madrugada se hiela el aliento y se echa de menos el parador, mas don

45

Antonio piensa que de nada serviría volver, suponiendo que el frío le obligara. Ya debe estar cerrado definitivamente, y su equipaje, como prometieron, en la casa del guarda. Es cuestión de resistir un poco, no pensar en la humedad ni en el dolor, y sobre todo apagar la luz porque nada trae más frío a la pequeña habitación que la vista de aquellos macizos tabiques blanqueados, deformes ya de tantos revoques. Apagar la luz y no pensar, esperar a que el cuerpo se relaje. No pensar, moverse poco, no perder el valor y, más que nada, no sentir compasión de sí mismo cuando el dolor comienza a subir de las rodillas y crece por la espalda y al encender la luz se adivina en las manos que al día siguiente habrá que quedarse en la cama, en aquella casa que no le gusta, en aquella habitación helada, por culpa del tiempo, porque esta vez la enfermedad llegó, como el invierno, antes de lo habitual, sin darle tiempo a volver a Madrid, como otras veces.

Y si es un día o dos, menos mal. Lo malo es si el dolor no pasa, si no le deja andar. Es preciso no pensar en ello aunque resulta tan difícil; pensar, por el contrario, en el trabajo aunque le importe poco, o en Anita y su boda.

Pero dice Agustín que el dolor del reuma es mejor que otros dolores. "Es mejor —asegura—, más benigno, más manso. Es un dolor que se hace uno a él desde que empieza, desde que avisa, desde que dice: voy allá, tente, no comas y métete en la cama; llama al médico. No es como el de los oídos, pongo por caso, que se para aquí, detrás de las orejas y es como si te fueran a echar la nuca abajo. Yo, el invierno que tuve ese dolor que digo, perdí lo menos veinte quilos de carne. Yo no era persona ya; y eso con médico. Claro que los médicos saben lo que saben, pero de los demás, como *usté* y como yo, o menos, si me apura.

"Además, dice *usté*, para el reuma, tiene cantidad de remedios: tiene, llevar en la muñeca una buena pulsera de cobre, tiene los ajos, sobre todo, que son lo más seguro, y la harina de linaza y los berros. El aceite de espliego dicen que va muy bien, y sobre todo el barro en cataplasmas. Cuando allá por San Blas me empieza a mí a dar guerra la pierna como todos los años, sube la mujer a las campas de arriba, aquí mismo, detrás, según se mira al monte, y nada más cruzar la linde del otro Ayuntamiento hay una fuente muy fresca y muy buena. Allí coge ella el barro y se trae una buena fardela, y aquí, en casa la lava y la hierve bien, por si queda algo de broza. Luego se amasa como si fuera el pan y se pone en la rodilla hasta que seca. Entonces me la quita, y vuelta otra vez, hasta que se lo lleva todo por delante: el dolor, la reuma y el vello de la pierna.

"Y también la picadura de avispa dicen que arrastra el mal y que no duele. Después el animal se muere y la rodilla sana y queda blanca y con ser su natural, tan sana como estaba. Pero, *usté* no va a ponerse a eso. *Usté* lo que tiene es que estarse quieto y levantarse poco, porque hágame caso que no hay mejor remedio, ni más barato, ni más bueno que la cama, que todo lo cura, hasta las riñas. Moverse poco y dejar que pasen otros dos o tres días, y luego se levanta, lía el petate y a casa, a ver a la mujer y a la chica, que tampoco son mala medicina. Y déjese de pinturas que yo se las puedo recoger. Estése tranquilo. No se ponga nervioso, que entre mi chico y yo podemos irlas preparando para que sólo tenga que levantarse y coger el caballo, si es que no quiere bajar andando hasta el coche de línea. Pero tiene que estarse bien quieto y si llueve como si truena, porque aunque nieve ¿a *usté* qué más le da, si tiene, como quien dice, la cosecha en casa? Cada cual tiene su genio, ya se sabe, pero cuando no hay más remedio, hay que aguantarse. Se levanta *usté*, anda un poco, se sienta a la lumbre para que las rodillas vayan cogiendo su juego; al día siguiente anda otro poco más, y en seguida a Madrid. Y este pueblo y el frío y el amigo Agustín, hasta la vista, ni el polvo, ni acordarse. Pero no ande danzando por ahí, no le haga caso al párroco, porque ese chaval sabrá mucho de su carrera, que eso sí, la estudió, pero lo que es de reuma, yo más que nadie, y le digo que es un dolor prudente, que llega en el invierno, cuando no hay trabajo, cuando no hay más que levantarse y tomarse el almuerzo y dárselo a las vacas, sacar luego el abono y sanseacabó, a darle a la cuchara otra vez, un poquito de brisca y a la cama. Entonces es cuando llega, porque se ve que dice: "Muy buena vida es ésa; allá voy". Por eso le digo que es prudente, porque con el buen tiempo y el sol cuando tiene uno que valerse de los brazos, se va, parece que se espanta hasta el otoño y no vuelves a verle la cara en unos cuantos meses.

Esas losas grandes y pesadas, con aristas partidas y escalones mellados. Esas losas siempre gastadas de distinta forma, con perfiles de lomas, cauces y vaguadas lo mismo que el relieve reducido de un valle. Ese campo de piedra cárdeno a la luz, sobado y reluciente de tantos años y pasos y rodillas, esas piezas de piedra mal cortada, hundidas donde antes hubo losas, esas romas esquinas con sus manchas de musgo, forman el suelo de San Salvador que tanto se parece al del patio principal del seminario. Y las dos arquerías de las naves pequeñas son como los soportales, y el hueco vacío de su sepulcro en medio, el pozo labrado allí en su centro, con dos grandes jarrones de granito rematando el brocal.

Agustín y el párroco cruzaban en la oscuridad, casi a tientas.

—Estamos llegando ya.

—Espera, que te matas.

—Déjelo. A lo mejor ya viene la luz por el camino.

El párroco se había entretenido haciendo girar cada interruptor que encontraba a su paso y cuando llegó ante la puerta de entrada al campanario ya Agustín les esperaba hacía un buen rato.

—Y ahí dentro, ¿cómo ves?

—Yo soy gato y cuanto más oscuro mejor veo.

—Tú te matas un día.

—¡Y dale con lo mismo! ¡Qué manía! Yo voy a vivir cien años. Traiga la luz acá que voy delante, y mire bien donde pone los pies, que están los escalones criminales.

El áspero roce de la piedra, su tacto frío, subir por un tubo de macizas tinieblas, ensamblado en todas sus piezas, monolítico, en forma de espiral, sin resquicio alguno hasta el segundo piso, de ladrillo ya, pasado el cual empiezan los escalones de madera.

Pero allá en el seminario no subían. Al contrario, cruzaban el camino del fondo, el sótano primero de las tres plantas que servían de cimientos a la pesada mole del edificio.

Quedaron escondidos en el sótano primero, tras los grandes montones de patatas, entre residuos de cebollas, restos de armarios y palanganas rotas.

—Espera, a ver si vienen, a ver si nos han visto.

Pero nadie llegaba. Olía a basura, a ropa vieja, como a sudor y a patatas fermentadas.

—A miseria es a lo que huele —murmuraba el amigo—. Estas patatas son las que nos echan de comer. Fíjate como están.

—¿Cómo están?

—Echadas a perder, podridas. A saber de qué cosecha son. —Cogía un puñado de las más pequeñas y, con gesto entendido, las iba deshaciendo en su mano.

—Hasta puede que sean de las que echaban a los presos.

—¿De qué presos?

—De los que antes metían aquí. Se lo oí decir a la portera. Siempre cuenta lo mismo.

Su linterna trazaba en la bóveda haces errantes que más tarde en el suelo encendían la paja que debió servir de cama a los hombres de que hablaba el amigo.

—¿Y no salían nunca de aquí?

—Nunca, ni a misa —respondía rotundo, casi satisfecho—. Y cuando se morían, aquí mismo les cavaban el hoyo.

Dio un golpe en el suelo, con el pie, apagando por un instante la linterna. Por encima del miedo, en el silencio casi total de la bodega, casi llegaba el retumbar del propio corazón y el vago rumor lejano de una corriente de agua.

—Fíjate; así estaban, a oscuras siempre.

—¿Quiénes?

—Los presos, hombre.

Y allí estaban, aunque ninguno de los dos pudiera verlos. Pero su roce, el tacto, el único sentido que para ellos servía, no era como la superficie de la piedra, ni frío, ni macizo, sino viejas ropas y zapatos deshechos y alientos húmedos y un rancio aroma a cuero viejo. Allí debían estar; en pie algunos, puede que pensativos; otros, la mayoría, tumbados en la paja durmiendo o soñando, comidos por los piojos, como en todas las cárceles de todos los tiempos. ¿De qué tiempo serían? El amigo no lo supo nunca y puede que la portera tampoco.

—¿Del tiempo de los moros?

—De mucho antes.

—¿De cuando los franceses?

—De siempre, de todas las guerras. ¿Tú sabes quién estuvo aquí también? —insistía el amigo, encendiendo la linterna.

—¿Quién?

—Pues Quevedo...

—¿Quién?

—Quevedo. El de los chistes, hombre. Lo encerraron por una partida de años, pero más abajo.

—¿Y por qué?

—Pues no sé. Algo haría...

La luz apuntaba ahora a la boca de la escalera que se perdía abajo, en la oscuridad del rellano.

Estas hileras de ladrillos rotos, estas ventanas estrechas, como cegadas hornacinas, estos descansillos redondos, imprevistos, donde el pie se posa y se desliza, buscando asiento, este rayo de luz que surge despacio y crece y da en el rostro a medida que se sube, anuncian que la piedra concluye y con ella el piso primero. El segundo tiene ya cuatro ventanas desde las que se alcanza a ver el pueblo entero, aunque solo sea a ras de los tejados. Ya el viento zumba y huyen los vencejos de los nidos más bajos y Agustín, en el rellano, pregunta al párroco que, con la sotana blanca de polvo y telarañas, se defiende mejor ahora en la claridad del día:

—¿Cómo vamos?

—Así, así...

—No suba tan cerca, no vaya a desprenderse alguna piedra o un tablón. La verdad es que no sé a santo de qué viene. —Se detuvo para cambiar de mano las herramientas—. Bueno, vamos arriba que ya va faltando menos.

El corazón del párroco retumbaba más fuerte cada vez, a medida que dejaban atrás el piso segundo. Un golpe acelerado y seco que parecía vaciarle por dentro.

Y acentuaba aún más su sensación de ahogo, la voz de Agustín, invisible ahora, normal, sin pausas, siempre en tono igual, como si en vez de trepar ya por el último tramo, cerca de las campanas, estuvieran abajo, cruzando apenas la puerta de la iglesia.

—A *usté* lo que le pasa es que tampoco puede estarse quieto. No se fía ni de mí siquiera. Tiene que estar encima, verlo todo al detalle, como el otro.

—¿Qué otro?

—¿Cuál va ser? Lo sabe *usté* de sobra.

—¿Don Antonio?

—Justo. *Usté* le ha dicho el nombre. Esos nervios que tiene le arruinan la salud.

—¿A mí?

—No. A *usté*, no. A él, como se ande jugando.

—Pero ¿no está bien ya?

—Hoy ya se levantó, pero eso no tiene que ver, eso es reuma. A ver si puede marcharse ya dentro de poco, porque el dolor lo pasa, lo que peor aguanta es el aburrimiento, eso de estarse mano sobre mano. Gracias a mí, que le doy de vez en cuando un rato de palique.

En el último tramo, la torre hueca como un dado vacío, rasgado por los arcos que aguantan las campanas, y, llegando hasta ellas, un final de escalera que son dos vigas de roble con tablones clavados a ellas a modo de escalones. Ya Agustín estaba en el final.

—A ver si andamos con tiento por aquí. Péguese a la pared que desde aquí hasta abajo hay un buen salto.

Abajo, adonde el párroco prefiere no mirar, se extiende un negro colchón de excrementos de palomas. Arriba, la plataforma de maderas podridas dejando paso a las maromas de tocar las campanas, que se pierden en la oscuridad, rumbo a la sacristía. Y por fin, las campanas mismas, demasiado grandes, casi absurdas para su débil toque. Un rumor de palomas se aleja restallando y el frío arrecia, a través de los cuatro grandes vanos.

—Lástima, este tiempo tan malo —exclama Agustín—. Con el sol se abarca desde aquí casi todo el Ayuntamiento. ¿Es la primera vez que sube?

—Y la última, espero.

Pero Agustín no oye el lamento del cura. Ha encendido un cigarro antes de echar un vistazo a los ejes y mira a sus pies los tejados relucientes de lluvia o, más arriba, los huertos borrados por la niebla que desde el cielo oscuro, opaco y bajo, avanza en una gran barrera blanca, como una mole de espuma inmóvil. De pronto, su rostro se anima:

—Mire mi hijo, el más chico, por dónde anda.

Apenas se le distingue abajo, ante el portal de la cuadra, espiando los nidos del alero. Junto a él otro de parecida edad se agacha y dispara una piedra adonde le indica el compañero.

—¡Vaya par de alacranes!

Luego, de súbito también, Agustín se enfada y les grita, pero su voz apenas llega abajo y además la niebla va cercando la torre. Ya avanza sobre los tejados, fundiéndose con el humo de las casas, arrastrando consigo el hedor del hollín, haciendo tiritar hasta a Agustín, que dejó en la iglesia su tabardo.

Abajo, en cambio, se estaba bien caliente. Cuanto más profundos, más tibios los cimientos, porque, como el amigo decía —y él por su pueblo debía saberlo—, las cuevas son muy buenas; templadas en invierno y frescas en pleno agosto.

—Siempre es así. Por eso se guarda el vino en ellas.

El sótano segundo era como el primero, pero vacío, salvo una gran tinaja cuya boca tocaba casi el techo. La paja, en cambio, formaba una alfombra dorada hasta el mismo pie de la escalera.

—Aquí metían a los peores, a los que se escapaban alguna vez y les echaban mano. Les ponían cadenas en los pies, y por ese hueco les echaban la comida.

El ir y venir de la linterna descubría en las macizas pilastras grandes argollas que quizá sustentaron un día las cadenas de que hablaba el amigo, y el pequeño resquicio luminoso por donde, según él, bajaban cada día, el pan y el agua y una sopa de arbejos. El párroco se preguntó siempre cómo había podido el amigo llegar a descubrir todo aquello, porque ya bajando en compañía, las bóvedas oscuras daban miedo, sobre todo conociendo aquellas historias —creyéndolas o no—, surgidas en la oscuridad a medida que la luz se retiraba.

—Pero tú, ¿bajaste por aquí muchas veces?

—Unas cuantas.

—¿Con quién?

—Con uno de mi pueblo —respondió vagamente. Y como si no quisiera ampliar más su mentira se adelantaba aún más para llegar hasta el fondo de la escalera.

—Y este sótano es el último. Fíjate, no tiene más que un cuarto.

—Y ¿por qué?

—Aquí metían al peor de todos.

—¿A quién?

—Al que se iba al infierno más derecho.

Y otra vez el juego de apagar la luz y, de nuevo, el latir del corazón y el rumor lejano del agua. Mas la luz no volvía esta vez, y él, sin saber qué hacer, se movía en las tinieblas hacia donde pensaba que se hallaría la escalera. De pronto el tacto de la bóveda en las manos y vuelta atrás, pisando la blanda paja que ahora se le antojaba los cuerpos de los presos, caminando con los brazos extendidos cortando las tinieblas hasta sentir muy cerca el aliento del amigo.

—¿Estás ahí? Venga, enciende.

La luz surgió, y vio cerca de sí los otros ojos.

—Yo soy el peor de todos —le oyó decir, en tono de burla—. Yo soy el que se va más derecho a casa del demonio.

Nunca le había conocido así, nunca vio aquellos ojos. Era como si desde aquel tercer sótano, bajando un piso más, se entrara verdaderamente en el infierno.

Ahora los tejados, bajo la torre, comienzan otra vez a dibujarse. Hasta el mismo Agustín parece despertar del sueño en que le sume su cigarro. Mas su trabajo dura bien poco, solo una ojeada.

—Yo aquí no tengo nada que hacer.

—¿Cómo que nada? —pregunta alarmado el párroco.

—Mire *usté*. Mire *usté* esto... —Palpa el muro de ladrillo.

—Entonces ¿para qué subimos hasta aquí?

—No sé —se encoge de hombros—. Eso es asunto suyo.

No es el eje lo que anda mal en la campana, sino el

muro desportillado que lo sostiene. Ha cedido en uno de sus arcos, y la campana roza y no puede voltear.

—Aquí tiene que subir el albañil, levantar el eje con un gato, después se le sujeta con un caballete y arreglar la pared; vamos, hacerla de nuevo. —Da otra palmada en los negros ladrillos del campanario y añade—: porque lo que es ésta tiene poco remedio.

De nuevo el párroco apenas le oye. Sigue pensando en el infierno aquel, más abajo de las tres bóvedas de piedra. El recuerdo de las grandes bodegas vacías, con su principio y su fin en las tinieblas, vuelve, otra vez, escaleras abajo, desde el tramo más alto envuelto en el acre olor de las palomas, hasta el primero, donde la luz no llega ni a través de un solo resquicio.

Y abajo, a través de la iglesia, esas losas grandes, macizas, que fueron el castigo del amigo. Esas losas pulidas, allá en el seminario, por la lluvia y la nieve y millones de pasos, formando hileras de distintos colores como los radios de una rueda. Esas piedras lisas pulidas, apuntando todas al brocal del pozo que, además de sus dos barrocos florones, tiene un hierro forjado en forma de pájaro que sostiene la rueda por donde corre la maroma del cubo.

Y Anita seguramente esperando su vuelta, esperando su seguro asentimiento, metida en compras ya, en listas de regalos, en el complicado laberinto de la boda. Adiós, Anita, aunque en realidad se hubiera despedido de ella hace ya muchos años, y desde entonces acostumbrara recordarla de pequeña. Adiós, Anita, firme como un soldado, con los pies hundidos en la arena de la playa, con los brazos bien pegados al cuerpo y un enorme sombrero de paja cubriendo la cabeza. Adiós, con su bañador de grandes listas blancas y azules, apoyada en la barandilla de un paseo frente al mar, con un brazo extendido apuntando cualquiera sabe adónde. Adiós, Anita sonriente, con calcetines blancos y zapatos de lengüeta, con su falda escocesa y su cinta sujetando el pelo, y un collar muy grande de abalorios, siempre con aquella amiga tan alta y melancólica. Adiós, junto a tu madre con tus medias ya, tu bolso nuevo y aquel traje tan largo, con la falda hasta casi medio tobillo. Adiós, Anita de la alegre excursión a los Picos de Europa con el inglés aquel que se bañaba en los lagos más altos. "Procedamos a la inmersión" decía a la caída de la tarde, y ante los ojos asombrados de los pastores se arrojaba de cabeza en el agua de nieve, con su breve calzón de baño. Nadaba un par de vueltas, siguiendo la costa de guijarros, lo cruzaba y volvía resoplando, todo rojo, sonriente.

Y volviendo a la carretera general, con la mochila al hombro, el chófer del camión que nos llevó hasta Potes. Aquel hombre que por la noche, para espantar el sueño, se clavaba mondadientes en los párpados o se ponía el mono —decía él— y bajaba de la cabina a revolcarse en la nieve; que contó, en una tarde, aquellas historias de su viaje a Liberia, con los americanos. Y el guarda de Numancia, que aún vivirá allá arriba, en la destartalada casa, sola, junto a aquel obelisco que pusieron, que lleva tantos años allí, junto a las ruinas, y su mujer que lleva más aún, desde cuando llegaron los primeros obreros a remover el cerro, y los dos perros tan vivos y pequeños entonces, que dormían al raso hasta los días más duros de la nieve y que ahora ya estarán muertos. Aquellas redondas lomas pardas, moradas, llenas de jara y roble, de alamedas amarillo rabioso, salpicadas de nieve a lo lejos.

Y cómo un buen día te cansaste, y tenías razón seguramente, pero el pretexto fue que la madre quedaba sola en casa demasiado tiempo. "Mira, Antonio, tienes que hacerte cargo. Si fuera un chico sería distinto, aunque, de todos modos, no se puede faltar al colegio, así porque sí, porque a ti se te antoje. De modo que vete haciéndote a la idea de que es la última vez. Además, a mí, quedarme sola me da miedo, la verdad. Ya no somos tan jóvenes y me da miedo que me pase algo una noche, y aunque la niña no pare mucho en casa, siempre pienso que tengo más compañía. Ya está bien con que andes tú por ahí todo el año, para que también te lleves a la niña. Además no le gusta, convéncete de que se aburre. Me dice muchas veces que se aburre, que se cansa. No te la lleves más, hazme ese favor..."

Y la otra razón debió ser, tiempo después, ese chico,

Gonzalo, que hasta ahora sólo fue un nombre que él pensó que, por ser el primero, acabaría pronto por borrarse; pero que perdura, y se oye más a menudo cada vez, y que él pretende ignorar porque, quieras o no, recordarlo le produce siempre un sobresalto.

La madre tuvo razón entonces y, a buen seguro, tendrá razón ahora y, sin embargo, hubiera estado bien un postrer viaje, una última excursión como antes, pero por estos valles, hasta tocar el fin de los robles casi en lo alto de la cordillera. Y ver esa trampa famosa de la que tanto habla Agustín, como una vieja torre hundida en la maleza, cubierta de helechos, envuelta en las dentadas hojas de la hiedra, encontrar esa llave perdida entre las zarzas, abrir ese candado y entrar en el recinto que respeta la niebla. Y ver la niebla avanzar entre los brezos sobre campos de helechos quemados por la helada, por encima del río revuelto y turbio, dividiéndose en blancas fumarolas y escuchar el gemido de la escarcha que es como el desperezarse de la tierra, igual que si del suelo se despegara una piel grande y tersa. Y las laderas de roca de las cumbres más altas, con sus grandes manchones de óxido y los rosarios de pisadas en el fango y esas figuras negras, inmóviles, que son un animal o un hombre que se destacan netas sobre el fondo de nieve. Sería bonito, pero ni siquiera es preciso renunciar. Ya Agustín se lo borra de los sueños, como si desde el pie de la cama fuera capaz de adivinar los pensamientos.

—Con otro par de días —asegura—, nuevo.

—¿Volviste por la sacristía?

—Sí, señor.

—Y ¿qué tal? ¿Desclavaste las pinturas?

—*Usté* no se preocupe.

—¿Empezaste por lo menos?

—Eso ya está marchando.

—¿Pero empezaste o no?

—¿No le digo que están marchando?

Es imposible obligarle a responder, de igual modo que es difícil forzarle a trabajar, si no está en vena. Se sienta a los pies de la cama, se quita la gorra, la examina, se la vuelve a poner como buscando un tema para empezar su charla, enciende su cigarro y comienza.

56

Y otra vez las paredes comienzan a borrarse, a marcar el principio de otra noche que no sabe cuánto durará, si un momento o un año o una vida entera de balance y recuerdo.

Allí están Anita y la madre, y la prima Tere tanto tiempo perdida, recordaba ahora, como en el negro tiempo de la guerra. Tere, con su melena de ondas siempre bien marcadas, con su bata y sus medias bien tersas y estiradas. Y esa sonrisa suya que quizá ya no exista pero que nace allí mismo, en el cuarto, con sólo cerrar los ojos y olvidar la charla de Agustín y el dolor que atenaza la espalda.

Y a pesar del dolor: su recuerdo, su cuerpo no muy grande, menudo al menos por entonces, empinada siempre en sus chinelas, pequeña y suave. Su manera de hablar, su forma de apoyarse aquí en el brazo que ahora duele también, su forma de besar en la parte inferior de la mejilla, mejor que si besara, como aquella vez, más abajo en los labios. Y sus labios redondos, como un pequeño círculo, suaves también, blandos y pequeños sobre todo, como sus dientes, como los pies bonitos que gustaba de enseñar desnudos, igual que su piel dorada entrevista al alegre vuelo de sus piernas.

De todo ello nace un recuerdo, imágenes que son la casa de la tía en la plaza cuyo nombre nunca recuerda, frente al Palace Hotel, en el cuarto adornado con fotos y jarrones llenos de lilas que esparcen en derredor un olor que al principio recuerda a los difuntos. Un olor que siempre, desde entonces, evoca aquellas tardes y otras que no son verdad, mas que debieron serlo, pero que obligan a despertar, a abrir los ojos y a escuchar a Agustín, que ya no es sino la brasa roja de su eterno cigarro:

—...pero ya no se hacen, porque eso fue cuando eran estos pueblos ricos. Cuando eran más grandes; vamos, cuando había más dinero. Ahora los párrocos que mandan por aquí no son como aquellos, como aquel don Toribio que le digo... Aquél sí que organizó aquí buenas funciones.

Ha atiplado de pronto la voz y en la penumbra surge un tono muy suave, como lejano:

—Yo Poncio Pilato, presidente por el romano Imperio juzgo y sentencio a muerte afrentosa de cruz a este hom-

bre embustero, engañador del pueblo, llamado Jesús Na-
zareno, que con sus embustes y vanidades quiere hacerse
rey de los judíos, y para que se humille su soberbia mando que le carguen con la cruz en que ha de ser cruci-
ficado..."

Y la brasa no se ve. Ha debido aplastarla en el suelo.
Se le adivina liando otro cigarro en la oscuridad y debe
hacerlo rápido, pues se nota la pausa del mojar el papel
en los labios.

—"... Y así mando que le lleven por las calles y plazas
públicas de la ciudad, así ligado, como está, para que sirva de ejemplo y escarmiento a todos cuantos le miren, y
que vaya acompañado de otros dos ladrones y que sea
llevado al monte Gólgota o Calvario y que allí, clavado y
fijo en la cruz, según sus enormes delitos, pague con la
muerte."

Otra pausa, un silencio que alumbra la brasa del me-
chero, y después en tono explicativo:

—Entonces, después del discurso de Pilato, las chicas
se salían y quedaba la cruz en el centro, con los paños
morados que le digo, y era el mismo don Toribio en persona quien acababa la función.

—Habiendo sido, como fue, la sentencia más injusta
que se puede dar en este mundo, la admitió el Mansísimo
Cordero con mucho gusto, para librarnos de la horrible
sentencia que por nuestros pecados...

La palabra pecado siempre arrastra la imagen de la
tía y la prima, el silencio en la mesa cada vez que se
hablaba de Tere o de su madre, de su vida, para él des-
conocida, el modo de referirse a ella por alusiones nada
más, procurando no mencionar sus nombres. Tales alusiones, tantas vagas palabras, le hicieron angustiarse aún más
el día de su primera visita, en tanto que la oscura cabina,
imitación caoba, subía entre las rejas recién pintadas, entre
ruidos y rumores de mecanismo bien instalado, rico.

Los números pintados que pasan tan lentos, con el
orden de los pisos. Ese descansillo con sus cuatro puertas.
No confundirse, no olvidarse: quinto, centro derecha. Si
se equivoca y no es allí, ¿qué le dirían? Quizá conozcan
a la tía y la prima. El timbre profundo y sonoro allá dentro, los pasos, los rumores, la doncella. Allí es. Hay un

largo pasillo de parquet, en un rincón del cual luce el teléfono, que entonces era un lujo.

—Dice la señora que pase.

Y la señora está al fondo, en la puerta del gabinete, de lo que supo después que era gabinete, y así, con la luz a su espalda, no se la distingue, aunque bien es verdad que tampoco la conoce, sólo de alguna foto que le dejaron ver a duras penas.

—De modo que tú eres Antoñito; bueno, Antonio. Pasa hijo, pasa. De modo que por fin te decidiste a venir. Menos mal. ¿Qué quieres tomar?

—Cualquier cosa...

—¿Qué tal les va a tu papá y tu mamá?

—Bien... Están todos bien.

—De modo que están bien —repite la tía, como si al mismo tiempo pensara en otra cosa. Luego le mira, siempre pensando en algo que no dice y finalmente, continúa—: ¿Y cómo se te ha ocurrido venir a ti, solo, por aquí? La verdad es que si te veo por la calle no te conozco. ¿Cuánto tiempo hace desde aquel día que viniste con tu padre?

—Dos o tres años, por lo menos.

—¿Dos o tres años? —rompe a reír—. Lo menos diez. ¡Si eras un niño casi!

—No tanto...

Quiere protestar en tono afable, familiar, que no le acaba de salir porque la tía, después de un primer momento cariñoso, le intimida.

—Voy a traerte una copita —dice, mientras sale, y luego llama en voz alta desde la misma puerta—: Tere, sal, mira quién ha venido.

Y Tere ha aparecido. Él ha dudado un poco porque no sabe si se debe levantar. Después se ha levantado para volverse a sentar rápidamente. Tere le mira de aquel modo sincero y divertido que después tan a gusto se recuerda. Se ha sentado, se ha arreglado la falda y calla, y él siente esa angustia, ese deseo de huir y, a la vez, de quedarse, de parecer, a un tiempo, simpático y natural. Mas sólo cuando la tía vuelve es capaz de ligar unas cuantas frases con sentido hasta llegar, al fin, a la razón de su visita: la próxima llamada de su quinta.

—¿Tan pronto?

—Eso me han dicho.

—¿Quién te lo ha dicho?

—Todo el mundo lo dice. Papá lo oyó en el Ayuntamiento.

—Pero tú eres muy joven todavía.

Lo ha dicho como podría decirlo un general, desde el otro lado de su mesa, observando al nuevo recluta, en un tono que justifica el consejo del padre: "Tú vete a verla. Quizás ella conozca a alguien que pueda arreglártelo".

—Arreglar ¿qué? —continúa preguntando la tía.

—No sé —duda Antonio, desviando la mirada—, arreglar que me dejen en Madrid; por aquí cerca, vamos...

Las dos mujeres callan y Antonio no sabe si, en el fondo, se ríen de su miedo, o quizá de su viaje interesado a pedir un favor, al cabo de tanto tiempo sin pisar la casa.

Pero el padre ha llegado, días atrás, con noticias de las nuevas levas que amenazan. Le ha llamado por primera vez a su despacho para no alarmar a la madre, ese despacho que nadie pisa si no es la criada, que ni él mismo utiliza, y le ha hablado triste, más que serio, con una tristeza que daría risa en otras circunstancias.

Antonio apenas le escucha, sólo piensa en su miedo que se aliviará nada más salir de aquel cuarto, sólo con dejar de oír la aburrida salmodia. Porque es el padre, su tono, lo que más deprime, en aquel cuarto que es como un panteón lujoso, con sus muebles oscuros y sus falsas vidrieras.

Salir a la calle es una liberación, aun bajo el estampido de los morteros. Su explosión no le asusta tanto como esa voz, ese gesto que quiere ser solemne y esas cosas que dice con palabras aprendidas de la radio que es para él como un santón, ante el cual todos deben callar cuando el cabeza de familia, como en una secreta ceremonia, hace girar los mandos.

Si la tía le arreglara el quedarse cerca de Madrid, en un sitio sin riesgo, la guerra sería para Antonio una liberación, un adiós casi definitivo al piso, a la hermana y la madre. Ese piso donde el miedo siempre vuelve en las largas horas vacías, del que es preciso huir, como aquel día con Carmen, para olvidarlo al menos un par de horas en un cine.

La vieja película de improviso se ha detenido, arrastrando su sonido en ridículas voces. Han quedado inmóviles las imágenes, desapareciendo del todo al encenderse las luces. Y ya todo el mundo sabe la razón. Fuera, en la calle, sobre los tejados, las explosiones de siempre. Mucha gente abandona las butacas; otros se levantan ordenadamente, fatalmente y van hacia los lados, bajo los palcos, como temiendo que el techo se derrumbe. Entre ellos, entre los últimos, están Antonio y Carmen.

—¡Qué mala suerte! —protesta Antonio—. Para una vez que se me ocurre...

Y no dice toda la verdad. La verdad es que sólo aquel día consiguió reunir el dinero de la entrada, tras vender en los puestos un buen lote de libros del padre.

—Vámonos, si quieres —murmura Carmen, apretándose contra él en la oscuridad, estrujándole el brazo.

—Esperemos un poco.

Y los que aún restan en torno a la pareja se animan unos a otros, sin dejar de mirar a lo alto.

Dan ganas de llorar, una rabia pasiva, silenciosa, contra esas explosiones, contra ese rumor que cruza y pasa y les mantiene ahora sin luz, en las tinieblas; que, sobre todo, les humilla con su miedo.

—¡Qué idea esta de venir aquí!

—¿Y qué tiene de malo?

—Pues que no están los tiempos para cines —replica Antonio, repitiendo sin querer, palabras del padre.

—Pues ya ves —insiste la muchacha—. El vecino de enfrente de mi casa se va a una sesión continua por la mañana, en cuanto que abren y no vuelve hasta la noche.

—¿Y le gusta eso?

—No; no le gusta. Es por el miedo que tiene de que vengan a buscarle. Ya fueron una noche a su casa.

—Entonces, tú misma lo has dicho: es por el miedo, no por la película.

Si la tía consiguiera traerle cerca de Madrid, quizá la guerra, es decir: la vida, fuera mejor. Comer de veras, llenar todas las horas, escribir a Carmen y alguna visita,

61

de cuando en cuando a ella y a la prima. Se acabaron las tardes de parchís, las charlas interminables sobre parientes en la otra zona, a los que una carta a través de la Cruz Roja convertía en protagonistas durante semanas enteras. Se acabó la tiranía de la radio, aquellas expediciones vergonzantes por los altos del Hipódromo, a la busca de hierbas para las ensaladas, y los desfiles atisbados desde el balcón, sin atreverse a asomar.

Pero la tía y Tere le miran aún sin responder, sin darle una esperanza.

—La guerra —dice la tía, en el tono oficioso de antes— no creo yo que dure tanto...

—De todos modos —insiste Antonio—, si tú puedes echarme una mano.

Pero la tía sigue sin responder, sin querer contestar, seguramente sin querer comprometerse, y es Tere quien le anima de improviso.

—Tú vuelve por aquí...

Su voz ha borrado, de pronto, la presencia de la madre que parece depositar de mala gana el destino de Antonio en manos de su hija.

—Tú vente por aquí —repite—. Aunque te llamen, tú vuelve. Además, de que todo esto no será tan pronto.

—Cualquiera sabe...

—Tardarán por lo menos dos o tres meses.

Quizá fue su modo de hablarle, pero aquellas palabras de Tere aliviaron un poco su preocupación mucho más que sus propias razones; aquellas palabras y su imagen aquella tarde, que no obstante ahora recuerda a duras penas.

Ello aumenta su desazón cuando este encuentro primero se repite en sueños. Entonces es distinto, sin embargo. La cabina del ascensor aquel no se detiene entonces en el piso de Tere. Sube, trepa implacable en su par de rieles engrasados. No se detiene, trepa aún más y se alza hasta romper, desgajar el techo de la casa. Después viene la angustia de volver a caer en el vacío como siempre, en la calzada desierta, frente al hotel que hay al otro lado de la calle.

Ahora que el autobús se aleja hacia la carretera principal, le ha seguido un buen rato con la mirada, hasta perderle de vista entre los álamos. La verdad es que, tras la cólera del primer día, al fin, con mal tiempo y todo, a pesar de tantas incomodidades, el padre se quedó con la madre algunos días más.

—Cualquiera sabe, hijo, cuando te volveremos a ver —dice la madre en tanto el padre tuerce el gesto como afirmando que él, al menos, no se siente tan viejo.

Pero ella alza otra vez el rostro de sus naipes e insiste terca en lo mismo. Es capaz de pasar tardes enteras así, ante la camilla, con los pies a ambos lados del brasero, colocando cartas y más cartas, en círculo o en cruz, en filas y en hileras, a la luz vacilante que manda la vieja central del pueblo de abajo. A veces se pregunta el párroco en qué piensa mientras sus manos van y vienen, recogen y barajan, si es que piensa en algo, porque quizá juega sonámbula, dormida por el calor del carbón que enrojece sus piernas y por la copa de anís que sorbe de cuando en cuando.

De ese modo lleva ya muchos años, e incluso hasta aquí ha venido con su baraja, como un jugador profesional con sus cartas, que extiende sobre la mesa de la cocina, en cuanto puede, en un perpetuo juego que sólo interrumpe a media tarde para hacerse en la hornilla un café con leche.

Por lo demás, nada de lo que dice el padre le interesa, o al menos lo finge con esa indiferencia hostil que representan hacia él sus solitarios. Nunca le hace un reproche, ni aun aquel día, cuando recibió la carta anónima de la amiga de entonces, ni aun en aquella ocasión más grave, cuando el hijo anunció su vocación y el padre, de rodillas ante él, le suplicó que renunciara.

Aunque perdía el hijo, no quiso intervenir. Era para ella una dulce venganza ver de hinojos al padre, sollozando, prometiendo en vano olvidar a la amiga de aquel tiempo, con tal de conservarle.

Porque gran parte de la vocación del hijo fue la vida del padre y si ella continuó alentándola, aun en la certeza de quedar sola también, fue porque lo que más podía herir al padre era su marcha. Desde entonces quedaron solos, divididos, vacíos; ella con sus cartas y el recuerdo del hijo querido, y el padre con sus perennes viajes a la capital.

Escribía a veces, le mandaba algún paquete, pero el padre no volvió a hablar de él, sobre todo —pensaba—, desde que los otros hijos, los de la capital, fueron creciendo. Sólo le vieron juntos en dos ocasiones: cuando cantó misa y ahora que se sienten viejos y ella espera verle volver definitivamente a casa. Tal vez el hijo pudiera influir algo, mas para el párroco es difícil empezar después de tanto tiempo, darse por enterado una segunda vez al cabo de tantos años.

De todos modos, por salvarse a sí mismo ante su conciencia lo intentó tibiamente, rumbo al pueblo de abajo, cuando bajó con el padre a reservar asiento en el autobús para el día siguiente.

Pero el padre no le tiene el respeto que la madre.

—Mira, hijo —dice—, ¿por qué no dejamos las cosas como están? ¿No crees tú que es mejor? ¿No te parece? Ya te estuvo encismando tu madre, ya se nota.

—No; no es verdad. Ni siquiera me habló de este asunto.

—Lo mismo da. Tú también quisiste esta carrera ¿no?

—¿Qué tiene eso que ver?

—Que aquí estás. Yo te la pagué y bien sabes lo que me parecía. La hiciste y yo me aguanté. ¿Es así o no es así?

—Sí; es verdad...

—Hice por ti lo que tenía que hacer. Y aún más; si necesitas algo en que yo pueda ayudarte, tú sabes que no tienes más que ponerme unas letras.

—No, muchas gracias, no necesito nada, pero no es de eso de lo que yo quiero hablar.

—Pues sobre ese asunto que tanto te preocupa, punto final.

El padre agita la cabeza en silencio, pesadamente, mira hacia atrás, hacia el pueblo en lo alto y parece a punto de concluir su negativa anterior.

—Esta vida es, ¿cómo diría yo?, un poco rara, un poco liada.

—Papá, no digas eso.

—Tu madre dirá probablemente que ella tiene la razón, yo que la llevo yo, y tú, lo más seguro, que ninguno de los dos, y como ninguno vamos a apearnos de la nuestra, lo mejor es dejarlo donde está. Y más a estas alturas.

—Es que yo no quisiera dejarlo.

El padre se detiene y mira al párroco con sonrisa entre acre y aburrida.

—No lo tomes así, muchacho —le da un golpe cariñoso en la espalda—. No lo tomes a mal.

No sabe qué responder. Bajo los castaños del Salvador, sólo le vienen deseos, propósitos, pero no razones que valgan con el padre, suponiendo que hubiera alguna en el mundo capaz de hacerle cambiar de opinión. Y ahora sube por el camino un hombre con un asno, un vecino que él conoce del pueblo de abajo. Es preciso callar, seguir el camino hacia el parador con buen semblante, y aceptar su saludo ceremonioso. Cuando se pierda a su espalda es imposible ya reanudar la discusión porque el padre, a propósito, se calla.

Y allá se fue la pareja, tal como vinieron, con su orgullo, su silencio hostil y sus barajas. Despedirles fue como decirles adiós definitivamente, como un presentimiento y a la vez un deseo. Ahora se pregunta si no salió ganando con que nunca fueran a verle allá por sus tiempos de estudiante; piensa que fue mejor así porque sus dudas, viéndoles, aumentan.

—A mí tampoco vienen a verme —decía el amigo siempre—. ¿Y te crees que me importa? Pues ni te lo creas, chaval, a mí que me manden el paquete...

Pero no era verdad, porque el amigo, como él mismo a veces, seguía durmiendo mal y alguna razón debía haber para permanecer gran parte de la noche con los ojos abiertos. Él hubiera querido adivinar en qué pensaba, si rezaba o lloraba para sí como otros chicos, en otro mundo suyo o en este dormitorio de aquí abajo.

Fue entonces cuando se acostumbró a pasear, soportales arriba, arcos abajo, por el lado del sol en invierno, siguiendo el camino de la sombra en el verano. Daba vueltas al patio con el amigo, a veces sin charlar, sólo porque cansándose, las dudas parecían alejarse y luego, a

la noche, cogía con más gusto la cama. Una vuelta tras
otra, embutidos en aquellos guardapolvos amarillos, porque ahora tan sólo los mayores llevaban sotana. Una vuelta tras otra, casi veinte, porque algunas veces, para matar
el tiempo, las contaban. Era como el paseo allá en la capital, donde fue con el padre, un domingo, una vez, de
pequeño. Una vuelta tras otra y, en primavera, fuera del
edificio, el paseo más allá del pueblo, hasta las canteras
abandonadas ya, donde estaba la lápida de los que fusila-
ron en la guerra.

—Se ve que los traían hasta aquí —murmuraba a media voz el amigo—. Y aquí: ta-ta-ta-ta-tá...

Siempre, mientras estaban allí, ante los cortes altos,
lisos de la piedra, frente a aquellos nombres, muchos con
los mismos apellidos, bajaban la voz un poco temerosos,
como si pudieran oír a sus espaldas el impacto siniestro
de los tiros.

Y es igual que una voz, lo mismo que un lamento
mantenido que surgiera de debajo la tierra. Se pierde, se
alza otra vez, nunca llega a saberse si concluye o va a
prolongarse aún, allá arriba, donde seguramente nace, donde acaban los robles y los arces. Vuelve a empezar de
nuevo, se mantiene y, de pronto, estalla en un lamento.
Puede ser algún perro de aquellos caseríos empinados allá
junto a línea divisoria, pero ese lamento final, tan grave,
inquieta mucho más que los escuálidos ladridos de los
perros del pueblo. Quizá la culpa sea de las historias de
Agustín; mas cada vez que el grito llega a través del
diminuto ventanillo, dan ganas de tapiarlo.

Si viniera del exterior alguna claridad, por leve que
fuese, podría calcular la hora, pero así tiene que conten-
tarse con esperar, porque la llave de la luz está junto a
la puerta y ahora sí que deben estar heladas las baldosas
de la alcoba. Es preciso tener paciencia, escuchar ese
grito especial, solitario, monótono que, de pronto, borran
los ladridos de todos los perros abajo. Se persiguen, se
muerden, lloran, luchan y siempre queda al final, en el
aire, un gemido que se aleja. Debe haber una perra en
celo por el pueblo, porque en toda la noche no cesan las

idas y venidas, los murmullos, los galopes sordos y las riñas.

¿Qué hora será? ¿Qué hacer? En casa podría levantarse y comer o beber o encender un cigarro, aunque a esa hora el tabaco sabe mal, pero allí sólo cabe esperar, aguardar a que la madrugada traiga la luz sobre la cama empotrada entre los muros, palparse el cuerpo en ella, preguntarse una vez más si ese día se podrá levantar, coger el autobús, el tren, marchar, dejar tras sí los dos pueblos, y sobre todo, esta oscura alcoba que comienza a odiar tanto.

Dormir, comer normal, caliente, igual que en casa, aún lo añoraba más aquella noche, tumbado en los escalones de madera, luchando por cerrar los ojos, entre la barahúnda de maletas, macutos y los otros cuerpos. Dormir, un descanso de verdad, después de aquellas listas interminables pasadas a pie firme, en plena calle. Y a eso de las seis, aún sin amanecer, igual que ahora también, la llegada del jefe, de un oficial que apenas se distingue en las tinieblas, mas cuya voz les llega inconfundible.

—¡Venga, arriba, muchachos! De pie. A ver, los cabos, que se me presenten. Quiero verlos antes de diez minutos. Y los demás, de pie ya. ¡Vivo! ¡Los he visto más rápidos!

Y el tren, bajo la lluvia, a través de los campos invisibles, abriéndose paso en la niebla con su agudo silbido, crujiendo en todos sus vagones, en violentos bandazos que parecen a punto de romper los huesos. Los primeros vistazos a los compañeros. "¿Tú eres de aquí, de Madrid? ¿De qué barrio? ¿De dónde? ¿De Tarrasa? Allí tengo yo un tío mío. Oye, tú, ¿esta maleta es tuya? A ver, este macuto. ¿Me prestáis alguien, alguno, una navaja?"

Y a mediodía, una estación más fría aún que los pasillos del cuartel en la primera noche y una comida helada también: un chusco, dos onzas de chocolate y media lata de carne; y apenas concluida, el rumor de los camiones que les llevan desde allí mismo al campo de instrucción o quién sabe adónde.

Ninguno de los camiones lleva toldo, y la lluvia sigue cayendo menuda, fina. Menos mal que la marcha es lenta y son tantos y tan juntos en la caja, que el agua sólo toca la cabeza y los hombros, pero aún así, va calando la gruesa tela del capote y hasta la misma piel, se diría, hasta la misma camiseta, planchada apenas la otra mañana por la madre. Fue entonces cuando sintió por vez primera este mismo dolor, allí, en aquella iglesia destruida, donde se echaron a dormir ya muy entrada la noche.

—Vamos a ver, compañía... Cada escuadra que se vaya buscando donde dormir. Los que no encuentren, ya saben, en la iglesia. ¿Oísteis bien? Pues, ¡rompan filas!

Y aunque luego, otros días, también pasaron hambre, incluso allí mismo en la base de instrucción, la de aquella noche, sin rancho, tras el largo viaje, es la que más recuerda.

Caminar por llanuras embarradas que hacen aún más pesadas las botas. Fusil arriba, fusil de frente, fusil abajo, limpiarlo, cargarlo, descargarlo, bruñirlo, tenerlo siempre a punto, de día a mano, de noche a la cabecera del petate. A las siete, diana, es decir, despertar, chapuzarse la cara velozmente, más cada vez, desde que se agotó el jabón que le dieron en casa. Después, el desayuno, esa agua grasienta y agria donde algunos migan medio chusco, el reconocimiento, la vacuna, a causa de la cual algunos se desmayan, cuando es preciso andar con la aguja clavada en la espalda hasta el segundo médico, que la arranca después de haberle aplicado la jeringa.

A las ocho, formar, caminar otra vez en el fango, en medio de los gritos. La obsesión de no pisar al compañero, de observar de reojo las filas; esa voz que se viene acercando y que uno ruega, reza, suplica que no le busque a uno, que pase de largo, que no se detenga.

Y a las doce, un alto.

—¡Media hora para comer!

—Habráse visto... Media hora...

—¿Quién habla ahí?

El oficial se acerca. Pasea la mirada sobre los rostros mudos, inmóviles.

—¿Quién hablaba por aquí? ¿Quién hablaba? ¿No hablaba nadie? Muy bien, pues en vez de media hora, un cuarto. Vamos; paso ligero hasta los comedores. Un, dos, un, dos... ¡Rápido!

La carta a la familia. Igual que siempre: "Mándame..." "A ver si podéis mandarme..." "¿No tendréis por ahí...? ¿Os acordáis de aquellos calcetines...?".

Aquel lío de los dos maestros armeros que arrestaron por vender munición no se supo a quién, que estuvieron tres días aislados en corrección, hasta que se los llevaron. Y el gran acontecimiento del avión que llegó una mañana y dejó caer dos bombas en una base de transmisiones próxima y el arresto con que les amenazaban para obligarles a bañarse.

Allá van, en columna, desnudos de medio cuerpo, con aquellos sucios pantalones blancos, largos hasta la rodilla, como calzoncillos, unos gordos aún, otros ya más delgados, casi todos con la redonda marca de la camiseta en las espaldas quemadas. Una vez en el río, en su cauce, que parece cortar los tobillos, que parece quemar los pies de tan frío, obligación de chapuzarse al menos, y ya no se deja de tiritar hasta pisar la orilla, cuando el sargento ordena la vuelta a paso ligero. Entonces, en el breve trecho hasta las compañías, gritan, ríen, se dan azotes, es la hora del día en que más risas se oyen.

Y ocho días después, a golpe de calcetín, como dicen todos, nueva marcha y destino a los batallones definitivos. Y siempre, los traslados, la instrucción, la fajina, bajo la lluvia pesada y pegajosa o bajo alguna granizada violenta, como el día en que vino a buscarle el enlace del capitán.

Ya desde antes de llegar al barracón se venía oyendo su voz:

—¡Antonio Salazar! ¡Antonio Salazar! ¿Sabéis en qué sección está?

—En la quinta o la sexta.

—¿Salazar? —se había asomado desde el exterior, tapando la entrada con su pequeño cuerpo.

—Ese soy yo.

—Pues andando, que quiere verte el capitán.

—¿A mí?

—Sí, a ti. Venga, rápido, que te están esperando.

—Cogeré el gorro, ¿no?

—Coge lo que te salga, vamos.

Y fuera un aguanieve helada, azotada por el viento.

—¡Buena noche para sacar a la gente de casa!

—Frío en mi pueblo, que toca a misa con manta.

En la tienda del capitán, firme un buen rato, después de presentarse, después que le ordenaron bajar la mano. El enlace había salido y allí estaban los dos, él con el capitán que mantenía una charla interminable por teléfono. A veces, cuando la comunicación se interrumpía, maldecía a los de transmisiones y hacía girar frenético la manivela del aparato. Al fin debió de cortarse definitivamente porque colgó el auricular y, aún con ira, buscó algo en el primer cajón de la mesa.

—Tú eres Antonio Salazar...

—Sí, mi capitán; presente.

—Te vamos a trasladar. —Por fin halló el oficio que buscaba, dejándolo al alcance de su mano—. Te reclaman de Madrid. Vete al brigada y dile que te haga un pase, un salvoconducto. Nada más, puedes retirarte.

—A sus órdenes.

—Vamos ¿qué haces ahí, parado? ¿Estás dormido? Largo...

Y no estaba dormido. Allí, bajo el redoble del granizo, a la incierta luz de la linterna, el recuerdo de las dos mujeres, de Tere sobre todo, venía como tantas veces, como tantas noches.

Se intentó incorporar y no estaba peor. Aún las piernas le tiraban un poco, pero no le fue difícil vestirse y chapuzarse con cuidado para no despertar a los niños. Ahora, sólo encontrar la llave del portal en el hueco donde Agustín solía esconderla. A la luz de las cerillas fue palpando los muros, maldiciendo a Agustín a cada instante, temiendo tirar al suelo algún cacharro. Las cerillas se terminaron, pero ya entraba un suave resplandor por las ventanas. Siguió explorando los últimos vasares, hasta hundir sus manos en el aire, en el espacio abierto de una puerta. Ante él, en la alcoba que olía a sudor, a un aire denso y rancio, dormían Agustín y su mujer, envueltos en el vago halo del alba.

Se adivinaba a la mujer, con medio cuerpo fuera de las mantas, a pesar del frío, como aguardando al amante aquel de los escándalos. Envuelto el rostro en la negra maraña que inundaba la almohada, sus pechos sin forma, hundidos en sí mismos, palpitaban al compás del rumor que animaba sus labios.

Y a su lado, de bruces, Agustín y su cuerpo macilento hasta más arriba de la nuez, con su rostro cortado, tostado, negro, como de otro hombre distinto.

La mujer suspiró hondamente y don Antonio temió que fuera a abrir los ojos de pronto. Antes de salir, volvió a pensar en el amante y sus fiestas, allí mismo quizás, en la rancia penumbra de aquella misma cama. Y, a su pesar, también pensó en Anita, inmóvil, durmiendo, palpitando también al compás de quién sabe qué sueños. La llave no apareció, pero era un trabajo inútil; la puerta sólo tenía echado el cerrojo. El perro de la casa alzó inquieto la cabeza en la penumbra al oírle abrir y, estirando las patas a conciencia, siguió tras de don Antonio cuando, embutido en su tabardo, salió al corral.

Antes de cruzar el umbral ya supo que la nieve estaba allí, en el pueblo, a la puerta de la casa. Era una capa leve, un polvillo sutil en los rincones, pero un aviso, y como tal debería tomarlo. Quizás al día siguiente o aquella misma noche volvería a nevar y si esta vez caía con más ganas, como solía hacerlo por aquellas fechas, muy bien podía encerrarle allá arriba por dos o tres semanas.

Camino de Santa María, con el perro de Agustín a los talones, aún andaba con dificultad. Seguramente, a la noche lo iba a lamentar, pero ahora, lejos de la alcoba y la cama, lejos del ventanillo aquel con su embutida cruz de hierro, se sentía casi tan fuerte como antes.

Bajo sus pies la nieve gruñía sin una sola huella, alumbrando el alba con su apagado brillo, haciendo aún más pálidas las contadas luces encendidas ya tras las ventanas y más negros los muros de las casas. El humo nítido y azul, comenzaba a alzarse a través de las tejas chorreantes, por entre los resquicios de las ventanas.

Y de pronto, ya cerca de la iglesia, en la plaza blanca y vacía, dominada por el monte, el perro de Agustín rompió a ladrar. El de los santos se volvió y le vio detenerse y gruñir y aullar muchas veces aún, con mecánica furia. De improviso emprendía un galope veloz hasta los muros de la iglesia, allí giraba y volviendo al pie de don Antonio ladraba, iracundo y monótono, cara al monte siempre.

—Toma, estáte quieto, toma...

Pero los aullidos, el jadeo y las carreras iban en aumento. Ahora otros perros, desde prados y cuadras, ladraban también, haciendo enmudecer a los primeros gallos, y uno de los canes, blanco y negro, saltó las tapias de la iglesia y llegó jadeante, y nervioso al tiempo que Agustín aparecía soñoliento al otro extremo de la plaza.

—¿Qué pasa aquí? ¿Qué es esta zarracina?

—Ellos sabrán —respondió el de los santos, aludiendo a los animales con un gesto.

Agustín se entretuvo un buen rato escudriñando desde la plaza las altas manchas nevadas de los robles, como si venteara, al igual que su perro, la suave brisa que llegaba de la cumbre. Pero no dijo nada. Más tarde, cuando el rumor de los ladridos fue calmándose, preguntó:

—Y *usté* ¿cómo está aquí? Le advierto que estas valentías las paga esta noche.

—Anda, vamos a ir desclavando las telas.

—Como quiera —cedió de mala gana—, pero ya le aviso.

Y al entrar en Santa María ya sonaban en la iglesia de abajo las campanadas de la primera misa.

Cuando las grandes telas encoladas desaparecieron, una tras otra de los muros, la sacristía volvió a ser lo que era antes de entrar en ella el hombre de los santos: un viejo covachón, abandonado y sucio. Los cinco lienzos, tiesos aún de adhesivo, fueron enrollados y metidos en grandes tubos de cartón; se cerró la caja de pinturas, y las esponjas, los restos de pasta y fijativo fueron por la ventana, a confundirse con la nieve.

Ya tenía Agustín recogidos los cubos, cuando llegó el párroco.

—Se marcha usted —murmuró apenas dentro.

—Mañana mismo. Sin pensarlo más. Si es que el tiempo y la nieve me dejan.

—Le dio miedo la nieve.

—Un poco. No digo que no.

El párroco calló ensimismado, contemplando las últimas idas y venidas de Agustín; y don Antonio, en tanto se lavaba las manos, pensó: "Ahora viene el asunto de las copias...".

—Entonces, en la iglesia ya no tiene que entrar.

—No; aquí tiene la llave. Muchas gracias.

—Ahora vamos a ver cómo queda la pobre.

El cura no se movió y don Antonio comprendió que le invitaba y casi le obligaba a acompañarle, como haciéndole responsable de dejarla desnuda, de su daño, y aunque nunca volvía a sus iglesias, una vez concluido su despojo, esta vez empujó la puerta del crucero, seguido del párroco que, como de costumbre, encendía las luces a su paso.

—Siempre que entro en esta iglesia tan pequeña —venía la voz del párroco a su espalda— me acuerdo de la frase aquella, del estudiante aquel. ¿La conoce usted?

—¿Qué frase?

A él aquella iglesia le recordaba ahora la futura boda. Ojalá pudiera ir con el traje oscuro de franela que le guardaban aún en el armario. Ojalá no fuera necesario ir al sastre otra vez, después de tanto tiempo. Ojalá Anita no se empeñara...

—Pues el estudiante este que le digo se fue a examinar y le preguntaron el porqué antiguamente se hacían las iglesias tan bajas.

El estudiante había contestado que por falta de fe para hacerlas más altas. Hasta Anita sabía aquella historia. Ojalá la ceremonia no fuera complicada, y mejor en verano, cuando están fuera la mayor parte de los amigos y parientes, aunque ninguna de las dos mujeres querría aceptarlo.

—Y el asunto de las copias. ¿Cómo lo arreglamos?

Bueno, ya estaba allí la cuestión principal, la razón de la visita aplazada quizá por timidez o por un poco de delicadeza.

—Cuando llegue a Madrid —respondió echando un último vistazo a las paredes— ya hablaré yo con alguien...

—¿Con quién?

—Pues con el secretario, por ejemplo...

Y ojalá que también le tuviera preparado un nuevo viaje para cuando la boda terminara, un trabajo de otros dos o tres meses en un pueblo de sol, donde poder secar sus huesos doloridos.

Fuera, en la plaza, a pesar de la nieve, se estaba bien,

viniendo de la iglesia. El párroco estrechó la mano al de los santos y a poco tomaba el camino de casa, y ya estaba entrando en el portal cuando echó en falta algo: al muchacho en el balcón de enfrente. Al volver de nuevo a la calle, se encontró con Agustín, que también miraba hacia lo alto.

—¿Qué? ¿Se fue el pajarito? —murmuró volviéndose hacia el cura.

—¿Quién?

—El pajarito, el chico, el chico malo.

—Lo meterían dentro, por la nieve.

Mas apenas el párroco entró en casa, sin poder remediarlo volvió a mirar al balcón, esta vez desde la ventana de la cocina. Intentó encender el fuego, leer, escribir a la madre, mas, sin saber por qué, su pensamiento huía al otro lado de la calle silenciosa. Al fin, tras mucho dudarlo, cruzó el umbral y llamó en la puerta de enfrente.

—¡Ah, es usted! Pase, señor cura —murmuró la sombra que apareció tras las maderas.

—No vendré a molestarla a estas horas...

—¡Por Dios, qué más quisiéramos nosotros que viniera por aquí todos los días! La pena es esta casa que ya ve como está, caída toda, pero por lo demás, por la molestia, falta hacía que viniera por aquí más a menudo.

Allí estaba, sentado en el escaño, en su sitio de invierno, junto al fuego. Las llamas parecían mudar la expresión de su estúpido rostro, animando en sus ojos relámpagos lejanos. Y eran los del amigo cuando se alzó del suelo en el gran patio, después de las dos vueltas en la moto, un rostro diferente, ajeno, como de otra persona, de otro chico que mirara a través de sus ojos, un rostro injusto colocado a la fuerza sobre el suyo desde aquellas losas pesadas, grandes, que a fuerza de ser gastadas por el agua parecían tan suaves y tan blandas.

Lo alzaron aprisa dos de los mayores y lo llevaron hasta la enfermería, en tanto el hombre que subía la leche desde el pueblo alzaba del suelo su máquina para comprobar los desperfectos.

—No se preocupe, hombre. La culpa no es de usted...

—No, desde luego, yo ni le he visto subir. Yo no conozco al chico este ni de vista. Cualquiera va a pensar en una cosa así, cuando deja la moto ahí, aparcada en su sitio.

—Nada; lo dicho. Usted no se preocupe.

—A ver si viene luego la familia a pedirme daños y perjuicios.

—Lo han visto más de veinte chicos. Lo vimos todos.

El médico que fueron a llamar no supo curarlo, ni tampoco los que vinieron después. Hasta el dormitorio donde quedó la primera noche llegaba el rumor de los compañeros rezando en la capilla de mayores. Pero las oraciones tampoco sirvieron y al ver que no sanaba, comenzaron a decir que aquello era un castigo.

Y si era un castigo, de alguna manera debería alcanzarle a él también, sobre todo una vez que al amigo se lo llevaron a su pueblo. Quedó sin él en aquellos desiertos corredores, sin ganas de estudiar, ni ganas de comer, pensando siempre en lo que le sucedería, en sus días ahora tan solitarios. Porque en las largas filas, a lo largo de las interminables escaleras, de codos sobre los fríos pupitres de fórmica o al calor de la estufa de butano en la capilla de menores, se había acostumbrado a pensar que si el amigo moría, también él le seguiría a poco.

Y un día le mandó llamar el superior. Le preguntó por qué estudiaba menos ahora y que si se acordaba mucho del amigo. También quiso saber qué hacían en aquellas excursiones por los sótanos y si pecaban de pensamiento o de obra.

Él negó todo, pero desde entonces, en los recreos, no podía quedarse, ni siquiera un poco apartado. En seguida venían a ordenarle que jugara.

—¡Vamos, aire! Aquí no queremos cuerpos muertos.

Era preciso, obligatorio, moverse, andar, correr, jugar al frontón, al ping pong, al fútbol. Prohibido quedarse de codos sobre la barandilla de los grajos, esperando ver llegar el coche de línea, la vuelta del amigo.

Y el superior y los demás no debían saber que era inútil moverse en aquel patio igual, simétrico, con sus losas iguales y sus muros idénticos, igual por todas partes en sus arcadas, en sus innumerables cruces de Santiago. Esa cruz, con sus garras abiertas, y su vástago largo como él imaginaba los arpones marinos, sembrada, esculpida, grabada, pintada por todo el edificio es quizá, de todos sus recuerdos, el que aún ahora, al cabo de los años, más le trae a la memoria una lejana sensación de encierro.

Ahora, esas mismas garras son huellas de picaza que aparecen también grabadas en la nieve, a medio camino, en su paseo de todas las tardes, desde que el rosario acaba, hasta que el sol se pone.

Pero hoy no hay sol, y el crepúsculo parece que dura más por el resplandor blanco que reflejan las nubes. El sendero linda con los ralos bosques, con las campas altas y en él, las negras ramas de las hayas, brillantes y desnudas, forman contra el cielo plomizo una oscura maraña de quebrados laberintos.

También bajo las pesadas botas del párroco gruñe la nieve mezclada con el barro, acribillada por la huella de invisibles pájaros, mecida por el húmedo silencio del bosque.

Los recuerdos le han llevado más lejos que otras veces, hasta donde el rumor del agua nace, hasta donde concluyen los troncos plateados y empiezan los canchales solitarios. Es hora de volverse. A media cuesta, cruzando otra vez el bosque de hayas, hace un alto. El musgo, la hiedra, los helechos tronchados siguen igual, pero escuchando en torno hay un silencio raro a aquella hora, cuando los arces comienzan a poblarse del rumor de los pájaros. Arriba, en la maraña que se alza contra el cielo se oye el licuar constante de la nieve, y en el fondo del bosque, allí donde el camino se borra, donde los troncos se hacen más sombríos, el párroco diría que se alcanza a distinguir como una vaga forma y que esa sombra es la sombra del amigo, y se puede escuchar en el silencio una voz que le llama, y brillan en la nieve unos ojos que miran.

II

LA boda comenzó a eso de las ocho, cuando las mujeres de la casa se fueron levantando. Estaban tan cansadas, después de una semana larga de caminatas y compras y listas de regalos, que las tres durmieron poco y alcanzaron a oír los últimos camiones del pescado, rumbo al mercado de Legazpi.

Concha fue la primera en bullir dentro de la alcoba, bajando la persiana, escalones abajo luego, camino del cuarto de baño, anunciando su paso con el suave cerrar de cada puerta. A poco, comenzó el lamento lejano de los grifos, y cuando don Antonio bajó a desayunar, ya las tres mujeres, lavadas y peinadas trajinaban en la alcoba de Anita.

Don Antonio se preguntaba qué restaría aún por preparar, pero allí estaban, en mudo consejo ahora, Anita con aire preocupado, sentada en el sillón cercano a la mesilla, y Concha, con la madre, junto a la ventana.

Don Antonio llamó a la puerta, al tiempo que entraba.

—¡Ay, tío, que susto nos ha dado usted! —le reprochaba Concha llevándose la mano al corazón.

—Qué, ¿hoy no se almuerza?

—Claro que se almuerza. Venga usted conmigo.

—¿Falta algo todavía?

—¿Por qué lo dice?

—Porque se os nota preocupadas.

—Anita dice que falta alguien de mandar invitación.

—¿Quién?

—Eso es lo malo; que no nos acordamos.

—Le mandaríais la suya a su padrino.

—¿Al padrino? En la primera tanda.

—Y la recibiría...

—Claro, tío; mandó ya el regalo. Una bandeja. Por cierto bien hermosa.

—¿La tenéis por ahí?

—Pues es que mandarla no la mandó todavía. Está en una de las listas de la tienda.

De pronto sentía curiosidad por conocer el regalo de Máximo, como si él fuera a darle la clave de su vida ahora, de si iría o no luego a la iglesia, él tan contrario antes a esas cosas. Y también deseaba verle de nuevo, con su pelo entrecano ya, saber, en fin, qué tal le marchaba la tienda que acababa de abrir la última vez que bebieron juntos, cuando la boda de la mayor de sus chicas.

Ahora, por encima de la mesa, más allá de los cristales y la parra abajo, al otro lado de la carretera llena de baches y roída en sus bordes, el gran muro de la Casa de Campo comenzaba a florecer. El primer viento del mes de abril hacía ondular las hierbas densas y cernidas en lo alto, arrastrando nubes de polvo de las obras del río estrellándolas contra los viejos ladrillos rojinegros.

—Bueno, ¿y usted que piensa hacer esta mañana?

Conchita se había acercado en silencio, como siempre, casi sigilosa, para apartar la taza vacía del desayuno.

—Yo, no sé... Lo que digáis vosotras.

—Es que si va a salir, mejor que nos avise, no vayan a traerle el traje y no esté usted.

—¿El traje? ¿Qué traje?

—El suyo, sí, para la prueba última. ¿Lo ve como se olvida?

—¡Si ya me lo probé...!

—Es por si acaso, por si no le cae bien al final.

—Caerá, no te preocupes.

En el piso de arriba, Anita y la madre debían seguir sin encontrar aún aquel nombre olvidado. Don Antonio volvió a subir y se asomó un instante.

—Los billetes. ¿Los tenéis?

Y Anita, soñolienta aún, alzó los ojos desde su papel repleto de invitados.

—¿Qué billetes?

—Los del tren; los del viaje.

—¡Papá; te traes un despiste...! —replicó casi ofendida.

Lo había olvidado; se iban en avión a París porque el novio trabajaba en una empresa de aviación y le regalaban el viaje o le hacían un descuento importante. En realidad lo había preguntado por colaborar, por mostrar interés, por no mostrarse tan ajeno a las mujeres.

Abajo, en el portal, sonó el timbre. Era el pan. El chico se extendió en una larga charla con la criada, salpicada de risas, seguramente alusivas a la boda, que sólo terminó cuando la chica, a pesar de sus protestas, le fue cerrando a duras penas la puerta.

De nuevo en el comedor, sin saber qué hacer, tras la fugaz ojeada al periódico, viendo pasar los camiones, uno tras otro, macizos, polvorientos, envueltos en sus toldos tan bien atados y doblados, como fardos colosales.

De todo lo que es el barrio ahora, con la nueva canalización del río, con sus bloques de pisos para funcionarios, sus rascacielos rústicos, la iglesia de cemento y el supermercado, lo único que sigue intacto aún es el muro, ese muro que le recuerda a Máximo. Ojalá se deje ver por casa, aunque sea a última hora, y mejor por casa que en la iglesia o en aquella especie de merienda que vendrá luego.

—¿A que el día de su boda no estaba usted tan tranquilo? —pregunta Concha, que ahora carga con la pesada aspiradora.

—¿Cómo dices?

—Que lo siento, pero voy a tener que echarle de aquí. ¡Cómo esta tarde va a venir tanta gente!

Le amenazaba con el aparato como en una de esas películas de cienciaficción, decidida y afable, igual que si tratara de convencer a un viejo.

—¿Por qué no va por ahí a dar una vuelta, y cuando venga ya está la casa en orden?

—Pero ¿no decías eso del traje?

—Mire usted; es que no sé que será peor.

Don Antonio aceptó ligero y ya cruzando el jardín oyó aún la voz de Concha que gritaba:

—Pero no vaya al río, que ya sabe lo que viene después con el reuma...

Salió de casa titubeando y es verdad que no estaba tranquilo. ¿Qué se puede hacer una mañana sin sueño, cuando ese mismo día se casa uno a la tarde, y vive —dos pisos más arriba— en la misma casa de la novia? Trabajar no podía, ni quedar en la cama ni ver a los amigos, casi todos durmiendo las copas de la noche. Se hubiera pasado por casa de los suegros, pero estaba prohibido. Ver a la novia antes de la boda trae mala suerte y era preciso abstenerse, colaborar con las mujeres en esta su fiesta, en aquellos misteriosos preámbulos que, por parte de los suegros, incluían todo, desde los zapatos de la novia a la fianza del gas en el chalet amueblado a medias.

Con los papeles de la iglesia en regla y a punto su obsesión: los billetes del viaje, salió a la calle titubeando y acabó por meterse en un cine. Poco a poco, el resplandor de la pantalla, cuando los ojos se fueron acostumbrando, revelaba parejas juntas, enlazadas, muy pocas por la hora tan temprana.

Aguantó cuanto pudo, fijos los ojos más en el reloj que en la historia que contaban a lo lejos y, fuera otra vez, al resplandor desconcertante de las doce, la misma sensación de no saber qué hacer, qué emprender a tono con el día, con el acontecimiento de la tarde. Así que de nuevo al autobús, esta vez camino del museo. Lo recuerda bien porque en la noche anterior intentaron robar en él, por única vez en toda su historia, según dijo el conserje, y él se alegró porque con el revuelo de policías y bedeles, nadie, ni siquiera el conserje, su amigo, se acordó para nada de su boda.

Fue un chico muy joven. De madrugada saltó la verja, por la parte frontera a los Jerónimos y luego fue escalando la fachada, camino de las ventanas superiores, hasta llegar a la cornisa última. La cornisa es un saliente macizo de casi metro y medio. Debió calcular mal en la oscuridad y al intentar salvarla, cayó al patio.

—Yo oí el ruido, porque cayó ahí mismo, ahí, junto a la puerta, a dos pasos de mi casa, pero luego, nada, ni quejarse, ni un grito, y así, de noche, cualquiera sabe quién puede andar rondando. Hasta que al cabo de un rato bien largo, estando ya en la cama otra vez, me dice mi mujer: "Oye, Manuel, me parece que anda alguien ahí fuera. Anda, levántate y llama a los guardias". Lo malo es que en la casa no hay teléfono y para ir hasta el museo hay que cruzar el patio. Así que abrí la ventana y estuve escuchando. A esa hora el tráfico es poco, de modo que oí como un quejido, así como un lamento. Y venga a quejarse, hasta que al cabo de como una media hora me decidí a salir y lo encontré, más muerto que otra cosa, aunque, eso sí, todavía respiraba, pero ya en las últimas. Total, como ya digo, que se murió camino de la clínica.

Aún estaba la sangre allí, manchando las grandes losas y la puerta blindada del patio. El conserje repetía que era un chico muy joven y —según se supo por los periódicos más tarde—, con novia y a punto de casarse. Llevaba consigo una cartera negra, con guantes y herramientas y un plano dibujado por él. Decía el periódico también que, a menudo, se jactaba ante su novia de que podía robar en el museo, pero nadie, ni la chica, le tomó nunca en serio.

A Antonio aquella sangre sin borrar le pareció absurda, como aquel día, como aquella mañana de cine y paseos por Madrid, sobre todo aquél, hasta el museo, para echar un vistazo a una copia sin acabar aún y que nunca acabaría. Porque, como siempre le había sucedido, las más absurdas causas acababan decidiendo los momentos cruciales de su vida, y aquello de las copias que aprendió solo por curiosidad, por llenar las horas muertas, fue a la larga el único modo capaz de alzarse con algún dinero, cuando de veras lo necesitó, en los primeros años, tras la guerra.

Está frente al pesado caballete, ante uno de esos antiguos, de madera tan vieja como algunos de los suelos del museo, macizo, articulado como el mástil de un barco, que chirría como un pesado carro cada vez que es preciso arrastrarlo de una sala a otra. Tiene a su lado una de esas sillas que aún existen en la casa, cuyo asiento son tiras de madera que, al apretar los brazos, se alzan como los dedos entrelazados de dos manos. Esas sillas que se ven aún en los cuadros de las mismas salas, que son las más ligeras de traer y llevar, al tiempo que la caja de colores.

La tela está manchada a medias. Tiene en su revés, pegada sobre el lienzo restaurado, enmohecido por el tiempo, una etiqueta con el número que hace aquella copia. Cien, doscientas, trescientas y pico llevan hechas.

A sus pies tiene un pedazo de hule para no manchar el piso, y a su espalda, la voz del vigilante o la muda curiosidad de algún desconocido.

—Esta la venderá usted bien.

—Eso espero.

—La empieza hoy, ¿verdad?

—Llevo ya casi una semana con ella.

—Pues poco le cunde a usted.

—No vengo todos los días.

—¡Ya decía yo!

Un bostezo ahogado, unos breves paseos, una mirada todo a lo largo de la galería que domina desde el ángulo donde tiene colocada la silla, y vuelta a mirar la hora.

—Mire usted que llevo casi un año aquí —se ha acercado de nuevo—, y no me acostumbro. No me acostumbro a estar sin darle un chupito al cigarro. Eso de no poder fumar, a mí me mata, me saca de quicio.

Las salas grandes y las otras medianas, blancas o tapizadas de tela, con luz combinada de neón que imita la del día, con la luz de la calle que va menguando y al final se hace roja, salas sin un solo visitante, igual que los pasillos repletos de cuadros o llenas, rebosantes como en verano, más llenas que la calle fuera, oliendo a sudor, a polvos, a perfume, donde resuenan, una tras otra, y a veces confundiéndose, las voces de los guías, tranquilas o doctorales, aburridas siempre.

Parejas en luna de miel, colegios divertidos, riendo a media voz, grupos de agencias, mujeres solitarias que aparecen, flotan, pasan sin detenerse, un grupo de tímidos soldados, cuadros, estatuas, mesas de complicados materiales, la escalera interior monumental, con sus cuadros también monumentales, los dos tranquilos patios, en uno de los cuales se instala el restaurante cuando llega el verano, los torniquetes de la entrada, con patente francesa de primeros de siglo, los de salida, que se incrustan en los muslos porque los manejan los porteros más viejos. Hay que dejar el paraguas a la entrada y las carpetas y las carteras, y tampoco pueden hacerse fotos, ni se puede fumar, y a uno que le advirtieron que apagara el cigarro y lo hizo contra el pie de una de las estatuas, lo expulsó el conserje, de malos modos, claro.

Y los altos bancos de la primera rotonda, bajo los grandes cuadros de batallas, esos bancos que, una vez sentado en ellos, apenas llegan los pies al suelo, y esa luz tan bonita de la sala principal a las doce del día y los mil ecos que se alzan, multiplican, para morir de noche en las salas vacías.

A los dos o tres meses, los cuadros ni se miran; sólo el que se tiene al lado y sus colores, sus formas que, al final, carecen de sentido. Al cabo de un año se conoce al vigilante y a casi todos los demás, y al conserje tan serio y estirado de paso por las salas, durante el día, y tan amigo de bromas después, cuando, a la tarde, se cierran las puertas. Porque cuando las enormes puertas del segundo y primer piso resbalan sobre sus ocultas ruedecillas hasta cerrarse como las de las viejas fábricas, las primeras tinieblas del museo bullen más animadas que en las horas del día.

Allá va el conserje resoplando junto a los mozos envueltos en sus guardapolvos azules, transportando los enormes cuadros sobre un rústico y diminuto carretillo fabricado en la casa, quién sabe cuándo. Allá se cruzan con los guardias de la noche, todos con su reloj —patente francesa también— que es preciso marcar en cada sala, igual que los de los guardas de la Alhambra. Allá surgen también las mujeres de la limpieza haciendo siempre los mismos comentarios ante los mismos cuadros, delante de los desnudos, sobre todo. Y también cruzan las chicas de la cafetería y se paran a mirar a los fotógrafos que, mientras ellas salen, entran silenciosos, y encienden sus luces como perpetrando un robo en las salas oscuras. Ahora llegan los guardias y los dos o tres bomberos y el sereno, y viene del exterior, sobre todo si no es invierno, ese aroma húmedo del césped, de los cedros enormes y el rumor de la brisa en esos árboles solitarios que, con ser muchos, no son un bosque, pero que todos juntos forman, junto al museo, más allá de la estatua de Murillo, el Jardín Botánico.

Esa forma, esa mano, ese paño que no cae como de-

83

biera y que no importa, ¿qué más da?, que quede así, esperando que otro día se den mejor las cosas, pero que luego se vende porque al que lo compra no le importa, porque no entiende, porque a fin de cuentas se trata de una copia, algo sin valor, ni siquiera un retrato, es decir: nada, menos que nada. Y de pronto, un día el conserje más viejo, el que cuenta a los mozos historias de cuando él era guardia de corps con el rey, le ha dicho: "Oiga usted, Antonio, ¿usted restaura? ¿Lo ha hecho alguna vez? Es que ha venido aquí un señor, de esos que vienen tantos, con un cuadro de su abuelo o de qué sé yo quién. Y aquí tienen mucho trabajo, y a mí se me ha ocurrido que podía usted ganarse ahí un dinero".

Ha dicho que sí, que lo hará barato. Lo ha mandado retelar, lo ha limpiado, lo repintó un poco luego, y el cliente quedó tan contento que le hizo restaurar un buen saldo de ellos.

Y es un castillo en la provincia de Madrid, lindando con Toledo, rodeado de olivos y de tierra quemada, áspera, que en verano parece vibrar, que ciega de tan blanca. El castillo está rehecho también. Tiene capilla, jardín, biblioteca y un patio pequeño al que da el cuarto de Antonio.

Los fines de semana viene de Madrid la familia del dueño. Oyen misa en la capilla, donde la hija piensa casarse y, después de comer, salen de paseo con algún amigo, con algún invitado, por toda aquella tierra seca, hasta la carretera que corre paralela a un arroyo, medio seco también. Después, la cena y, tras de ella, se encierran con el invitado de turno o con Antonio en la biblioteca para charlar hasta que viene el sueño.

Y la vida de Antonio es parecida. Trabaja poco y de rato en rato, deja la espátula y mira a los obreros que, a través del patio y desde la bodega, suben capiteles y pesados escudos hasta los pisos superiores, a duras penas. Luego continúa limpiando, repintando las negras y sucias telas que su patrón compra en sus perpetuos viajes, hasta la hora de comer en el modesto bar del pueblo. Después, echa la siesta y volver a empezar hasta que la campana del patio señala el alto en el trabajo a los obreros de las eternas obras de la casa.

Duró poco aquello, pero aún así ya estaba cansado, envidiando al patrón en sus perpetuas correrías. Si trabajar en casa no le gustaba, ni las copias en el museo, ni los encargos de aquel último cliente, ni levantar los pequeños cristales del barniz pasmado, ni el olor del aceite de linaza, ni enmendar a tientas las obras de los otros, era mejor cambiar una vez más, buscar otra cosa. Y por medio de su suegro, que era gente de paz y con amigos en el Patronato, vino su primer viaje y los otros después, arrancando frescos, y a la larga, la firme convicción de quedar para siempre ya, para todos los días de su vida, haciendo eso.

Le gustaban entonces los viajes en invierno hasta el mar, sobre todo uno que hizo a Galicia para salvar los de una ermita pequeña en la punta de un cabo, como muchas, en una punta de piedra pelada, batida por el viento. Mientras estuvo trabajando allí no cesó de llover. El temporal debió de durar, con breves rachas buenas, más de dos meses largos. El monte reventaba en manantiales y torrentes, mientras abajo, en la costa, las trombas de agua venían a romper contra la iglesia. Pero dentro se estaba bien. Del techo colgaban barcos diminutos, recuerdo de promesas antiguas y de otra no tan antigua ya, porque era algo así como un pequeño destructor, los que llamaban *destroyer* en la guerra.

Había también un cuadro representando a un niño con medias blancas y casaca roja, al que la Virgen salvó de las viruelas.

La barrera del agua, violenta y turbia, se hinchaba enorme como si fuera a saltar sobre aquellos prados tan húmedos y verdes, de un verde casi fosforescente.

Y había un bar, igual que en casi todas las aldeas de la costa, y en la fonda una chica a la que los viajantes, en el comedor, daban, de cuando en cuando, algún azote. Antonio cierto día se animó y la chica se volvió y dijo:

—Esta noche voy a su cuarto.

Y a eso de las doce, cuando por fin la dueña se acostó, cumplió la muchacha su promesa, pero Antonio estaba tan nervioso, que por más que intentó, no pudo nada.

Pero esto sólo fue la primera noche. Fue un buen tiempo aquél, con el zumbido del mar llegando hasta la alcoba, hasta las húmedas sábanas con aroma a salitre primero y luego al agrio y excitante sudor de los dos cuerpos. Y el cuerpo de la chica no era gran cosa y ella lo sabía, y siempre intentaba apagar la tulipa de sobre la mesilla antes de desnudarse, pero luego, a poco, la oscuridad la transformaba y era un cuerpo recio y suave a la vez, como entrar en la miel, invicto y animoso.

Y era raro y excitante también, verla después, más tarde, por la casa o en los días de fiesta vestida de domingo, con medias y zapatos, de paseo con las demás chicas, carretera adelante, al borde de la costa.

—¿Y esas chicas quién eran?

—¡Qué pregunta! ¿Quién van a ser? Amigas...

—¿Y ése que iba detrás?

—Pues uno...

—Sería tu novio.

—Bueno, pues lo sería...

—Entonces, ¿ya no te vienes a Madrid?

—Me da lo mismo marcharme que quedarme, pero ése no era mi novio, ése va detrás de las panaderas que son las que tienen las perras.

—No me lo creo.

—Pues no se lo crea. Peor para *usté*.

—Habiendo chicas como tú...

—Bueno, no empiece ya. Si empieza me voy, que hoy sí que tengo sueño.

Y la verdad era que el novio no importaba, pero era preciso llenar con algo el primer silencio, los primeros minutos de la alcoba.

Cuando se cruzaba con ella en el comedor, rumbo a las tiendas de la única calle o en las contadas mejorías del tiempo que aprovechaba para sacar de paseo al niño de la casa, pensaba Antonio que verdaderamente tan sólo se reconocían en la cama. Fuera de ella, ni aun en la misma casa, ni tan siquiera a solas, apenas tenían nada en común, ni sabían qué decirse, si no era alguna broma o esas preguntas necias.

Y ya al final, un día claro tras las borrascas de costumbre, cuando la patrona andaba sospechando, aunque quizá lo supiera desde un principio, esperó a la muchacha en la segunda playa, no en la de los turistas, sino en la otra, solitaria, hasta donde solía llegar de paseo con el niño. La vio llegar al filo de las pequeñas dunas, deteniéndose muchas veces, yendo y viniendo, acercándose al agua hasta mojar las alpargatas, a pesar de las olas tan frías. Ella también debió de reconocerle, más a pesar de ello había preguntado, como siempre:

—Pero, ¿qué hace *usté* aquí?

—Ya ves. Esperándote.

Y nunca pudo saber si aquello le halagaba o no, si le era indiferente o no lo creía, incluso si, su modo de ser, era así, tan distinto en el día y en la noche, sentada junto al agua mirando a lo lejos el cielo cargado, sobre el horizonte ahora, o riñendo con suavidad al niño, respondiendo con violencia, a la noche, en la cocina, a la patrona.

—Entonces, ¿no te importa que me vaya?

En vez de contestar, se arrebujó en el viejo abrigo heredado de la dueña y era un cuerpo feo, sin forma, sobre aquellos pies embutidos en tristes alpargatas, pero un cuerpo entrañable para Antonio, capaz de vivir y transformarse al compás del rumor de aquellas mismas olas.

—Me dejará un recuerdo...

—¿Qué recuerdo? ¿Un regalo? Esta noche te lo doy. Una sorpresa.

Y la muchacha no preguntó más, pero Antonio aquella noche esperó en vano. Quizá fue culpa de la patrona, mas la chica no apareció y tuvo que entregárselo de día, que era como darlo a la criada, igual que una mezquina recompensa, fingiendo, fingiendo ella también, a la vista de un estúpido viajante que leía el periódico y espiaba por encima de él, en tanto sorbía cucharadas de sopa.

Mas su cuerpo ruin, hoy quizás con hijos salidos de su sombra, o estéril, muerto, o vivo todavía, aún sigue en su memoria, en el rumor del agua, de aquel mar revuelto, de aquel invierno junto a aquellas playas.

Fue un buen tiempo aquel, con el bufar del agua llenando la soledad tibia de la ermita, barriendo la calle principal y aquel bar parecido al de Modesto ahora.

Y es Modesto quien dice, mientras sirve el primer blanco:

—Sí, señor, esa chica vale lo suyo.

—¿Qué chica?

—Su sobrina de *usté:* la Conchita. No hay más que verla el aire. Si se queda con su señora en casa, es una buena ayuda, que lo diga.

—No es por la ayuda; es por la compañía.

—Bueno, en eso también. Pero no hay mejor ayuda que una chica dispuesta. Aunque me imagino que la hija también vendrá por casa, de vez en cuando.

—Eso esperamos todos.

—¡Con *usté* por ahí, siempre metido en danza...!

La mujer de Modesto ha salido de detrás del ventanillo que comunica el bar con la cocina. Aún es temprano para los fritos del aperitivo y ha ido a sentarse al pie de la caja registradora.

—Bien satisfecho estará *usté* —murmura sonriente.

—No tan satisfecho —responde, por su cuenta, Modesto—, que una hija es una hija, por muy bueno que sea el que la lleva. Además, en la casa no hay otra y los padres parece que siempre tiran a querer más a las chicas. ¿No es así, don Antonio?

Don Antonio asiente, mientras apura su segundo blanco. A esa hora, con el gusto del café en la boca, tiene el vino un sabor amargo. Hoy, como padrino que va a ser en la boda, hay que cuidarse un poco y beber menos, pero por lo normal, siempre que no trabaja, necesita unos blancos a lo largo del día.

—Lo que no entiendo bien, es cómo puede quitarle el sueño el vino. Lo normal, lo suyo, sería al revés.

—Pues así es...

—No, ya... Si *usté* lo dice... Pero si fuera café, todavía. Pero mira que el vino... Será porque está frío y espabila.

De mañana, tras el bar de Modesto, donde a veces se desayuna, cruza el río y se acerca a Madrid, a rendir las visitas que el trabajo le impone, casi siempre en torno al Patronato, de donde salen los futuros viajes, y si acaba demasiado pronto, a la vuelta, se da un paseo por el Rastro.

A la tarde, tras la siesta, vuelta a Madrid, a ver a algún amigo, para luego, al atardecer, acabar, si no es invierno, en el aguaducho rival del bar Modesto, a la vera del río.

Ahora, hoy que no piensa acercarse a Madrid, se pasaría de buena gana por allí, con tal de prolongar lo más posible la vuelta a casa, pero bajo los castaños, más allá de la grande y solitaria columna jónica que esconde una salida de gas, no se oye el golpe seco de la rana.

Cuando está abierto el aguaducho y no pasa ni silba ningún tren por el vecino puente de los Franceses, suele escucharse siempre el golpe seco y monótono de los tejos en el cajón forrado de chapa. Y si ese golpear llega cuando está en casa, es como si le llamaran desde la ribera. Deja a su mujer, cara a la novela de la televisión, se pone el abrigo y sale.

En primavera encienden una pequeña fogata a fin de prolongar las partidas hasta la noche, pero todo ello empieza a media tarde y ahora es más que probable que el rústico quiosco de tablas esté cerrado.

Modesto, con su rostro quebrado, de pirata, con sus cejas tan negras y pobladas y su pelo planchado, exclama:

—¿Quién? ¿Ése? Ése no abre hasta julio, lo menos. Eso —sonríe—, si no se le lleva el río un día, con establecimiento y todo, según viene.

—Pero ayer estaba abierto.

—No creo...

No está abierto, lo sabe, pero le gusta ver el rostro de Modesto al responder. No está abierto. Las sillas aparecen recogidas, tumbadas en fila, sujetas todas entre sí y al quiosco por una oxidada cadena. Y ahora, en invierno, está mudo también el altavoz de la piscina que desde la otra orilla esparce en verano música de moda y avisos por las dos riberas. Los avisos son casi siempre para señoritas, y Modesto dice que todo eso son planes y que por ello el viejo del quiosco está cada día más rijoso. En cierto modo debe ser verdad porque cada vez que la música se para y la voz de siempre dice, por ejemplo: "Señorita Laurita, al teléfono", el viejo murmura: "Otros dos que se van a la cama".

En verano, cuando la luz va cayendo, y en otoño, antes de alzar las maderas del puesto, siempre se le ve a la vera de las criadas que sacan a los niños a jugar, con su eterno mono azul y su boina, parda de tan vieja, caída sobre los ojos maliciosos. Siempre está igual, sentado lo más cerca que puede de las chicas, contando largas historias que las muchachas escuchan al principio, pero que luego, poco a poco, les vuelven serias y les hacen mirar a lo lejos, y a los puentes del río. Finalmente esperan a que el niño que guardan se aleje y cuando van tras él ya no vuelven más. De nada sirven ruegos a media voz, ni insistentes promesas. Ellas se despiden muchas veces, a medida que se van retirando, hasta volver la espalda y entrar en el círculo de las otras que cosen.

Ahora no hay ni criadas, ni altavoz, ni el viejo del quiosco diciendo aquello de que amando no se tiene frío. Sólo el rumor del río en las represas y las acacias meciéndose sobre las viejas compuertas del antiguo canal, comidas de orín, abandonadas fuera del agua. Todo eso y la voz de Modesto que, en mangas de camisa y con el sucio delantal arremangado, se asoma al otro lado de la barra y grita señalando hacia dentro:

—¡Don Antonio! ¡Le llaman del Ministerio!

—¿De modo que te casas otra vez?
—¿Otra vez?
—Con ésta, ya van cuatro por lo menos.
—¿Cuatro veces de qué?
—Cuatro veces que te casas en serio.
—Ahora es verdad. Va en serio. Te lo juro.

El jefe, el jefecillo como ella le llamaba, miró melancólico su vaso, moviendo el hielo dentro, al compás de la mano. De la aspillera que forraba la pared surgía una música apagada. Luces rojas y verdes difuminadas alumbraban desde la boca de idolillos, desde el fondo de instrumentos musicales colgados en los muros.

El jefe —el jefecillo—, asintió un par de veces en silencio, musitando de nuevo, como intentando convencerse:

—¡De modo que te casas!
—Bueno, no hace falta que lo repitas tanto.

En la oficina le llamaba de usted; luego, a la tarde, de tú, y así entre la tarde y la mañana, sobre todo si estaba nerviosa, a veces equivocaba el tratamiento.

—Eso quiere decir —añadió el jefecillo, colocando la mano en la falda de Anita—, que no te veo más...

Anita pensó: "Bueno, es la última vez. Dentro de un mes me caso y esta vez de veras, aunque él no se lo crea".

—Te vas a aburrir mucho.

También con él se aburría ahora, pero no se lo dijo por afecto, porque aquel hombrecito, joven aún y ya con tres hijos a su espalda, le daba pena.

Había una mujer gorda y sonriente, embutida en riguroso traje negro tras un pequeño mostrador, cercada por tres tipos que hablaban y bebían precipitadamente. ¿Sería verdad que una se pone así, cuando vienen los niños? Así debía de ser la mujer del jefe, cuando él tanto lo repetía. La gorda, mientras tanto, había ido a buscar una guitarra y el más delgado de los tres amigos, tras carraspear un poco para coger el tono, comenzó a media voz una canción. Al llegar al estribillo, los tres hombres juntaban sus rostros con el de la gorda.

—No hay nada en este mundo —exclamó el jefe, animándose súbitamente— como las tres de la mañana en una buena sala de fiestas. A esta hora no es nada. Lo bueno son las tres o las cuatro, bien puesto ya de copas o con media docena de whiskys en el cuerpo. ¿Por qué no te animas esta noche?

—¿Esta noche? Tú estás mal...

—Di que te vas al cine con una amiga. Con Juanita, por ejemplo.

—¿Cómo voy a salir, si está mi padre en casa? Además, Juanita conoce a Gonzalo.

—¿Y qué importa?

—No, claro, nada...

—También él hará sus cosas por ahí, cuando viaja.

—Deja a mi padre en paz, que es más bueno que el pan.

—¿Y qué tendrá eso que ver?

—Claro que tiene...

—¿O es por tu novio?

—Deja en paz a mi novio, hombre. No te pongas pesado. Te estás haciendo viejo.

—¿Viejo yo? —se tentó con orgullo el vientre plano, bajo la camisa—. Si estuviera tan viejo no me preocuparía. —Volvió a mirar a los que cantaban en torno de la gorda y, suspirando, murmuró—: ¡Pensar que ahora podíamos estar en la cama tú y yo, tan tranquilos los dos...!

—Vendrás a la iglesia a verme...

—¿A la iglesia?

—A mi boda, hombre, no te hagas el tonto. No me estás escuchando.

—Sí te escucho, de veras... ¿Quieres que vayamos a bailar?

—¿A estas horas? ¡Si son casi las nueve!

—Y ¿qué más da? —le miraba ahora fijo, casi suplicante—. ¿Vamos?

—¡Qué obsesión!

—¿Vamos o no?

—Bueno... anda. Pero entrar y salir, porque lo que es hoy, mi padre me la arma.

—Pero, ¿no dices que es tan bueno?

—Es que bueno y todo, tiene su límite.

El jefe llamó al mozo y pagó los whiskys y luego la ayudó a levantarse y fue solícito a traer el abrigo. ¡Pensar que de haber conocido al jefecillo aquel cuando soltero, hubieran acabado por casarse! Era bueno y amable y cariñoso y le había traído de París, en su último viaje, un Dupont de plata igual que a su mujer. A su mujer también la quería, lo que pasaba según él es que se consideraba, ¿cómo decía?, una palabra un poco rara: ambivalente. En lo demás, como todos, unos más, otros menos, siempre tras de lo mismo, y un buen padre también, aunque en casa debía parar bien poco. Tenía un coche grande y confortable, en vez del Seiscientos de Gonzalo.

"En un Seiscientos no hay nada que hacer, ni revolverte chico, con tanto volante y tanta historia metido entre las piernas", había oído decir a los de la sección de dibujantes, a los que dibujaban los proyectos de los grandes carteles en las vallas.

Y también, otro día, al pasar junto a ellos, camino del lavabo: "Con ésa ni intentar, ni te molestes. Pero nada de nada. Es una estrecha".

Seguían dibujando como abstraídos sobre las grandes láminas de plástico, mas por el tono de sus voces, por el modo de decirlo, estaba segura de que hablaban en alto para que ella lo oyera.

Y un jueves santo de una semana santa en que el jefecillo llevó a Fátima a la mujer y los chicos, Juanita, que no sabía calcular, bebió de más. En plena carretera, en plena noche, empezó a darle vueltas la cabeza. Tuvieron que parar y en la cuneta, iluminada a ráfagas por los halos de los coches, estuvo devolviendo hasta quedar exhausta.

—Lo siento, maja —se excusó aún llorándole los ojos, al volver al coche—. Hoy vamos a llegar a Madrid, lo menos a las once.

—No te apures. Le diré a mi madre que pinchamos.

Y el bueno de Gonzalo vino en casi veinte minutos, a pesar del piso mojado y de las caravanas de coches con las luces en contra.

Pero cuando llegó estaba en casa el padre, recién llegado de uno de esos viajes que tanto preocupaban al jefecillo.

La vio entrar empapada de lluvia y no la besó como otras veces, y ella sin detenerse mucho, después de saludar, se fue al cuarto de baño con el pretexto de secarse.

Y el padre sólo comenzó, más tarde, en la mesa, en tanto que la madre iba y venía a la cocina.

—Y tú ¿qué vida llevas?

—Como siempre. ¿Qué vida quieres que lleve? La oficina...

—O sea que no dibujas ya...

—Pero, papá —Anita puso gesto de fatiga, como si le hablaran de algo tan lejano ya como la infancia—, ya te he dicho montones de veces que lo que allí se hace es publicidad y a mí eso no me va, no me sale. Eso es distinto de lo que tú te imaginas.

El interrogatorio concluía pronto porque la madre acababa por sentarse. Además el padre la quería mucho, quizá más que antes, cuando las excursiones, porque ahora la veía crecer más rápidamente, la encontraba más cambiada, entre viaje y viaje, y así era cada vez más tímido con ella. Debía haberla perdonado incluso el abandono de la escuela, aunque a veces se desahogaba con la madre en la alcoba y la madre, a su vez, en las fugaces visitas de Conchita.

¡Pobre Conchita, tan guapa, tan capaz, con todo su entusiasmo por llevar una casa, y sin novio aún! Bien se veía lo generosa que era, aunque sólo fuese en el entusiasmo con que había tomado su boda. Ella sí que hubiera sido una buena hija como el padre quería, hubiera acabado dibujando o pintando o haciendo cualquier cosa y, mejor que todo, llevando la casa como iba a hacer ahora.

O quizá no, o quizá se equivocaba con todos: con el padre, a fuerza de tenerlo lejos tantos días al año, con la madre y sus lamentaciones, excepto a las horas de la televisión, con Gonzalo y sus dudas hasta casarse, incluso con aquel jefecillo hastiado de sus hijos y su mujer, haciéndola considerar constantemente lo que su vida podría haber sido, de haberse conocido antes.

Le veía a su lado, tan compungido y silencioso aquella noche que no le dijo nada cuando notó que estaba deteniendo el coche. A pesar de la noche, de las inmensas copas de los pinos, podía adivinar su rostro y las siluetas uniformes de otros coches parados y mudos. De vez en cuando lucía el resplandor de un fósforo tras los cristales o el punto luminoso de un cigarro y llegaban rumores de un tráfico lejano.

Le vio encender también un cigarrillo quizá para demostrar que estaba tranquilo ahora. Bajó el cristal de su lado y lanzó una bocanada en la tibia noche de fuera. Seguía sin despegar los labios.

—¿Me das uno? —pidió Anita, buscando en la oscuridad la cajetilla.

—Toma.

Anita tendió la mano, y al punto la otra mano fue a buscarla en la sombra. Al punto se enlazaban, al punto olvidaba el cigarrillo, como el jefe que dejó el suyo en el salpicadero.

—Viene alguien, mira.

Llegaba un auto en dirección opuesta, con las luces de cruce encendidas. Se acercó lentamente y desapareció detrás, lentamente también, al final de su estela luminosa.

—¿Qué andarían buscando?

—¡Qué sé yo! Donde pararse...

Aquella luz pasada se mantenía allí, delante de sus ojos, y muchas otras luces, como estrellas lejanas, vibraban en su fondo. La noche en torno parecía vibrar también, fundirse con su cuerpo. La penumbra se reducía, se estrechaba, se llenaba de ambos, ya era solo sus bocas y sus brazos, y todo en rededor, antes helado, se hacía cálido, pesado ahora, al tacto de sus manos. El interior del coche, con sus cristales que se iban empañando poco a poco, se borraba, flotaba, caía quién sabe adónde, suavemente, sin tocar nunca fondo, y las piernas y el cuerpo todo parecía deshacerse también como cuando se nada en el mar templado, en el mar suave y sedante de la tarde. Las luces pálidas del salpicadero borraban las siluetas de sus manecillas, quedaban en la oscuridad como una galaxia diminuta colgada bajo los pinos, bajo la gran nube opaca del parabrisas.

Y de pronto ese suave caer se detiene y aquella gran angustia pasa y otra vez se distinguen las luces y el morro del coche más allá del cristal, bajo las copas solemnes de los pinos, y los otros coches, muchos de los cuales se han ido ya.

Y después de. ese largo silencio que viene siempre luego, la pregunta de siempre también:

—¿Qué hora es?
—No son las diez, no te preocupes.
—Dímelo en serio.
—Las diez.
—Anda, vámonos.

Y camino de casa, saliendo de los pinos, Anita suspiró pensando:

"Bueno, de todos modos, antes de un mes me caso."

Era un palacio antiguo, no tan antiguo como supo después, a medida que le fue conociendo, a medida que se fue acostumbrando a él. De su vida pasada como hogar del dueño que fue aristócrata reciente y diputado, conservaba, incluido en el precio del alquiler que pagaba el Ministerio ahora, unos cuantos grabados, los cuadros peores y algún que otro cenicero de plata. Y también la gran alfombra un poco gastada ya, cubierta con su tira de lona todo a lo largo, en los días de lluvia, desde la entrada hasta el pie del ascensor, arrancando en el vestíbulo, lo único intacto ya del edificio, con sus espejos nítidos aún, con sus arañas opacas por el polvo y aquella sillería pompeyana desde donde los bedeles veían llegar a las visitas demorando, hasta el último instante, el ademán de levantarse.

Sin embargo la pieza fundamental del edificio, la que aún mantenía su pasado en pie, no era su fachada un poco pretenciosa, abierta al más famoso paseo de Madrid, ni los candelabros de plata encendidos, como en los buenos tiempos, cada vez que fallaba la instalación eléctrica, ni siquiera las doradas cornucopias. La pieza más valiosa de la casa era aún el ascensor.

Ya desde las primeras entrevistas, el secretario había acompañado al de los santos hasta la reja dorada donde el anciano bedel descabezaba un sueño.

—Vas a bajar en él. Verás qué joya.

—No, hombre, no, déjalo. Bajo andando —protestaba don Antonio.

—Tú pasa, ya verás si te gusta —y después al bedel—: Vamos, Gregorio, abajo.

Una cabina barroca, silenciosa, de auténtica caoba no imitación, como en el ascensor de Tere, deslizándose sobre carriles sólidos, bien engrasados, sin un chirrido, siempre a igual velocidad, de suave frenado como en un blando lecho, maciza en su exterior, con dorados reflejos, y su espejo oval dentro, sobre el asiento corrido, tapizado de raso.

—¿A que no te das cuenta de una cosa, Antonio?

—No sé. Que es muy lujoso...

—Que no tiene "botones". Antes, en tiempos del dueño, había un criado abajo y otro arriba, como en las casas antiguas...

—Bueno; ésta lo era, ¿no?

—Quiero decir como en las casas grandes antiguas. Los dos criados manejaban desde fuera el ascensor. La visita no tenía más que sentarse.

En otras ocasiones fue conociendo los salones del piso superior, ahora pintados todos de blanco, con los techos más altos desde que fueron divididos, con clásicos balcones, dando a monótonos patios.

A uno de éstos se abría también el despacho del secretario y desde él miraba inmóvil la fachada de enfrente, con ambas manos en la cintura, como meditando, cuando oyó a sus espaldas el ruido de la puerta.

96

—Pasa, Antonio, pasa. —Ya venía a su encuentro—. ¿Cómo estás? ¿Cómo va todo? Siéntate.

Y él se dejó caer en la silla del otro lado de la mesa, como quien ha tenido una dura mañana.

—Bueno, antes que nada: tu chica se casa uno de estos días...

—Se casa hoy.

—¿Hoy? —comenzó a hojear con alarma el calendario—. Pero por Dios, ¡y yo que te hago venir hasta aquí esta mañana!

—Es lo mismo. Precisamente es un día como para no estar en casa.

—De todas formas —apartó de sí las hojas, pulsando el timbre de su mesa—. Bueno, Antonio, bueno... De modo que te fue bien esta vez.

—Como todas, más o menos... Ya sabes que hay poca variación.

—Y, ¿a qué hora dices que es la boda?

—A las seis, me parece.

—¿Y serás tú el padrino, supongo?

—Sí... ¿Por qué?

—Eres bárbaro, Antonio —explotó risueño el secretario—. Se te casa tu hija esta tarde, la única que tienes y te estás aquí tan tranquilo, conmigo.

—Y ¿qué quieres que haga?

—Hombre, yo estaría hecho un flan. Y más siendo el padrino.

—Yo también lo estoy...

—Pues chico, la verdad, no se te nota.

Llegaba por fin la secretaria. El jefe hizo girar cuarenta grados su silla y apoyando los codos en la mesa parecía dispuesto a dictar.

—Vamos a ver, Pilar —vuelta a pasar revista a las citas de la tarde—, vamos a ver cómo solucionamos esto. A ver cómo andamos de tiempo.

—Tiene usted la visita del señor de la imprenta.

—Eso no es problema, es a las siete.

—A las seis...

—Bueno, a las seis, pero que espere un poco. Lo que yo necesito es una hora a partir de las cinco.

—A las cinco tiene usted citadas a las monjas.

—Mira —se dirigía a Antonio ahora—, éstas tienen la culpa de haberte hecho venir esta mañana. Se trata de unas pinturas, que hay que quitar.

—¿Qué monjas son?

—¿Por qué? ¿Es que tienes preferencias por algunas?

—No, desde luego... Pura curiosidad.

—Es que, si te digo la verdad, no lo sé. ¿Qué monjas son, Pilar?

—Yo tampoco. Creo que carmelitas o concepcionistas. No me haga mucho caso.

—Son unas monjas que fueron a vender la sillería de la sala capitular, y al arrancarla se encontraron con unos frescos del siglo trece o catorce. No sé, pero parece que la Junta las quiere comprar. Yo no las he visto, pero aquí, el presidente —señaló con un ademán el cuarto de al lado—, dice que son muy buenas. Y como lo que el presidente dice, técnicamente hablando, va a misa, pues mira tú por donde te vas a encontrar con unas pesetas que, con esto de la boda, supongo no te vendrán nada mal.

—Y ¿cómo no las vieron antes?

—Pues, primero porque el convento es de clausura y segundo (y parece mentira que hagas tú esa pregunta), porque todas las paredes de la sala en cuestión estaban encaladas desde qué sé yo cuando, y naturalmente, lo único que se salvó de las pinturas es lo que estaba detrás de la madera. ¿Aclarada la pregunta?

—Aclarada.

—Pues pasemos otra vez a la boda, porque el nombre del pueblo sí que no te lo digo.

—Y eso, ¿por qué?

—Porque si aquí —de nuevo el ademán hacia el cuarto contiguo— le da por echarse atrás, no quiero que te quedes, por culpa mía, con mal sabor de boca.

—Por lo menos hará calor en ese sitio.

Se alzó de la mesa y fue a correr las cortinas del balcón, igual que si de pronto hubiera subido la temperatura en el cuarto.

—Si esto llega a cuajar, te vamos a sacar el reuma del cuerpo para unos cuantos años.

Del armario metálico, junto al balcón, sacó un sobre repleto de fotografías que extendió sobre la mesa. Imáge-

nes de siempre: túnicas, rostros y un par de grandes piernas desnudas cruzando un río entre anguilas y peces:
medio cuerpo de un san Cristobalón.

—Están cortadas por la mitad, todas.

—Ya te dije que sólo se salvó la parte de abajo.

Y mientras don Antonio se abismaba con la lupa en
la más grande de las fotografías, el secretario volvía tras
su mesa para quedar de nuevo ante la muchacha.

—Entonces, con las monjas, ¿qué hacemos?

—Lo que usted diga.

—¿A usted qué le parece?

—No sé; a mí tenerlas una hora aquí, esperando, me
da apuro.

—¡Ay, Pilar, Pilar —se lamentó en voz alta—, no sé
dónde vamos a acabar con ese corazón que tiene usted!
Si no aprende a engañar a los demás ¿cómo va usted a
casarse?

—Bueno —se resignó la secretaria—; les diré que está
usted reunido.

—Eso; que vuelvan dentro de una media hora. O si
quieren, que esperen, claro. —Pareció satisfecho y al punto se volvía de nuevo hacia el de los santos—. Por cierto
que, según me dijiste, por el último pueblo, bien...

—Bien. Ya te dije...

—¿Bien del todo?

—Lo normal...

—No parece que lo dices muy animado.

—¿Cómo quieres que lo diga?

—¿No tuviste problemas con el párroco?

—¿Qué problemas iba a tener?

—No sé; a veces... —se encogió de hombros—.
A veces los tuviste. ¿No?

—Esta vez, no... Era como todos, más o menos. Un
poco meticón pero buena persona. Al menos eso me pareció... Bueno, quizá también un poco solitario. Todas las
tardes, mientras yo estuve allí, con buen tiempo o con
malo, cogía su misal y se largaba monte arriba de paseo.

Pero el primer solitario que conoció en sus viajes no fue
el párroco aquel, ni aquel joven cartujo sentado en el

patio principal del convento, mirando mudo las cruces de madera, bajo las cuales los antiguos monjes estaban enterrados, aquel pequeño cementerio interior, con sus cruces todas iguales como las de los cementerios de las grandes batallas en las últimas guerras.

Tampoco aquel fotógrafo ambulante, con su máquina y los palos de su decoración, que era un jardín a cuestas, cruzando de noche los montes camino de Buitrago, de vuelta de las ferias. Aquel fotógrafo a quien los clientes intentaban pagar con seras de melones y cierta vez con una carga de madera; que con su dinero encima caminaba en la noche hacia la carretera general y un día estuvo a punto de caer en la presa por culpa de la luna.

Tampoco las mujeres de aquella aldea junto a Finisterre, reunidas en la iglesia, al toque del rosario, por la común desgracia de haberlas abandonado sus maridos, esperando una carta que jamás llegaría, sin noticias de América hasta el día de su muerte. Vestidas de luto, con sus negras toquillas y sus medias negras y sus raídas zapatillas, se esperaban unas a otras en el atrio y hasta que no llegaba la última no entraban. Y dentro se arrodillaban aparte también, detrás, cerca del coro, y su murmullo era como un eco plañidero de la voz del párroco. A veces llevaban alguna vela o un cirio a bendecir, pero nunca tomaban parte, como las sacristanas, en limpiezas o adorno de la iglesia. Y cuando la novena o el rosario concluía, solían salir juntas también, sin demorarse, perdiéndose en silencio rumbo al pueblo, camino de sus casas. Y en la calle, flanqueada de pequeños pasadizos que acababan siempre en el mar, se iban oyendo, escalonadas a lo lejos, las voces de las viudas despidiéndose:

—Adiós, hasta mañana.

—Hasta mañana...

—Vaya con Dios. Adiós...

—Gracias, hasta mañana, buenas noches...

El primer solitario que conoció fue un pescador enfermo de úlcera de estómago. Ya no era joven y tuvo que abandonar el barco, el mar, su vida y su trabajo, y ganaba su dinero como viajante de comercio. Pasó algún tiempo allí, en la pensión del de los santos, y solía salir muy temprano en el autobús, tierra adentro, con su gran maleta repleta de muestras de pintura, brochas y jabones, a visitar las pequeñas tiendas de los pueblos. Nunca volvía hasta la hora de cenar, y en el comedor que daba a la bahía siempre se sentaba, con sus frascos y píldoras a mano, de espaldas al mar, al puerto, al faro que destellaba luchando con la niebla. Nunca hablaba del mar y Antonio y los demás solían respetarle su silencio. Tenía mal color y pómulos quebrados que parecían ir a romper la piel teñida por las manchas del cáncer benigno. No se le conocía familia. Año tras año, al decir de la dueña de la fonda, caía por allí un mes o quince días, reservando el cuarto siempre con antelación, por carta que llegaba puntualmente desde algún otro puerto, porque este hombre, que apenas romper el alba partía tierra adentro, no podía dormir, según él mismo afirmaba, si no era en un lugar muy cercano a la costa.

Y no era como los otros, como los que fueron representantes siempre, a los que despreciaba, siempre hablando de coches y de motos:

—Yo hacía la ruta de Corcubión cuando me la encontré: una vaca kilométrica. ¡Y mira que las vacas son traidoras!

—¿Cómo traidoras? ¡Peores que los cerdos! Te están mirando, dan dos pasos y vuelta a mirar. Parece que van a quitarse y, en cuanto metes gas, se te cruzan.

—Fue el factor suerte, porque, si no, la aplasto. ¡Y mira que yo llevo batería para el claxon alemán que tengo! Pues con todo y con eso.

—Y el dueño. ¿Qué?

—Al dueño ya le dije: "No se me ponga alto, que le meto una denuncia".

El viajante bostezaba con descaro y, a poco, con un breve saludo se subía a acostar, pero a pesar de levantarse tan temprano tardaba a veces horas en dormirse, sobre todo mientras duró aquel temporal tan largo que mantuvo a las lanchas saltando al amparo del malecón, sin salir a la ría.

Antonio y la muchacha oían sobre sus cabezas el crujir del piso de madera, el rechinar de la cama, el tintineo del vaso sobre el mármol de la mesilla.

—Anda, apaga que viene la señora. Siempre anda con que se gasta mucha luz.

Y allá, en la oscuridad, el rumor del temporal crecía al tiempo que Antonio iba escondiendo el rostro en el pelo tan hosco derramado sobre la almohada. Y luego eran los pechos, de los que tan orgullosa estaba. "Lo que tienen que durar", decía, y finalmente, aquel deslizarse despacio sobre las caderas tan duras y escurridas, aquel hundirse en ellas hasta el fondo remoto de la carne.

Aquel viajante, en cambio, no tenía mujer, no llevaba alianza al menos, ni fotos en la cartera como los demás, ni recibía cartas. Cuando no se acostaba inmediatamente después de la cena, pedía el periódico y, trago tras trago, a pesar de la úlcera, iba acabando el vino de la cena.

El otro, en cambio, el cartujo tan joven, no bebía, aunque la regla les permite tomar un poco de vino en la comida. Pero el joven cartujo ni siquiera lo probaba y, a juzgar por su rostro, debía de comer poco también. Los demás paseaban por la huerta que ahora ya trabajaban las máquinas, algunos con sus barbas grises, divididas en dos madejas puntiagudas que les cubrían el pecho, o en la gran biblioteca, entre sus muros repletos hasta el techo de volúmenes de moral, de teología, de antiguos comentarios de la Biblia, de historias de la orden traídas desde Francia, cuando la desbandada de principios de siglo.

Pero aquel solitario tampoco parecía sentir afición por los libros. Apenas estudiaba y aunque su oficio teórico, en las horas de trabajo, era el de carpintero, tan sólo realizaba algún que otro pequeño arreglo, contadas chapuzas, porque la mayor parte de los muebles ahora ya se compraban fuera.

—Es un alma de Dios, un santo —le decía a don Antonio el portero—. Ése, como que está en el cielo ya. Ahí le tiene *usté*, todo el día rezando. Y cuando les dan suelta, él se viene hasta aquí y mírele, ni moverse. Debe rezar también por sus hermanos, por los otros de la orden. ¡Fíjese que quería tomar parte en los entierros!

—¿Cómo formar parte?

—Hombre, cavar la fosa, quiero decir...

—Yo creí que la cavaban todos.

—Ca, no señor. De eso se encargan ahora los mozos

de la casa. Ellos, el día del entierro, están dentro, en la iglesia, cantando el oficio de difuntos.

Y en el gran cementerio interior aquel cartujo joven parecía una estatua. A sus pies, bajo la hierba rala, envueltos nada más que en arpilleras, sin ataúd, ni losa, ni ninguna inscripción, estaban los hermanos cuyos huesos se iban sacando periódicamente para dejar un hueco a los que en cada año morían.

Según confesaba el prior, había un plano en la casa, con los nombres de cada enterramiento, mas con los sobresaltos de la guerra se había extraviado y ahora andaban los restos de los más antiguos todos perdidos y revueltos con los nuevos. Sólo en una ocasión consiguió don Antonio hacer hablar al solitario, cierta tarde, cruzando el cementerio, camino de la huerta. Como siempre, allí estaba sentado, al pie de sus cruces de madera, pero esta vez andaban cerca otros dos frailes de los más ancianos mirando un mediano ciprés que se mecía en un rincón del patio. Don Antonio nunca se había fijado en él y si aquel día lo notó fue porque los dos viejos hablaban de talarlo.

—¿Y por qué tienen tanto interés en echarlo a abajo?

Los dos viejos se miraron con una media sonrisa, como dudando antes de responder.

—Verá —comenzó muy cortésmente uno de ellos—. No se figura usted lo que molestan esos pájaros. Los pájaros que viven en él, quiero decir. Levantan un revuelo tal por las mañanas, que no dejan trabajar con atención en la biblioteca. Habría que hacer algo por echarlos, por espantarlos, por que se fueran.

—Cortarlo —insistió el otro—, talarlo es lo mejor...

Y fue entonces cuando intervino el joven:

—¿Y por qué no echamos una red muy grande desde arriba y se les coge a todos? Es mejor cogerlos a todos y salvar el ciprés.

—Eso parece fácil, pero tendría que ser una red fenomenal.

—¿Y no hay redes así? ¿No pueden comprarse?

—No sé. No lo sabemos.

—Es posible que sí —murmuró a su vez el de los santos—. Es posible que las hagan en alguna parte. Es cuestión de enterarse. Buenas tardes, hasta mañana.

—Buenas tardes, hermano.

Pero antes, mucho antes que todos, vino Máximo, allá en los campos de Barajas, en el aeropuerto donde Antonio fue a servir después de su traslado desde el frente. Máximo "el listo" le llamaban, por sus gafas con los cristales de tantos anillos que alejaban sus ojos, achicándolos hasta convertirlos en dos relámpagos azules. El apodo también le venía de los libros que guardaba en su taller. Siempre leyendo, en los ratos libres, incluso por la noche, a la luz de un aparato de petróleo que él mismo se había construido.

—Te vas a quedar ciego —le decían.

—¡Para lo que se va a ver —contestaba— cuando acabe la guerra!

Mas sólo replicaba eso con los oficiales lejos. Cuando andaban los sargentos cerca era grave y ceremonioso y jamás apeaba el tratamiento. Pero a los reclutas debía despreciarlos, porque apenas les dirigía la palabra.

—Un día le bajamos los humos —protestaban.

—Lo que hay que hacerle es un escarmiento...

—Se le da un manteo.

—Preguntarle a ver dónde entierra...

—Lo que hay que preguntarle es dónde pica.

Y era justo su encono, porque apenas salía de su taller improvisado, salvo orden expresa del capitán, y a veces ni al toque de fajina. Pero en cambio tenía arte para casi todo, y arreglaba, en el antiguo quirófano que le habían autorizado para usar, las correas de los paracaídas, el calzado de los oficiales, correajes y cartucheras. El cuero era lo que más trabajaba con unas cuantas herramientas que había encontrado en Intendencia, y así, de cuando en cuando, se sacaba un chusco más, una lata de sardinas o un buen paquete de tabaco fresco. Y cuando en los meses de más hambre la compañía compró una mula vieja para hacer matanza, a él le habían servido, de callos, las orejas.

Cierto día se le había presentado el ayudante con un par de botas del general.

—¿Tú eres capaz de arreglar esto?

—Se puede intentar, mi capitán.

Y las botas quedaron tan bien que nunca más volvió a picar, ni a hacer guardias, ni a tirar de pala para enterrar los muertos. Él, quieto allí, con sus leznas y cuchillos que inundaban la vieja cama de operaciones, convertida en banco de trabajo, en aquella sombría habitación llena toda del olor ácido del cuero.

En los días tediosos del invierno, cuando la niebla cubría las pistas hasta el chato perfil del pueblo próximo, muchas veces estuvo Antonio tentado de asomarse a aquel barracón del que tanto hablaban los compañeros. Él también se había traído algún libro de casa, pero ahora, en su nuevo destino, como antes en sus días de paso hacia el frente, había perdido el hábito de leer y era incapaz de terminar ninguno. Además, la niebla hacía aún más sonoro el estrépito de los motores que probaban en el taller junto a los barracones. Primero era como un disparo, como una fuerte detonación seguida de otras muchas que acababan prolongándose. Su zumbido se adentraba en el brillante manto a ras de suelo, y crecía hasta perderse en lo alto, por encima de las inciertas siluetas de los panzudos hangares del depósito, sobre sus cuatro enormes patas de cemento, sobre las mangas lacias y el pequeño faro que coronaban la torre de mando.

Cuando el sol disolvía la niebla, lo primero que se alcanzaba a ver eran las alambradas que cercaban el campo, y al final la llamita azul de la autógena, sobre el techo de los hangares nuevos, creciendo hasta iluminar, contra el cielo ya azul, a un grupo de soldadores que acababan de colocar la nueva armadura metálica.

Cuando el sol se abría paso de nuevo, tampoco apetecía leer. Todo lo más el periódico, con las piernas relajadas al sol, pero apenas la niebla se desvanecía, ya estaban los sargentos reclutando gente y, con el pico al hombro, los mandaban a colocar balastre bajo los olivos.

Ya está el vestido allí, envuelto en sus papeles de seda, cosido de alfileres, bien colocado en el sillón de la alcoba, como dispuesto a presidir los preparativos de la boda. Aún no ha llegado el ramo, que podría agostarse porque ya hace un poco de calor, ni el tocado de la novia, pero sí los zapatos que asoman por debajo del sillón como en la boca de una madriguera.

—¿Y tu padre? ¿Dónde andará?

—¿Por qué, mamá? ¿Para qué lo quieres ahora?

—Para pagar al chico. ¿No ves que está abajo esperando?

Anita ve a su madre acongojada y añade en otro tono:

—Por Dios, mamá, no empieces ya a ponerte nerviosa. Dile al chico que mañana se le paga y en paz. Mañana va papá...

—Es que lleva media hora esperando.

—Pues dale la propina y que se marche.

El vestido, que es lo que importa, está allí. Se lo ha probado, se ha puesto los zapatos y torciendo en escorzo la cabeza ha pensado, viéndose en el espejo: "¡Cómo va a quedarse Gonzalo!"

Gonzalo quería el vestido blanco, pero corto, y una boda sencilla —natural decía él—, como si lo natural fuera que nadie se fijara. Pero cuando la vea, cuando la vea también el jefecillo, con el ramo y el velo y el tocado, camino del altar, a través de la iglesia, van a quedar los dos como la madre ahora, a punto de llorar en la puerta del cuarto.

—La novia más guapa del mundo —dice Conchita, mientras comprueba las pinzas del talle.

—¡Qué lástima de iglesia, tan pequeña! —murmura la madre.

Tiene razón, la iglesia es diminuta y pegada a la otra ermita gemela y tan cerca de casa que apenas es preciso cruzar el río para llegar a ellas. Además, entre ambas se extiende una gran explanada a trechos empedrada, a trechos polvorienta, cruzada por pesados camiones, por los más viejos tranvías de Madrid que chirrían en torno a un pequeño tiovivo eternamente plantado allí. Menos mal que está el tiempo despejado, porque si llueve, la explanada se convierte en un campo de fango, un riesgo para el traje y el fin de los zapatos, y aunque con el buen tiempo el río huele, siempre es menos molesto, sobre todo porque la gente acaba acostumbrándose.

—¿Qué hora es, mamá?

—No sé, hija, no sé. Tengo el reloj en la mesilla, desde esta mañana.

—Las doce deben ser —responde Conchita.

—¿Las doce?

El traje ha ido a parar precipitadamente al sillón donde estaba, y ahora Anita vuelve a vestirse a toda prisa.

—¿Te vas ahora?

—Claro que me voy; corriendo, mamá.

—Pero, ¿adónde?

—Al peluquero, tía —responde Conchita por ella.

Y al salir, Anita aún se ha encontrado en el jardín a la madre de su prima, de charla con la dueña del chalet vecino. Deben de estar hablando de la boda, porque al cruzar ella vuelven la cabeza y la tía suspira.

—Mírele, ahí va, sin vernos siquiera.

Pero sí la ha visto, de reojo, sólo que piensa que si se detiene pierde la hora, y además, al otro lado de la verja que separa la casa del otro chalet, junto a la dueña, está su hija la soltera, pequeña y afilada, yendo y viniendo en el jardín, en la punzante fronda de sus rosales.

Y ahora, frente a ella, o mejor a su lado, va pasando la vieja tapia, ese muro monótono y alto que tanto le aburre, que tan bien conoce desde siempre, con su guarda dormido a medias, vestido como los de la policía montada de las películas, ante la puerta angosta y bacheada, donde los autos se amontonan para entrar en el parque.

Dos o tres veces todo lo más la ha cruzado ella, porque, como la madre dice, nunca sabemos apreciar lo que es de uno, lo que tenemos cerca. Y es verdad que está cerca porque el muro casi se mete dentro, sobre todo en verano, cuando están abiertas las ventanas. Y Anita piensa que sabiendo que hay cosas tan bonitas detrás, aún puede soportarse, pero que en realidad lo que debían de hacer es derribarlo, hacer casas o tiendas, algo, en suma, que acabe de animar aquel lado del barrio.

La pared, la tapia, tiene grietas y remiendos y grandes desconchones y a veces fallas, como los cortes geológicos de los alegres mapas escolares. Anita recuerda cierta vez que yendo de paseo con el padre se empeñó en pasar por una de ellas toda brotada de helechos y maleza. Y el padre no quería pero ella insistió tanto que tuvo que ceder y aquella noche no pudo dormir por el escozor de las ortigas.

—¡Pues vaya un padre! —exclama aburrido el jefecillo, cada vez que se lo oye contar, deslizando el brazo por los hombros de Anita.

—Y otra vez, me acuerdo, me empeñé en que me comprara un helado. Ya sabes, esos caprichos que se tienen de pequeña. Estuvimos venga a andar, venga a andar, hasta llegar casi a ese sitio donde encierran los toros para las corridas de San Isidro.

—La venta del Baztán.

—Hacía un calor horrible, pero lo peor fue volver después. ¡Cómo sería que por la noche soñé y todo! Soñé que mi padre me traía el helado a la cama!

—Menos mal...

—Me lo traía y me lo daba, poco a poco, con una cucharilla de plata.

—¿Y cómo sabes que era de plata?

—Pues no sé.

—Tienes tú mucha imaginación...

—Lo que tengo es mucha memoria.

—Demasiada... ¡Te pasas las horas muertas hablando de tu padre...!

—Será porque no le veo nunca. Además, ¿de qué voy a hablar?

—De mí, por ejemplo.

—¿De ti? ¿Y qué quieres que diga?

—No sé. Por lo menos, las veces que te acuerdas.

Y el jefecillo ha alzado el brazo y su dedo índice recorre el tibio camino que va desde lo alto de la espalda, a la nuca de Anita.

—Pues también me acuerdo a veces, es verdad.

—¿Sólo a veces?

—Claro, siempre no... Por ejemplo, la vez que estuve pasando la Nochevieja en Benidorm con mis padres.

—¡Ya apareció tu padre!

—Con papá y con mamá. Con los dos.

—Bueno. Sigue, es igual. ¿Por qué te acordaste?

—Porque había allí una chica un poquito mayorcita, pero joven todavía, medio pariente nuestra...

—¿Y qué? ¿Qué le pasaba?

Anita ha callado y mira los pinos, más allá del cristal. A lo lejos, de una mancha de encinas surge de pronto un grupo de jinetes que cruza y se pierde entre los pinos.

Van charlando en voz alta. Aún suenan sus palabras cuando ya se ha borrado el ruido de los cascos.

—Bueno, ¿y qué le pasaba a tu amiga, que te has quedado, así, tan pensativa?

—No era amiga mía.

—Bueno, lo que sea. A esa parienta vuestra.

—Pues que salía con uno de los jefes del Ministerio —concluye al fin Anita de mala gana.

—Vaya cosa. ¡Menudos recuerdos!

—Es que el jefe era casado.

—Mejor me lo pones.

—Y viéndola allí tan sola y mayor ya, tan aburrida, en aquella mesa con los padres tan viejos, con todo el mundo alrededor, tan animado y bailando... ¿qué quieres que te diga?, me dio pena.

—Bueno... No sería tanto. También pasaría sus ratos buenos.

—De veras que me dio pena y hasta un poco de miedo.

—¿De miedo?

—Lo peor fue cuando repartieron los gorros y todas esas tonterías que regalan. Ella se puso un cucurucho de colores y estaba fatal. Daban ganas de levantarse y decirle que se lo quitara. No bailó ni una sola vez en toda la noche. Bueno, miento, una vez que la sacó su padre.

—¿Y tú?

—Huy, yo, ni parar. Había allí unos chicos muy simpáticos. Ya ves, hasta mi madre, que tiene tan mala memoria, se acuerda de la chica aquella cada vez que hablamos de Benidorm. Y mi padre dice que líos así los hay a montones. —Se callaba un instante y añadía luego, más despacio, en tono triste—. Figúrate qué porvenir le espera a la pobre...

—Vete a saber. A lo mejor él deja a la mujer.

—Sí, aquí en España se van a separar, seguro.

—No hables así.

En la voz del jefecillo parece nacer un leve torbellino de ira que crece, hace su voz un poco más impersonal, más dura, pero que pronto pasa.

—Así, ¿cómo?

—Así, tan fría, con ese despego...

109

—Pero ¿con qué despego?

—Con ninguno, es igual. —Ha alzado el brazo de los hombros de Anita y busca un cigarrillo que enciende con lentitud. Luego mira los pinos a lo lejos y añade—: A veces me pregunto qué hacemos los dos aquí, de veras.

—Pues eso: estar. ¿Te parece poco?

—Lo malo es que así, en este plan, nos vamos a hacer viejos.

—Y, ¿qué plan quieres tú?

El jefe entonces tomaba el cigarrillo entre los labios, ponía el motor en marcha y salían del parque en silencio.

Ha dejado a un lado la carretera y el muro, entrando en el laberinto de pequeños chalets antiguos, ahora remozados. Los hay triangulares y picudos como pequeños barcos blancos, los hay también con césped, hiedra y geranios, octogonales o redondos, de paredes quebradas o formas blandas, suavizadas por la cal a fuerza de revoques. Y hay uno, cerrado siempre, con sus tapias defendidas por alambre de espinos, que tiene ante su puerta un trozo de acera levantado, con el bordillo que se mueve al pisarlo, cada vez que pone sobre él el pie, camino del autobús que lleva a Sol, y antes de eso, camino del tranvía. Si no lo pisa hoy, ¿qué pasará? ¿Traerá mala suerte o buena suerte como el horóscopo del periódico y todas esas cosas? O dará igual, será como todo, como aquel último paseo, que ella pensaba tan distinto, parecido a una despedida melancólica y es como un domingo más, cuando se va a misa, cuando no hay oficina. Es Conchita y mamá las que están nerviosas; Conchita sobre todo. Habrá que ver a Gonzalo también y, aunque no lo quiera reconocer, al jefecillo.

Las tapias siguen, una tras otra, tan lisas, tan redondas, tan iguales que, a pesar de los años que lleva pasando junto a ellas, si se distrae un poco se acaba una saliendo al paseo del río.

Al río sí que le va echar de menos. ¿O no? Allí solía jugar alguna vez, de pequeña, y por la vieja y diminuta pasarela de hierro cruzaba al otro lado, en verano, cuando las verbenas. A la salida, al pie de los tres escalones de piedra que bajaban hasta el suelo de tierra, había un viejo con chicle y caramelos, en agosto con una sombrilla y en invierno con una manta raída cubriéndole las piernas. Ya hace años que se debió de morir y ahora habrá cruzado definitivamente a esta orilla, entre aquellos cipreses que asoman tras las tapias, a lo lejos, aunque, como dice el padre, en estos cementerios sólo se entierra a gente de postín.

Y el padre, cuando aprobaba cada año del bachillerato, antes de abandonarlo, lo mismo que la Escuela, le llevaba como premio a la verbena, mas la verbena no estaba allí, cerca de casa, sino que tenían que cruzar todo Madrid hasta Atocha. Fue como una costumbre aquellos años porque luego, en verano, estaban allí otra vez los mismos tiovivos y la góndola y el tren brujo, la misma horchata, los insípidos gajos de coco y la sangría, aunque, eso sí, con baile en los merenderos, cerca del río que olía ya un poco entonces, igual que ahora.

Está allí con el padre y la madre. Han cenado en casa porque estando tan cerca es inútil cargar con la comida hasta las mesas del merendero. Entre las filas de sillas de tijera hay una pista de cemento desconchado y brillante de tantas pisadas y del agua que la pule en invierno. Hay luces escondidas en las copas de las acacias que brillan reflejadas en el río inmóvil. En las dos orillas los altavoces gritan en competencia para llevarse a los clientes, en tanto más allá de la pista, en la escalera de tablas que baja desde la calle hasta el pequeño malecón, racimos de chicos asomados pasean la mirada pensativos sobre las mesas. Casi todos con pantalón ajustado y camisa blanca o rosa. Al cabo de un buen rato de mirar, de explorar la penumbra bajo las acacias o la barra del bar al amparo del primer arco del puente, unos se marchan bostezando también, como la madre, y otros bajan y se confunden con el público que baila y mira. Y hay dos que ahora se vienen acercando, sorteando a uno de los dos únicos camareros. Tuercen la cabeza y la bandeja repleta de sangrías pasa muy cerca de sus camisas impecables. Se acercan más. De nuevo se detienen y cambian impresiones entre sí. Unos cuantos pasos más y ya está uno de ellos allí, delante de la madre.

—Señora, ¿me permite que baile con su hija?

La madre ha enrojecido. Menos mal que con la oscu-

111

ridad no se le nota. No sabe adónde volver los ojos y en la pausa, mientras el chico sigue esperando, acaba por consultarlo con el padre. Y el padre tampoco sabe qué decir.

—Sí... bueno —balbucea por fin.

Nunca ha bailado así. En las reuniones que organizan las amigas casi todos se conocen, pero allí es distinto.

La pieza comienza y sigue y el chico apenas dice nada y ella de buena gana cerraría los ojos, con ese brazo tan agradable bajo la rebeca, en torno a su cintura. Aunque sólo ve de refilón su rostro con el negro mechón sobre los ojos cuando le da de lleno el resplandor de las bombillas, deben estar lejos ya de la mesa de los padres porque él se las arregla para arrimarse más en cada giro. Y no se atreve a despegarse porque puede pensar que es una ñoña, cuando lo que ella espera y desea es que comience a hablar, que diga algo, aunque sea alguna de esas bromas con que se arranca cuando no hay confianza.

La pieza concluyó y el chico la llevó de nuevo hasta la mesa, y los padres apenas comentaron nada durante el tiempo que estuvieron aún allí. Pero luego, en la alcoba, como siempre, debieron desatarse, porque estuvieron con la luz encendida hasta bien tarde, aunque esta vez la madre no dijo nada al día siguiente. El runrún de sus voces la tuvo desvelada parte de la noche y después tampoco consiguió dormir hasta muy tarde, por culpa del rumor lejano de la verbena y también por el recuerdo del muchacho aquél, de sus brazos. ¡Qué chico aquél, tan callado y tan guapo! Bueno, cualquiera sabe cómo estará ahora, quizá casado y con hijos como el jefe, o puede que no, que siga igual, aunque, eso sí, mayor. Ella le ha recordado muchas veces, sobre todo cuando ponen las verbenas a la vera del río, en verano. Le recuerda aún. Será su amor primero, ese que dicen.

Y aún más chalets: uno con un nogal, otro el de las moreras, otro con un sauce llorón que rebasa las tapias y, antes del colegio: "Estados Unidos de América", ese hotel con el madroño tan hermoso que es el orgullo de toda la colonia.

Ahora viene la glorieta sin asfaltar, vacía y polvorienta, con dos cipreses que parecen viejos de tan podridos y ralos, y la clínica de urgencia que acaban de instalar, y más allá, doblando la última esquina de la acera, ya aparece la muestra de letras rojas sobre fondo blanco que anuncia la peluquería AL-MA, es decir: de Alicia y Manolita.

Y el último solitario que conoció, sin contar el párroco, apareció ante él, de pronto, entre dos luces, cierto día, la hora mejor, cuando menos se ve, según supo después. Vestía una sahariana azul como las que se compran para los días de fiesta los mineros. Podía haber sido uno de ellos, uno de esos que en verano suben desde los pueblos de las minas a curar sus pulmones a la sierra. También supo después que aquella sombra oscura que colgaba terciada a su cintura se llamaba subfusil, si era como el de los guardias, y si era como el de los otros, metralleta.

—Estése quieto ahí. No se mueva.

Quedó quieto, ante él, ambos a medio camino entre el pueblo y la ermita y viéndole sintió el de los santos, antes que miedo, curiosidad, como si tras oír tantas historias falsas y verdaderas resultara imposible encontrarle allí, a dos pasos, en persona. O tal vez no era él —tanto daba—, o quizás había otros más, arriba, en las alturas, dominando la aldea. Le pareció bajo y pequeño, demasiado para que sobre él pesara tanta muerte, y el miedo de los hombres y aquella obstinada desconfianza de los guardias en las medrosas fiestas de los pueblos. Allí, en aquellas manos pequeñas y blancas, una de la cuales sostenía un cigarrillo, en aquellos ojos también desconfiados, aunque a veces tranquilos, nacía el miedo de todos aquellos valles y el aullido viajero de los perros que los guardias paseaban a la noche por la carretera, las cuevas tapiadas en los montes, el dinero enterrado, los hombres huidos a la capital o más lejos, a América, como hizo aquél a quien buscaban aquella misma tarde.

—¿Quiere un cigarro? —le tendía una de aquellas antiguas cajetillas de noventa.

—No, gracias, no fumo...

Le vio mirar de reojo, esta vez intranquilo, en direc-

113

ción al pueblo y hubiera jurado que en el escote abierto de la oscura camisa relampageaba una medalla.

—¿Qué hace *usté* aquí? —volvió a preguntar—. *Usté* no es de este pueblo.

Debía saberlo todo: su nombre, su trabajo. Al igual que los guardias, ellos también tenían sus confidentes que, a veces, resultaban ser los mismos.

—Estoy trabajando aquí —señaló a su espalda—, en esa misma ermita.

Pero el otro no se movió. En todo el rato, apenas apartó la vista de las casas.

—Es *usté* pintor, entonces...

—Pintor, no.

—¿Entonces, qué?

—Algo por el estilo.

—Y, ¿para quién pinta? ¿Para el cura?

—No hay cura aquí.

—¿Desde cuándo?

—No sé. Creo que desde la guerra.

Ahora movió levemente la cabeza. Esta vez sí se volvió un instante y, a poco, justo por el camino de la ermita, aparecía el hijo del cartero. Pensó que lo iba a detener también, pero al contrario, esta vez se volvió de espaldas y el muchacho cruzó rápido, por detrás, sin saludar siquiera, apretando el paso hacia la plaza. Y entonces notó el de los santos que la plaza, según se alcanzaba a ver desde donde se hallaba, aparecía desierta, igual que el diminuto bar abierto en ella.

Y el otro acabó de apurar el cigarrillo y tras aplastarlo con cuidado en el polvo alzó el rostro, invisible ya del todo, para preguntar:

—¿Sabe *usté* quiénes somos nosotros?

Hablando así, como en nombre de otros muchos, le desconcertaba como el hecho de no ver a los demás. Quizá le obligara a marchar con él, quizás en ese momento estuviera decidiendo su suerte.

—¿No lo sabe? —insistió.

Y no sabía qué responder. De tantos motes, apodos y nombres como era capaz de recordar en aquel mismo instante, no sabía cuál respuesta sería la justa, la que le gustaría, la que le irritaría menos.

114

—Somos los guerrilleros —oyó de pronto responder a la sombra por él—. ¿No oyó hablar en Madrid de nosotros?

—No. Allí salgo poco de casa.

—¿No tiene amigos? ¿No va a ninguna parte?

—Allí no trabajo. Ya le digo.

Y del fondo de la plaza se venía acercando, haciéndose más nítida cada vez, otra silueta parecida. Parecía acercarse despacio, y de pronto estaba allí, con una sahariana igual y con su ancho cinturón de lona, repleto de bombas de mano.

El que preguntaba avanzó algunos pasos, saliendo a su encuentro.

—No se vaya —advirtió antes a Antonio—. No se mueva.

El miedo, desde allá arriba, en la cabeza, fue bajando hasta el vientre, como una mano posada en sus entrañas. Y cada vez que el recién llegado volvía la cabeza, aquella mano le apretaba un poco más, desesperándole. Por fin se encaminaron hacia él, mas pasaron de largo sin decir palabra. Sólo antes de alejarse oyó vagamente murmurar al primero un "Buenas noches".

Después, en la casa donde estaba de pensión, nadie habló para nada de aquella extraña visita, aunque debieron de enterarse al instante, como el pueblo entero, como los guardias que subieron al día siguiente desde el puesto.

—Vamos a ver... Díganos *usté* lo que vio. —Comenzó el cabo en la cocina—. Cuéntemelo.

—Pues vi a unos hombres.

—¿Qué hombres? ¿Los del monte?

—No lo sé...

—¿No dijo que los había visto?

—No, señor...

—Pero estuvo con ellos.

—Estuve con uno de ellos, nada más.

—¿Cuánto tiempo?

—Como unos cinco o diez minutos.

Lo había calculado aquella noche. Si decía que los había visto tendría que escapar a Madrid y, en caso de negarlo, al final surgirían problemas con los guardias. Decidió ir capeando el temporal hasta donde pudiera.

El cabo había dejado el gastado tricornio sobre la mesa. Su cabeza calva ya, de campesino, coronada de canas a partir de las sienes, se inclinaba de cuando en cuando sobre el subfusil que mantenía entre las piernas, sujeto por el caño.

—Entonces, no pudo *usté* reconocerlos...

—Ya le digo que no vi quienes eran.

—¿Llevaban armamento?

—No lo sé. Era ya de noche.

—¿De noche?

—Bueno, entre dos luces.

El cabo le miró por última vez, a la difusa luz de la bombilla, luego miró el periódico abierto sobre la mesa y de pronto, todo aquel asunto, y don Antonio también, parecieron dejar de interesarle. Recogió su tricornio y con un ademán al número que aguardaba en pie, salieron de la cocina y se perdieron en la noche de la plaza.

Y sucedió que otro día, algo así como un mes más tarde, bajó de nuevo el solitario y encontró al hombre que buscaba echando el agua a uno de sus prados. El otro también le vio venir, pero se estuvo quieto, con el azadón en la mano, al pie del canalillo.

—¡Eh, tú! —le llamó el solitario.

Pero el otro, inclinado sobre el agua, no se dio por aludido.

—¡Eh, tú! —murmuró otra vez—. Te estoy hablando a ti. Contesta.

—¿A mí?

El otro tuvo que alzarse al fin y dejando el azadón supo, al volverse, quién era su enemigo. Y el enemigo andaba solo, como de costumbre. Ya le había visto otras veces, pero siempre de lejos, a distancia.

—¿Es a mí? —repitió.

—Sí, es a ti. Y vengo a matarte.

—¿Por qué?

—Por llamarte como te llamas. —Y le dijo su nombre y su apodo completos.

—Ese no soy yo.

—Sí que eres tú. No mientas.

—Que me caiga aquí mismo muerto, si soy yo. Si quieres matarme, mátame, pero te juro que no soy yo.

—¿Quién eres, entonces?

Le vio dudar, bajar el arma vacilando y contestó veloz:

—Ese es mi primo. Lo juro por mis hijos.

—Pues dile a tu primo —fue la pausada respuesta—, que mañana quiero verle aquí mismo sin falta, en esta misma tapia, en cuanto que anochezca. Y que venga solo si es hombre, si no quiere que baje yo a buscarle otro día a su casa.

Y apenas el solitario desapareció, el otro volvió al pueblo sin hablar con nadie. Y en casa calló también. Ni su mujer lo supo, aunque aquella noche le sintió dar más vueltas en la cama. Y al amanecer, aún entre dos luces, sacó del arca la escopeta de dos caños y la cargó con cartuchos de postas, de aquellos de tirar a los rebecos. "Si fallo estos dos, no me hacen falta más", se dijo a su pesar, en la penumbra de la cuadra, aunque de todos modos se echó unos cuantos más a los bolsillos.

Y, a poco, desde la alcoba arriba, llegaba la voz de la mujer, velada por el sueño.

—¿Pero no tienes que ir esta mañana a la mutua?

—Sí, mujer. Y no me esperes a comer, que no vengo.

—Entonces, ¿para qué te llevas la escopeta?

—Por si sale alguna liebre en el camino.

—Anda con tiento...

Ya se encendía la cima del monte frente a su refugio cuando acabó de colocar las últimas retamas. Más que un refugio era sólo un escondite, cubierto de escobas y piornos, en una de las esquinas de la tapia. Y en el trabajo había olvidado por un rato lo que allí había ido a esperar, en aquella mañana tan buena, con aquel sol tan suave que ya bajaba aprisa de la sierra.

Vio salir las ovejas del pueblo, camino de los valles altos, y cruzar una bandada de palomas buscando manantiales allá por las montañas. A mediodía cruzó, por el camino que llevaba hasta ellos, la chica del herrero con la tartera para el padre que debía segar hasta la noche. Traía con ella el perro, un can negro, pequeño, muy listo, y temió por un instante que le descubriera. Le vio dudar un rato, pero después, apenas le llamó la chica, se alejaba trotando, azotando las hierbas con el rabo.

117

Arriba, entre las nubes quietas, se cernía un milano. Su sombra grande se deslizó veloz y silenciosa, rumbo al pueblo. El sol parecía haberse detenido y, sin embargo, tenía ya menos brillo y fuerza, y poco a poco se iría enrojeciendo.

Y cuando el sol cayó, y el campo todo fue quedando en silencio, alzó con cuidado la escopeta, a pesar de que ahora, sin la luz, era casi imposible que brillara. La apoyó sobre las piedras de la tapia y dejó fuera las bocas de los caños. Y sus ojos, como allá arriba cuando tiraba a los rebecos, iban desentrañando, a un lado y a otro con cuidado, toda aquella alta zona donde acababan los piornos y comenzaban los pastos.

Quizá no iba a venir. Quizá se contentaba, como tantos, con meter el resuello en el cuerpo y no aparecer después. A lo mejor estaba en Asturias ya, o en una de aquellas cuevas, en el monte, o cenando tranquilamente en alguno de aquellos caseríos dejados de la mano de Dios, colgados en la sierra.

Pero no, allí bajaba como el zorro. Daba unos pasos y al punto se escondía, tras de un piorno, al amparo de una tapia, en la mancha plateada de un soto. Luego asomaba casi invisible, espiando el valle. Sólo cuando estuvo más cerca pudo reconocerle a la escasa luz que reflejaba el cielo ahora. Venía solo, como siempre, al menos en apariencia, pero esta vez con el arma en la mano. Le vio llegar y esconderse en el mismo borde de la acequia y aguardar un instante para luego alzarse otra vez pausadamente.

Estaba cerca, pero no tanto como para no fallar el tiro con su escopeta de ánima lisa, y si asomaba, el otro le iba a acribillar con los veintitantos disparos seguidos y el cañón rayado de su arma. Y si le disparaba uno de sus dos tiros y no le dejaba muerto o malherido, era su muerte y también si le mataba y no venía solo como parecía.

Pero no tuvo tiempo de pensar más porque, de improviso, el solitario comenzó a avanzar a lo largo del canalillo de la acequia hasta quedar, justo, frente a él.

Entonces apuntó con cuidado y disparó. Le vio dar un gran salto en el aire, y sólo en aquel instante pudo ver su rostro y sus ojos y su boca forzada en una mueca.

Antes de que tocara el suelo le tiró otra vez y, ya cayendo al canalillo, iba muerto.

Y todo —según contaron luego— fue sólo por una cuestión de malquereres, de familias, de envidias que llevaron al solitario hasta la casa del otro, sin apenas haberle visto en su vida.

Es la hora mejor. Ahora sí que la boda empieza de veras. Ahora, cuando Alicia y Manolita han venido a su encuentro, y las dos señoras que estaban esperando le han dejado el puesto, para que la ayudanta le vaya lavando la cabeza. Han dicho eso de "en un caso así" y se han puesto un poco melancólicas. Y también la han mirado de arriba a abajo, como miran los chicos, como el de la farmacia, cuando al pasar ha murmurado: "Esta noche, fiesta en el aire", como si en vez de la bata y la rebeca llevara ya puesto el traje de novia. O quizá miran algo que no puede adivinar ahora que debe ser uno de esos secretos que llegan a saberse luego, a partir de esta fecha, una de esas cosas que vuelven silenciosa a la madre y tan torpe al padre, y que amigos y amigas y parientes, y hasta incluso Gonzalo, parecen tener siempre presente en estos días.

O quizá las dos señoras piensan en sus cosas y solamente se ven a sí mismas en su día de gloria. Porque el día más feliz de su vida no es para ella el de la primera comunión que, por cierto, pasó con el miedo de un pecado que temió haber cometido en el cuarto de baño. Un pecado que no tuvo tiempo de confesar, aparte de faltarle el valor también para retirarse de la ceremonia. Y se sentía como un monstruo feo y horrible, como un negro condenado de aquellos de las estampas, entre todas sus compañeras tan blancas por dentro y por fuera, con sus cofias tan blancas también y sus bolsitas y sus devocionarios. Y las miradas disimuladas de las compañeras en el atrio parecían preguntar lo mismo que la madre:

—¿Qué te pasa? ¿Estás mala?

—No, no... Sólo me duele un poco la cabeza.

—Será de estar tanto tiempo en ayunas.

Luego, ya de rodillas en los bancos, aquella plática

del capellán en la que el demonio aparecía como un gran culebrón a los pies de la cama y en la hora postrera, para todas las niñas que perdían la pureza, parecía ir adrede dirigida a ella, porque todas las otras niñas debían ser piadosas e inocentes y las envidiaba tanto que se hubiera cambiado en aquel momento por cualquiera, incluso por aquella tan velluda, tan fea.

Toda la tarde y la noche después, convencida de haber cometido ese grave sacrilegio en el día más feliz de su vida. Aunque el confesor le quitó más tarde aquel escrúpulo, su día más feliz ya estaba perdido y fue para ella triste, al contrario de éste que comienza ahora.

Los dos días, éste y el otro ya lejano, son los más importantes para las mujeres. Siendo hombre —ya de por sí tan aburrido—, puede que no resulte igual, porque los hombres, como el jefecillo dice, van por libre.

Y allí en el secador, con los chismes de plástico tapando las orejas y los rulos cogidos y la cabeza toda metida en el casco, es como una fiesta, como esa fiesta que su madre ve en la televisión, los domingos por la tarde, donde eligen a una señora y la visten con un manto de reina y después la sientan en un trono para entregarle no sé cuántos regalos. Ella también los piensa recibir. Ellos forman parte esencial de la boda, por lo que tienen de útil y al mismo tiempo también de cariñoso. Ojalá estén ya agotadas las tres listas, sobre todo la de cosas caras.

Ahora es feliz, cara a esas fotos de peinador que no piensa ver más, a esa pared color fresa, con su concha de escayola que esconde una bombilla, en medio de Alicia y Manolita y de sus oficiales; en el centro de un reino donde reina ese chico que se hace llamar Jean, aunque es del otro lado del río, y un poco así, según dicen, aunque lo dicen de tantos. Pero Jean no lo debe ser, porque no lo van a ser todos, y porque está casado y hasta tiene dos niños, y además hoy no está distante ni nervioso como siempre, sino afable y simpático y desviviéndose por saber qué clase de tocado va a llevar y si de veras no quiere moño. Y lo bueno de toda esta fiesta es que no acaba aquí, que llegará la tarde y continúa, y luego el guateque y luego despedirse a toda prisa y después a Barajas, al avión, a París con el chiste ese de siempre. Se acabó el ocultar al padre si acababa o no acababa la carrera y los suspensos y el fumar en el cuarto de baño cuando él anda por casa, y gastar tanta materia gris justificando entradas y salidas. Poder salir y entrar y hablar normal, y sobre todo, escuchar con libertad, con aire de estarse enterando y no poniendo cara de boba como en aquello de la chica que vino de América, de aquella señora que mandó a su hija desde América a una casa de aquí, de Madrid, y les escribió a los dueños, así de buenas a primeras, que no se preocuparan tanto de la niña, porque venía perfectamente preparada. La tía dijo algo como "¡Qué barbaridad!" y el padre no abrió la boca aunque por la cara bien se veía que no le hacía gracia. Y al entrar ella, la historia concluyó súbitamente como si no hubiera oído las últimas palabras, como si no supiera lo que es la píldora famosa y que viene en unas cajitas con una cigüeña que tiene atado el pico. Y que es preciso tomarla todos los días sin dejar uno para que sirva de verdad y que no perjudica nada, la píldora famosa esa de que tanto se habla en el Concilio y también en los chistes y de la que dice el jefecillo que el primero que la fabrique en España se hace el amo.

Y es Jean quien explica ahora que es una pena no haberse traído el tocado para que fuera de acuerdo con el pelo. Él, personalmente, hubiera preferido moño, pero si se empeña en que le haga melena, melena será. Y siguen entrando señoras que se asoman y miran a través del espejo, unas con cara alegre y otras como sumisas, melancólicas. Tienen razón porque en aquel instante ella está por encima de todas, de Jean y de Alicia y Manolita y de esas oficiales que, cruzadas de brazos y asomadas al espejo también, contemplan el trabajo del maestro.

Y cuando el trabajo concluye, las chicas la rodean y están casi a punto de llorar y ella también, cuando, una tras otra, la besan. Son mucho más simpáticas que las de allá de la oficina, a pesar de la lista de regalos, a pesar de ser sus compañeras. Hay una señora que dice que la conoce desde niña, que se acerca y la besa también, y Alicia y Manolita que no quieren cobrarle, que aseguran que la han visto desde niña también y lo dicen como si fueran ya dos viejas. Y Jean lo mismo, la ha besado tam-

bién, y todos juntos la han acompañado hasta la puerta;
qué pena que no sea así la vida siempre, tan buena, tan
simpática y bonita, con una en el centro siempre, como
alguien importante, lo mismo que la reina de la tele.

Fuera, en la calle, ese mundo se acaba de repente.
Parece mentira pero todo está igual, desierto y aburrido
como cuando vino. Inmóvil en la puerta de la farmacia el
mancebo, el chico de la fiesta en el aire, y en la parada
un par de señoras con los niños que juegan, esperando
ese autobús que llega exhausto, levantando nubes de polvo
y humo casi sólido. A veces, también, ese mismo autobús
pellizca una piedra del suelo, sin asfaltar, con sus grandes
neumáticos y la dispara, a ras de suelo, igual que un
proyectil, contra la acera. Así, hace un año, acabó desca-
labrando a un chico de los que van al "Estados Unidos
de América". La piedra le dio justo en la ceja. Un poco
más abajo y pierde el ojo, y todavía la empresa no quiere
ni oír hablar de pagar a los padres.

Es mejor seguir como antes, por la orilla del río. Hay
más sombra y apenas pasan coches, con esos baches tan
grandes que más que baches son trincheras. Sólo de cuando en cuando aparece algún taxi que no sabe el camino
y, ya apenas entrar, se le ve al conductor reñir con el
cliente. Es un camino criminal y, por si fuera poco, con
el olor del río.

Ahora cruza ante las viejas compuertas oxidadas, con
su color tostado, colocadas las tres, una encima de otras,
como esos sandwiches de tres pisos que llaman "sandwich-
club", o no recuerdo cómo, esos sandwiches tan ricos. Hay
un nuevo cartel amarillo que prohíbe, muy serio, verter
escombros y dos o tres chopos muertos que añadir a los
que se llevaron en la pasada primavera. Hay un chico
crecidito ya, sentado en el malecón del río, mirándola,
viéndola venir, jugando con un niño. Ella acelera el paso
y se va apartando en diagonal, aunque no del todo, por
no darle ese gusto. Mas cuando está a su altura, y a distancia conveniente, el chico se levanta, se acerca, la vuelve
a mirar de arriba a abajo y la deja pasar, casi rozán-
dola, de esa manera que tanta rabia da, que tanto molesta. Y, por si fuera poco, dice: "Oye, tienes tú el culo muy
bajo, chica; ¡huy qué defecto más grande tienes!", el idiota.

Todo esto se va a acabar, se termina ya en el momento que se case, porque los hombres, bueno, los hombres no, los niñatos estos, sin que se sepa cómo, distinguen en seguida a las que andan solteras todavía de las que ya tienen quien saque la cara por ellas.

Y cerca ya de casa, seguramente haciendo tiempo antes de volver, ha visto al padre, en el viejo aguaducho, en el blanco quiosco que aparece cerrado. Las sillas y mesas se hallan recogidas y el padre mira al río y se entretiene haciendo girar el molinillo en el cajón de la rana. No sabiendo que baja tantas tardes, podría preguntarse qué pinta allí, al pie de los chopos a punto de brotar en el desierto paseo que cierra con el claxon de sus trenes el viejo puente de los franceses. ¿Qué hace allí, embutido en su gastada gabardina, con la boina bien plantada en la cabeza y el periódico arrugado bajo el brazo? ¿Qué pensará? ¿Qué mirará en toda aquella maleza que rebosa por encima del malecón?

Y de pronto ya no es una reina, de pronto se siente llena de una rara tristeza, de esa melancolía del río a primera hora de la tarde. Nunca hasta entonces vio tan vieja aquella usada gabardina, ni aquellos chopos tan castigados, ni tan roto el terraplén de cemento, donde el río abandona su inmundicia. De pronto, todo ese mundo tan feo y tan concreto se le viene encima, como el tren verde y sucio que cruza ahora, con ese claxon necio que es como un buey que se alejara y que hace que el padre levante la cabeza.

—Pero, ¿estás así todavía?

—Así... ¿cómo? ¡Si no son ni las dos! —protesta Anita—. No querrás que vaya a vestirme ahora.

—¿A qué hora es, por fin?

—¡Qué cabeza, papá!

Los dos querrían estar joviales, de un humor natural, pero ninguno sabe qué decir, y el padre, sobre todo, parece de mal humor, aunque lo disimule algo, de ese mismo mal humor incómodo que ella empieza a sentir ahora.

De pronto, la boda, el traje que aguarda en casa, el tocado, el peinado de Jean se borran cuando el padre la toma del brazo y, despacio como si fueran de paseo, se encaminan a casa.

123

Adiós, papá, siempre de viaje, siempre jovial por aquel tiempo, cuando las largas excursiones, aquel de las visitas al museo. Adiós, papá, parecido al abuelo de los viejos retratos de boda, como el mundo al revés, el marido sentado en el sillón y la madre de pie, a su lado, mirándolo. Adiós, tan presumido aún, con tus trajes negros cruzados y a veces con tu chalina delgadita y esa melena blanca que recortó un mal día el peluquero. Adiós, papá, perdona, no acabé en San Fernando, no volvieron a alabarme tus amigos, perdona de verdad, con tu aire de señor antiguo, tan guapo y tan buen mozo, a pesar de los ojos cansados y los hombros que se van derrumbando.

Bien vestido, en domingo, lo decía mamá y Conchita y sus amigas: "Ya no hay hombres así, como Antonio, como los de antes, tan distinguidos, tan caballeros". Lo decía hasta el sastre. Adiós, papá, tan aburrido en casa, buscando algún pretexto para salir al bar, para volver de noche vacilante, sin una sola voz, sin un mal gesto hasta entrar en la alcoba, donde mamá te espera, siempre despierta. Ahora será peor o mejor ¿quién sabe? Cualquiera adivina qué tal abuelo harás. Adiós, tan triste aquel último día de aquella exposición donde encontraste a tus amigos de antes. "¿Qué tal tu vida, Antonio? Ya no pintas; te cansaste; ¿dónde te escondes?" Y Antonio tan confuso y triste, sin saber cómo aguantar tanta pregunta, qué responder. "Vente a cenar. Vamos a una tasquita. Con la chica también. Ya no es tan niña. Dentro de unos años ya verás, Antonio..." Y tú dudando, deseando ir, sin saber qué hacer, conmigo de la mano. Los otros, mientras, tan alegres —o al menos allí lo parecían—, con sus bromas al dueño de la sala sobre si se les quedaba con los cuartos. Y aquel otro mayor ya, casi viejo, un poco cojo, con su bastón de cabeza de marfil, aquel a quien tanto respetaban los demás, pero tratándole como si fuera de su misma edad, como si fuera joven todavía. Me pasó la mano por el pelo y sus dedos eran tiesos y angulosos igual que los de los enfermos. Mas a pesar de ello seguía pintando y parecía alegre también y se veía que te apreciaba todavía. "¿De modo que ésta es tu chica?" Lástima que lo dejaras, Antonio. Tú sí que podías haber hecho cosas, que lo que es éstos... Pero la vida es la vida. ¿Qué me vas a decir? Hay que comer todos los días, aunque pasarse todo el día arrancando santos también agota a cualquiera. ¡Menudo plan para una persona como tú! Eso mata la afición a cualquiera. Mala suerte, Antonio. La prisa por casarte. Yo, ya ves; yo sigo aquí, al pie del cañón, todavía soltero, y eso que ahora se gana, bueno, ganan éstos..." Y bajaba la voz, señalando a los jóvenes que charlaban en el centro de la sala.

Luego, al salir a la calle, aún con la luz del día, ese gesto tan amargo en la cara, callado como un muerto, como si fueras a morirte de pena y yo también de verte, los dos en la parada del autobús, tan callados.

Nunca estaré tan triste como aquel día, ni tú, seguramente. Volvimos sin decir palabra y tú mirabas los faroles que se iban encendiendo, los coches, los tranvías, la gente a la puerta de los cines. Entonces no había tantos o quizá sí, pero de lo que más me acuerdo es de tu cara que, según nos acercábamos al barrio nuestro, ya no era triste sino de ira, de enfado, a saber contra quién, porque apenas abriste la boca en toda la vuelta.

Y al bajar del autobús y acercarnos a casa, como ahora, con la luz en el jardín alumbrando ya las parras, recuerdo que te habías detenido.

—Es un poco temprano todavía. Vamos a dar una vuelta por ahí. Así hacemos tiempo para la cena.

Pero la vuelta, bien se veía que era camino del río, camino del quiosco del río. Había allí la hoguera de siempre, encendida por culpa del relente, y, cerca de ella, una bombilla solitaria alumbrando al bedel del "Estados Unidos de América", al portero de la piscina de la otra orilla y ese barrendero que nunca barrió nada el pobre, que le tenían de misericordia en el servicio y que no alcanzó a ver el verano siguiente. Y a pesar de la hoguera hacía un frío horrible y sentía las piernas heladas hasta arriba pero no dije nada porque te veía contento otra vez o al menos no tan fúnebre como antes, y la verdad es que yo también quería estar contigo y volver lo más tarde posible a casa. Me hubiera gustado, pero en un sitio más caliente, no junto a aquella hoguera que quemaba las rodillas y dejaba helada la espalda.

Luego sacaron vasos y más vasos y lo menos bebiste diez de aquellos pequeños y cuando alguien dijo que eran más de las diez, los dos nos fuimos del brazo como ahora.

—Pero, ¿de dónde venís?, ¿pero no veis la hora que es, que estamos esperando?

Don Antonio mira instintivamente el reloj.

—No es tan tarde, mujer —responde sin fijarse en la hora.

—Además —añade Anita—, yo no voy a comer. No tengo ganas.

—Tú tienes que comer. Aunque no tengas ganas, tienes que comer. Cualquiera sabe si cenarás esta noche. ¿A ver qué tal? —La madre lleva a Anita hacia el comedor, cerca de la ventana que da a la carretera—. No creas que este peinado me hace a mí muy feliz, pero en fin, como eres tú la que te casas...

Ya entra Conchita y se acerca también y examina, a su vez, el peinado de la prima.

—No diga usted, tía, a mí me encanta. A ver, vuélvete un poco. Vas a estar más que guapa, de veras...

—Lo que hace falta es que tome algo. No se va a tener en pie luego. Aunque sea un huevo pasado por agua.

—Bueno, un huevo. Házmelo.

—¡Cualquiera sabe si cenaréis esta noche!

Ahora entra la chica que coloca los platos en la mesa, lanzando también, de cuando en cuando, miradas al peinado. Conchita se empeña en comer en la cocina porque dice que así puede ayudarla, pero el padre se opone, y al final Conchita cede cuando es la madre quien le ordena quedarse. Ahora ninguno habla, sólo se oye el ruido de los platos allá dentro en la cocina, el ir y venir de la criada y, como siempre, el zumbido de los camiones que se vienen acercando, hacen temblar la casa y se alejan confundidos con el otro rumor del próximo que llega.

—Nos pondrás una postal —murmura de pronto Conchita.

—Claro, mujer y te traeré una cosa.

—Un pañuelo, que los hay preciosos.

—La llave del piso. ¿La dejáis aquí?

—La tienen los padres de Gonzalo.

—Es que, según me dijo, aún falta el enganche de la luz.

—Pero, papá... De aquí a quince días...

—Es que habrá que entrar dentro.

—Tiene el portero otra, creo. Preguntadle. Me parece que dijo Gonzalo que se la iba a dejar por si traían el sofá. Pregúntale porque la va a tener, seguro que la tiene.

Y Anita calla porque, de repente, la madre ha empezado a llorar. Intenta secarse torpemente con la servilleta al tiempo que protesta:

—No me miréis así... ¿Qué queréis que haga? No puedo remediarlo.

Y Conchita dice:

—Dejadla que se desahogue.

Pero el padre apenas la mira. En vez de responder, se levanta y enciende la televisión. De nuevo el rumor de los camiones fuera, y dentro el tintineo de los vasos y los suspiros de la madre, hasta que en la pantalla la imagen se concreta. Allá dentro, en el fondo del pequeño recuadro azul, los grandes aviones dejan caer su carga como todos los días, en tanto el locutor explica sus efectos en muertos, heridos y desaparecidos. Los grandes conos grises se desprenden ordenadamente en el vacío, se esparcen mucho antes de llegar a la altura de los árboles y, luego, en el bosque, se convierten en brillantes llamaradas. Después vienen los helicópteros, en bandadas que casi cubren el cielo, transparentes, ligeros, trepidantes como grandes juguetes. Se posan entre las altas hierbas que ondulan con el viento de las hélices y los soldados van saltando ordenadamente, uno tras otro, ligeros también a pesar de los bultos de armamento y equipaje que deforman sus figuras. Corren, se echan al suelo y disparan. De vez en cuando se ve a un sargento atlético y maduro gritando bajo el compás frenético de las ráfagas, y artilleros que cargan sus morteros y se agachan luego. Después la película se acaba y, en tanto las noticias siguen, aparece como siempre la foto de ese hombre pequeño, vestido de negro, con las muñecas atadas en lo alto, y mirada impasible, entre los macizos soldados.

—Me voy arriba —dice Anita.

—Te vas a despeinar si te echas —le advierte la madre.

—Yo también —dice el padre—, voy a ver si consigo dormir un rato.

La madre calla ahora y el padre apaga la televisión, dejando el comedor otra vez silencioso.

—Ponte dos almohadones. Te vas a despeinar —repite esta vez Conchita siguiendo a la prima, escaleras arriba, rumbo al cuarto.

—Te advierto que no voy a dormirme. Sólo tumbarme un poco...

De pronto la fiesta parece haberse detenido y aunque sabe que, a poco, dentro de una hora o dos, volverá a reanudarse, viene ahora un cansancio, un deseo de acabar, de liquidar todo lo que aún le resta hasta el camino de la iglesia, un deseo ingrato de que Conchita acabe de colocar los almohadones, le entregue la aspirina y el vaso para esta jaqueca que comienza, salga y cierre la puerta.

Y cuando Conchita sale, es como si el chalet se desvaneciera. La alcoba, con el vestido blanco allá en el fondo, tendido en la butaca, es ya su propia alcoba, su propia vida, su propia casa. Ese vestido que parece sentado en el sillón, llena el cuarto con la presencia de su matrimonio como si ya se hubiera celebrado, como si tras de oír la misa con Gonzalo y confesar y comulgar, juntos también los dos, ya estuvieran casados. Cosa extraña esa de vestirse otra vez, así, de blanco, y Gonzalo de oscuro, y volver a ponerse juntos de rodillas y marchar luego en el coche tan grande, ese que alquilan, para hacerse la foto, y partir la tarta de la boda, bailar un par de bailes, volver a casa, desnudarse, vestirse coger el avión y dormir con Gonzalo, en París esa noche.

Ahora que la fiesta está en reposo, ahora que hay un descanso, viene esa duda, esa racha de miedo, llega el recuerdo de todas esas historias de la primera noche, de fatigas y daños, de miedos y sorpresas. Es como cuando se está a punto de iniciar uno de esos viajes que se preparan mucho y no hay nada que hacer sino esperar a que el tiempo pase y el plazo se cumpla, porque es igual que un plazo y en ese instante una se volvería atrás, como en aquella primera comunión si la dejasen. Pero es preciso seguir, continuar; retroceder, retrasarlo es imposible, está prohibido, nadie lo hace y además, se sabe que luego por lo general todo va bien, y si no va bien se acaba acostumbrando.

Ha ido hasta la ventana, ha entornado un poco las maderas, ha vuelto a echarse, apoyando la espalda en los cojines. Mira de nuevo un instante el vestido, tira los zapatos y pensando en las dos o tres horas que faltan aún, cierra por fin los ojos y lucha por dormirse.

III

Uno, dos, tres, plateados, monótonos, pesados, iban y venían, giraban en lo alto los tres pájaros. Si se hubiera decidido a sacar la cabeza de bajo su capote, seguramente habría alcanzado a ver las bombas por el aire, pero el cabo había dicho: "¡Todos al suelo, castrones, uno detrás de cada árbol. El que levante la cabeza que se dé por muerto!".

Y allí estaba, bajo el capote, como si fuera capaz de pararle la metralla, defenderle de aquellas explosiones que sembraban de grandes embudos la blanda tierra salpicada de olivos.

De todos los miedos de la guerra, a nada temía tanto como a los bombardeos. Siempre le parecía que desde aquel cielo tan plano y azul, desde una de aquellas estrellas plateadas, alguien le apuntaba precisamente a él, allí aplastado contra el suelo, entre los olivos, sobre esa tierra roja bajo la cual dormían ya tantos compañeros. Se echaba el capote por encima y se sentía casi defendido, como cuando de niño el miedo le hacía esconderse entre las sábanas.

Luego, antes de que allá arriba el rumor acabara de borrarse, de nuevo la voz del cabo: "¡Vamos, arriba vagos, a coger la herramienta!" Y vuelta a cavar, a preparar el balastre, a cribar arena y más arena, a nivelar interminables terraplenes que maldito para lo que iban a servir, al paso que iban las cosas.

Sin embargo, aquel día era ya tarde cuando, uno tras otro, los del pequeño pelotón se fueron alzando, cubiertos de polvo rojo de los pies a la cara, como payasos. Allí estaban mirándose unos a otros, a punto de reír por las fachas de todos y la alegría de que las bombas hubieran ido a caer tan lejos.

—Silencio, a callar. De frente, ¡march...!

Y otra vez con los picos al hombro, como alegres reclusos en trabajos forzados, en tanto allá, al fondo de la llanura que domina Paracuellos desde el borde mismo de la meseta, a la derecha de los hangares, una gran columna de humo rompía el horizonte.

—Eso es el polvorín —exclamó alguno.

—¡Tú cállate, recluta! ¿Tú qué sabes?

—Más que tú.

—Calla, pardillo.

—Eso de pardillo, tu madre...

—Será mi padre, amigo.

—Pues tu padre, es lo mismo.

Ahora ya alcanzaban a distinguir las pistas, invadidas de pronto por los soldados que surgían de los sótanos bajo la torre de mando o asomaban en sus madrigueras, mirando al cielo, todavía sin ver, lo mismo que recién salidos de un sueño. Pero esta vez no había esa neblina opaca y gris, ni aquellos grandes embudos que los Junkers dejaban a su paso, ni heridos, ni camillas, y la gran ambulancia cuadrada, con su cruz roja, enorme y dramática, continuaba inmóvil.

A poco de llegar, mandaron romper filas. Era raro un ataque tras de otro ataque, como un rayo que fuera a caer donde otro rayo. Con un poco de suerte, antes de la cena, a lo mejor podía Antonio acercarse hasta el vecino pueblo y arrancar en sus huertas peladas algún troncho semienterrado de lechuga o esas hojas ya secas de patata, tan buenas para echar un cigarro. Una vez limpio de barro el troncho, le iba quitando los tallos de las hojas y, poco a poco, como quien pela una manzana, le dejaba al aire la parte más jugosa y tierna para roerla luego en el petate después del toque de silencio.

Los tronchos de las berzas ya estaban allí, junto a la venta con la que lindaba el campo, casi como quien dice al alcance de la mano, cuando un toque a sus espaldas le detuvo. Llamaban a formar y era precisamente el toque que más temía: el que anunciaba siempre la próxima leva.

Y ahora correr para llegar a tiempo, para formar en

131

el sitio de costumbre, limpio y peinado y con gorro a ser posible, aunque en los últimos tiempos ya apenas se fijaban. El capitán llegaría con la lista en la mano y leería los nombres de los que al día siguiente bien temprano saldrían del campo camino del frente, de un frente de verdad, no aquel de cavar carreteras que nunca llegarían a parte alguna, de coser correajes y paracaídas, de empujar aviones y lanzar botes de humo buscando la dirección del viento, de guardias interminables en la torre. El capitán leería los nombres y, uno a uno, irían contestando y luego, un paso al frente, maldiciendo su suerte, y a la vez, un poco emocionados.

—Vosotros, mañana, a las cinco —concluiría el capitán luego—, con equipo y armamento completo. Nada más. ¡Rompan...!

Los de la mala suerte volverían cabizbajos a los barracones, como sonámbulos, perdidos en el silencio de los otros que intentan justificar la buena suya con alguna palmada amistosa en la espalda. —"No te preocupes, hombre; esto se acaba ya; no disparáis ni un tiro"—. La noche entera rompiendo o escribiendo cartas, devolviendo la máscara de gas y el vasillo para los lacrimógenos, fumando algún cigarro que los otros les dan, despiertos hasta romper el alba, aunque algunos, los más tranquilos, consigan ligar un breve sueño.

Y a medida que se acercaban a las pistas, donde ya el resto de la compañía formaba de mala gana, venía para Antonio, como otras veces, el miedo, la ansiedad de saber si esta vez le tocaría a pesar del general, de aquel hombre lejano al que nunca había llegado a ver pero de quien su destino dependía, siempre encerrado tras aquel alto muro, abierto sólo en la gran puerta verde defendida por garitas y soldados, rodeado de pinos y álamos, de flores y cipreses, a un kilómetro escaso del pueblo y de las pistas. Quizá sus buenos deseos para con él se habían enfriado, quizás ahora ni su nombre recordaba, quizás al cabo de tantos meses ya tenía otra amiga.

Todos juntos otra vez, firmes, cubrirse, derecha, derecha otra vez y ya estaban las tres secciones frente al capitán, todos mirándose unos a otros de reojo, pensando aquello de "¿a quién le tocará?".

El capitán llegaba a toda marcha, pero no era el capitán sino el teniente. Y tampoco traía la lista temida en la mano. Habló con los sargentos un instante en voz baja y después se dirigía a las secciones:

—¡Voluntarios para el servicio de recuperación!

Mas los soldados seguían aún pensando en la leva. De modo que nadie daba el paso al frente.

—¡He dicho voluntarios! —repitió—. Ha caído un avión alemán —les señalaba la columna de humo a sus espaldas—, y quiero voluntarios ahora mismo.

Primero salió Sánchez, como siempre, mas luego las secciones quedaron casi vacías, sólo con los enfermos, o los salientes de guardia aquella misma noche.

—Muy bien. Izquierda, izquierda otra vez. De frente, ¡march...! Sargento Tejeiro, vaya usted con ellos.

—A la orden. ¡Vamos, andando; paso a discreción; que vea yo moverse esas cachas, coño!

No hacía falta la voz del sargento, ni sus gritos. Los voluntarios corrían sobre las pistas brotadas de cardos, en dirección a la columna de humo que parecía cada vez más densa. Todos se disputaban los primeros puestos, y los más fuertes se iban abriendo paso, desplazando, poco a poco a los demás a riesgo de que el sargento oyera las protestas. Tanta prisa se dieron, que adelantaron a los del camión que había salido un rato antes que ellos.

—¡Llegáis tarde!

—¡Dejadnos algo! ¡No arrambléis con todo! —gritaban los de arriba.

—¡Silencio, todos! ¡He dicho que silencio!

El camión quedó atrás, intentando vadear el río, y ya los voluntarios, con los pies embarrados y aquel polvo rojizo cubriéndoles las piernas, subían la vaguada, entre los álamos, sudando, jadeando, maldiciendo.

Y aquel trozo brillante de chapa ondulada, retorcida, ennegrecida y candente quizás, era una de aquellas tres estrellas que giraban en lo alto, uno de los tres pájaros que mantenían a todos de bruces contra el polvo. Bien, en aquel mismo polvo estaba ahora, envuelto en un olor a grasa quemada, a cables quemados, sembrado por los surcos, colgando al aire sus entrañas en los álamos mochos, desgarrados también por la explosión.

133

Ahora se desplegaban a la voz del sargento, codiciosos y alegres, perdiéndose entre las zarzas, rumbo al aparato. Y de pronto, entre unos abedules, Sánchez forcejeando por llevarse una bota. Sujetaba con una mano lo que aún restaba de la pierna, y con la otra tiraba del tacón, después de descorrer la cremallera. Le vio Antonio dejar al aire la pierna enhiesta y desnuda y tirarla después sobre los surcos, buscando en rededor la compañera. Y la pierna seguía allí, blanca y sangrienta, irreal, como el resto de un crimen, del crimen que aquel Sánchez estaba cometiendo.

Y otros cogían algún reloj, y otro una buena cazadora, y Pepe, el mecánico de luces, encontró una Luger que pensaba llevar al capitán y ganarse quince días de permiso. Alegres y sangrientos se deslizaban, corrían de un lado a otro, desvaneciéndose en el humo, volviendo a aparecer como traperos incansables, hozando en aquel gran basurero humeante sembrado de restos de chapa, ruedas y alerones. Buscaban con codicia, por el gusto de ganar alguna cosa extraordinaria y nueva y también por el afán del hambre, calculando cuánto podrían ganar luego en el cambio, en el canje del mercado negro.

Y cuando Sánchez encontró la otra bota, ya Isidro, el furriel, se le había adelantado y estaba desnudando el cuerpo del piloto. "Déjame esa bota, majo, ¿a ti qué más te da? Mira, tengo la hermana. Anda, no seas cabrón; anda, majo, que a ti ya no te casa." Y el otro se resistía y Sánchez le enseñó los dientes pero no se apartaba y tuvo que amenazarle con la hermana que llevaba en la mano.

Y saliendo a medias de la cabina reventada, derramando sobre los cardos el cuero desgarrado de los asientos, un cuerpo más, cabeza abajo, sujeto aún al interior como un tiznado muñeco. Y Saturio, aquel que nunca podía estarse quieto en el refugio, doblado, vomitando al pie.

Ya el sargento venía: "¡Vaya un servicio de recuperación de mierda! ¡Escondeos, escondeos, que tenga yo que ir a sacaros con el cinto! Fuera de aquí. A otra parte, al pie del camión os quiero ver. ¡Y tú, fuera de aquí, vomítale a tu padre!"

Había llegado el camión, y a la voz del sargento,

sumisos, aunque de mala gana, lentos y hostiles, con los sucios bolsillos de los monos hinchados de reliquias, comenzaron a desguazar el aparato con la autógena. Los que no podían llevar su botín consigo, lo habían enterrado antes entre los juncos, o en la arena del río, o en los profundos huecos de las tapias con la señal para recordar el sitio a la noche.

—Te he visto coger la cazadora.

—¿Qué cazadora?

—La canadiense; no te hagas el loco.

—¡Olvídame ya!

—Esta noche me vengo y te la quito.

—¡Tú, cógela, verás...!

—Y si la cojo ¿qué?

—Si la coges, que te parto el alma.

—¡Tú que vas a partir!

—Tú prueba, ya verás; ya te voy yo a contar a ti un cuento, luego, cuando rompamos.

Ya estaba fuera el instrumental que podía sacarse sin más complicaciones y, en tanto que llegaban los mecánicos, llamaron, como siempre, a Máximo, que subió a la carlinga a recoger el cuero aprovechable. Habían descolgado ya el cuerpo del piloto y Antonio vio aparecer al otro en el hueco del muerto.

—¿Hay alguien por aquí que me eche una mano? —preguntó.

—Tú —señaló el sargento a Antonio—, sube con él.

Y tras mucho bregar en la cabina, habían reunido dos grandes fardos de despojos, aprovechando el siguiente viaje del camión para llevarlo hasta el taller.

Y en tanto el camión botaba sobre los surcos sin sembrar ya para dos años largos, Máximo le había mirado despacio, con aquellos sus ojillos azules.

—De modo que tú eres el pariente del general.

—¿El pariente? —preguntó a su vez Antonio, sin saber qué contestar. Además había aprendido, en su poco tiempo de recluta, que la mejor respuesta, mientras pudiera, era siempre callar. Pero el otro insistía:

—Sí, hombre, sí... ¿No tienes tú una prima que se acuesta con él?

De nuevo fingió no oírle, no entenderle. Miró los vie-

135

jos barracones de ladrillo que desfilaban a lo lejos, sin un
solo cristal sano y las pirámides de bidones grasientos que
llenaban las calles entre ellos. Había también un pardo
fuselaje de algún gran aparato abandonado entre las altas
hierbas, abierto en su costado como un gran cetáceo
muerto.

—¿La tienes o no la tienes?

—Sí; la tengo. Tengo una prima y una tía y un padre,
como todo el mundo.

—Por ahí dicen que por eso te protege.

—¿Quién me protege?

—¡Toma! El general. Que por eso te trajeron aquí.

Se encogió de hombros y en el mismo tono preguntó
a su vez:

—¿Y a ti? ¿Por qué te trajeron a ti?

—¿A mí? —le miró sonriente—. A mí porque estoy
tupi —se señalaba al pecho—. Mira como lo tengo, escucha —y ensayaba una tos breve y ridícula.

Pero Antonio apenas le oía. Pensaba en Tere, allá en
su cuarto frente al Palace, en sus largos silencios, en su
modo de mirar, en el rozar tan suave de sus labios.

—¿Tú sabes dónde vive ese general?

De nuevo desvió la mirada, cuando ya el camión bor-
deaba las pistas repletas de aparatos hacinados.

—¿No lo sabes? Pues en una finca bien cerca de aquí.
Una finca que debió de ser de algún pez gordo de los de
antes. Tiene una tapia alrededor con jarrones, y una entrada que son dos columnas enormes.

El camión se había detenido. Bajaron sus fardos y
Máximo le había invitado a entrar en el taller.

—No te enfades, muchacho. No pongas ese gesto, porque si te enfadas peor para ti, doble trabajo. Te lo decía
porque de algo hay que hablar y porque nunca he visto
de cerca a un pariente de alguien importante.

Pero no estaba triste, ni le odiaba por sus palabras. En
eso sí sentía que la guerra le iba cambiando. Allí, en el
campo, veía a Tere tan lejana como realmente estaba. En
aquel momento no odiaba a Máximo, ni a ella, ni a aquel
desconocido general, en su lujosa villa. La guerra era así,
quien más podía, más alto llegaba, y él podía poco, su
vida era eso: cavar, dormir, marchar, o como ahora, des-

hacer los fardos de Máximo en aquella sombría habitación, aún con huellas de las instalaciones sanitarias arrancadas de las paredes.

—¿Qué te parece? ¿Te gusta este sitio? —le había preguntado Máximo mostrándole, satisfecho, su rústica estantería, repleta de libros y folletos.

—No está mal...

—No sabes lo que dices. Este es el sitio mejor del campo. El mejor y el más tranquilo.

Hablaba con orgullo, como un amigo, bien distinto a como se lo imaginaban los reclutas. Y en tanto deshacía los fardos con cuidado, separando en montones distintos las diferentes clases de cuero, continuó:

—Te lo digo porque necesito un ayudante. Me van a mandar una partida de material (cosa rara, así para entre nosotros), pero si llega voy a tener trabajo para un par de aprendices, por lo menos. Y, aunque dos no me van a dar, uno puede que sí.

—Es que yo, de esto, ni idea.

—Eso no importa. Aprendes. ¿O es que prefieres andar por ahí, hecho un esclavo?

—No; claro que no.

—Pues entonces yo te reclamo. Mejor a ti que a cualquiera de esos pardillos. Esos, a cargar con el chopo, que para eso nacieron. Toma, fuma —le tendía su petaca de Ubrique, repleta de picadura tostada y tierna—. Aquí, ya sabes: trabajar un poquito, un cigarro, otro poquito y descansar. Bueno, menos en las cosas del general y del ayudante. Ahí sí, ahí hay que batirse el cobre y tenérselo pronto y bien, pero por lo demás —acabó de chupar el papel del cigarro—, por lo demás: tranquilidad y buenos alimentos.

—Bueno, muy bien, pues habla al ayudante.

—Mañana mismo —cerró a sus espaldas la puerta del viejo quirófano— y tú acuérdate de decírselo a tu tío.

—¿A qué tío?

—Al general, hombre —volvió a reír—. Ése es el que más manda. Ése coge el teléfono y te quedas aquí, conmigo, hasta que digan "¡Alto, no va más" los que tienen voz y voto en esta guerra.

Ahora, al otro lado del muro, los pinos mecen sus copas en el viento. De la sierra han llegado súbitamente ráfagas lejanas que baten las hojas podridas en el suelo, alzando, como un brillante polen, la flor blanca y sedosa de los milanos. Allá en el Guadarrama azul, la nieve no es ya una mancha grande y compacta, ya va tomando la forma de regueros y vaguadas. Ya no brilla, helada y rutilante, como aquella primera del otoño que señalaba Agustín con entusiasmo. Ahora aparece mate y debe hallarse sucia, blanda ya, a punto de licuarse. Este invierno ha llovido tanto que hasta el muro aparece florido, sobre todo en su base, teñida por la mancha violenta de las amapolas, por la corola morada de los cardos. Las lilas famosas, aquellas que pregonaban tanto por Madrid, casi tanto como los nardos, deben estar al otro lado, aquellas lilas con su aroma dulzón y penetrante, como flores de muerto, que inundaban la casa de la prima. ¿Dónde nacerían? Antonio nunca las vio, aunque, bien es verdad, que tampoco pasó más allá del muro muchas veces. Él siempre las conoció en los grandes cestos rebosantes, Gran Vía arriba, hacia Alcalá y el Prado, meciéndose al compás de la voz que las iba pregonando.

También allí se derramaban en los grandes vasos de cristal, en el cargado ambiente del salón de estar, al amparo de los pesados cortinajes que velaban la luz pastosa y cálida de la calle. La madre de Tere las hacía subir casi todos los días, quizá porque pensaba que daban tono a la casa, pero la prima ni se fijaba en ellas, ni era feliz seguramente, sintiendo su aroma en torno.

La madre turbaba a Antonio, con su pelo platino y aquella bata azul con su blando escote repleto de encaje, pero no tanto como la prima, vestida a medias de mayor y a medias de pequeña, tal como ella era en realidad, mimada o dirigida por la madre o quizá por sí misma, a pesar de tantas advertencias y miradas secretas, a pesar de que raramente le dejaran a solas con ella. La prima le turbaba mucho ahora, porque nunca llegó a saber si era verdad la historia que contaba Máximo, ni si él mismo temía o no que lo fuera. A veces parecía cariñosa, como para pensar que deseaba su visita; otras, en cambio, era como la madre: falsa, aburrida, incluso desdeñosa.

—¿Pero tú sabes algo de eso? —le había preguntado cuando fue con sus nuevas pretensiones, siguiendo el consejo de Máximo.

—¿De qué? ¿De ese trabajo?

—De eso... De zapatero.

—Si no es de zapatero. Es trabajar allí de lo que salga. Hacer chapuzas, nada... Lo que se trata es de que no me agarren un buen día y me manden otra vez al frente.

—¿Te han vuelto a llevar?

—No; es verdad...

—Pues ya ves.

El tono de la prima le molestaba un poco, pero a fin de cuentas tenía razón. Siempre pidiendo algo, que el general le reclamara antes del frente y ahora al taller de Máximo, a no dar golpe, en tanto los demás picaban.

—De todas maneras —prosiguió, haciendo un esfuerzo—, aunque no me hayan vuelto a llevar, ahora es distinto. No pasa una semana sin que hagan una leva. ¡También tendría gracia que para cuatro días me fueran a llamar ahora!

Y al punto llegó la voz de la tía, desde la alcoba:

—¿Cuatro días? ¿Quién dice que quedan cuatro días?

—Ese amigo mío.

—¿Y tu amigo qué sabe?

—Lo que todos. Lo que oye por ahí, lo que dice la radio. También tú decías al principio que era cosa de poco.

—La radio sólo cuenta mentiras —la voz se había vuelto más sombría ahora.

La tía había aparecido malhumorada, en tanto Tere se revolvía en el sillón cruzando las piernas con aquel susurro de la seda. O no era seda, como aquel escote rizado que dejaba al aire su vello dorado y sutil que tan bien conocía, que tanto le humillaba.

—¿Y tú crees que por estar allí vas a estar más seguro?

—No sé; puede que sí.

Pero no sabía nada. La voz de la prima llegaba como el aroma de las lilas, haciéndole olvidar el riesgo del frente y hasta aquel paquete con comida y tabaco que seguramente preparaba ahora la criada en la cocina.

No aceptar el paquete, abandonar, huir, ver la luz de la calle, respirar, sentir la gente en torno, olvidar aquel cuarto y a Tere y a la tía y las cábalas de Máximo sobre cuál de las dos sería la favorita, de cuál de las dos dependía su buena o mala suerte. No aceptar el paquete, no volver nunca más, aunque fuera a costa del riesgo de una leva, porque allí, en la penumbra frente a Tere, entre aquellas cortinas, entre aquellos floreros y retratos, veía tan claro su inútil porvenir que igual le daba recibir el tiro antes o ahora.

Además el general no haría nada. Tere no haría nada esta vez, nada podrían hacer por él, seguiría, en el mejor de los casos, como los otros, de día entre los olivos y de noche medio dormido, solitario, hambriento, luchando por romper la oscuridad, por ver algo en las tinieblas, desde aquel frío nido de la torre. El general se ocupaba de la guerra, de los katiuskas pesados y solemnes que se alzaban temprano, allá en Getafe, de los ratas gorditos cabezudos, con sus alas tan cortas, de los alegres biplanos con su morro alzado al salir del hangar, vibrando de la hélice a la cola desde el primer estampido del motor, como anhelando remontarse, volar, perderse rateando por encima del cerro de los Ángeles. El general se ocupaba de todo eso y de muchas otras cosas más, de muchas otras tropas y casi nunca salía del refugio bajo el palacio rodeado de flores si no era para acercarse a Madrid o al aeródromo en su gran coche camuflado, con cristales azules que apenas le dejaban adivinar en su interior. El general no haría nada y Tere seguramente lo sabía, y a fin de cuentas, qué más daba si estaba allí ahora, frente a ella con su uniforme demasiado grande, demasiado ancho, triste y rijoso. De nada le servía intentar razonar, meditar inútiles venganzas, pensar que Tere, dentro de unos años, no aguantaría las doce del día a plena luz, en la calle, como su madre ahora. Era una venganza inútil y ruin, más pobre aún que su propia imagen, tal como él la veía reflejada en los ojos de la prima. Allí, entre sus bombones y sus flores, en la penumbra quizá sabiamente calculada, al amparo de tantas fotos dedicadas de soldados ilustres, madre e hija eran indestructibles y lo serían aún, a buen seguro, por muchos años más. La guerra nunca podría destruirlas, acabar con ellas, porque ellas mismas eran parte de la guerra y aunque ahora parecieran un poco preocupadas, Antonio estaba seguro de que cuando llegara la paz seguirían allí, tan solo con algunos cambios en aquellas fotos que sobre bargueños y mesitas, enmarcadas en cuero repujado, adornaban el cuarto.

Aquel cuarto, el cuerpo de la prima y su limosna le humillaban, aunque ella no lo entendiera mientras le preguntaba por el padre y su trabajo en el Ayuntamiento, por la madre y la hermana.

—Estás muy triste hoy —había concluido de pronto—. Estás muy pesimista, Antonio. Ya verás cómo al final, todas las cosas tienen remedio.

Lo había dicho como un deseo, como si tampoco ella lo creyera del todo, y le había acompañado hasta la puerta, con su aroma a lavanda y aquel deslizarse, tan suave, de la seda en las piernas. Le había despedido con un beso:

—Adiós, Antonio. Ven por aquí. Vuelve...

Y sólo en el portal recordó Antonio que la criada no había salido, y que por tanto se había quedado sin paquete, pero, ya en la calle, frente al hotel Palace repleto de uniformes militares que le hacían más tímido aún, no se atrevió a volver y, doblando la esquina de la casa, se alejó hacia Cibeles.

Aquellos grandes tranvías cuadrados y amarillentos chirriaban despacio en torno de la estatua cubierta de ladrillos por completo, lo mismo que un fortín. Un cartel en el Banco de España (¡Administrativos, dejad la pluma!) le trajo a la memoria el recuerdo del padre siempre en perpetuas comisiones que a veces duraban hasta la madrugada, cada vez más delgado, baja segura sin tener que ir al frente a poco que durara la guerra todavía.

Y ya desde el tranvía, otra vez la imagen de la guerra en aquella esquina cortada de arriba abajo como un gran pastel, con sus cinco pisos al aire, unos empapelados y otros no, con sus muebles y sus habitaciones todas distintas, abiertas en sus vanos y escaleras. Era como una gran corona de vigas retorcidas ceñida a la cabeza. Y junto a ella toda una fachada con sus balcones al aire, con

141

canalones y tuberías colgando como enredaderas de los pisos más altos, con rótulos de tiendas componiendo palabras sin sentido, tiesa también sobre su loma de escombros, como una decoración comida por el fuego.

Y de pronto, la guerra misma: dos hondas explosiones a lo lejos.

El cobrador ha dicho: "¡A tierra todo el mundo!" pero la gente no se echa a tierra, no se tira de bruces en el suelo. Los del estribo son los primeros que huyen y cruzan la calzada, buscando los portales, seguidos de las mujeres que chillan y pierden los zapatos. Y los hombres les gritan cuando se vuelven a buscarlos.

Cuando Antonio baja, sólo quedan dentro, en el tranvía, el cobrador y el compañero que se miran sombríos a medida que las explosiones menudean. Antonio corre al portal más próximo, que encuentra ya cerrado y repleto. Arriba, los balcones se cierran también. Llama, golpea con el puño, y cuando al fin le abren, hace presión y se hunde entre los cuerpos apiñados en la penumbra. A medida que se acostumbra a la oscuridad van surgiendo los rostros de siempre, cansados, aburridos, medrosos, y tan sólo uno vivo: el de la vieja del cajón de bocadillos, la que los vende a la puerta del metro, que cuida ahora en su rincón la mercancía. Ahora ya las explosiones se suceden como en un puro trámite, cuatro o cinco seguidas; una pausa, vuelta a sonar, otra pausa y otra vez cuatro o cinco tan próximas que parecen una. Hay alguien que dice siempre: "Ésos tiran desde Garabitas" y cuando desde Madrid responden, añade: "Ése es el abuelo. Miren como contesta desde el Retiro", pero nadie le escucha y en cuanto que hay una pausa más larga y desusada entreabren el portal y miran fuera. La calle está vacía totalmente, con una hilera de tranvías inmóviles en medio. Cruza a toda velocidad una ambulancia silenciosa como si no quisiera asustar a los que ya comienzan a asomar, como si no quisiera provocar nuevos disparos. La calle se va poblando y los tranvías arrancan uno tras otro con leves pausas para irse distanciando. Dentro, todos con el oído alerta hasta agotarlo, y ya en Quevedo la pirámide de tela en el centro de la glorieta, con los grandes retratos, como el de Lenin en la de Bilbao, cubriendo por entero las estatuas.

142

Y cerrando la calzada, dejando sólo un paso angosto, las murallas de sacos terreros.

Y ya junto al portal de casa encontró Antonio al vecino del ático, con chaleco y corbata, haciendo leña, como siempre, en el bordillo de la acera, partiendo en menudos pedazos los restos de una mesa.

—¿Cómo va, don Emilio?

—Ya ves, hijo. Aquí me tienes, preparando como quien dice la cena. ¿Qué tal allá en el frente?

—No estoy en el frente. Estoy ahora en Barajas.

—¿Y os tratan bien? ¿Os dan bien de comer?

—Vaya...

—No te quejes, hijo, no te quejes.

—No me quejo. ¿Sabe si está mi madre arriba?

—Me parece que no. La que está es tu hermana.

—¿Seguro? No me haga usted subir los seis pisos, que no tengo la llave.

Mas cuando ya cruzaba frente al cartel de "No funciona", pensó que estaría mal volver con las manos vacías. El mercado estaba lejos pero tanto daba, el mercado también estaba allí, a espaldas de la casa, más allá de las tiendas, de las colas, en pequeños tenduchos repletos de pasamontañas, gorras a lo Durruti, tapas para cartillas y hornillos eléctricos. Cruzó ante la tienda del arroz con leche, ante su escaparate cuadriculado todo con papel de goma para los bombardeos, con su cartel impertinente de "si no trae moneda fraccionaria, no le despachamos" y ya dejaba a un lado los cajones de libros y novelas, rumbo a las cocheras de tranvías donde solían venderse las verduras. La gente pasaba y volvía a pasar por aquel blanco y verde laberinto de canastas volcadas, donde sobre tableros extendidos miraba de lejos pimientos y tomates y algún que otro repollo solitario. Ya nadie protestaba por los precios, solían mirar aquella fruta escuálida y después se alejaban moviendo la cabeza, camino de la cola más cercana.

Y más colas. La había incluso ante aquel hombre que vendía lejía, sentado en el bordillo de la acera con su barreño y el embudo en la mano.

Antonio compró un repollo regular y también unas minúsculas manzanas, guardando sólo los céntimos del tranvía de vuelta. Volvió a casa y cuando ya salvaba el tercer descansillo, otra vez la sirena y los obuses. No tuvo que subir a buscar a la hermana: ya bajaba con Carmen, las dos con los abrigos por los hombros y una vela en la mano.

Si supiera que está pensando en ella, se quedaría así, parada, como tantas veces, recelando. "A saber lo que estás tramando. Seguro que te vas. ¿A que sí? ¿A que acierto?" Y a veces sí que acierta, es verdad, pero la mayoría se equivoca como ahora, con los ojos llorosos aún, inmóvil en la puerta entreabierta.

—Creí que estabas dormido. ¡Cómo dijiste que te ibas a echar la siesta!

Y lo que más le asombra es que ahora, al cabo de los años, le conozca menos que entonces, cuando ni siquiera eran novios, allá abajo, en el sótano, cuando los bombardeos.

Le gustaría dormir, drogarse, adelantar el tiempo diez horas por lo menos, pero ella baja ahora la persiana, como si dormir o no dormir, descansar o no, fuera cuestión de luz, como si en vísperas de la boda de Anita fuera capaz de ello.

—¿Tú crees que será feliz?

Esa forma de hablar, mitad novela de amor y mitad clave: "Es feliz, no es feliz. Está muy enamorada de su marido. Está de tres meses. No lo está. De cuatro, de seis, de nueve. Se le nota. Apenas se le nota. Se entienden. No se entienden". Esa forma de hablar que llega hasta la cama cuando dicen "Soy tuya", cuando ya no lo son y se está, de nuevo, separados, a mil años luz de distancia.

La guerra en cambio, en los primeros días, si es que no son sangrientos, vuelve a la gente joven y rompe las barreras de los tímidos. Allá en el sótano, por ejemplo, con su olor a moho, siempre procuraba sentarse junto a Carmen, y era su cuerpo delgado y suave, y cálidas sus manos en la penumbra vacilante de las velas.

Más tarde viene el odio, el miedo y ese negro sentimiento de impotencia, como de humillación, como si unos y otros lucharan indeferentes allá arriba, sobre nuestras

144

cabezas. Vuelve la soledad, la triste lejanía, y a medida que los días pasan, el hambre y el miedo y la pasión. no son ya novedad, y la gente, abajo, en los sótanos hace su vida aparte como en casa, se aleja de nuevo, se invita cortésmente, se saluda y duerme envuelta en sus mantas, como en un oscuro balneario.

Incluso aquel noviazgo firme ya, a pesar de su final postergado al desenlace imprevisible de la guerra, no era tampoco como aquel besarse de los primeros días en los sofás del desierto bar del entresuelo, aguantando el rumor de la sirena hasta el retumbar de las primeras explosiones.

"¿Tú crees que será feliz?" "¿Y por qué no?" le dan ganas de preguntar a su vez. "¿Y tú? ¿Lo fuiste?" Pero seguramente sólo sabría suspirar y responder que no, que antes sí y ahora no, que ser feliz es, por ejemplo, no hacer daño a los demás y cuidar bien los hijos y no empeñarse en cosas imposibles, y morir, bien tranquila la conciencia. Y él respondería, también, seguramente, sin estar convencido del todo, que el ser feliz varía con los tiempos, que nadie sabe los tiempos que vendrán y si los veinte próximos años de Anita y Gonzalo tendrán algo que ver con estos días de ahora. Carmen dirá que hay cosas que no cambian y él que no, que en la guerra, a veces un cigarro fue la felicidad, o una pausa al sol después de un bombardeo, o ese momento alegre en que comienza a modularse hacia el tono más bajo la voz de la sirena, o una cerveza fresca que nunca consiguió o el rozar de sus labios gastados y pequeños que ahora le vuelven tímido, que casi le repelen como, a su pesar, la imagen de Gonzalo.

¿Dónde estaban los días felices en aquel duro tiempo? Quizás en el taller de Máximo, mañana y tarde dándole a la lezna, o en el grupo de pilotos lozanos, sonrientes, con sus pulidas cazadoras y sus brillantes alas plateadas como una herida rutilante a la altura del pecho. ¿Dónde estaban? ¿En los que no volvieron? ¿En los otros, surgiendo en la cabina con el casco y las gafas en la mano, preguntando por nombres que eran tan sólo nombres ya, odio, polvo y recuerdo caminando juntos, en pequeños grupos, hundidos en sí mismos, silenciosos, rumbo al puesto de mando? ¿Y dónde acabaron? ¿Terminaron allí? ¿Terminan con el hambre y el destierro, con la paz, con la última derrota, con el general firme en el sol de la pista, frente a los hangares, dirigiéndose a reclutas y oficiales con aquel tono apagado y paternal?

Seguramente los días felices estaban lejos del sudor y los piojos, de aquel polvo rojizo, al otro lado del muro, más allá de la reja verde con el escudo y su leyenda. Seguramente estaba al final de la avenida de sauces, subiendo la pequeña escalinata coronada de grandes columnas y jarrones, entrando no por la gran puerta principal sino por otra, baja, pequeña, defendida por jambas de ladrillos y una gran losa de cemento encima, allá en el corazón del blanco palacio.

—Ésos sí que viven bien —solía concluir Máximo, cada vez que volvía de llevar los zapatos del ayudante—. Tú no quieras saber los salones que tienen.

—Pero ¿tú los has visto?

—Yo no, pero se ve que los tienen. ¿No los va a tener un palacio así? Tu hermana ¿no te cuenta nada?

—¿Mi hermana? ¡Tú estás mal!

—Quiero decir tu prima. O tu tía. O quien sea. ¿No te cuentan nada nunca?

—¿Y qué me van a contar?

—Chaval, pareces tonto. Cómo es eso por dentro. Yo siempre tengo que ir por la puerta de atrás y encima, en cuanto que me acerco, viene el asistente, me recoge el paquete y me larga con viento fresco. Pero tu prima, supongo yo, que entrará por donde las personas.

Antonio se encogía de hombros para no contestar.

—¿Entonces, qué? ¿Entra o no entra? ¿Es la madre o la hija la que la hace feliz?

—¡Y yo qué sé! ¡Déjame en paz!

—¿Ellas vienen aquí, o es él quien va a Madrid a verlas?

—¡Qué pelmazo estás hoy! ¡Es mentira! ¡Acaba de una vez! ¡Todo eso es mentira!

—¿Yo pelmazo? Yo pelmazo, ¿de qué?

—¡Joroba, porque llevas toda la tarde hablando de lo mismo!

—¡Por que tú no quieres soltar prenda!

—¿Y qué voy a soltar si no sé nada?

—A ti lo que te pasa es que ni novia ni leche, a ti la que te camela es la prima.

Y era verdad que, bien a su pesar, Máximo acertaba. Luchaba por borrar sus palabras, pero luego, a la noche volvían arrastrando el recuerdo del cuarto aquel con su alcoba detrás y el eterno aroma de las lilas. Y era ese aroma como el recuerdo mismo, como el cuerpo de Tere, capaz de destruirle en un instante, capaz de hacerle sentirse otra vez sucio, cobarde y solo. Porque cuando, en los días de permiso, cruzaba ante la verja del palacio, rumbo a la cabecera de línea del gran tranvía blanco que le traía a Madrid, lo que más envidiaba del mundo que imaginaba al otro lado, no era su césped, ni la cerveza helada, ni un buen lecho, ni las cenas que allí se servirían, ni siquiera el refugio más seguro y confortable que los otros, lo que más odiaba era sentirse ajeno a ello, como flotando en la noche vacía de fuera, sentir que todo ese mundo de soldados y oficiales, de columnas y parterres, de pilotos y enlaces giraba solo, por sí mismo, bien entramado pero lejos de él, encerrado en los cuatro lienzos de aquel muro que se iba quedando atrás paralelo a los rieles del tranvía.

Y es una tarde, mucho tiempo atrás, en un día de fiesta que puede ser domingo pero que está seguro de que es en primavera. No recuerda el nombre de la calle, ni su aspecto, ni si era amplia o estrecha y sus casas altas o no, o si tenía árboles o tiendas. Y el balcón está abierto de par en par allá arriba, como en un tercero o cuarto piso. Suena música y a veces aparecen en él chicos y chicas que se apoyan en la barandilla, miran abajo, charlan, ríen o miran los tejados a lo lejos. Antonio está abajo, en la calle, mira y calla. No maldice porque no sabe, no odia porque no es capaz, pero se vuelve a casa despacio, vagabundo por las calles hostiles de su barrio, mirando escaparates para llegar a casa lo más tarde posible.

Y arriba, desde su propio balcón, mira luego la calle también que le parece viva, alegre, animada a eso de las nueve y donde todos: grandes y niños, novios y ancianos parecen ir a algún lugar concreto.

¿Será Anita feliz? La madre ahora se va de la ventana, suspira en la penumbra y sale. Ahora irá al extremo opuesto del pasillo, a entreabrir la puerta de la alcoba de Anita. Pero antes suena el timbre del portal y se oyen alejarse sus pasos y su voz queda, que charla con el recién llegado, y también la otra voz, más aguda, de Conchita. Después los pasos regresan, más cansados, al subir la escalera.

—Antonio... —murmura a media voz, en el quicio de al puerta.

—¿Qué hay?

—Es tu traje.

—Bueno. Déjalo ahí.

—¿No te lo vas a probar?

—Estará bien...

—Anda; levántate.

—Déjalo ahí.

—Está esperando el chico, hombre, pruébate la chaqueta por lo menos.

Uno, dos, lo menos quince parecían esta vez, cualquiera sabe, cuántos de aquellos pájaros negros, qué bandada, zumbando más altos que las nubes, manteniéndoles abajo, en el refugio, encerrados, agazapados en tanto arreciaban aquellas explosiones que parecían calar hasta el fondo de la tierra.

—¡Menuda racha!

—Se ve que les caemos gordo...

—No te preocupes, chico, la bomba que se oye, esa no es para ti.

—No; ésa no, la otra que viene... —murmuraba el más lúgubre.

—Venga; callaos ya.

—¡Que se callen los gafes!

—A mí me da más miedo oír la sirena.

—¡Menudo pepinazo!

—En cuanto esto acabe, me echo novia y me caso.

—Ahora se acercan más.

—¡Calla, Mambrú!

—Ahora se acercan más. La que viene nos casca.

Y Saturio, el que jamás era capaz de estarse quieto en

148

el refugio se cambiaba de sitio, al lado opuesto del último estampido, entre las protestas de los demás.

—¡Estáte quieto, leche, y acaba de incordiar!

—¿No ves que estás pisando, cagalera?

Y aquel otro tan mustio, en su rincón, mirando la bombilla, sin despegar los labios, seguramente rezando para sí, pensando en aquello que decía cada tarde, viendo volverse rojo el horizonte sobre las negras lomas del Jarama, aquello de "Ha muerto mucha gente y más que va a morir por lo malos que somos".

Y el sargento Tejeiro, coreando para sí las explosiones, murmurando entre dientes:

—¡Dale duro, carajo! ¡Dale otra más! ¡Y otra más! ¡Y otra!

Y otros —los más—, con Máximo entre ellos, silenciosos, con los codos sobre las rodillas y el rostro entre las manos, alzándolos tan sólo, cada vez que la luz en la bombilla hacía algún extraño.

De pronto, una explosión más fuerte, y las tinieblas y un silencio tan grande que se oye el susurro de la arena deslizándose en la oscuridad, igual que en las galerías de las minas. Y esa misma angustia de tener allí tanto cemento y tierra sobre las cabezas, de quedar enterrado, laminado, fundido, si ese reguero de arena crece y se derrama y si todas aquellas tinieblas se desploman como también ocurre en las minas y en tantos bombardeos.

Otra explosión más fuerte y uno que grita y llora, y otro que llama a su madre y uno más que corre escaleras arriba, siguiendo el resplandor de la boca de entrada, para volver a poco, alegre y excitado.

—¡Ya no hay nadie! ¡Se han ido, mi sargento! ¡Que no hay nadie, palabra!

Sólo entonces alguien cae en la cuenta de que la alarma lleva muda un buen rato. Y fuera, arriba ya, a la luz del día, las órdenes, los juramentos y los gritos les hacen hombres otra vez, y ellos lo agradecen, como una voz amiga y paternal que ahuyentara el pánico definitivamente. Abajo, en lo profundo, quedan los otros, los que gemían, los que llamaban a la madre, muertos, inmóviles, hasta que los ponga en pie, de nuevo, la voz de la sirena. Porque sólo la sirena, el miedo, es capaz de empujar otra vez hasta el refugio a los que ahora forman activos, presurosos, confiados. Sin la sirena, nadie quiere bajar, ni siquiera a barrer. Todos temen hallar su nombre escrito allá adentro, en los muros de tierra, donde se filtra el agua de los pozos, todos temen hallar su propia imagen tal como es, tal como será, igual que debe ser la de aquellos que poblaron más tarde las orillas del río.

¿Será Anita feliz? ¿Y Máximo, en su tienda de neveras? Él, tan activo entonces, tan nervioso, siempre pegado, en los últimos días, a la radio del puesto.

—¡Déjame oír como va este negocio de la guerra, majo! —le decía al de la radio—. Anda, toma, hazte un cigarrito. —Y le tendía la petaca al del puesto, calándose a su vez los auriculares.

Débil, como de muy lejos, llegaba la proclama: "Nos oponemos a la política de la resistencia para evitar que nuestra causa termine en el ridículo o en la venganza...".

—Me da a mí mala espina esto, Antonio —comentaba preocupado Máximo—. ¿A que el Casado este se nos lía con Lister? Ya verás como esto acaba mal. Lo que hay que hacer es andar con tiento, para que cuando se arme no nos pillen en medio.

Pero esta vez no estaba ya en su mano su destino, y los dos, con todos los demás, quedaron justamente en la mitad del campo de batalla.

Unos vinieron desde las vegas de Alcalá; los otros desde Madrid, desde las blancas lomas polvorientas. Por caminos pelados, por donde aún espejean los cristales, venían unos, y los otros por las sendas de arena que el río va trazando en primavera. Y en el medio de ambos enemigos las pistas desiertas, crecidas de maleza en las junturas de sus planchas de cemento, con las mangas de colores lacias, caídas en la atmósfera calma de las doce.

Los del río se alcanzaron a ver antes. Llegaban en buen orden y brillaba al sol su material. Una columna entera abriéndose paso entre los chopos. Y alguien en los hangares, gritó: "¡Ya están ahí, ya llegan, ya se acabó la guerra!" La puerta mayor pareció reventar y allá se vio surgir un grupo de reclutas gritando vivas con el gorro al aire, corriendo alborozados hacia el río, alejándose en la llanura, envueltos en el mismo frenesí de sus voces. Y al

150

llegar al mismo borde de los chopos, un leve rumor entre-cortado, como un suave y tenaz repiqueteo. Unos alzan los brazos antes de hincar las rodillas en el suelo, otros, hundido el rostro en los matojos, gritan y arañan la tierra con las manos, hasta quedar tendidos, inmóviles como una parda línea que separara los chopos de las pistas.

Y allá por las colinas de enfrente, detrás del aeródromo, por las sendas brillantes de cristales, diez, doce pasos lo más; una breve carrera y ¡al suelo!, a tierra, hasta que avance el compañero. Avanzar otro poco, metro a metro, hasta el próximo tronco, hasta el siguiente muro, espiando de dónde puede llegar aquel lejano repiqueteo. De pronto un grito insólito, como una carcajada que hace detenerse a los hombres, espiarse a su vez, dudar, quedar agazapados. Otra orden y el juego se repite: correr, caer de bruces, escondiendo el rostro entre los surcos; correr de nuevo, todo a lo largo ya de los hangares, con el fusil brillando en un relámpago, correr aún más para salvar la esquina de las pistas y, más allá, sentir, en la espesura de los chopos, el siniestro chasquido de los tallos que-brándose en el aire, segados a la altura misma de las cabezas.

Y a la tarde, de nuevo el capitán pidiendo voluntarios. Esta vez no hizo falta explicar para qué. Ya todos lo sabían. Los cuerpos yacían como abrazados unos a otros, hundidos a veces en la arena, algunos con la boca desencajada, otro con los ojos atónitos, abiertos, llenos también de arena. Sólo una leve zanja cavada con premura y una capa de tierra tan leve que seguro que habrían de reforzarla por las lluvias de otoño.

El último en quedar cubierto fue un recluta de aquellos del hangar. Su cabeza, su pelo tieso por la sangre seca, fue hundiéndose en el polvo hasta sólo quedar un oscuro mechón, como un nuevo matojo de la tierra. El sargento Tejeiro lo acabó de tapar, mandando formar y volver a las compañías.

Allí quedaron, allí deben estar todavía si es que no los sacaron después, fundidos, iguales, entre las nuevas raíces, bajo los nuevos chopos, como los voluntarios del claustro de Morella. Pero aquéllos, al menos, el guarda los recuerda, lo explica a los turistas que llegan en verano de la costa. Describe tremendas batallas de liberales y carlistas, sangrientas noches, con el castillo arriba, invicto bajo la luna. Cuenta cómo al llenarse por completo el cementerio, tuvieron que ser enterrados unos y otros en el claustro del convento de abajo y por ello la tierra, el piso, en su interior, llega a cubrir la base de las columnas que parecen bajas pero que no lo son.

A veces, si se excava, aparece una espuela o un trozo de galón, o una vieja medalla. Eso dice el guarda de Morella.

¿A qué estar en la cama si no se puede dormir, si tampoco descansa y tiene los nervios mal por culpa del día? Se levantó. Se volvió a abrochar el cinturón, se puso la corbata, y con la chaqueta aún al brazo salió al pasillo, rumbo a las escaleras.

—Antonio, ¿no te irás ahora?

—Voy un momento al bar.

—Por Dios, Antonio, no empieces a beber ahora.

Lo último lo ha dicho Carmen bajando la voz, cerrándole el paso casi implorante.

—Pero, ¿quién habla de beber? Sólo voy a tomar un café para ponerme a tono. ¿Tú te crees que apetece beber a estas horas?

—Mira, Antonio, que luego se te va el santo al cielo y nos dejas aquí plantadas.

—Que no, mujer, que vengo en un momento.

—Por favor, Antonio, ten sentido.

—Es un momento sólo. Ir y volver.

—No bebas, por lo menos. ¡Dios mío, a quién se le ocurriría hacerte a ti padrino!

Y la pura verdad es que el bar de Modesto, a esa hora, no le divierte pero ahora mismo acaba de llegar el ramo de la novia y poco antes los zapatos, devueltos el día anterior por algún defecto que tenían, y el teléfono comienza ya a no parar y llega la vecina del chalet de al lado, con su chica tan delgada y tan pálida.

Don Antonio aprovecha que la madre las recibe, para salir, para escaparse casi, mientras oye a su espalda la voz de Conchita diciéndole algo que no entiende, que no quiere entender, pero que a buen seguro se refiere a la hora de la boda.

Fuera, como en verano: la gente sesteando en los jardines. Más allá de las blancas tapias, mujeres inmóviles, como en éxtasis, se tuestan las piernas. Llega también el aliento cargado del río, en tanto Modesto lucha por bajar su toldo tieso y enmohecido por el agua y las heladas del invierno.

—¿Pero qué hace *usté* aquí? —exclama viéndole llegar.

—A tomar un café. A estirar un poco las piernas.

—¿A estas horas? ¿Pero no es la boda a las cinco? Mi mujer anda ya casi lista.

—¡Lista del todo! Nada de casi —llega la otra voz casi nítida, de la trastienda—. Dile al padrino que a ver si no va a haber boda por su culpa.

"La habrá, la habrá", murmura para sí don Antonio, al tiempo que la puerta se oscurece.

—Buenas tardes, señores —saluda el más viejo del grupo que llega secándose con el pañuelo el cuello de debajo de la nuca—. Buenas y calurosas. Menudo verano que se nos viene encima.

—¿Qué va ser? Buenas tardes.

—¿Qué tienes por ahí?

—¿De beber o de asunto comida?

—Yo, de bebida, un vino. —Pidió uno, tras dejar su cesta cuadrada en un rincón, sobre el futbolín abandonado.

—A mí, la rica cerveza esa.

—A mí, vino también.

—A mí prepáreme un café con leche en un vasito.

—¿Y a ver aquellos dos señores? —preguntó Modesto a otros dos, rezagados en el quicio de la puerta.

—A esos dos les engorda discutir.

Pero los dos oyeron la alusión, y acercándose al mostrador, pedían:

—A mí, vino con un poco de limón. Que sea blanco.

—Que sean dos. —Y luego, sin transición al compañero—: ... lo que no entiendo es que te pueda gustar a ti ese tío, con las corridas que has visto y hasta habiendo cogido la muleta. No lo entiendo. Te lo juro que no lo entiendo.

—Lo que a mí me gusta, amigo, no es como torea,

mejor dicho —recalcó—, cómo ejecuta, porque lo que éste hace no es torear. Lo que a mí me gusta es que en vez de alargar el pase como todos, se lo deja aquí. —Y se señalaba la cadera.

—Porque es un codillero. Porque es el codillero más grande que ha parido madre.

—Dejadlo ya, muchachos —clamaba el que había pedido cerveza—. ¡Y que todas las tardes tengáis la misma murga!

Modesto cubría el mostrador igual que un estratega, colocando los vasos.

—A ver: un tinto, otro más, la cerveza, un blanco con limón y el compañero. —Se alejó hasta el rincón de la barra, donde ya bufaba la cafetera—. Un café que va a venir en seguida y el suyo, don Antonio.

—Ponme un coñac también.

—Y un coñac que va a venir volando.

—Usted, señor Alfonso, usted que sabe de esto —preguntaba al más viejo el que más fuego ponía en la disputa—. ¿Tengo yo o no tengo razón?

—¿De qué?

—De si es ése un codillero o no.

—¿Y yo qué sé, muchacho, si hace una pila de años que no veo más toros que los que dan por la tele?

—A mí ese que tú dices —se decidió por fin a opinar el viejo—, me parece que se embarulla un poco. Y conste que ya he dicho que no le he visto más que en casa.

—Pero lo que él hace, eso no lo hace nadie.

—Ni maldita falta —clamó el rival—. Además, con esos toros ya puede. Yo creo que no llegan ni a los cuatrocientos.

—Quinientos largos y un morrillo muy serio tenía el que le dieron las orejas en San Isidro, ya va para un año casi. Y nada más se lo estuvo pasando por la faja que media hora larga.

—Nada de pasando, perdona, echándole tripita.

—Sí, tripita, sí... Media hora corriéndole la mano sin darle importancia al bicho ni al Guadalquivir. Ya lo dijo el Ronquillo: "Para que luego digan eso del toro chico para el torero grande".

—¿Y con la espada, qué?

154

—Con la espada, a la primera le hizo pupa.

—A la primera y a la segunda y a la tercera. ¡Como que ese instrumento es muy dañino!

Y en tanto los demás reían, el que manifestó estar harto de toros había salido hasta la acera. Venía una criada ya mayor, ya entrada en carnes, sudando, tirando de dos niños como del carro de la compra.

—Adiós, Gordini —la espetó a media voz.

—Adiós, hombre —repuso resignada.

—¿Me dejas que te enseñe a meter las marchas?

Le miró un instante, demasiado cansada para ofenderse y, cambiando a los niños de mano, como para apartarles de las palabras del otro, respondió:

—Eres tú poca cosa, guapo. Ya tengo yo quien me enseñe a meterlas.

El otro la dejó marchar; bostezó a las acacias ya cubiertas de brotes y atusándose el pelo castaño, casi rubio, volvió al bar donde amainaba la disputa.

—¿No bajas este año a la verbena? —le había preguntado el de la cesta señalándole el río.

—¿Al río? ¿Para qué? —repuso otra vez aburrido.

—Con lo fardón que tú eres... Allí se liga bien.

—Me joroban esos sitios. Para cuatro chavales que bajan, no hay más que broncas. Además que para ligar, ahí tengo a mi vecina. No tengo más que pasarme a la azotea.

—Además, de verdad —le apoyó una voz con admiración.

—Y sin peligro ninguno, porque si sale alguna cosa mala, el que carga con ella es el marido.

—¿Así andan?

—Asimismo.

—¡Menudo plan!

—¿Y qué va a hacer el hombre si le salió torera?

—Una buena tocata.

—Ni una buena tocata, ni nada. Lo que es si a la mujer que te toca en suerte le da por alzarse el delantal, ya puedes despedirte.

—La pones en la calle.

—Bueno, eso sí: una de dos: o ponerla en la calle o abrirte de piernas y hacerte el loco.

Poco a poco fueron quedando todos en silencio. Unos fumando y el viejo intentando partir el bocadillo con sus dientes ralos.

—¿Adónde va este bocadillo de anchoas?

Nadie respondió. Ahora que la disputa había concluido, el cansancio del día iba inundando el bar, a este lado de la barra. El de la cerveza bebía a grandes pausas, quitándose la espuma de los labios con la punta de la lengua, y el del café lo tomaba a sorbitos, comprobando su efecto, allá abajo, en el estómago maltrecho. Ahora, alguno miraba, de cuando en cuando, a don Antonio, y aunque le conocían de otras tardes parecidas, sólo el viejo se había decidido a preguntarle:

—¿Qué? ¿Tomando el cafelito de la tarde?

—Entonando el estómago. —Había respondido vagamente, temiendo que comenzaran ahora con el tema de la boda.

Mas era absurdo que fueran a saberlo. Venían de lejos, de la estación del Norte, igual que cada tarde, con sus saharianas azules y sus cestas cuadradas, casi negras, por el paseo de los Melancólicos, ese paseo que se llama así, aunque todo el mundo piense que es un apodo. Venían alegres y sedientos, en invierno de vino y en verano de cerveza y, paulatinamente, como aquella misma tarde, cuando acababan de merendar sus bocadillos, se volvían más serios y tranquilos. Desde detrás del mostrador, Modesto y su mujer los controlaban, los dirigían con la voz y el ademán, desde tan sólo entrar, hasta dejarlos seguir su camino, rumbo al puente de los Franceses.

Ahora callaban.

Sólo a veces, de un modo apagado, casi mecánico, alguno se metía con el rubio.

—Rubio; te vas a morir pronto.

—Ya lo creo; al paso que vamos...

—Vaya cara más pálida que tienes.

—Es que me estoy acordando de tu hermana...

El único que sonreía era el diestro sobre el cual discutían apenas unos minutos antes. Allá arriba estaba, entre las botellas de la estantería, en la foto dedicada por su mano, con su rubio mechón sobre la frente, saludando al tendido, con un despojo del toro en la mano.

De vez en cuando el Rubio, alzaba la vista hacia el cartel y, automáticamente se atusaba también el pelo de la frente.

—Ahí le tienes —le señalaba melancólico su admirador—. Eso sí que es reírse de la vida. Con treinta años que tiene y noventa millones en el banco.

—Sí que tienes tú idea —apuntó el contrincante—, a ése no le cuelgan por menos de trescientos.

—¿Trescientos, qué?

—Millones, digo. Y el hotel ese que se está haciendo en Córdoba, y una finca que vale qué sé yo cuánto.

—¿Y para qué se querrá tanto dinero?

—Para fundirlo, para vivir...

—¡Qué vivir! ¡Ni que viviera uno mil años para poder gastarlo!

—¡Que no me tocara a mí mayor trabajo! —suspiró Rubio—. ¡El aire que le iba a dar yo a esos millones! Lo primero un Mercedes.

—¿Y por qué uno?

—Bueno, dos.

—¿Y después?

—Pues después una buena gachí cada noche y venga juerga y el desmadre, vamos...

—Pues yo, si tuviera ese dinero —sentenció el del café, sorbiendo el final del vasito—, ni Mercedes ni nada. Lo metía en el banco y a reírme del mundo, a vivir como un señor.

—De eso, *usté*, nada. Pera eso hay que nacer.

—¿Pues qué? —se ofendió el viejo—. ¿No empezó ése como nosotros?

—De albañil, que es peor.

—Pero fíjate si ha subido.

—¿Y qué? ¿Es que por eso es más? Pues un palurdo como tú y como yo, como todos nosotros.

—Sí. Un palurdo con trescientos millones. Ande cállese *usté*, que me da pena oírle.

—Pues no te dé pena, hombre. El dinero vale lo que el gusto que da. Cuanto más gusto da, más vale, más se tiene.

—Pues no señor. Una peseta es una peseta aquí y en Lima.

—Ni hablar. Hay quien tiene mucho dinero y no le ves contento en la vida.

—Pero bueno —se sofocaba el Rubio—. A ver si nos entendemos. ¿Qué es para *usté* mucho dinero?

—Pues... mucho dinero.

—¿Cuánto?

—Mucho... Ya digo.

—*Usté* dígame un cantar; que yo le oiga.

—Pues todos esos millones. Hay quien los tiene y no está satisfecho y hay quien está tan pancho con este vaso de vino, por ejemplo.

—¿Cómo nosotros, no? El Rubio abarcó a todos en un ademán violento—. Vamos, no me haga *usté* llorar. ¿Dónde va a compararse? Son ganas de hablar por hablar, de conformarse.

—De conformarme ¿de qué?

—De eso; de lo que no se tiene.

Sonó invisible el teléfono bajo el mostrador, donde Modesto lo tenía instalado para sólo dar servicio a los amigos, y don Antonio, antes de que le pasara el auricular, ya sabía el recado que venía de casa. Apuró su coñac y al pagarlo, murmuró a Modesto:

—¿Irás luego a tomar una copa?

—Sí, señor. En cuanto venga el chico.

—Buenas tardes, señores —se alejó hacia la puerta.

—Buenas.

—Pasarlo bien.

Y vino desde la trastienda la voz de la mujer de Modesto:

—Don Antonio: para *usté* de su señora.

—Dígale que ya voy. Hasta luego.

Ya está Anita pensativa ante el espejo grande de su alcoba. Está mirando de abajo arriba su cuerpo inmóvil, donde aún se nota la huella tostada del pasado verano. Ahora parece un desvaído bañador bordeado de blanco y su aspecto no llega a convencerla en el cálculo general que sus ojos, tan serios, van anotando. El cuerpo es chico pero eso dicen que no está mal para los niños, y dura más que los otros, que los grandes. No es un cuerpo vistoso, mirado así, desnudo a medias, que es lo que menos favorece, pero tampoco se llevan ahora las bocas chicas, tan de moda en tiempos de la madre, ni ese pecho de las artistas de ahora, todas operadas. Las piernas, un poquito delgadas, quedan bien con las faldas tan cortas, con las rodillas pequeñitas, iguales; aunque por supuesto con el traje blanco da lo mismo tenerlas delgadas que torcidas. Lo malo es luego.

Ahora, con el peinado de Jean, la cabeza parece sin proporción con lo demás. Vuelve el rostro a un lado y a otro, y de pronto no sabe qué hacer con las manos, que van a colocar los pechos más arriba, en su sitio. Otra vez se mira, ahora más satisfecha, y Conchita y la madre la contemplan también, Conchita calculando cómo puede ponerle el vestido sin que el peinado sufra. Anita echa la nuca hacia atrás y, entornando los ojos, se despide de sí misma, de aquel pequeño cuerpo suyo, inmóvil al otro lado, antes de empezar a embutirse en la ropa que cubre por completo la cama.

La madre rompe la marcha en la silenciosa ceremonia, con la combinación brillante, repujada, nacarada. A cada nueva prenda, una nueva ojeada al espejo y allí en sus aguas un poco mates ya, el otro cuerpo, el cuerpo de la boda va tomando forma y proporción, crece con los tacones, se redondea y concluye al fin con el remate final del vestido. Y cuando todo: cintas, ojales, cremalleras, telas, gasas, elásticos, corchetes y broches y pequeños alambres forrados se hallan en su lugar correcto, Anita, ahora casi satisfecha del todo, se vuelve desde el espejo hacia las dos mujeres, con un ademán que significa: "¿Qué tal?".

La madre llora de nuevo un poco y va a besarla, pero se detiene y la besa sólo de lejos, sólo un suave rozarle la mejilla, mientras se oye una vez más a Conchita:

—La novia más guapa. La más guapa que he visto en mi vida.

La puerta se abre de par en par, para que llegue la criada y la vecina con su hija. —"Sólo un momento, sólo verla un momento y nos vamos a la iglesia corriendo."— Y el padre que ya viene por el pasillo, torpe y sumiso, con su traje oscuro, alisándose el cuello de la camisa.

Y como si su presencia le animara, exclama Anita:

—¡Pero qué guapo estás, papá!

Y a don Antonio le hace un extraño el corazón cuando la hija, alegre, le coge del brazo y le obliga a acercarse hasta el espejo.

—Mira, papá. Fíjate qué pareja más maja hacemos. ¿Verdad que sí, mamá?

—¡A ver si llegáis tarde! A ver si está ya Gonzalo esperando.

Pero Gonzalo puede esperar. Así se llevará mayor sorpresa cuando la vea bajar del coche y acercarse y subir poco a poco las escaleras. Pero no hay escaleras, es verdad, en esta parroquia a ras del suelo, escondida entre acacias que la hacen aún más pequeña. Y ella lo siente, sobre todo, por las amigas, por las chicas de allá, de la oficina que tendrán que esperar fuera, al sol, en aquel desnudo jardincillo ante el que pasan los camiones con su rastro de polvo y los tranvías con su rastro de chirridos, mientras niños estúpidos miran. Siempre hay tres pobres músicos, una charanga, vamos, que inician unos compases, tan sólo los precisos hasta que aparece la propina..

No es una buena iglesia, no. Una iglesia buena para eso es la de los Jerónimos, por ejemplo, de donde saldrá Juanita el día que se case. Siempre anda presumiendo de ello, de su familia, tan buena antes y ahora venida a menos. Pero eso sí, de lo poco que le queda, es eso de casarse en los Jerónimos, la iglesia más bonita de Madirid, donde dicen siempre que se casan las reinas. Pues Juanita se casará allí, subiendo esa escalera de reyes tan bonita, entrando en esa iglesia enorme —no como ésta del río, que más que iglesia es una ermita—, con un órgano de verdad y tardando en llegar hasta el altar un rato largo, como debe ser, unos cuantos minutos, por lo menos. ¿Qué importa que no estén los bancos llenos, si no se ve, si lo único que se acierta a distinguir es, al fondo, el altar y los sombreros blancos de las primeras filas? Juanita tendrá esa suerte y encima acabará enganchando algún pez gordo aunque sea de esos mayores ya, o de esos cansados de tan corridos. Seguro que no se casa con el novio, con ese de los viajes en Seiscientos. Juanita pica más alto y si no, al tiempo, con sus finos modales y esos vestiditos. Juanita, que se lleva un libro de casa y se pone a leer tan seria, en su mesa de recepción, como si se enterara de algo. Juanita, la que dijo un día a sus espaldas: "Anita va por mal camino. Anita sale con un señor casado". Pues ahí tiene: con ser casado y todo, aquí está Anita, delante del espejo, con su traje de novia y ya casada también, como aquel que dice.

Suena el timbre del portal y Concha se precipita escaleras abajo. A un lado de la verja del jardín está el coche inmenso, negro, con su blanco azahar en la ventanilla de atrás y ese toque discreto del lacito blanco anudado a la manilla de la puerta. El chófer aparece en el umbral con semblante solemne, firme, galoneado, tan serio que turba a la muchacha.

—He tenido que aparcar encima de la acera, para no estorbar en la carretera. Además es peligroso, con estos camiones.

Conchita no le oye. De repente ha recordado que ella y Carmen no están vestidas del todo.

—Bueno; muy bien, espere...

Entra en la casa, precipitadamente, pero recuerda que el chófer ha quedado fuera y vuelve a abrir la puerta más nerviosa aún.

—Pase, pase usted.

—Es igual, señorita.

—No; pase, por favor.

—Como usted quiera.

—Siéntese, por favor.

—No, gracias.

—Es que va a tener que esperar un rato.

—El que haga falta, señorita —responde quedando en pie, seguro y eficaz, muy próximo a la puerta.

Conchita sube corriendo a la alcoba de la prima, anunciando en voz queda:

—Acaba de llegar el coche. Está ahí fuera, esperando.

—Vamos —ordena el padre, impaciente también—. Vosotras ¿estáis?

—Un momento; nada más que un momento.

Don Antonio se asoma al descansillo, ve al chófer en el recibidor y prefiere esperar arriba, con Anita. Pero aquella alcoba aún revuelta, viva, de soltera, le confunde, le irrita y alejándose, acaba por encerrarse en su cuarto.

161

El coche no era uno grande como éste, no, era uno de esos taxis, tipo sedán, un poco largos, casi todos iguales en los años que vinieron tras el fin de la guerra. Un taxi con cristal corredizo aislando al conductor como tras de un pequeño escaparate. Las alfombrillas iban ya hechas pedazos y las manivelas de las ventanillas sueltas, girando en el vacío. Iban solos los dos, Antonio y la madre, en un viaje que a pie era sólo un paseo, que bien se pudo ahorrar, como ahora, con la iglesia tan próxima, pero la madre no quiso que la vieran llegar andando o en tranvía.

—Tu padre no lo habría consentido —murmuraba a menudo.

Y lo mismo que el viaje, así tantos antojos, tantas cosas que fue preciso ir vendiendo, que él mismo fue llevando a la casa de empeños, al Monte de Piedad, siempre con la preocupación de encontrar a algún compañero de la Escuela. Tanto dinero —tanto para ellos—, gastado en unas horas, en detalles inútiles, en aquella obsesión por la tumba del padre, de piedra negra cubierta de rosales, donde ella fue a parar también, al poco tiempo.

Y al mismo tiempo, aquella devoción por él, que le hacía olvidar sus manías, sus inútiles gastos, su vida tan ajena hasta entonces, tan muerta, tan vacía. Le hubiera regalado todo, le hubiera hecho guardar aquellas míseras pesetas, hasta que se arreglara lo del padre, lo de sí, al fin, iba a cobrar o no, por haber servido hasta el último día a la República.

Ahora ya las grandes barricadas, con su paso lateral para los peatones, habían desaparecido de las calles, como los parapetos de una acera a otra, con sus troneras tan bien hechas de tablas, formando como marcos de ventanas entre los sacos terreros, con su pequeño mostrador detrás para apoyar los codos al disparar y que sólo sirvieron para escribir cartas.

Ahora que la gente comenzaba a comer, ellos comían menos y gracias a que los suegros —los que iban a serlo dentro de poco— les ayudaron mucho y con tiento para que la madre lo aceptara. Fue un tiempo aquel para Antonio de paquetes y colas. Colas para la leche y el pan y los cupones, paquetes, no ya de Tere y su madre, que por entonces pasaban su mala racha, sino de los padres de Carmen, que corrieron también con todos los gastos de la boda.

No era un gran coche, no, y lo que más recuerda es aquella punzada en la cadera, de un hierro, de una de aquellas desprendidas manivelas que le tocó aguantar sin rechistar para que la madre no cayera en la cuenta de aquel sucio interior desvencijado.

O sí se daba cuenta y callaba también porque el dueño del coche fue un amigo del padre y un verano, antes del treinta y seis, los llevó a los tres hasta Alicante. Entrar en aquel auto era para la madre como volver a los antiguos tiempos. Lo alquilaba en cualquier ocasión un poco especial, en cuanto podía, para ver el chalet, por ejemplo, recién construido, donde iban a vivir, Antonio y su mujer, a la vera del río, entre ruinas y trincheras aún, junto al parque cerrado de la Casa de Campo, sembrado aún de minas y granadas intactas, cortado una y otra vez, en formas caprichosas, por el torvo zigzag de las trincheras.

Vio el chalet, rodeado de escombros, frente a la tapia hostil, cara a la destrozada carretera, y no le gustó, ni se molestó en disimularlo. Antonio ya se lo temía. Se lo había advertido a Carmen:

—Va a decir que es horrible, ya verás.

—¿Y qué más da? ¿Qué importa que lo diga? Son cosas de la edad. Pero hay que llevarla aunque sólo sea para que luego no se queje.

—Si no es porque le guste o no —intentaba explicar Antonio—; a mí me da lo mismo. Lo que más me saca de quicio son esas manías suyas de grandeza.

—Pues no le hagas caso. Tú llévale la corriente.

—¡Grandezas! ¿No sé de qué?

—Son los años, Antonio.

—Muy bien, serán los años, pero a mí me fastidia.

Y como cada domingo, tras comprobar el estado de las obras, enfilaban la cuesta rumbo a la Moncloa. Atrás quedaba el río, pradera entonces en sus dos verdes márgenes salpicadas de cascotes. Allí bajaban, en los días de fiesta, soldados y criadas y vecinos de las dos riberas para bailar al son de una charanga cuyos golpes de bombo, levantaban ecos bajo los plátanos, inmensos, a través de ventanas destrozadas, de balcones desgajados, por encima de cornisas y aleros ciegos. Allí mismo, entre tanto escombro, bajo el sol que se hundía como un vaho podrido y pegajoso, se bailaba, se jugaba a la rana y sobre el mismo césped los hombres de las rifas extendían sus cartas. Antonio se alejaba del río maldiciendo lo despacio que marchaban las obras y Carmen, como siempre, intentaba calmarlo, luchando por hacerle comprender que así quedaba mejor y más barato. Volvían los dos cansados de la tarde y la cuesta. A un lado iban quedando las cocheras de tranvías sin funcionar aún, pobladas de campamentos de gitanos, con su fuego en la noche y sus niños desnudos jugando entre los cardos. Volvían siguiendo los rieles muertos del viejo tranvía de la Bombilla, sobre los cuales y a lo lejos, en el cielo plomizo de la Universitaria, el último resplandor del sol hacía aparecer más roja aún la mole destrozada del Clínico. En la cima, antes de entrar en la Moncloa, las trincheras aún, los sacos rotos vomitando inmóviles su arena, aquellos carteles de "Ellos", "Nosotros" y un cadáver sin brazos ni piernas, sólo un tronco de huesos, con jirones de tela militar, coronado de un gorro con su monda calavera dentro.

—Quita, vámonos de aquí —protestaba Carmen—. No sé qué gusto sacas tú con mirar esas cosas. ¿No dices que vistes tantos en la guerra?

—Y es verdad.

—Pues ya tendrás bastante, creo yo.

Mas los que él enterró, al menos tenían aspecto de hombres, a pesar de los rostros quemados o deshechos, a pesar de que a muchos les faltaran las piernas, pero formaban parte de aquel círculo implacable que le hacía alzarse cada mañana, bajar al refugio, temer, sufrir, rabiar, pelearse con Máximo, admirarle, odiarle, salir, cavar, andar a la letrina, desear a la prima, despertarse en la noche soñando con la leva. Formaban parte de aquellos inciertos días, tan lejanos ya, a pesar de no haber transcurrido tanto tiempo.

Aquella calavera cubierta con su gorro cuartelero era, ya, de otra época y allí estuvo, rodeada de curiosos, alguno de los cuales siempre exclamaba: "¡Y que en esto vengamos a parar!" Y otro: "¡Lo que va a aparecer por aquí, cuando levanten estos escombros!".

Y ya cerca de casa, el beso de antes de llegar, porque dentro, en el portal, es como si estuvieran ya casados, cerrar la puerta vacilante del ascensor y subir bien formales en aquel escaparate circular, abierto a las miradas del vecino que baja y protege aquel amor formal, familiar, de la casa, con un ademán cariñoso de la mano.

Luego, tras de cerrar la puerta, subir otros dos pisos, saludar a la madre, cenar con ella, escuchar a la hermana pegada al teléfono siempre, de charla con el novio, y al cabo de una hora calculada, medida de reojo por el reloj del comedor, otra vez a la calle. Y la calle aún con los grandes desconchones de metralla, con sus muchos solares sucios y vacíos, con menos cines y sin anuncios de neón, con el viejo colegio funcionando aún y dividida todavía por las columnas plateadas del tranvía.

Y allí, en la calle, está la centralita pública desde donde llamaba a la prima a veces, cuando pensaba acercarse por su casa. Nunca se decidía a hacerlo desde un bar, como si el dueño o los parroquianos estuvieran pendientes de sus palabras.

—¿Qué tal estáis?

—Vamos tirando. ¿Y vosotros?

—Tirando también.

—A ver cuando vienes a vernos.

—Por eso te llamaba. ¿Estáis mañana en casa?

—Mañana, mañana... —calculaba la prima—. Vente si quieres por la tarde. A eso de las seis o las siete.

—A ver si puedo.

—A ver si puedes.

Y siempre las últimas palabras de Tere le llenaban de una esperanza alegre, a pesar del plazo fijo de la cita, a pesar de que aún recordara las historias de Máximo cada vez que osaba presentarse en la casa. Siempre, incluso después de haberles avisado, temía encontrarse con alguien, con un hombre, y era un reparo humilde, una vaga timidez que nunca pudo concretar porque nunca encontró con ellas a ninguno.

La que jamás faltaba era la madre. Se podía oír el susurro de su bata en el ir y venir por el pasillo, se escu-

chaba su voz en la cocina o el crujir de un armario o el
agua en el lavabo o sus pasos mullidos en el viejo parquet. Sólo una vez faltó, y en la forma de decirlo Tere:
"No está. Ha ido a ver a una amiga que está mala", por
una sola vez y nunca más, le pareció distinta. Aquella
tarde supo cómo la boca de la prima podía ser blanda,
redonda y húmeda, más pequeña encerrada, de lo que
lejos, con la mancha del carmín, parecía. Sólo tras la segunda copa de aquel coñac rancio y malo que vino tras
la guerra aprendió a conocer mejor a Tere, a olvidar
aquello de su edad vacilante, de su vida aburrida. Pero
al llegar más allá de aquel vello dorado, al centro borroso
de su pecho, todo su cuerpo se hizo rígido, pareció cris-
talizarse. "Estáte quieto, Antonio, déjame, quita." Hasta
su voz era distinta; quizá lo que más había cambiado de
ella. Y allí quedó Antonio en su regazo, muy cerca de su
boca que, a poco, ante el espejo del lavabo, volvía a ser
la misma.

—¿Qué te pasa? ¿Por qué te pones así?

—No sé; no empieces otra vez —le advertía viéndole
llegar. No estés aquí —le había reñido después más suavemente—, no vaya a venir mi madre y nos encuentre.

—¿Y qué? ¿Es que estamos haciendo algo malo?

—No te hagas el tonto.

—Es que me gusta verte así, en el espejo.

Estar a su espalda, junto a ella, en el cuarto de baño,
poder andar libremente a su lado por la casa, daba un
aire de intimidad a su escaso tiempo allí, tal como Antonio se imaginaba que debía ser, hasta que el ruido del
ascensor venía a sacarle de sus sueños.

—Mira; ésa es mi madre —amenazaba ella.

Y el juego de volver al sofá, de sentarse como reanu-
dando la visita le alejaba de la prima aún más que aquella satisfacción suya —fingida o no— al avisar la vuelta
de la madre.

—No voy a volver —amenazaba, a su vez Antonio,
sintiendo pasar de largo el ascensor—. No vengo más.

—No seas rencoroso.

—Ahora eres tú la que se hace la tonta.

—No me hago la tonta. De veras.

—Entonces, ¿por qué no quieres?

Y ella vuelta a mirarle con aquella media sonrisa, con aquella expesión que engaña a veces, pero que luego siempre se recuerda.

—Cada cosa a su tiempo —responde.

—¡Bah! Eso son palabras, tonterías.

Y ahora es sincera, sus ojos son sinceros y su voz más cálida que antes, como aquel vello brillante suyo y esos pechos, como su voz, oscuros, maternales. Y ahora Antonio, alzándose de ellos, apoya la frente contra su frente, muy cerca sus ojos de los otros ojos, en ese juego que es como si quisiera leer allá adentro de las pupilas que le miran.

—¿Por qué eres así? ¿Por qué mientes siempre?

—No te engaño.

Y es bien verdad, porque ella calla, no promete nada. Es libre de volver o no, de desaparecer o visitarla aún cien años seguidos.

¿Por qué dejó de ir por allí? No por la boda, ni por Carmen; ni por la convicción de que siempre sería así, aun sin la fría presencia de la madre. ¿Por qué no volvió? Quizás en los viajes se acostumbró a no verlas, en aquel largo invierno, sobre todo, cerca del mar, en la fonda de los viajantes, de la muchacha que nacía cada noche.

Quizá todo sea costumbre, como Máximo dice, pero ni aun en la muerte del padre las recuerda, aunque puede que él no estuviera en casa, cuando la breve visita que rindieron. Pero es seguro que después, tras los tiempos difíciles del final de la guerra, levantarían cabeza y vivirían mejor. Él siempre creyó en su buena estrella, de igual modo que desconfiaba de la propia. A veces, cuando cruza a la sombra del Palace, le gustaría atreverse a subir, a visitarlas. ¿Vivirán aún allí? ¿Le reconocerían? Allí deben seguir, como siempre, igual que siempre, inmutables como el hotel frente a ellas y el barrio que les rodea.

Y cuando el gran coche negro se detiene ante la iglesia, tras su breve viaje, las compañeras de oficina de Anita se apresuran a ocupar los dos lados de la estrecha alfombra roja. Han ido llegando en pequeños grupos, igual que los amigos del novio, la mayoría de azul, bajando indecisos de los taxis, sin saber si esperar en el jardín o, dentro ya, en el templo.

No hay charanga como Anita temía, tan sólo mirones del barrio, unos cuantos viejos que, de mala gana, dejan de tomar el sol para apartarse, y dos fotógrafos con su flash al pecho y su paquete de pipas en la mano.

Apenas el coche se detiene tiran las últimas, con cucurucho y todo y, abriéndose paso con los codos, se aprestan al trabajo. De un rincón del jardín, de entre una multitud de sombreros blancos y tocados, de entre mujeres niñas, adolescentes y hembras mayores ya, aparece la madrina con el novio, yendo a ocupar los dos el extremo de la alfombra roja que nace al pie de la portezuela del coche.

Después viene la maniobra complicada por la que don Antonio baja incómodo y nervioso, con un gesto que quiere ser normal, que quiere ser como si apenas viera a los que le rodean y le estrechan. Tras él sale la madre, con su traje todo de encaje negro con sus plumas a ras del pelo, modelando su cabeza, y finalmente, asistida por Conchita que mantiene bien en alto la cola para que dure limpia hasta el pie del altar, con los ojos brillantes de colirio, fijos, lejanos en la puerta del templo, embutida en el traje que parece una blanca casulla con reflejos dorados, colocada sobre el auténtico vestido, Anita, guapa y maquillada, en el día más feliz de su vida, en su día de fiesta, rodeada por los murmullos de sus compañeras, de muchas voces que no oye, que no escucha.

—Está hecha un sol.

—El vestido la sienta de maravilla.

—Está hecha un sol, pero el vestido, para mi gusto, un poco raro.

—Este año se llevan así.

—Aunque se lleven. A mí no me acaba de llenar. ¿Qué quieres qué te diga?

—Callaos, mujer. Os van a oír.

—A mí me gustan más las novias de corto. Es más cómodo.

—Y hace más moderno.

—Callaos...

—Pero no lucen tanto.

—No lucen ni la mitad, ni comparar.

El grupo, dividido en dos partes por la alfombra, ya se va haciendo sólo uno, a espaldas de la novia y el padrino, bloqueando el camino que lleva hasta el coche.

—El que resulta muy majete es el novio.

—Muy majete y muy joven: una criatura. Y eso que los trajes oscuros hacen siempre mayor. Vestido de diario, un crío.

—¿Vamos adentro?

—Los vemos entrar antes.

—A ver si luego no tenemos sitio. Es una iglesia muy pequeña.

—¡Qué nerviosa está Anita!

—Mujer; lo natural. Ponte tú en su lugar.

—Yo no, muchas gracias.

—¿Por qué? ¿No es el novio tu tipo?

—No me va. Es majete, ya te digo, pero yo al mío no lo cambio por nadie.

—Estás tú muy romántica. Debe ser el ambiente.

—Será; no te digo que no.

—A ver si os perdéis después, a la salida, y no nos hacemos la foto con el jefe.

—¿Qué foto?

—Una foto con el jefe —insiste la que antes pedía silencio a las demás—, para tener un recuerdo. Las fotos, sólo con chicas resultan muy sosas.

—¡Qué cosas se te ocurren! Seguro que estará bueno, como para pedirle un favor.

—Juani, rica, tú lo que quieres es darle la tarde.

—No os molestéis, no os preocupéis tanto porque no va a venir; no viene.

—¡A que sí!

—¿Te apuestas a que no?

—¡Qué célebre es Juanita! ¡Qué cosas que tiene!

—Bajad la voz un poco, por favor. Os van a oír. ¡Estáis más locas...!

—Entonces. ¿Os decidís o no?

—¿A qué? ¿A hacernos una foto con él? ¡Pues vaya cosa! Yo lo que creo es que no va a venir, pero si viene, yo misma se lo digo.

—A que no eres capaz...

—Lo vas a ver.

—A que al final no te decides...

—¡Pues vaya tontería!

Los amigos del novio parecen más tranquilos. Se mantienen aparte en un círculo compacto y lanzan, de cuando en cuando, miradas a las chicas, que acompañan con algún secreto comentario. Luego ya se acercan también, cuando se forma la comitiva que debe cubrir el breve trecho hasta la puerta de la iglesia. Anita y don Antonio inician el paso, pero deben detenerse en el umbral. La iglesia está apagada aún y es preciso atender también el ademán imperioso de los fotógrafos que ya hincan la rodilla en tierra para hacer estallar alternativamente, en la penumbra, la luz azulada de sus flases.

A los vagos acordes del órgano, la iglesia se va encendiendo por etapas, primero, dos a dos, los grandes candelabros, desde el pie del altar hasta la cúpula. Luego, como en una brillante decoración, toda completa, en tanto los acordes trémulos y apagados del interior invitan a proseguir la marcha, a iniciarla en realidad, ya en el interior del templo, rumbo al reclinatorio forrado de blanco que brilla a lo lejos.

Y en tanto se va andando ese breve camino, retrasando el paso al que marca el órgano y sus suaves murmullos, atrás se oye el rumor de los bancos, el golpe de las sillas, infinitos, finísimos tacones golpeando las losas del suelo y palabras, toses y hasta algún abanico, a pesar de que aún es primavera.

Finalmente el órgano calla y el sacerdote empieza la admonición en tanto el monaguillo bosteza discretamente y el acólito, con su leve mechón de canas sobre la frente, mira al público, más allá de los novios, sosteniendo en sus manos el libro de ritual y el aspersorio.

El micrófono del altar no está bien conectado y las palabras del anciano sacerdote, que comenzaron cálidas y fuertes, van bajando de tono hasta casi no entenderse, hasta convertirse en confidencia a los novios, en un susurro que sólo a veces se alza y llega a los primeros bancos.

Y entran aún más invitados que miran al altar para orientarse sobre el muro de cabezas y sombreros. Van llenando los huecos a ambos lados de la nave, el sitio de la mujer joven que con su niño en brazos va a mecerlo al jardín, la silla de una vieja que, ajena a todo, acaba su rosario silencioso y sale. Los hombres van quedando todos en posición de firmes, una mano sobre otra y las dos descansando sobre el vientre. Las mujeres, tras el toque final a la cabeza y un vistazo rápido en rededor, se hincan de rodillas para alzarse en seguida. Vienen desde el jardín las voces de las últimas que llegan: Alicia y Manolita, con las batas aún y sólo el velo sobre la cabeza. Se oye también la voz del niño, su llanto agresivo y nítido, acallado por el retumbar de un camión que llena el suelo de vibraciones, y el chirrido lejano de un tranvía que se aleja.

Y, de pronto, el acólito parece despertar bajo su blanco mechón, y ya tiene en sus manos las gafas del párroco y un pequeño papel semidoblado. El párroco se anima a su vez y alza la voz lo suficiente para comenzar:

—Yo os requiero y mando que si sentís tener algún impedimento por donde este matrimonio no puede ni debe ser contraído, ni ser firme y legítimo; conviene a saber, si hay entre vosotros impedimento...

Ese instante que siempre hace callar a las mujeres, cuando siempre se piensa que, de verdad, una palabra es capaz de interrumpir la ceremonia, esa pausa que siempre emociona un poco y que le hace preguntarse a Anita si habrá venido a la boda el jefecillo. Y las chicas de la oficina, Juanita sobre todo, piensan en un relámpago lo mismo, pero luego lo olvidan, tan serias, tan pendientes de la ceremonia, con sus vestidos concluidos en el último momento, con esos sombreros blancos, pequeñitos y redondos que llevan en las bodas las solteras.

Esas palabras que emocionan también, aunque nunca se oyen, cuando el párroco se cala al fin las gafas y toma el papelito donde van los nombres de los novios y hace sus preguntas, añadiendo en voz baja las respuestas y que acaba con la conclusión final, en tanto el organista, a un gesto del acólito, vuelve a tomar asiento en el banquillo.

—... y yo, de parte de Dios todopoderoso y de los bienaventurados apóstoles san Pedro y san Pablo, de la Santa Madre Iglesia, os desposo y este Sacramento entre vosotros confirmo, en el nombre del Padre y del Hijo y del Espíritu Santo.

De nuevo la voz del órgano, modulada y vibrante, inunda bóvedas y rincones y llega hasta el altar, hasta el reclinatorio que ocupa don Antonio. Él conoce esa melodía. ¿De qué? Tal vez de otras bodas. Pero asistió a muy pocas, puede que sólo a la de la chica de Máximo y no va a recordarla sólo de un día. Es un detalle tonto, pero la recuerda bien y no puede apartarla de sí sonando allí detrás. Es un esfuerzo tonto que le hace seguirla mentalmente, sólo la música porque, al menos para él, no tiene letra. Y de pronto, la melodía se concreta en dos palabras: "Rose Marie". Tampoco es ese el nombre, sino el de la película. Su nombre, ahora tan fácil de completar como en un concurso de la tele, es "Llamada india de amor".

Está con Carmen, ya casados, en un cine del centro. Por la pantalla corre una historia de amor que no recuerda bien, entre un tipo de vistoso uniforme y una chica borrosa, con melenita y tal vez pantalón de montar. Hay también una escena en que ella se desnuda dentro de una tienda de campaña y el tipo, que es tenor, con su gran sombrero en la mano, canta una romanza. Su voz retórica y potente se va extendiendo, inundando la noche del bosque, donde sólo brilla, encendida, la tienda de campaña con la chica dentro.

Y el viejo sacerdote acaba ahora de bendecir los anillos. Bendice a los nuevos esposos también y a los padrinos, y tomando uno de los aros diminutos lo coloca en la mano de Gonzalo que, con gesto seguro, extiende sus dedos.

—Bendice, Señor, este anillo para que su figura simbolice la guarda de la pureza. En el nombre del Padre y del Hijo y del Espíritu Santo.

Y cuando Gonzalo pone el otro anillo en el dedo de Anita y le entrega las arras, ya los de los últimos bancos, los amigos del novio, van saliendo al jardín, huyendo del aire cargado de la nave.

—Bueno; éstos ya están.

—Ya les dieron el permiso.

—¿Tú entras a firmar?

—¿Yo? ¿Por qué? Eso, los importantes.

—Hombre, cuantos más mejor ¿no?

—¿Qué más da dos que veinte? Eso ya es para siempre. Eso ya no hay quien lo levante...

—¿Alguien quiere fumar? Se ha abierto el estanco.

—Yo no...

—Yo paso, de momento.

—Trae para acá, te haremos gasto.

—A ver si el padrino se retrata con unos buenos puros.

—¿Dónde se va después?

—Aquí cerca lo celebran, a dos pasos. Es un salón, vamos una cafetería pegada al río.

—Pues no está el día así, como para andar al aire libre.

—Se baila un poco y listo. En seguida se entra en calorcillo.

—¡Ah, bueno, habiendo baileteo...!

—Hombre, supongo. Un *picú* nunca falta en estos sitios.

Cuando el párroco se aleja camino de la sacristía, los novios dudan, pero allí está el acólito al quite. Compone una sonrisa y tomándolos del brazo hace girar a ambos despacio para quedar cara a los asistentes, igual que los padrinos. Nuevos acordes, esta vez de una marcha, y la madre de Anita que se adelanta y la besa y se abraza a ella. También Conchita aprovecha la ocasión, pero pronto se rehacen las filas y el pasillo es otra vez un desfilar de rostros amigos, niños, parientes, curiosos y mujeres, hasta la misma puerta.

Anita, en su breve camino hasta el jardín, apenas consigue reconocer alguno, tan cambiados están en el violento contraluz, cubiertos a medias por alas y rodetes, embutidos en trajes y collares. Vagas sonrisas, raros ademanes que sólo se recuerdan al verlos después en las fotografías. Ella va sonriendo también, forzando un gesto a la luz de los flases que encienden, de cuando en cuando, el aire, y las oscuras siluetas de ambos lados parecen alejarse, igual que la vecina y su hija, las únicas que reconoce, además del jefecillo, detrás de ellas, tan serio e inmóvil. El mismo jefecillo está ahora tan lejos como su vida toda en aquel instante, parece tan extraño que casi lo distingue con sorpresa, lo mismo que él, que apenas inicia un ademán, cuando ya Anita le ha rebasado y está junto a la puerta.

En el jardín los novios se separan y también, con alivio, los padrinos, pero es preciso volver a cogerse del brazo ante los fotógrafos y un amigo de Gonzalo, que tiene un tomavistas.

—¿Os molesta salir otra vez? ¿Verdad que no?

—¡Pero hombre! —protesta el novio.

—Un poquito. Sólo unos pasos...

Y los novios vuelven a la penumbra del umbral. Anita compone el mismo gesto de antes y el tomavistas zumba en el silencio de los amigos, que sólo rompe la voz de la mujer que vende pipas fuera.

Ahora ya, definitivamente, las amigas besan a Anita, la rodean, le arreglan el velo, se retratan a su lado, para dar paso luego a los hombres que estrechan un poco cohibidos su mano. Y Juanita, al frente de su tímida tropa, se ha acercado al jefe que cruza el jardín camino del coche.

—Buenas tardes. ¿Se marcha usted?

—¡Ah, hola! —se vuelve sorprendido—. Buenas tardes, Juanita. Vaya, parecen ustedes una manifestación.

—Veníamos a ver si se quería hacer una foto con nosotras.

—Por mí —duda un instante—, por mí encantado. —Vuelve a guardar la llave del coche en el bolsillo—. ¡Si se ponen así...! Vamos a ver... ¿Dónde está ese fotógrafo?

Las chicas ríen, se miran, se cierran otra vez en su círculo mágico que las defiende de su timidez, pero ya el jefe rompe marcha y vuelve al jardín arrastrándolas consigo.

El jefecillo, con su traje gris oscuro, casi negro y su corbata de seda natural, con la flor blanca que acaban de ponerle en la solapa, ya está en medio de todas, del brazo de Juanita y de otra de las chicas, posa con todas, se casa con todas a la vez, cuando Anita ya no está en el jardín, sino cansada y secándose el sudor, firmando, con Gonzalo, en la tibia oficina del párroco.

Y dice Máximo:

—¡Vaya, con este Antonio que no me conocía! ¡Pues

174

no estoy tan cambiado, hombre! Un poco más gordo, si acaso, con algo más de canas pero igual. Son los años que hace desde que no nos vemos. ¿Desde cuándo? Lo menos desde la boda de mi chica. Sí, eso es. Y sólo un rato. Nada más tomaste una copa y te largaste. ¡Dichosos viajes tuyos! ¡Dichoso trabajo ese que no te deja ni beber un vaso en paz con los amigos! Tú, en cambio, igual que siempre. ¡Vaya un Antonio, que parece que no pasan los días por él, que no llama, que no se acuerda de que tiene teléfono! Llámame un día, hombre, llámame a la tienda. Hay que verse de vez en cuando, más a menudo. Los viejos tenemos que ampararnos los unos con los otros. Ya verás tú ahora, con la chica casada, ya vas a ver lo que son los nietos. Esos sí que te retiran de los viajes. ¿Que no? Ya lo verás. Tú ríete, tú ríete a lo zorro, ya verás,

"Además de que, digas lo que digas, tú ya no estás para andar por ahí en invierno, ni en agosto en plena solanera. Tú estás para venirte aquí, a Madrid, definitivo, aunque ya me imagino que para eso, como para todo, habrá cola, habrá que andar templando gaitas, y en eso de pedir favores, me parece que los dos seguimos igual, capaces de morirnos antes que poner la mano.

"Pero de todos modos hay que ver el paso que llevamos. Cuando eres un chaval, te parecen los años kilométricos, se te pasan sin enterarte y luego, cuando ya eres hombre y empiezas a saber lo que es la vida, te casas, echas barriga, tienes hijos y te plantas de repente en los cincuenta. Y en los cincuenta ¿qué? Pues a verlas venir, ya no queda otra cosa. Porque tú debes andar rondando los cincuenta si la cuenta no falla, ni la memoria porque tú tenías alrededor de los veinte allá cuando la guerra. Y a los cincuenta "kaput", como decían los alemanes; a los sesenta ya te miras a la espalda y piensas: ¡pero, coño, si ayer mismo era yo un chaval y pensaba comerme medio mundo, y de pronto resulta que estoy hecho un carcamal!

"¡Bueno, Antonio, bueno! Ahí tienes a tu Anita que la tuve yo en los brazos, en la pila, que se hartó de llorar. Aquel cura tan viejo que ni apenas veía... ¿Y la nevada que cayó mientras la bautizábamos y los apuros para encontrar un taxi, hasta que nos metimos en aquella tartana, en aquel tan viejo del gasógeno? ¿Te acuerdas de aquel taxi, con el tío bajándose a ver si estaba fundida la tobera, escarbando, helado, en la hornilla cada vez que aquello no marchaba? Pues yo sí, como si lo tuviera aquí delante, con las gomas arregladas con tornillos de aquellos de gota-sebo, con trozos de cubierta. ¡Acuérdate, hombre! Que él quería marcharse a su casa porque decía que en aquellas condiciones el coche se le iba. ¿Te acuerdas o no te acuer-das? ¿O es que estás pensando en otra cosa?"

Al son de la orquestina van y vienen, se estrechan las parejas. Se miran, se sonríen, en tanto las muchachas se arreglan un poco los sombreros, cruzan y vuelven a cruzar ante la mesa donde están los padrinos ante los restos des-menuzados de la tarta. El sol ya cárdeno va rozando las macizas moreras del río. Aún no está roja la fachada blan-ca, imponente, helada, del Palacio Real, inmóvil como las aguas represadas del río; y el río en calma, rizado apenas por la vaga brisa que encañonan su propio declive y los arcos del puente, se oscurece de pronto, se hace color de bronce y la herrumbre del puente casi negra. Surgen, como naciendo en la corriente, las primeras libélulas que giran, van y vienen desde el agua al jardín, desde los arcos a la penumbra que avanza, y desde las acacias hasta el estrado donde el músico canta.

Y los chicos, con la racha fresca, estrechan un poco más a su pareja. A ese cuerpo tan frágil, tan delgado que hace pensar siempre en la virginidad, o ese otro rotundo y deseado, o el otro sometido, muerto, que apenas dice nada, que hasta repele casi. Ya muchas parejas se man-tienen juntas, por encima de las pausas de la orquesta que separan a otras, y van charlando entre pieza y pieza acomodándose mejor en los ritmos más lentos, entornando los ojos probando a adivinar quién enciende la hilera de fogatas que empieza a jalonar el río, más allá de las parras de la verja.

—Ahí tienes a tu Anita —repite Máximo—. A tu Anita que ni nos ve, que ni nos mira siquiera. ¡Qué nos va a ver, si está en lo suyo, en lo que buscan las mujeres, desde antes de nacer si me apuras! Las mujeres y todos. Y cons-te que yo no soy un tío de esos, de esos, vamos, chapados a la antigua. Tú me conoces, tú sabes que a mí me gusta comprender las cosas, pero con los hijos de uno yo no sé lo que pasa que no hay forma. Te matas para criarlos y en cuanto saben que están en este mundo, a levantar el vuelo, a ni verlos. Pero parece ser que eso no lo arregla nadie, que eso no es como tantas enfermedades de ahora que se curan o como esos paisanos que mandan a la Luna. En esto siempre es igual: aprender poco a poco, a tropezones, y cuando empiezas a andar ya un poco seguro, un poco a tu manera, te levantas un día oliendo a cera.

Ahora el cantor de la tarima ha desmontado el micrófono y, tomándolo en la mano, inicia un ritmo violento que la orquesta sigue, y que corean la mayor parte de los músicos. Las parejas mayores salen de la pista y los recién casados aprovechan el momento para abandonarla también.

Nuevos besos, algún flash solitario, todavía el amigo del tomavistas que se excusa:

—No va a salir nada; con esta luz no sale, es sólo por acabar el rollo.

Y en tanto el tomavistas —ahora en sordina por el estruendo de la orquesta— mantiene inmóviles a los padrinos y al reciente matrimonio, don Antonio va descubriendo rostros que ya se acercan, rumbo a la salida. Entre estos rostros que la penumbra de las parras enciende y apaga, está Tere. Aun sin reconocerla se hubiese fijado en ella y ahora que ella también le ha visto, que al paso de la madre viene a su encuentro, se pregunta cómo no la vio antes, cómo ella misma no le buscó, aunque sólo fuera con el pretexto de felicitarle.

—Antonio; menos mal que podemos encontrarte.

—Tere. ¿Qué tal? Ya veo que muy bien. Como siempre.

—Que amable eres, Antonio. Tú tampoco estás mal.

Los dos ríen y se miran, se examinan mutuamente. Vienen dos besos y ese apretado abrazo y esos ojos que tan bien recuerda y en donde para Antonio se resume ahora la fiesta toda.

—¿Cómo no te vi antes?

—Te hicimos una seña, pero tú ibas tan tieso, tan importante, de padrino...

—¡Importante! Figúrate...

—La cosa es que ni te fijaste en nosotros.

—¡Qué bobada! ¿Cómo no iba a fijarme?

Tere está igual. Quizá se lo parezca, porque para los dos pasan los años con la misma cadencia, pero la madre, en cambio, ha envejecido de verdad y está allí, a su lado, mirando a los dos alternativamente, con gesto tan estúpido que apenas tiene nada que ver ya con la prima.

Tere sigue aún con su humor zumbón a veces, otras amargo y también cariñoso, con esa boca suya que frunce como a punto de reír y que él conoce bien, cuya forma recuerda en torno al duro tacto de sus dientes. Quizás a las doce del día, como pensó tantas veces en venganza, todo ese rostro se venga abajo, envejezca también como el rostro vecino, pero Tere es joven aún, y allí, al resplandor de las luces que llegan de los tilos, con la orquesta sonando a sus espaldas y esa racha de viento que viene de los puentes, hace pensar a Antonio en lo que pudo ser su vida, en las tardes perdidas al margen de la guerra.

—De modo que ni volvernos a ver —le regaña la prima.

Va a contestar: "Ya sabes; me casé", pero es ridículo y mentira además. No, no es justo, no fue por eso, no sabe bien la razón verdadera. Quizá la razón fuera la prima misma o no insistir, abandonar, ¿quién sabe?, o aquellos años en que todo era distinto, más duro, con más miedo que ahora, aquellos tiempos con los que a veces sueña.

Y Tere sigue allí aún, durante un momento todavía, con sus ojos que miran desde tanto tiempo atrás, con su boca que sonríe casi siempre, aislada en la penumbra por sus deseos y por sus pensamientos. Ahora saluda a Carmen, que después da la mano a la madre, en tanto todo el grupo se encamina hacia la puerta, por los pasillos que marcan los setos.

—Uno de estos días os llamo.

—A ver si es verdad.

—Es verdad que te llamo. De veras. —Y añade Antonio—: Ya sabes lo que me gusta verte.

Tere ríe. Su boca se ilumina en un instante y la mano se desliza en su mano dejándole, como entonces, en

178

la duda de si quiere verle o no, de si debe llamar, igual que entonces.

Y al tiempo que se aleja, la fiesta vuelve a ser lo que fue antes, y queda atrás, más allá de las acacias y los setos.

Ahora llega la pesada silueta de Máximo y su voz que pregunta acercándose:

—¿Qué hacemos entonces? ¿Tomamos unas copas o no?

—Vente a casa. O mejor me esperas en el bar de Modesto, o no, mejor en ese otro que hay pegado al río, junto al puente donde está la rana. ¿Lo conoces?

—De acuerdo; dentro de media hora.

—¿Sabes dónde es? ¿Seguro?

—Creo que sí, creo recordar que estuve alguna vez. Hasta la vista.

—Hasta luego.

Deseos de un feliz viaje, abrazos, las piernas flojas ya y los nervios blandos; ya unidos, ya cumplidos, ya casados. Allá, juntos a la pista, los últimos parientes se levantan, quieren salir de incógnito como si fuera preciso esforzarse para que los demás, los que bailan, los ignoren. Los otros, los que bailan no los ven; hace ya mucho rato que la fiesta es suya, como el traje que estrenan o el sombrero prestado de las chicas o esos zapatos picudos y brillantes que aprisionan los dedos como un cepo. Al compás del vaivén de las caderas van las faldas subiendo paulatinamente, rebasando las rodillas, y una chica con enormes pendientes enseña medio muslo sonrosado. Ya la penumbra se hace más densa. Tras las libélulas, giran ahora las primeras mariposas nocturnas en torno a los destellos del neón que surgen en relámpagos desde las copas de los árboles. Ya la gran fachada de Palacio, ennegrecida por su eterno andamio, se vuelve roja, mientras relampaguean sus cristales. Lucen también, un poco más allá, las falsas ruinas de la nueva catedral sin terminar aún y la cúpula de San Francisco concluida, opaca y rotunda. Y el río es negro y se confunde con los puentes; sólo brilla en el trozo de ribera donde la fiesta sigue, en tanto las moreras se estremecen en las dos orillas, al compás del lamento lejano de los trenes.

Y no era para tanto. Pensaba que sería más violento y estuvo a punto de no asistir. A fin de cuentas, supone ver como otro se la lleva, ese chiquito serio, un poco triste, vestido de chaqué; supone no verla más, aunque nunca se sabe.

Pero no fue tan mal. Esperó a que salieran de la firma para desear al matrimonio mil felicidades.

No hacerlo a prisa, como con miedo, como si fuera a temer la opinión de los demás. Un apretón de manos cariñoso, mantenido, largo, para Anita y otro más breve y discreto para el novio. Luego se hubiera vuelto a la oficina —a casa no, en un día así—, se hubiera encerrado en su despacho para hacer tiempo hasta la hora de cenar con algún buen amigo, de no haberle ido a buscar Juanita. ¡Qué chica esta, tan fina, tan cordial, sabiendo hacer las cosas con gracia y naturalidad, como allá por ejemplo, en el jardín de la iglesia! Un poquito mayor, un poquito delgada, no como Anita, claro, que a su edad apenas se preocupa por el peso y que ahora, ya casada, se convertirá de pronto en una de esas madres tan grandes y apretadas. Esta Juanita, en cambio, seguro que se queda en una de esas señoras apagadas y guapas, con su poquito pecho, un poquito huesudas, que conducen su pequeño coche cuando van a recoger los niños al colegio. O quizá no se case. Lo más probable es que si no pilla a algún tipo mayor, se quede igual que ahora, pero un poco más aburrida cada día. Y a los mayores les gustan los guayabos, de modo que el porvenir de Juanita, si no se apresura, si no se lanza, sin un golpe de suerte, se adivina.

A lo mejor aquello de la foto en el jardín es su golpe de suerte —la suerte de los dos—, y Juanita se lanzó allí o lo intentó al menos, y él callado como un imbécil, viendo como los otros se divierten en la pista. Ahora viene el primer mal momento, el primer recuerdo de Anita. Luego, de día, al día siguiente, también lo va a notar, pero es distinto porque ya hace un mes que falta allí y además hay otras chicas.

Comenzar otra historia, inútil hasta cierto punto, siempre llevando en ella la peor parte, suplicando, halagando,

porfiando, le fatiga, le cansa de antemano. Pero tal vez
Juanita no es así. Quizá tiene menos pretensiones. Quizá
no quiera mantenerse en la raya, sino vivir su vida como
dicen tantas. Mas empezar así, en frío, cerebral, con tan
sólo media copa en el cuerpo de ese sifón helado que
llaman un coctel de champaña, es difícil, sería casi imposible si no temiera quedarse sólo allí, bajo las luces de
neón, con el vago recuerdo de la novia. Si no se decide
ahora, ese mismo recuerdo no va a dejarle en paz ni en
casa siquiera, ni, lo que es peor, en la oficina. Entonces
en las largas tardes que se inician por mayo, sin ganas de
volver a casa, ni voluntad para llamar a los amigos, acabará iniciando su procesión habitual, su furioso y negro
itinerario, donde entre copa y copa y música tres volúmenes más alta, el cerebro, allá dentro, va volviéndose
húmedo algodón, sordo y vibrante a la vez, como una
aguda lanza que apunta hacia la nuca. Y al otro lado de
la hilera de vasos altos y delgados como tubos de ensayo,
esas chicas cuyos nombres confunde siempre y que sólo a
partir del cuarto Chiva's en el cuerpo es capaz de soportar. Todas iguales, con sus trajes negros o su suéter men-
guado, a punto de salir para Mallorca o recién acabadas
de llegar, salvo aquella que sí, que realmente entró con
la maleta en la mano, preguntando a Flora si tenía una
cama para ella. Y Flora tan intelectual, altiva y guapa en
la noche —por el día cualquiera sabe—, agradable a pesar
de su amargura, a falta de un destino mejor, es decir de
alguien que le adelante el dinero de un traspaso y acabar
de sufrir en la barra canija del fondo donde se siente y
se sabe más que explotada. Esta Flora, a quien él prestaría
ese dinero una noche para después arrepentirse a la mañana, para poder entrar en el local como esos dueños a los
que los camareros saludan con respeto, en tanto la amiga
espera fuera en el coche, embutida en su abrigo de piel
de foca, fumando un cigarrillo. Esta Flora que a veces le
gusta, que siempre le despide con un beso, esta Flora que
a veces finge un estilo desgarrado porque sabe que le
gusta a los clientes, que dice, estirando el cuerpo dentro
del vestido: "¡El día que ponga yo esta finca a la venta!"
Siempre hay un cliente que grita entonces: "¡Flora, esta
noche estás en órbita!", y otros callan y sonríen. Muchos,

la mayoría, son mecánicos del barrio, de esos que medran ahora a base de chapuzas urgentes, y van allí a ligar, a beberse un whisky aguado y a llevarse a la cama a la delgada, a esa que tiene en el anaquel de las botellas una foto suya en traje de baño. La foto baja y sube muchas veces y en cambio Berta, la otra chica un poco sosa, aunque paciente y maternal, no tiene suerte, apenas sirve un vaso, como la demasiado guapa, a solas con el novio que acapara su barra cada noche o la rubia lesbiana y violenta que cierto día persiguió a su amigo por las barras de medio Madrid hasta encontrarle bebiendo con otra.

Podría convertirse en uno de esos dueños, al frente del negocio, con Flora detrás del mostrador y él, con su vaso de Chiva's en la mano. Pero sólo lo sueña con cuatro de ellos ya en el cuerpo, a partir de las diez, cuando Flora le besa, cuando mira el reloj y recuerda que es hora de cenar, de marchar a casa.

Con Juanita, en cambio, las horas coinciden; además apenas la conoce y eso tiene su encanto. Tan sólo la recuerda atendiendo al teléfono, con su libro encuadernado en piel ante sí, en el que lee a veces, tras su mesa, que siempre decora con alguna flor en cuanto llega la primavera. Ahora baila alta y leve, con su bonito echarpe que le cubre la espalda. Baila pero no baila, se deja llevar, se aburre y cuando el alarido de los músicos cesa, dice unas palabras, se arrebuja en su chal y se aleja sola, camino de la puerta.

—¿Qué? ¿Nos vamos ya?

Juanita se detiene, se vuelve y escudriña la voz que viene de la penumbra. Está a punto de continuar, pero ya el jefecillo da vuelta hasta el extremo de la mesa y sale a su encuentro.

—Decía —continúa en tono jovial que así, en frío, le cuesta adoptar— que se marcha usted pronto. Esta vez soy yo el que la detiene.

—¡Ah, sí! —sonríe la muchacha—. Es que hace un poco de frío ya.

—¿Cómo frío? Yo estoy tiritando. ¿De veras se marchaba para casa? —Y antes de que responda, insiste, continúa—: Tiene usted que esperar a que traigan la foto.

182

—¿Pero no se la dieron todavía?

—A mí, no. Se ve que de mí no se acordaron.

—A mí me dieron una prueba —le tiende la borrosa cartulina—. De esas que hacen para elegir.

—A ver. Vamos a ver. No está tan mal. Lo que pasa es que aquí, sin luz, ni se distingue.

—Allí se verá bien. Debajo de una de esas de neón.

El ruido de la orquesta les rechaza también del borde de la pista. Parras y madreselvas tapizan la verja que da al río, cubren el sendero que el jefe inicia con Juanita del brazo. Juntos los dos, la mano de él sobre la otra tan cálida y tan suave, miran la foto que es casi la imagen de ellos mismos ahora, si se prescinde de esa chica de la sección de dibujantes que asoma.

—La verdad es —dice el jefe—, que gracias a nosotros dos se salva el grupo.

Juanita se ríe y al tiempo se estremece.

—¿Tiene frío?

—Estoy helada.

—Es una tontería estar aquí más tiempo. Vámonos.

—¿A esta hora?

—A un sitio donde entremos en calor, donde se beba algo.

Es alta Juanita, casi de su medida. Eso se ve en la foto, sobre todo. Sabe andar y vestir, y esa mirada melancólica a estas horas, no falla, quiere decir que acepta en cuanto que le diga que avise a casa de que llegará tarde.

Juanita tiene clase. No hay más que verla entrar en el coche, cerrar la portezuela, volverse a hablar, acomodarse; no es como Anita, una cría, una niña consentida. Por cierto: ¿dónde andará? Allí, estará pegada a su marido, esperando a que los altavoces les llamen, en la fría noche de Barajas. Allá andarán rodeados de esas caras tontas, de esos viajeros que dormitan cansados, aburridos, arrugados, entre monjas tiesas y orquestas esparcidas, derrumbadas por sofás y sillones esperando el salto a Sudamérica. Seguro que ya no piensa en él, que ni se acuerda, con tantas emociones y ese viaje nocturno a París, sobre todo, a la hora más vacía de la noche. Ahora les llamarán y se alzarán de pronto, en un instante, y subirán al autobús para

183

cruzar en tinieblas, entre las luces malva de señalización, hasta el aparato.

Y el aparato silbará, zumbará, rugirá a punto de desintegrarse, surgirán las llamas al costado, andará torpemente, cogerá carrerilla y doblando el morro hacia la Luna, se alzará plateado, rasgando el aire.

Y allí, tras de uno de aquellos brillantes redondeles que aislados no se alcanzan a ver, pero que, todos juntos, forman una línea luminosa, mano en la mano, dedos entre los dedos, como buena pareja en su luna de miel, irá Anita temblando, muy cerca del marido. Adiós, Anita, tus dudas en el coche, en ese mismo asiento que ahora ocupa tu amiga, adiós a tus suspiros, a tus enfados repentinos, a tu cavilar que no explicaste nunca, a esa boca entreabierta a la luz tenue del sapicadero, a ese pelo oloroso, a ese cuello tan suave. Adiós, Anita, siempre en la raya, siempre en tierra de nadie, dominando segura la oscuridad del coche, el segundo Martini, el cuarto beso. Más fácil te será ahora dominar el recuerdo de todos esos ratos que pasaste conmigo.

Los faros de un autobús que cruza el puente brillan trazando su gran parábola sobre el río, alumbrando a una pareja que intenta bajar al agua desde la orilla, por la escalera tallada en el ribazo. En el último instante, la chica tiene miedo y vuelve atrás con los zapatos en la mano. Ya asoma otra pareja por la puerta de tela metálica, pero el dueño se adelanta, les obliga a entrar y echa la cadena.

—No me anden saliendo por aquí. Aquí no quiero bromas. Bastantes se ahogan ya en el río cada año.

Se oye nítida la voz, agria y dura, cansada, dispuesta a echar el cierre en cuanto la hora se cumpla. A poco, se ve desde la otra ribera como las luces se reducen a la mitad y cuando la sala amaga un apagón total, se escucha entre las parras un rumor de protestas. Pero ya quedan pocos y la orquesta parece arrastrar las piezas. De pronto sus compases se detienen en una nota prolongada y el jardín se apaga y no vuelve ya a encenderse. Aún llegan de la oscuridad voces que buscan bolsos, chaquetones, chales, que se llaman, que ríen, que se alejan. Después, tan solo un arrastrar de sillas y el vaivén intermitente de una puerta. Ahora surge el halo brillante de Madrid por encima de acacias y moreras, y la voz del río nace de nuevo, sube, llena su cauce cuando don Antonio, guiado por los golpes de los tejos, llega hasta el blanco quiosco del río, donde Máximo, aburrido, espera.

—Ya creí que te arrepentías...

—Las despedidas, calcula. Ahora mismo acaban de marcharse.

—Hala, tómate un coñac, que entres en reacción.

Don Antonio, al cruzar ante la hoguera, ha posado las manos en las llamas como en un rito, ante los jugadores que gritan:

—¡Qué hay, don Antonio! Buenas noches. Ya sabemos que viene de casar a la chica.

—¡Bien en secreto se lo tenía!

—Buenas noches. Si quieren tomar algo —les señala el quiosco—, arrímense para acá.

—Un momento, que acabamos esta mano.

Se les distingue apenas a contraluz, se adivinan, más bien, sus negras siluetas, inclinándose en la oscuridad, tendiendo la mano en un arco que termina en el golpe duro, apagado, del tejo en la chapa del cajón. Ahora que en la otra orilla sólo resta de la fiesta un arrastrar de sillas y un vago rumor de voces, es difícil intentar prolongarla a este lado. Máximo sólo sabe decir: "¡Bueno, Antonio, bueno!", posar la mano sobre su hombro y pedir más coñacs, en tanto el de los santos mira las luces más allá del agua y piensa que no ha visto a Modesto en la iglesia, ni después allá en el merendero y que tampoco vino el secretario. En realidad da igual, lo malo son las excusas luego, la carta del secretario a la que será preciso contestar para escucharle la misma historia una segunda vez, de palabra, con lo que la carta primera es inútil, no sirve para nada. Da lo mismo. Ahora todo ha pasado y bastante bien, para lo que se temía. Al compás del coñac que baja ardiendo, camino del estómago, viene una calma vacía, un sueño lúcido en el que llegan las voces de los que vuelven de pescar en el río.

—... un perro de ojos *doraos*, menudo perro.

—Acostúmbrale a andar entre la gente.

—¿Para qué? Si a mí la caza, ya sabes tú, a mí un julepe de esos, de un domingo entero venga a andar, a subir y bajar y achicharrarte... de eso nada. A mí, aquí el río me conoce y lo sabe: de paseo con la caña en la mano y si tocan, bien, y si no tocan ni pican, pues a casa a dormir la siesta.

Se han detenido al amparo de la luz, bajo la bombilla, saludando vagamente a las tinieblas, y el viejo del quiosco, sin preguntar, les sirve dos blancos que apuran tras apoyar las cañas en el suelo.

El golpe de la rana ha enmudecido. Llegan los otros. Viene el portero del "Estados Unidos de América" balanceándose satisfecho, tendiendo ya la mano a don Antonio antes de entrar en el halo de luz, entre el guarda de la piscina y un hombre con chaqueta a cuadros que casi le llega a las rodillas.

—Enhorabuena, que sea por muchos años, que tenga un montón de nietos y que nosotros lo veamos.

—Que sea para bien, enhorabuena —repite el guarda.

Sólo el de la chaqueta tan larga calla, se mantiene detrás, intentando abrigarse el cuello con las solapas destrozadas. Y ya tras la primera ronda de coñacs que incluye a los dos hombres del río, las voces van alzándose y suena, sobre todo, la de Máximo que ahora, con más gente y más coñac, vuelve a coger su tono sentencioso:

—A mí las bodas, ¡qué quiere que le diga!

—Las bodas —grita casi el de la piscina—, yo, ni verlas, y las primeras comuniones lo mismo. Yo, ministro: suprimidas todas.

—Tú porque eres un anarquista —corta medroso el portero del instituto, espiando las tinieblas.

—No señor. Yo digo la verdad. ¿O es que tú no sabes lo que son esas cosas? Pues eso: ¡Qué vestido tan mono! ¡Qué niño tan rico! Toma el regalo, guapo...

—¡Qué tendrá eso que ver!

—Mire *usté* —dice el guarda—, eso sólo tiene un descargo: que por una hija se hacen locuras, se cometen los mayores desatinos. Una hija es (y que don Antonio me corrija), es el no va más, es más que la mujer. ¿Es verdad o no es verdad?

Don Antonio apura su vaso y asiente en silencio.

—Un chico es otra cosa. A un chico se le ayuda, se le dan estudios si se puede, pero no se le lleva aquí —el portero deja caer patético, la mano sobre el pecho—. No es lo mismo, ni cuando son chavales ni luego, de mayores, cuando marchan de casa.

Las sombras del río van subiendo poco a poco del ribazo, a medida que los carbones languidecen sin que nadie vaya a reponerlos. Sólo luce en esta ribera, además de la bombilla del quiosco, la muestra del bar de Modesto. A veces, cuando la Luna se destapa, surgen enormes, como helados fantasmas, las grandes columnas dóricas del río acribilladas aún por la metralla, jalonando el paseo que tiene a un lado el vacío malecón y al otro las traseras de los chalets cuyas fachadas se abren a la carretera. Allí está la casa donde siempre se vuelve, donde siempre se viene a caer como en esos cuentos terribles de los niños. Allá se alzan esos muros blancos que tanto pesan, nada más que traspasarlos, que baña la luz que nace detrás de Palacio, y el olor a cardos y maleza, que es también un recuerdo, sobre la voz de Máximo que dice:

—... pues yo no tengo un hijo, pero si lo tuviera, yo lo mandaba a Chile, al sitio más lejos que pudiera encontrar.

—¡Sí, que allí te lo iban a respetar!

—En caso de una guerra —dice el viejo, tras el mostrador—, cuanto más adelante, mejor. Lo mejor es ser de infantería.

—Y yo estoy con *usté* —asiente bostezando el más alto de los dos pescadores—. Cuanto antes le toque a uno, antes se acaba de penar.

—¡Venga ya! No se pongan tan fúnebres ustedes —protesta el compañero—. Cualquiera diría que lo que se celebra aquí es una boda. No sé qué van a dejar ustedes para el requiescantimpace.

—Para ese que *usté* dice —apunta el guarda, señalando al del quiosco—, otra botella que nos saca el amigo.

—No queda ya coñac —responde el viejo mientras baja a buscar por los rincones ocultos, al pie del mostrador.

—Pues en la guerra, a veces, no se pasa tan mal —insiste el pescador—. Yo hay ratos que recuerdo...

—Mire usté —le corta Máximo—. El mejor rato que

recuerdo yo, fue cuando nos formaron en el campo y el general nos dijo aquello de "Soldados y hermanos míos".

—¿Cómo? ¿Qué les llamó "hermanos míos" un general?

—Pues sí señor; las cosas iban ya tan mal, que éramos todos muy amigos por entonces.

Este nuevo aguardiente que viene tras las copas de coñac, opaco, turbio, con su corteza de melocotón flotando dentro de la botella anónima, tiene un sabor a romero, a azúcar de fruta madura, un sabor que es su olor, un vaho fragante que baja de la boca a las entrañas, que invade poco a poco todo el cuerpo, apenas se mojan los labios en el fondo de la diminuta copa. Y de nuevo, las luces brillan y las tinieblas vuelven a animarse y llegan voces, rumores, aromas, la vana euforia que sólo durará unos instantes, un poco más que la botella mediada, algo más que la charla torpe de Máximo.

—El general —insiste con su historia— les mandó formar, y con lágrimas en los ojos les explicó que la guerra había terminado, y fue preciso entregar las armas, y eso hicieron, tras desfilar por última vez ante la bandera.

—Eso sí que tiene que sentirse —dice el guarda, con los ojos brillantes y su copa blanca y translúcida en la mano.

—¿El qué? ¿Lo de entregar las armas? No se imagina *usté*. Decir: "Ahí queda eso y ahora haced de mí lo que queráis, que soy un prisionero".

Y Máximo debe verse ahora entregando ese máuser que nunca tuvo en sus manos, que nunca disparó. Lo que sí es cierto es lo de la llamada. "Soldados y hermanos míos (vino a decir el general), si alguno de vosotros tiene algo que temer, algún delito o alguna denuncia, dé un paso al frente que se le procurarán los medios para salir de aquí." Y la verdad es que tan sólo dos o tres salieron de las filas, en tanto los demás rompían y se alejaban camino de los barracones.

Antonio cogió a toda prisa su saco y su maleta, y con otros muchos enfiló la salida entre las alambradas.

—¡Eh, tú! ¿Dónde vas? —le había preguntado el centinela. Y recuerda haberle respondido:

—¡A hacer puñetas!

Y al salir, camino ya de la maquinilla, se cruzó con dos autos del general y un verde camión, que desde la residencia se alejaba camino de las pistas. Y en el largo trecho hasta el tranvía, más largo, más cansado que nunca, recordó muchas veces aquellas imprevistas salidas y llegadas de aviones en los últimos tiempos, aquel gran Dornier panzudo y negro que despegaba cada mañana, con un par de jefes y oficiales para volver más tarde, casi de anochecida, aterrizando pegado casi al coche que ya esperaba junto a la torre de mando.

Y este Máximo del postrer saludo a la bandera estaba allí, a su lado, a la salida del taller, y viendo al Dornier despegar cada mañana, movía la cabeza, murmurando como siempre:

—Esto no me gusta, chaval, esto no dura ni un mes, ni una semana.

Lo malo era que, a fuerza de decirlo, ni él mismo ya se lo creía, de modo que cuando el general mandó a todo el mundo para casa se llevó igual sorpresa que los otros. O quizá más.

Llegó a casa y el padre estaba fuera y la madre no comprendía bien y Carmen mucho menos. No recuerda bien, sólo sabe que subió despacio la escalera desierta y que antes de llegar al encuentro con la madre llamó en casa de Carmen y la puerta se abrió, al cabo de un rato.

Todos sus esfuerzos son vanos ahora. No es capaz de cruzar ese umbral, esa frontera leve donde aparece Carmen sorprendida, niña aún, lejana, ahora con los rasgos de Anita.

Y ese maldito orujo que prende las entrañas y esas también malditas latas de sardinas que se disputan por pagar los dos hombres del río y ese insípido paquete de galletas que el dueño del quiosco regala para ir bebiendo más, para que acaben también esta botella. Esas luces que ahora se encienden, que giran a intervalos, y ese rumor del tren que retumba y crece aquí dentro, en la cabeza. La cabeza es ya una nube pesada y dolorosa que desde la garganta se alza al compás de un latido intermitente, pero la imagen de Anita sigue allí, en el umbral, mirándole, en tanto cae la última botella de aguardiente. Ni el guarda, ni el portero del "Estados Unidos de América", ni los dos pescadores, ni el que se arropa en su chaqueta que es como un gabán, ni Máximo, ni él mismo quieren ceder; nadie quiere ser el primero que abandone, y los trenes siguen cruzando, retumbando a intervalos, iluminando con su destello horizontal y enorme la sucia corriente represada y muda, hasta que uno de los dos pescadores no puede más y, tropezando en el polvo, se aleja con palabras que nadie escucha y se pone a vomitar en las tinieblas.

—¡Va a poner bueno el río!

—¿Y qué más da? —se oye al viejo—. Bastante broza arrastra cada día.

El hombre de la chaqueta se ha sentado en el malecón, con la cabeza entre las manos y suspira.

—¿Qué tal, uñas largas? ¿Cómo va ese estómago? —Y el otro no se mueve, tiritando quizás, inmóvil, encogido.

Y Anita sigue allí, sonriendo o no, no la distingue, niña primero, con aquellos calcetines listados, con aquel bañador azul después, en su primer instante de belleza.

Ya callan todos. Incluso Máximo, que sabe beber, se ha alejado también a la orilla del río y vuelve a poco con el rostro afilado, con dos agudos rasgos por debajo de los ojos que mañana serán dos oscuros manchones. Se lleva torpemente la mano a la cartera y pregunta:

—¿Cuánto se debe aquí?

—Ahora mismo —responde el del quiosco— hacemos unos números.

—No hay que hacer ningún número —media don Antonio.

—Paga el padrino, entonces.

—Justo; ése soy yo. A ver lo que se debe.

Y con un ademán que le avergüenza un poco, saca un billete azul y lo deja al pie de la última botella. El viejo lo recoge casi al vuelo y ensaya un soliloquio con sus números, una imprecisa melopea que concluye cuando tira del cajón de los cuartos que casi le golpea en el estómago.

—Bueno, señores —alza la mano el más joven de los dos pescadores—. He tenido mucho gusto. Espero verles otra vez a ustedes por aquí, en esta orilla, para que me dejen invitarles.

190

—Lo mismo digo —murmura el compañero.
—Hasta la vista.
—Hasta más ver. Buenas.

Recogen sus cestas y sus cañas y apoyándose uno en otro, se pierden vacilantes, paralelos al malecón, camino del puente que cruza ante la ermita de San Antonio. Ahora, mientras el del quiosco va contando el dinero de la vuelta, el guarda de la piscina deja escapar un bostezo prolongado que acompaña alzando los brazos hacia el cielo. El portero saluda y se despide; vuelve a desear un feliz porvenir para Anita, y recogiendo su periódico del mostrador desaparece.

—Bueno, esto puede seguir en ese otro bar que tú dices —murmura Máximo al de los santos, viendo que el viejo comienza a cerrar los cuarterones.

—¿En cuál? ¿En el de Modesto?

—En ese que tú dices. Tú sabrás.

—Deben estar cerrando ya. Como aquí.

—Vamos, Antonio. No hagas de capitán araña ahora.

—Bueno, vamos, verás...

—No, oye, a la fuerza no.

De pronto a Máximo el vino le ha puesto los ojos vidriosos.

—Si no es a la fuerza; es que yo sé a la hora que Modesto cierra.

—Ése es. Modesto se llama. Ése decías tú.

—Señores, que tengan ustedes buenas noches. —El viejo, tras comprobar la cadena que sujeta las sillas, ha apagado la luz.

—Pero ¿esto qué es? —se revuelve Máximo irritado—. ¿Pero qué broma es ésta? ¿Qué maneras?

Pero nadie le escucha y su ira se desvanece en un instante, en la penumbra más fría ahora. Al amparo de este cielo bajo encapotado emprenden los dos amigos la marcha hacia la parada del autobús hincada como un poste de caminos en el centro geométrico del barrio. Atrás se demora el dueño del quiosco, aún a vueltas con el cerrojo del quiosco, junto al guarda y al de la chaqueta, que duerme en los grandes tubos de las obras del río.

El barrio iluminado, con sus muros y tapias blancas que multiplican los resplandores del neón, hiere la vista,

191

casi repele, tras la suave penumbra de los árboles. Sus calles sin asfaltar, sin empedrar, sólo de arena, hacen notar aún más el atento cuidado de las casas. Hay bordillos desprendidos, arrancados y una boca de riego rota que murmura en una esquina, dejando deslizar el agua, en rápido zigzag, en pequeños relámpagos que recortan el perfil quebrado de la acera. Y en tanto, sobre las tapias, los oscuros telones de la hiedra murmuran, van y vienen huyendo de la luz, los pequeños murciélagos del río, hasta la parada tan desierta ahora como el bar de Modesto. Un viejo autobús, de los que vienen ya retirados de otras líneas, jadea y se estremece inmóvil, con sólo el cobrador descabezando un sueño y el conductor que consulta su reloj y la hoja de control a cada instante.

—Mira, has tenido suerte —dice Antonio al amigo.

—El domingo te llamo.

—Cuando quieras.

—El domingo.

—Muy bien.

—Te llamo y vamos a tomar unas cañas. ¿Vale?

—Vale.

Le ayuda a subir y el cobrador apenas se fija en sus bandazos cuando, agarrándose con fuerza a la barra, consigue ganar el asiento más cercano. Apenas se derrumba en él, ya el conductor empuja su palanca y la gran mole de latón, cables al aire, suciedad y grasa se anima torpemente y se va, hundiéndose y volviéndose a alzar en los baches como una lancha maltrecha.

Ahora que Máximo está seguro, en viaje, empaquetado casi hasta la misma puerta de su casa, viene bajando de la sierra invisible un viento colérico, violento, que trae consigo ráfagas de agua. Bufa, azota la tierra, las acacias, la grava en las aceras, hace bailar las bombillas del barrio y repele a don Antonio cuando encogido dobla las esquinas. Y el de los santos lleva ante sí, flotando en las tinieblas ese recuerdo de antes, ese umbral incapaz de traspasar, tras del cual no hay nada, tras del cual hay tan sólo un grande y melancólico vacío.

Es una habitación con espejos y cristales, con una luz azul que no se sabe dónde nace, pero que se enciende en la cabecera de la cama. A sus pies se mueve una silueta borrosa de ese color entre tostado y verdoso que la piel toma bajo esas luces. Se está peinando, se está vistiendo, y al fondo suena una invisible corriente de agua. Hay una cristalera; no, una vidriera de colores con dos figuras planas que se besan y una alfombra que cubre todo el piso y un espejo límpido y nuevo que corre por la pared a media altura. Todo concluye allí, todo termina bajo esa luz que vuelve las sábanas azules y oscuros los cuerpos, que promete lo que no se da, lo que nunca se cumple, al otro lado, lo que no se puede comer, ni beber, ni destruir y sigue intacto, invicto, eterno. Al otro lado nada hay, sólo la soledad, ese vacío que cala y hiere hasta volver a empezar, esa puerta acolchada, tapizada que se abre al ascensor, donde como en un laberinto de verbena se comienza y se acaba, bajando hasta la calle con un beso.

Y ya en la calle, una brisa furiosa como esta de ahora, y no sabe hacia dónde vacilar, e igual que hoy, ese sentido de melancólica derrota. Llueve pausadamente, cálidos, gruesos goterones que bañan poco a poco el pesado algodón de la cabeza. Allá, en el horizonte de Madrid, el cielo se ilumina y rompe, blanco de pronto, encendiendo en un instante la pálida fachada del Palacio Real.

IV

TIRÓ de la cuerda de nylón un par de veces. Aguzó el oído temiendo que la campanilla no funcionase y volvió a traer hacia sí, cuanto pudo, el cabo blanco y translúcido. Esta vez sí, esta vez, dentro, muy lejos sonó un vivo tintineo, alegrando un poco el silencio de la casa.

Del interior seguían llegando voces quedas, murmullos, alguna tos sonora, pasos que se acercaban rechinando a la puerta, para detenerse, y pasar luego de largo, dejando tan en silencio, como antes, el portalillo y el torno.

De la calle empedrada de menudos morrillos, llegaba, intermitente, el estampido de una moto alzándose violento en el silencio y el calor de la siesta. Cuando aquel retumbar perdió su fuerza vino, de más allá del torno, un rumor metálico y macizo de llaves; las tablas perforadas crujieron, girando apenas, y una voz susurró a través de los pequeños orificios:

—Ave María Purísima.

—Sin pecado concebida. Buenas tardes.

—Buenas tardes.

—La madre abadesa, ¿está?

—Sí —susurró la voz al otro lado.

—¿Podría hablar con ella?

—La madre abadesa —la voz hizo una pausa— está muy delicada. No recibe. La que lo lleva todo es la madre vicaria.

—Entonces, ¿podría hablar con la madre vicaria?

—Se lo puedo decir si usted quiere, si... —de nuevo hubo un breve silencio—. No creo que haya inconveniente.

—Mire, dele esta carta, si me hace el favor. Seguramente ya le han escrito a ella también, pero para que sepa de qué se trata.

Depositó el papel en uno de los compartimientos y vio tragárselo al torno como si se tratase de un antiguo robot de madera sobada y negra. Se escuchó el rumor de las manos recogiendo el papel y el tintineo opaco de las pesadas llaves alejándose. Luego, otra vez esperar, en aquel portalón con suelo de tierra, con su banco de piedra adosado a uno de los muros y la puerta de dos hojas con gatera y cuarterón, nuevas y viejas ya, en la madera antigua y en los remiendos posteriores, conservando aún la huella de los clavos de forja.

Allí sentado, en la penumbra, se agradecía el fresco a pesar de la miseria de los muros que fueron, siglos atrás, palacio de un rey —pobre palacio, humilde rey— que lo dejó, a su muerte, a las monjas para borrar quien sabe qué grave pecado, qué secretos temores a la muerte.

Fuera, quizás al lado opuesto del pueblo o en su iglesia principal, la que formaba uno de los cuatro lados de la plaza, o en alguno de los otros dos conventos, sonó una campana única solitaria, arrastrando tras sí su vibrante eco. Otra moto, lejana también, quizás en el surtidor, junto a la carretera, y el rabioso piar de los vencejos.

Miró su reloj. Debía llevar casi veinte minutos esperando. Miró la puerta maltrecha, silenciosa aún, y dispuesto a llamar otra vez, se acercó al torno, tomando el extremo del cordón de nylon.

Pero ya cedían las hojas de la puerta, y tras deslizarse a trancos un cerrojo, se acabó de abrir la más cercana.

—Ave María Purísima —repitió esta vez una voz distinta.

—Sin pecado concebida.

Supo que era la vicaria, por la carta pasada a través del torno que traía en la mano. La otra, la portera, era baja, rechoncha y fácil de identificar por el gran manojo de llaves sujeto al cordón del hábito, y también, un poco, por la voz.

—Pase usted, pase. Ya le esperábamos hace unos días. Cuando estuve yo la última vez en el obispado me hablaron de esto —alzó el papel, pasó su mirada sobre las pocas líneas y se entretuvo leyéndolo aunque seguramente acababa de hacerlo minutos antes. Por fin levantó el rostro, y el negro velo, al pegarse contra él, acusó vagamente sus facciones.

—¿Querrá usted ver antes las pinturas?

—Sí; si no le viene mal, ahora...

—No; puede ser. Hasta las siete tenemos un momentico libre.

Del gran vuelo pardo de su manga había surgido una dorada campanilla. La portera ya cerraba a empujones la puerta y cuando ésta dejó de chirriar, de crujir sobre el polvo y los morrillos, los tres salieron del portal, camino de una difusa luz que anunciaba las arcadas del claustro. En el centro del jardín, dos hermanas que tendían ropa se apresuraron a cubrirse y se vio escapar a otra por una escalerilla de madera que debía llevar al piso superior.

—No huyan, hermanas, no huyan —murmuró la vicaria.

Pero aun llegando al piso de arriba sonaban todavía pasos precipitados y algún que otro portazo y el rumor de los hábitos batiendo el suelo, cada vez que la alegre campanilla tintineaba antes de doblar una esquina. Había muchas puertas pequeñas, iguales todas, pintadas de almagre que las hacía destacar sobre los muros recién enjalbegados.

Sobre los arcos se leían citas de la Biblia, a veces sin un sentido claro.

—Todo esto lo estamos pintando ahora, lo estamos adecentando un poco. A ver cuándo nos lo terminan. Lo malo es que los obreros son casi todos de aquí, del pueblo; los llaman de otros sitios, se los llevan y nosotras nada más los tenemos en las temporadas que paran en casa.

—Y Regiones, ¿no les echa una mano?

—¿Regiones Devastadas, dice usted? Sí... Ya nos prometió hace tiempo arreglar el techo de la iglesia. Todo... vigas y tejas, lo que se dice la carpintería. A ver si cumplen con esto de las pinturas que se llevan.

Don Antonio se había detenido. A un lado del pasillo se abría una gran habitación donde un puñado de jóvenes sin velo, con amplios delantales de dril listados, trabajaban como planchando, a ambos lados de una larga mesa.

Llegaba un aroma como de pan dulce, como a azúcar quemado.

—Pase, pase si quiere —le animaba la vicaria, viéndole mirar desde la puerta—. Éstas no han hecho aún los votos. Puede pasar usted.

Algunas ya se habían alzado, dispuestas a salir, mas las que se afanaban sobre el raro artefacto de hierro y aluminio, quedaron en su sitio, aunque un poco nerviosas.

—Aquí hacemos —explicó la vicaria— las formas para casi todas las iglesias de la provincia.

La pasta de harina blanca y olorosa inundaba pesadamente cada uno de los moldes de hierro en forma de oblea, hasta llenarlos. Luego, cada novicia bajaba su palanca de mango de madera, como en una vieja cafetera exprés, y un tope de hierro iba a encajarse en cada molde casi al rojo, calentado por un laberinto de viejas resistencias. Surgía un humo denso, azul y sabroso, y a poco se podía sacar, de cada uno, la delgada lámina de pan, de la cual se irían después recortando las formas.

Al de los santos aquel taller le recordaba su época fugaz de monaguillo allá en la capilla del colegio, cuando siempre al final de las misas solía quedarse con los otros chicos al reparto de los blancos recortes. Cruzó hasta la puerta, tratando de no pisar la maraña de cables eléctricos libres tendidos por los suelos y, de nuevo, pasillo adelante, con la vicaria al lado y su diminuta y dorada campanilla. Ahora volvían al piso inferior, otra vez a la altura de la calle, y don Antonio pensó si estarían desandando el camino recorrido arriba.

—Esto, ya sabe usted, fue un palacio anteriormente —explicaba la vicaria—; luego le fueron añadiendo otras habitaciones y así quedó que parece un laberinto. Aquí no se da un paso sin tener que bajar o subir una escalera.

Pero ya llegaban, ya debían andar cerca, ante la puerta de la sala capitular, porque la vicaria se había detenido y su mano buscaba algo, quizá la llave, en el remolino de los hábitos.

Bien, ya estaba allí otra vez. Era como si hubiera pasado por allí antes, tanto se parecían los lugares. Allí estaba el tejado carcomido de siempre, con resquicios de luz entre las tejas, allí la piedra rezumando humedad y la lluvia dejando su clara huella en las esquinas. Olía, como siempre, a madera podrida, a sacristía, a cera, a excremento de palomas.

—Esto fue, en tiempos, el salón del trono y al dejárselo a la comunidad, lo convirtieron en sala capitular.

Arriba las oscuras y largas vigas del techo se combaban peligrosamente, aunque quizá resistieran así doscientos años más, a pesar del agua que debía azotarlas. Aún quedaba, arrancada ya, parte de la sillería vendida por las monjas y, a lo largo del muro en rededor, a veces nítidos, otros sucios y opacos: la razón de su viaje, los frescos de que hablaba el secretario.

Lanzó una mirada en torno, intentando calcular qué precio le pondría a su trabajo. Allí, en aquellos muros, al pie de las borrosas figuras, pensó que le esperaban casi dos meses largos. Tendría que afinar, porque el secretario, en cuestiones de dinero solía siempre apurar al máximo.

—Aquí necesitará luz, usted —vino la voz de la vicaria, desde la puerta—, aunque ahora son los días más largos.

—Una bombilla, por lo menos —respondió el de los santos mientras, en lo alto del tosco artesonado, se encendía una lámpara—. ¿Y enchufe? ¿Hay alguno por aquí?

—Enchufe, no, ninguno. ¿También lo necesita?

—Como para poner un infiernillo. Un chisme para calentar un poco de agua.

—Podría traerse un cable desde el taller que ha visto usted. Allí cogen la luz para la máquina de hacer las formas.

—No, déjelo. Ya nos arreglaremos —alargaría el cable del techo y pondría un enchufe de boquilla—. Lo que sí querría es que me diera una llave de aquí, de este cuarto, para que no tenga que andarla molestando.

—No es molestia ninguna, tenga —le tendía la llave regordeta, como a juego con la mano de la hermana portera—. Es la única que hay. Así está más seguro de que nadie le estorba en su trabajo. Como ya le conocen en la portería, no tiene usted más que llamar en el torno y la hermana le enseña el camino.

Dentro, en algún lejano rincón del laberinto, una campana dio dos golpes netos y seguidos.

—Si no me necesita más...

—No; muchas gracias.

—¿Sabrá usted volver?

—Creo que sí. Estoy acostumbrado.

—De todos modos, mandaré yo una hermana para acá y si no, al hortelano.

—Tienen ustedes huerta...

—Un poquito. Un poco nada más. Por las verduras más que por otra cosa y sólo para nosotras, para la casa. Esto ahora, ya se imagina, no es ni la sombra de lo que fue hace años. —Quedó en silencio, inmóvil, quizá pensativa tras de su velo—. Bueno, la verdad es que en ese tiempo yo no le conocí, aunque de eso, desde luego, no hace tanto. En fin, buenas tardes. Quede con Dios y que le cunda su trabajo.

—Adiós. Buenas tardes. Y gracias.

Bien, allí estaban. Ninguna novedad. Iguales más o menos que en las fotos. Ahora, así, en frío, tras los vacíos días de Madrid después del invierno, después de la fría primavera que culminó en la boda, aquellos muros con sus veladas figuras, la estancia toda, le abrumaban. Las pequeñas chapuzas del taller de su casa junto al río apenas contaban, tan sólo suponían matar el rato un poco y pequeñas ayudas económicas. Ahora, tras el primer vistazo, le era preciso buscar, como siempre, un ayudante, instalar sus bártulos allí, pedir una segunda habitación para clavar los frescos en el suelo, hacerse el propósito de comenzar, madrugar cualquier día y, como quien inicia una batalla personal, y solitaria, enfrentarse a aquellos sucios muros.

Para ese primer día necesitaba ya temprano, un par de buenas copas de aguardiente y después de comer un poco de coñac, hasta coger el ritmo de aquel trabajo que le aguardaba allí, cubierto con un manto de polvo que incluso a él le repelía bajo cristalizados sedimentos y pátinas de cal, entre telarañas y nidos de gorgojos. Allí dormía aquel friso de figuras imperfectas, con su medio san Cristobalón cruzando un río que era preciso resucitar, volver a su vida verdadera, arrancar de su muerte de basura que era toda su edad, devolverle a lo que alguien diría después que fue su primitivo aspecto.

—¿Da *usté* su permiso? —preguntó una voz a su espalda, al tiempo que rechinaba la puerta.

El de los santos se volvió y fue a abrir. En el pasillo había un hombre que debía ser el hortelano.

—Me dijo la vicaria que viniera por aquí, por si podía echarle una mano en algo.

Vestía blusón negro y pantalones metidos en polainas de cuero, sujetas con hebillas. Calzaba abarcas. Tenía un sombrero de paja en la mano y la cabeza al aire, una cabeza quemada por el sol, cana y cuadrada, sucia de sudor, pelada al rape. Junto a él aguardaba también un muchacho de unos catorce años. Igual que el hortelano, llevaba la cabeza al rape, pero en cambio vestía pantalón de pana y botas de media caña, como las de los que cabalgan o trabajan en el campo.

Y era Madrid, entonces, pequeño y luminoso. No es que se diera cuenta entonces; lo piensa ahora, quizá por contraste con las frías paredes de la alcoba. Aunque no las vea están ahí, en torno a sí, a ese grifo que gotea perenne en la oscuridad, a ese jergón que cruje bajo los riñones. Aún antes de que amanezca en la luz mortecina de las persianas, están allí los muros, en torno a la cama de barrotes y a la ajada alfombrilla, abiertos al aire templado de la madrugada, al piar de los vencejos, tan sólo en el difuso marco del balcón.

Era Madrid pequeño, entonces, porque entonces también los descampados comenzaban casi enfrente de casa, prácticamente al otro lado de la glorieta. Aún existía allí, a pocos pasos, un cementerio abandonado donde, en la tarde de los jueves, jugaban al fútbol los chicos del colegio, en el patio central flanqueado de nichos que eran como las gradas para sentarse el público en un estadio verdadero. A veces el balón —uno de esos balones grandes, de reglamento, que eran casi como una joya, que convertían al que lo poseía en cabecilla— se perdía en la boca vacía y negra de algún nicho y el que lo había chutado debía recuperarlo. Era una operación difícil y temerosa, en la que había que entrar reptando casi y salir marcha atrás, sin perder la pelota por el miedo.

En las gradas rotas, en las cuencas vacías de los nichos, las hileras de ladrillos se iban haciendo grises a lo largo de la tarde, y los muros desportillados, amarillos. Y cuando el resplandor de los faroles, en la calle frontera, hacía destacar ya neta la doble reja negra de la puerta, llegaba esa melancolía de la fiesta vencida, de la vuelta a casa, cansado, con los zapatos despellejados, a traducir mal, con desgana y sueño, el latín para el día siguiente en el colegio.

—¿Pero de dónde vienes a estas horas?

—De por ahí —se encogía de hombros—. De jugar por ahí un rato.

—¿Un rato? —repetía la madre, señalando el reloj—. Si van a ser las diez... Un rato, al fútbol. Mira, fíjate como traes los zapatos.

Y Antonio los veía por primera vez y aunque le daba igual su aspecto, ponía cara de circunstancias, de arrepentimiento, con lo que, a fin de cuentas, la madre se contentaba.

—¿Y dónde jugáis a la pelota? En el cementerio...

—En otro sitio. En el campo.

—¡Qué respeto!

—Pero, mamá. ¡Si no hay nadie! Está vacío.

—De todos modos. Esos sitios no son para jugar. Esos sitios hay que respetarlos, aunque estén vacíos.

—Bueno...

—Un día os encierran allí dentro.

—Están las tapias rotas, mamá, pero rotas del todo, caídas...

Pero la madre no escuchaba. Lo que ella deseaba era contar una vez más cómo una vez la encerraron a ella y a su hermana en el cementerio.

—... una vez que fuimos a llevarle unas flores a tu abuela. Nos encerraron a tu tía, que en paz descanse, y a mí, y gracias a que empezamos a dar voces y vinieron a sacarnos.

—Habría un guarda.

—No había, no. Conque a ver si aprendéis a no ir allí a jugar al fútbol.

Y es curioso recordarlo ahora. Parece como si el lugar estuviera predestinado, porque cuando el cementerio fue definitivamente derrumbado, alzaron en el solar un campo de deportes.

Era Madrid pequeño y luminoso. Sobre todo a la salida del colegio con la calle empapada por la lluvia, multiplicando el resplandor de los escaparates, y el aire cargado del acre aroma de las acacias. Era luminoso —él lo recuerda así—, aunque había entonces muchas menos luces que ahora, y un par de cines nada más y sólo dos cafés muy grandes y sombríos.

El camino se repite siempre, mañana y tarde, dos veces ida y vuelta. Se repite en tiendas de porcelana y cristal, en dos carbonerías y una tienda de frutas que hoy son, sobre todo, escaparates de tiendas y neveras. Otras veces, por el atajo de calles interiores, donde hicieron mercado en los días de la guerra, va Antonio solitario, rumbo al colegio o, más tarde, de vuelta, dejando atrás las últimas casas con jardín del barrio. Y hay una, cerrada siempre, como en los viejos cuentos, bajadas siempre sus persianas rotas. La fachada entera está cubierta de hiedra que tampoco poda nadie, que nadie cuida, que ella sola se marchita o renace según la estación o el año o las lluvias. El garaje pequeño aparece cerrado también, con sus puertas metálicas inmóviles perpetuamente lo mismo que la principal, defendida de la lluvia por un forjado tejadillo de cristales.

—Tú, ¿quién dices que vive allí?

—Yo no digo nada —responde el compañero en la clase, de dibujo con una sonrisa maliciosa, que supone un secreto importante.

—¿A ver, quién, di...?

—¡Qué no lo sé! Mi palabra...

Por más que Antonio insiste, el compañero calla, hasta que al fin, cuando piensa que se ha hecho rogar lo suficiente, en una esquina de su papel de dibujar escribe con el carboncillo, en pequeños caracteres: "Muchas señoras".

—Pero, si está cerrada... —murmura Antonio.

—Porque abren por la noche.

—No me lo creo.

El amigo calla, más misterioso que antes, porque se acerca el profesor, que, aunque es seglar y se permite a veces bromas con los chicos sobre mujeres y modelos, tiene prohibido terminantemente hablar en clase, mientras se dibuja. Ha lanzado una ojeada al tablero de Antonio y exclama:

—Muy bien, Salazar. Está muy bien eso. Si sigues trabajando así, vamos a ver si, al año que viene, te conseguimos una beca.

Lo ha dicho en tono suficientemente alto como para que lo oigan bien los otros compañeros. Los chicos vuelven la cabeza un instante y de nuevo se afanan con el difumino sobre el papel que van manchando con pocas ganas, dormidos a medias.

—Sí, señor —continúa el profesor—, si todos trabajasen como Salazar, dentro de nada teníamos aquí, en este colegio, unos cuantos artistas. Pero me parece a mí que hay unos cuantos a los que no les llama Dios por este camino.

Y cuando se aleja otra vez, camino del pupitre, Antonio insiste con el compañero:

—Bueno, acaba, di: ¿qué clase de señoras?

—¿Cuáles van a ser? Mira, Antonio: a veces pareces tonto. ¿O es que te lo haces?

—Me lo hago —responde Antonio por no quedar callado.

Pero el otro calla definitivamente, quizás aburrido, y al salir del colegio, esta vez ya de noche, vuelta Antonio a examinar la casa, a través de los huecos que en la reja dejan las chapas roídas por la lluvia. El patio de cemento, al resplandor de la farola de la calle, está sucio, embarrado, cubierto de residuos de la hiedra, de hojas marchitas y tallos quemados. La puerta parece cerrada de siempre, igual que las ventanas y el farol sin bombilla, con sus cuatro cristales rotos por el viento.

—¿Qué le pasa a esa casa? —pregunta a su padre en una de las raras veces en que le saca de paseo.

—¿Esa casa? Que querrán traspasarla.

—¿Traspasarla?

—Venderla.

—¿No vivirá nadie ahí?

—¿Quién va a vivir? ¿No ves que está cerrada?

Era Madrid alegre. Al menos eso piensa ahora que el tiempo ya sublima su recuerdo. Alegre en la verbena que

203

partía en dos el barrio, a mitad del verano, con sus barracas en la calle principal, silenciosas hasta la media tarde como un aduar de tiendas de madera, estruendosa después hasta agotar la madrugada. Eran días alegres, al menos para él, que desde su balcón podía ver encenderse cada uno de los puestos, la noria enorme recortándose en el cielo, los puestos más humildes, el humo de los fritos y el último invento de entonces: la gran montaña rusa con su ruido de tren acelerado y su rastro de alaridos y gritos.

Y cuando la verbena se marchaba, dejando en su lugar manchas de mugre, papeles y detritos, llegaban los otros días, buenos también, del viaje a El Escorial y el largo veraneo.

Hasta que un día el padre llegó de Madrid con la noticia de que acababan de matar a alguien importante, a un ministro o algo parecido. La madre quedó consternada y como si se tratara de un amigo o un pariente cercano, en un largo rato ninguno de los dos añadió nada. Unos días después, vuelta a Madrid con ella y con la hermana, en un tren atestado de mujeres, porque a los hombres les llamaron antes. Un viaje largo, con paradas cada diez kilómetros, con el temor constante de que volaran la vía, y la llegada a la estación del Norte entre un clamor de voces, de gritos y empellones por salir a la calle después de presentar para el registro, paquetes y maletas.

Se acabaron las clases de dibujo y una noche, harto de leer, de escuchar la radio, salió de paseo por el barrio. Aún no había cañones en Garabitas ni aviones, ni paqueos a lo lejos. Se alejó del portal, bordeando los escaparates, ahora en penumbra, y se fue adentrando en las calles interiores. Y al llegar ante la casa cerrada, uno de los balcones tapizados de hiedra estaba abierto, y encendida dentro una luz. Apoyada en la barandilla, al fresco de la noche de julio, había una persona, una mujer con el pelo blanco, canoso. No se movía. Miraba a la calle, a la luz del farol, al aire tranquilo —por poco tiempo ya— de la noche.

Está un poco inclinada, sobre su libro, sentada en su sillón con asiento y respaldo de blanda paja, tan sobada y tan blanca. Las otras monjas, mucho más jóvenes, se inclinan a su vez sobre una gran sábana. Bordan, charlan a media voz, ríen a veces. Alguna pide silencio a las demás pero es inútil porque la abadesa apenas oye. Y hay otra monja, anciana también, a punto de dormirse, cuyo velo se desliza cada vez que su rostro baja poco a poco, escalonadamente, al compás de paulatinas cabezadas. La vicaria ha entrado y lanza una ojeada sobre la tela que las agujas pasan y repasan, dibujando cenefas, flores y ramos; después se acerca al sillón de la abadesa y toca a ésta con cuidado en el hombro. La abadesa alza entonces los ojos —los abre, en realidad— de encima del breviario y la mira. "Ha venido el señor del Ministerio, el señor que va a llevarse las pinturas" —susurra la vicaria en voz alta, muy cerca de su oído. La abadesa asiente y su vaga mirada se pierde ahora por la ventana en la huerta de tapias raídas que linda con el campo. Una de las más jóvenes, de las que se afanan sobre la tela, se ha vuelto: "A ver si es verdad que nos techan la iglesia, madre. A ver si ese señor de Madrid nos cumple su palabra". Y la vicaria asiente al compás de la abadesa y promete pedir al obispo que arreglen también el dormitorio. Techarán el dormitorio también, colocarán un buen suelo de nuevos baldosines rojos, y alzarán un tabique para que la madre Teresa tenga su cuarto aparte. La otra anciana que no es la abadesa se espabila entonces al oír su nombre, y mira a la vicaria desde el fondo de sus gafas de alambre. No cose, ni borda, tan sólo está sentada allí, dormitando. A veces se espabila y hace como que examina la labor. Entonces, alguna de las jóvenes, de las que sólo tienen los primeros votos, pregunta: "¿Qué le parece, madre? ¿Usted cree que están bien estos bodoques?" y le enseña un pico de la tela, vacío, con sólo el dibujo a lápiz del bordado. La anciana mira, se lo acerca a los vidrios de los ojos, lo toca, lo palpa y lo soba para lanzarlo luego lejos de sí, refunfuñando. Las monjas ríen felices, mas si las risas llegan a alzarse demasiado, la abadesa viene, las riñe y se enoja.

La abadesa se ha alzado ahora y, apoyada en su fino bastón, tan fino que no parece soportar su peso, sale, del brazo de la vicaria, tanteando el piso torpemente, haciendo crujir el recién fregado suelo de madera. Apenas la puerta se ha cerrado tras ella, una voz sale del círculo, del borde de la sábana y murmura: "¿Ha oído usted, madre Teresa? ¿Ha oído usted que van a hacerle un cuarto aparte?" Y la madre Teresa replica que ya lo va necesitando, con tanta descarada como anda suelta por la casa, que ahora ya no es como cuando ella profesó, que entonces había otro respeto a los mayores.

Porque a veces, las jóvenes, cuando suben desde la capilla, por la vieja escalera de ladrillos rojos y cantos de madera, suelen encontrarla arriba, en el último rellano, esperando a la abadesa. Y cuando les pregunta por ella, la de turno, invariablemente, susurra: "Viene detrás" y lo mismo la que le sigue y todas, igualmente, responden de la misma manera, hasta llegar a la última que señala al vacío donde queda mirando la anciana en busca de la madre. Ella se venga luego, escondiendo las labores, y es preciso buscar mucho, suplicar mucho, y la presencia misma de la madre vicaria para que reconozca haber arreglado la sala de labores para que diga dónde se hallan las cestas de los hilos y hasta los bastidores, si es que aún lo recuerda para entonces. A veces escribe interminables cartas con el ojo pegado al papel y la nariz sobre la madera de la mesa, cartas que duran semanas enteras y hasta meses, que vuelve a empezar, tacha y rompe, cartas que, como dicen las novicias, bien pueden agradecer quienes las reciben, aunque no digan nada, sólo por el trabajo que le cuestan.

Ahora que la vicaria se ha marchado acompañando a la abadesa, de nuevo las jóvenes le han pedido que empiece con su historia, una historia que en realidad son tres, siempre las mismas, que ella ilustra con fotos guardadas, allá arriba en el dormitorio, debajo del jergón.

La primera historia comienza con su padre, que fue condestable y conocía al rey Alfonso XIII, con quien iba de caza por los montes del Pardo, la segunda cuenta su viaje a Roma, cuando el Papa impartió para ella sola una bendición especial, permitiéndole besar luego su anillo, y la tercera —la que las jóvenes prefieren—, es la del mono de Cuba.

"Madre —dicen—, cuéntenos aquella del gorila" y todas callan, y se hace un gran silencio donde sólo llegan

el rabioso piar de los gorriones y algún disparo de cazadores, lejos. Nadie tose, nadie pide tijeras, ni consulta una
puntada cuando la madre explica que cierta vez, siendo
ella niña, cuando Cuba era aún tierra española, su familia
tenía en ella un ingenio al borde de la selva. Cierta vez,
a la vuelta de su viaje anual, trajo el padre a Madrid un
gorila que allá en la isla le habían regalado. Le vistieron
de calzón corto y servía a la mesa lo mismo que un criado.
De este modo anduvo en la familia por unos cuantos años,
yendo y· viniendo de la cocina al comedor hasta que se
enamoró de una de las criadas y hubo que echarlo. La
madre Teresa nunca pasa de ahí, nunca quiere seguir y no
llega a saberse qué fue del gorila, una vez despedido de
la casa.

Esta vez las jóvenes no ríen porque, de lo contrario,
nunca más volverían a oír sus historias, lo menos en un
año. Sólo una de ellas pide: "Madre: ¿no tiene usted ningún retrato del mono?" Y la madre se levanta pausadamente y sale, y sus pisadas, pasillo adelante, pueden se-
guirse en el sonar vacío de las baldosas sueltas. Con su
bastón, como el de la abadesa, mas sin puño de plata,
va contando los escalones que llevan al dormitorio, y entra en él y lentamente lo cruza hasta el fondo, apoyándose alternativamente en las camas que a un lado y a otro,
llenan toda la sala. Bajo la suya se halla la gran caja de
cartón que guarda sus recuerdos y sus fotos. Allí está encerrada su imagen, multiplicada en borrosas cartulinas, en
grises figuras que ya han enrojecido con el tiempo. Allí
está, niña casi, de la mano del padre que viste de uniforme; allí aparece joven, con su sombrero que es como un
casquete florecido, con su falda y sus primeras medias y
una gran cinta con lazo que le ciñe el cuerpo a media
altura, casi por las caderas. Hay postales y cintas y esque-
las de periódicos que fueron recortadas hace ya tantos
años, que son como pequeños pergaminos, y flores de
tela, y unas cuantas medallas junto al misal blanco y pequeño de su primera comunión. Van y vienen las vistas de
Madrid, las avenidas de París y Barcelona, de La Habana
sobre todo, con su mar que es ya igual que los barcos y la
costa, que ya es tan sólo niebla y vagos lamparones en el
cartón de bordes rotos.

Van y vienen, se acercan a los grandes vidrios redondos donde el ojo se anima, se entorna, pugna por enfocar todas esas imágenes que, apenas fijas, huyen como un mal recuerdo que no llega a concretarse. Y las manos se hunden una y otra vez en aquel blanco tremedal de viejos cartones y papeles, sin tocar nunca fondo, sin llegar nunca a agotarlo. En él la anciana puede seguir buscando hasta la noche, porque una vez sentada sobre el jergón, sobre la manta inundada de recuerdos, no oye ni el toque de la cena.

Las novicias suben entonces a buscarla. Suelen hallarla dormida entre sus fotos y cintas, entre agostadas flores de trapo. En silencio, la desnudan y la meten en la cama.

Se despertó pensando en aquel su medio san Cristóbal aguardándole allí, casi escondido, en los muros de la sala capitular. No hacía calor, el sol aún se aguantaba y un viento leve alzaba fugaces remolinos en el campo. En el desierto comedor de la fonda, la criada vagaba soñolienta, de un rincón para otro, recogiendo el servicio de los viajantes más madrugadores. A la hora de comer, la sala se llenaba con un par de curas, los dos o tres huéspedes fijos más los que se quedaban a comer, porque la cocina de la casa tenía cierta fama en el Ayuntamiento. También solían aparecer, con la veda abierta, cazadores. Una serie de espejos, a lo largo de los muros, hacía aparentar a la habitación dimensiones que no tenía y al mismo tiempo facilitaba la posibilidad de espiar a los vecinos sin ser visto. Don Antonio, que conocía muchas fondas y hoteles parecidos, calculaba que debían tener muchos clientes trashumantes, a juzgar por el desparpajo de la criada y las ojeadas al exterior de la dueña, al comedor, desde el pequeño ventanillo que daba a la cocina.

Ahora la chica, con el pelo a medio peinar, residuo del cardado del domingo, se acercaba a su mesa.

—¿Qué tal? ¿Le despertaron a *usté* anoche?

—¿Cómo dice?

—Que si le despertó la conferencia de Madrid.

—¡Ah! No... Estaba despierto —respondió don Antonio—. Estaba despierto leyendo el periódico.

—Es que aquí tardan mucho en dar la capital y ya para entonces era tarde. Me parece que hasta ya no había televisión... Estaban dudando si llamarle o no, pero yo dije que *usté* había mandado decir que le llamaran; que esperaba. ¿No es verdad?

—Sí. Muchas gracias.

—De nada —murmuró alejándose—, de nada.

Había olvidado la conferencia con el secretario, incluso el precio que aceptó por su trabajo, tras discutirlo mucho, demasiado para él que era tan parco por teléfono. Le había llamado a su casa, a la hora de cenar, porque de día era inútil intentar hablar con Madrid; a esas horas el servicio no existía. Ahora, al final de aquel pésimo café, las palabras de la muchacha avivaron en él la imagen de su san Cristobalón.

Era el mejor momento. Acabar de desayunar, terminar de vestirse, dejar la fresca penumbra de la alcoba y subir la tensión con una copita de aguardiente en la buñolería antes de que el hijo del hortelano fuera a buscarle al bar de la plaza. Después los dos, callejón del Cieno adelante, calle de los Martínez, de San Vicente de Paúl, calle de la Encomienda, callejón de las Monjas, tirar del cordón de la campanilla en el torno del convento, seguir el pasillo de suelo de guijarros hasta el claustro, subir los escalones nuevos, pasar junto al taller de las formas, bajar, hacer girar la llave y fumarse un cigarrillo antes de comenzar a limpiar las paredes.

Recordaba el camino bien, y con su llave no tendría que molestar a la vicaria. Ahora la plaza, con las sillas del único bar amontonadas bajo los toscos y desiguales soportales, con aquel hombre al sol sacando de sus grandes cajas de cartón una partida de velomotores, con su iglesia enorme cubriendo por sí sola uno de sus lados, era como el resumen de las voces, de los cantos, los rumores de todo el pueblo, como si ahora que su vida real había huido hacia la carretera, hubiera quedado allí su rastro vivo, devuelto por el gran muro rojo sobre la arena sucia, de color tostado.

El gran muro de azogue, con su campanario octogonal espigado y barroco, con sus setenta y tantos muertos inscritos en la placa de mármol junto a la puerta, bajo la blanca y simple cruz de los caídos, recogía el intermitente rumor de los tractores, el paso a la vez sordo y metálico de los carros con su gran cuba de agua a cuestas, con los sonoros y plateados cántaros saltando en las esquinas. Llegaba el humilde traqueteo de aquellas otras carretillas de madera de cuatro ruedas, como un tosco juguete, con sus dos cantarillas para saciar la sed de los más pobres; venía el poderoso paso de las grandes galeras, el arrullo tenaz de las palomas, una radio, un serial, una canción aflamencada, el golpe sordo de un grueso llamador en alguna buena y sólida puerta.

Apartó la cortina de varillas y saliendo de la buñolería se hundió en el calor polvoriento de la plaza, camino del bar. Había una pequeña camioneta con floreros metálicos repletos de flores artificiales colocados a ambos lados del parabrisas. A su sombra dos perros retozaban y en el centro de la gran explanada de tierra, cerca del antiguo y ya cegado vertedero, los gorriones picoteaban el estiércol, y dos niños, ajenos al calor, examinaban algo cuidadosamente en el suelo.

Cuando llegó ante el bar, ya salía a su encuentro el ayudante.

—¿Llevas mucho esperando?

—Acababa de llegar —replicó el muchacho, mostrándole dos cubos nuevos, uno metálico y otro de plástico—. Los acabo de comprar. ¿Son éstos los que *usté* quería?

—Sí, éstos valen. ¿Cuánto te costaron?

—Luego le hago la cuenta.

—Vamos.

Callejón del Cieno, polvo seco en verano, con su suelo roído, carcomido, destrozado, con sus cantos perdidos y sus ronchas de tierra aflorando en los vanos que deja el empedrado; calle de los Martínez, con ese feo edificio todo de azulejos verdes y amarillos que el nieto de los Martínez remoza cada año por las fiestas, con su cine Cervantes de cemento y cartelones desvaídos; calle de San Vicente de Paúl, sin un convento, tan sólo de devoción al santo; calle de la Encomienda, con su mujer sentada en aquellas desiertas escaleras, inmóvil bajo el sol, quizá dormida, con la cabeza cubierta por un trapo; callejón de las Monjas, donde el trabajo espera.

210

Esta vez la campana apenas llegó a sonar en el interior, cuando ya se abría la puerta.

—Ave María Purísima —saludaba la portera—. Buenos días tenga usted; buenos días, Antoñito.

—Buenos días —repuso el chico del hortelano.

Y por el corredor de menudos guijarros que formaban en el suelo siluetas de plantas, cada monja, con su velo echado por el rostro, murmuraba un saludo cariñoso al muchacho.

—Las conoces a todas —comentó don Antonio.

—Como vengo por aquí desde chico... Hace ya muchos años que mi padre les trabaja la huerta.

De nuevo en la sala capitular, un vistazo más reposado que el día anterior, para saber por dónde empezaría. Había toda una franja de figuras confusas y, frente a ella, un trozo de pared con el yeso primitivo saltado a distintas alturas, por los gruesos clavos que sujetaron la sillería al muro. Al fin se decidió por aquel san Cristóbal y ante él se situaron, con sus cubos y brochas.

—Aquí no hay más que pasarla suavemente —explicó el de los santos al muchacho—, con cuidado y siempre en el mismo sentido. Esto es sólo para quitarle el polvo y la basura. Vamos a ver que tal se te da esto.

El chico no hizo ningún comentario. Mojó la brocha plana en uno de los cubos y pronto su filo liso y continuado fue alzando rectos surcos de colores en la pátina de mugre.

Ahora, ya las dos piernas bien trazadas, musculosas, marchaban airosamente a través del agua del río, cubiertas hasta medio muslo por un sayal de cenefa complicada. El sayal ondeaba al aire de la marcha y el río, bajo su vuelo, se iba revelando poco a poco, poblado de una fauna de anguilas, barbos y truchas. El muchacho mismo las reconocía:

—Mire *usté*, éste es un barbo, mírele la boca.

Hacía su trabajo a conciencia, pero a veces se entusiasmaba con sus descubrimientos y apretaba demasiado para correr más.

—Con cuidado, más suave. Mira, déjame un poco. Así...

Don Antonio tomaba la brocha y limpiaba un pequeño

cuadrado, pero pronto el muchacho se la pedía de nuevo.

—¿Tú fumas?

—Un poco. A veces...

Le había dado lumbre también, y ahora Antoñito, entre chupada y chupada, parecía demorarse un poco.

—Esto —habló de pronto—, con agua caliente salía en un minuto. El agua caliente lo saca antes.

Recordó don Antonio el ofrecimiento de la vicaría y su idea de colocar un enchufe en la bombilla. Aquella misma tarde lo iba a comprar. Pediría a las monjas un caldero pequeño. Antoñito quedaría satisfecho, y haría su trabajo más rápido.

Mas ahora, la puerta se entreabría rechinando y, con apuros, deslizándose casi entre sus hojas, aparecía un hombre ya de edad, vestido de oscuro, con corbata; un hombrecito de ojos vivos aún, a pesar de su pelo plateado.

—Buenos días tengan ustedes.

—Buenos días.

—Buenos días —volvió a repetir en tono más confidencial—. Hola, Antoñito. No sabía yo que te dedicabas a estas cosas.

Antoñito se había vuelto a mirarle con aire divertido, en tanto el recién llegado, tras secarse el sudor de la frente y la nuca, se presentaba a don Antonio, le tendía la mano, le decía su nombre, explicando a la vez la razón de su visita.

—Me dijo la vicaría que estaban trabajando ya aquí, y a mí me gustan, bueno —rectificó—, me gustaban estas cosas. —Dio vuelta en torno a los restos de la carcomida sillería y fue a mirar de cerca el muro que Antoñito estaba limpiando—. ¿No le molesto? ¿No interrumpo el trabajo del chico?

—No —repuso vagamente don Antonio.

—¡Qué calor! ¡Qué fuego está cayendo ahí fuera! Aquí dentro se está bien, se está fresco, se soporta. —Se volvió de pronto desde el muro abarcando en un ademán todo el friso de pinturas—. ¿Sabe usted que fui yo quien descubrió el primero todo esto? Sí, señor —insistió con cierta petulancia—, yo mismo fui; yo llamé la atención a la vicaría.

—No sabía.

—Pues así es... —Sacó una cajetilla, tras palpar todos sus bolsillos—. ¿Fuma usted? ¡Ah, no, que está fumando! —Eligió cuidadosamente un cigarrillo emboquillado y tras hurgarse de nuevo en los bolsillos, metió en el tubito de cartón una pella de algodón, empujándola con un mondadientes. Después, como si se tratara de un habano, lo encendió con cuidado también y sosteniéndolo entre sus dedos manchados de amarillo lanzó al aire una densa bocanada—. Sí, señor. Yo fui el primero en darse cuenta de lo que esto valía. Un día que vine a ver a una monja que ya murió la pobre o que la trasladaron, no lo recuerdo bien. De lo que sí me acuerdo es de que aquí las madres aprovecharon el viaje como siempre y tuve que recetarle a la abadesa, le tuve que recetar una pomada para un eczema que tenía por alergia al frío.

—¿Hace frío aquí, en invierno? —preguntó don Antonio por mostrar algún interés en la conversación del visitante.

—¿Frío, dice usted? Aquí hay días en que la misa ni se oye. La misa entera es una tos continua por las bronquitis que cogen en enero. Aquí pega bien duro. —Calló un instante como si hubiera terminado, pero, a poco, proseguía— ... Como le decía, acababa de recetar a la abadesa y oí golpes por este lado de la casa y con el frío que le digo que hacía, pensé que estarían partiendo leña, pero ya me dijo la vicaria que no, que estaban arrancando la sillería para llevársela y venderla, de modo que al salir me animé a echarle un vistazo. Y vi que andaban unos obreros trabajando en esto —dio una palmada seca en la madera—, que es todo lo que queda. Esto es algo menos de la mitad aproximadamente. Lo demás se lo llevó un anticuario de Madrid, de esos que vienen a veces con una furgoneta. Y debajo, detrás de donde estaba la madera, me fijé yo en las pinturas esas y me fui otra vez a hablar con la vicaria, y mire usted por dónde...

Al fin enmudeció, dio una postrer y larga chupada al cigarro, camino de la puerta, y en tanto alzaba del suelo su abultada cartera, se volvía aún:

—Sí señor, eso fue el día en que estuve a ver a esa novicia. Una muchacha de un pueblo de aquí cerca. Cuando vine a ponerle la primera inyección se había hecho una marca en la camisa para que la pinchara allí. ¿Qué le parece?

Don Antonio hizo un gesto que no era una respuesta, sino tan sólo un ademán cortés y le tendió la mano que el otro estrechó sin intención de marcharse todavía.

—¿Cuánto tiempo calcula que le llevará arreglar todo esto?

—¿Cómo arreglarlo?

—Bueno, poner decentes las paredes.

Debía pensar que su misión allí era limpiar la sala solamente.

—Depende.

—Más o menos —insistió el viejo.

—Depende. Nunca se sabe. Un mes o dos. Puede que tres incluso.

—Entonces espero verle de vez en cuando por mi casa. Y conste que no lo digo por cumplir. Lo digo de verdad. Le aseguro que es para mí un gusto tener con quien charlar un rato.

—Para mí también —respondía don Antonio, no muy convencido.

—¿Por qué no se viene a tomar café esta tarde? —se animó súbitamente el hombrecito—. O mejor esta noche, a cenar. Tengo un Carlos I que no está nada mal, aunque es un crimen tomarlo con hielo. —Y al decirlo su mano temblaba un instante en el aire—. Aquí apenas hay un alma con quien hablar, con quien charlar un poco —su voz iba bajando al tono primitivo—. Nos tenemos muy vistos unos a otros. Con mi chico a veces, cuando viene de Madrid. Cuenta cosas, algunas, las que quiere, pero se cansa pronto y se marcha. Ya le conocerá usted. Estudia Económicas. No sé bien para qué, porque se pasan el día de jaleo, a palos con los guardias, pero eso es lo que estudia...

Y ahora sí enmudeció. Quedó inmóvil su barbita blanca, y lejanos, vagos, sus ojillos grises. Suspiró y, abrochándose maquinalmente los botones del chaleco, tendía por segunda vez la mano a don Antonio.

—Entonces le espero a usted...

—Sí; creo que sí. Después de cenar, que hará menos calor.

214

—No se vaya a la cama en seguida, hágame caso. Es una mala cosa.

A don Antonio el bajón repentino del otro le recordaba su propio desmoronarse en la última hora de la tarde y, sin embargo, cuando salió, de igual forma que había entrado, con su forma especial de deslizarse a través de la puerta entreabierta, quedó la sala un poco más muerta que antes, animada tan sólo por el suave frotar de la brocha.

Allí estaba su medio san Cristóbal, húmedo y brillante ya, con sus dos cenicientas culebras de agua enroscadas a sus musculadas piernas en grises espirales. Y ahora, además, se descubría el cordón que ceñía su cintura y sus pies bien pintados, sin una sola falta de anatomía, y entre ellos, en el fondo del río plano y sin fondo, dos barbos de color esmeralda y una tenca azul confundiéndose con las ondas paralelas del agua. Un poco más arriba de su cintura acababa el santo, como si la parte superior del cuerpo y el niño entero y los pájaros del cielo se escondieran de pronto en un frente de nubes opaco y hosco. Y no había remedio allí porque el muro no había sido blanqueado, sino picado y vuelto a blanquear y todo lo que la sillería no había salvado a sus espaldas lo borró para siempre la piqueta.

Tanto daba; al cabo de los años podía imaginarse el resto y si no se lo imaginaba, tanto daba también. Ahora, a la vista de aquel sector del muro limpio, mirando los otros, intentó calcular si el precio acordado con el secretario no quedaría corto. Pero ahora —y cada día más— ya había otros que lo hacían muy barato; muchos jóvenes de esos que trabajaban en el Casón o en San Fernando, capaces de hacerlo prácticamente gratis, a cambio de llenar el veraneo. Ésos eran la peor competencia, mucho más que los viejos, los del Prado, con su taller estable, particular, para las horas libres, que en el caso de algunos eran ya casi todas. Él quiso también montar el suyo en casa pero apenas fue más allá de su propósito. Le faltaron decisión y ganas, voluntad sobre todo de hacerse con clientes. Dedicarse a restaurar muebles y cuadros, a pesar del buen dinero que ello dejaba ahora, le parecía como aprender a última hora un oficio distinto, y la idea de envejecer metido en casa, le hacía sentirse irremediablemente viejo.

En tanto el secretario durara como amigo, aquellas salas capitulares, las ermitas rotas, las iglesias vacías eran su reino, un reino pobre, húmedo y sombrío como el de aquel rey que allí tuvo un palacio, pero entregado a él y al pequeño ayudante de turno.

Salvar aquellas siluetas era quizás inútil, tonto, vacío, pero mejor que desguazar altares, sillerías, retablos, reducirlos a despojos, para inundar luego, con tal carnicería, las nuevas casas o las calles y plazas empinadas del Rastro.

Cada mañana llegan, a eso de las doce, en motocarros, en autos y pequeñas camionetas. Vienen piezas revueltas, pedazos de sagrarios, sillas de sacristía, columnas diminutas, cálices y lámparas.

Las piezas buenas fueron quedando en manos de entendidos: algún santo pequeño, algún cuadro piadoso, algún velón realmente bueno y pesado. Toda aquella ruina que resta de la primera casa se divide en lotes por los que pujan los más pobres. Es igual que una feria donde todos son amigos, se enfadan, riñen y hacen las paces, y donde el que más tiene, acaba siempre por arrastrar consigo la mejor pieza.

Otras veces las furgonetas vuelcan una buhardilla entera —libros, lavabos, palanganas, bodegones de papel, filtros, rosarios, bastones, un reloj de pared de los que tanto compran los norteamericanos—, pero eso interesa poco, lo que realmente importa, lo que hace madrugar a restauradores y anticuarios es esa interminable ruina, desguace y destrozo de iglesias y conventos que continúa siempre, que no se agota nunca, a lo largo de tantos años.

Así van medrando "El Gordo" y "El Lentes", que gastó en una juerga, en unas cuantas noches, treinta mil pesetas, su ganancia de mediador en un lote de cuadros. Así medran ahora los gitanos, los que hallaron su profesión en esto, no los otros, los pobres, los que venden ropa usada en los restantes días, y pelo de mujer y zapatos viejos, sino estos otros, embutidos con toda la familia en su automóvil cuya baca coronan restos de consolas y doradas molduras.

216

Así llegó Antonio a la conclusión, en su época de las mañanas por el Rastro, de que su vida no era el trato con aquellos gitanos, ni el de los anticuarios, ni luchar con clientes siempre remisos a la hora del pago, todos con una firma ilustre a descubrir en sus telas, con lienzos que eran flecos y mugre nada más, pero con esperanzas de salvar. ¿Salvar qué? ¿Limpiar qué? Polvo, basura, nada.

Cuando ha preguntado a la hermana quién es esa muchacha de pelo castaño, algo menuda, que ahora, casi siempre, la acompaña, la hermana ha respondido con ese gesto hostil habitual en ella ahora en los últimos tiempos, un tono que parece defender su intimidad, su vida, ante Antonio y los padres, y que sólo cambia con sus amigas.

La hermana debe temer —calcula Antonio—, quedar soltera si la guerra continúa, si se prolonga aún más. A veces hace cálculos, en voz alta, sobre los hombres que mueren en ella, cada vez más jóvenes "tantos chicos en la flor de la edad", murmura melancólica, y esas cuentas la transforman, la ponen casi furiosa. Para ella la guerra no es el hambre o el frío, como para Antonio, ni el miedo, ni ese estado de cosas provisional que deja como desnudo al acabar, cuando es preciso comenzar de nuevo solo, con la fuerza real de cada uno. No es el hambre, el olvidarse de las cosas buenas: un buen libro, una buena película, un buen paseo, para acabar centrando todo el deseo en el apetito.

—¿Qué chica dices?

—Esa...

—¿Cuál?

—Esa que ibas el otro día con ella.

—¡Vaya unas señas! ¿Por la calle?

—Por la calle, no; por la escalera.

—¡Ah...! —replica vagamente, como quitándole importancia—. Una chica del segundo. Una amiga. ¿Por qué lo preguntas?

—No..., por nada.

—¿Por qué? Dímelo —insiste ella ahora.

—Por nada; por saberlo.

Pero la hermana no quedaba tranquila. Sus preguntas —más amables ya—, la traicionaban.

—¿De modo que no quieres decírmelo?

Quizá tenía los ojos puestos en alguno de los chicos de abajo, como él en Carmen, como todos en todos, a causa, sobre todo, del tedio de los días. Quizá temía que su presencia abajo pesara en la familia de Carmen o en la propia familia ya que la madre se quejaba ahora de los largos ratos en que quedaba sola.

—¿Ya vas a molestar a los de abajo? —solía preguntar a la hermana cada vez que la veía salir, sin abrigo, camino de la puerta.

—No voy a molestar a nadie. Voy a dar una vuelta.

—Pues no tardes. No te pase algo, según está la calle.

—La calle está muy bien, no te preocupes.

Y tras cerrar la puerta suavemente, seguro que no pasaba del segundo.

La familia de Carmen era una de esas apenas conocidas en los años anteriores a la guerra, a las que se saludaba brevemente a veces por la escalera, cuya existencia se conocía sobre todo por acontecimientos extraordinarios como eran antes muertes o bodas, pero a las que la guerra obligó a tratar, con las que unió el miedo del refugio, abajo, y las tardes, con miedo también, arriba, en los distintos pisos de la casa.

Eran días de jugar a las cartas, al parchís, de buscar qué comer, de hambre sobre todo y, también, de espera.

Antonio esperaba aquellas sordas explosiones que anunciaban siempre la bajada al sótano. Era preciso meter prisa a la madre y bajar rápidamente para coincidir con Carmen abajo, en las tinieblas.

A veces la muchacha les había reservado ya un sitio junto a ella, pero a poco que la madre se demorara, tenía que conformarse con adivinarla a la luz cambiante de las velas encendidas en los rincones que daban al refugio un vago aire de iglesia de pueblo.

—¿Y tu padre? ¿Dónde estará ahora tu padre? —se oía de pronto suspirar a la madre en las tinieblas.

—Estará en el despacho —murmuraba Antonio—. Quizás allí no caigan los obuses.

—Estará en el refugio, mamá, como nosotros —le reñía

218

la hermana—. Lo tienen debajo mismo de la oficina. ¿Qué crees? ¿Que no hay en Madrid más que éste?

La madre callaba, resignada a medias, demasiado asustada para protestar y Antonio se entretenía mirando de cuando en cuando a Carmen y comparándola con Tere. Entornaba los ojos y se veía a sí mismo como un pacífico sultán en un palacio en sombras como aquella bodega, con dos mujeres, una como la prima para la noche y la otra como Carmen para el día, como Carmen, que sin saber por qué le hacía sentirse más seguro que en las secretas visitas a casa de la tía.

Y cierto día, al final de aquellas explosiones, subiendo penosamente la escalera, al pasar ante la puerta de su piso, la muchacha les había invitado a pasar. La madre se había excusado con el pretexto de esperar al padre que seguramente habría salido para casa, después del bombardeo, pero Antonio se había apresurado a aceptar, entrando con la hermana, que no parecía muy satisfecha de sentirle tras ella.

—La verdad es que no sé qué pintabas tú allí —le reprochaba luego.

—Lo que tú, más o menos.

—Es que da la casualidad de que es amiga mía, no tuya.

—Bueno y eso ¿qué?

—Que no te pongas ahora a hacer el tonto con ella.

—¿A hacer el tonto? Tú deliras. ¿A qué viene eso ahora?

—Yo te aviso.

Los dos años que la hermana le llevaba le hacían callar siempre en tales ocasiones y, así, también entonces enmudeció, aun con hostil sentimiento de protesta.

Y lo que más recuerda de la casa, de aquel su primer día en ella, no son aquellos retratos oscuros en sus marcos redondos y oscuros también, ni aquel sofá de cuero desvencijado al que llamaban "el Ford" los chicos de los otros pisos, fingiendo baches a costa de sus muelles, ni las hileras de libros de Derecho que cubrían el fondo del pasillo, ni el teléfono en su tibia cabina de cristales pintados imitando vidrieras de colores. Lo que mejor recuerda, lo que quizá tenía Carmen por encima de Tere y de las otras, era esa casa, esas dos habitaciones donde la gente parecía ir y venir a su antojo, donde, apenas entrado, se sentía uno defendido de la calle, del mundo de la guerra; ese par de mesas en torno de las cuales unos jugaban al ajedrez, otros charlaban o leían, o se hacía punto y se cosía, o pasaban las horas mirando a la calle simplemente.

Era difícil volver luego arriba, donde la madre, sola, esperaba como siempre al padre, asistir a la llegada de éste, cansado, pesimista, seguramente con razón, siempre con malas noticias de la guerra, oír las amargas razones de la hermana, a quien aquella misma guerra frustraba un posible matrimonio.

Y de pronto lo que nunca se espera. Al menos, Antonio nunca se hizo muchas ilusiones. Tampoco fue una palabra, ningún hecho concreto, sino algo que viene de tiempo atrás y que sólo se nota cuando ya ha sucedido, cuando ya lleva tiempo sucediendo. Quizá —pensaba luego— fueran un par de palabras en la húmeda tiniebla de abajo o su expresión el día en que prometió hacerle un retrato o simplemente que la muchacha le escuchó alguna tarde sin ese gesto entre hostil y compasivo de la hermana o la mirada ausente de la madre. Puede que fuera eso, escuchar tan sólo, una especie de pasiva compañía o su angustia sincera cuando supo que pronto quizá lo mandarían al frente.

—Pero ¿por qué no lo dijiste antes?

—Y ¿para qué?

Carmen no supo contestar, o tal vez no se atrevía aún. Quedó silenciosa un rato y luego volvía a preguntar:

—¿Pero hace mucho que lo tienes pensado?

—Casi hace un año... Voy a presentarme voluntario.

—¿Tanta prisa te corre?

—No, mujer. Es que así escojo cuerpo, el sitio donde voy.

—¿Y dónde quieres ir?

—No lo sé. A mí me gustaría aviación. — Y al pensar en las visitas a la tía, el recuerdo de Tere fue y vino terco, en un instante.

Ahora, cuando en la casa del río llegan a veces horas de tedio, horas en que Carmen le irrita con pequeños problemas que no lo son, que sólo los inventa por llenar el vacío que ha dejado Anita tras de sí con su boda, cuando le irrita tanto que es preciso huir a la calle camino del quiosco junto al río, si quiere luego reconciliarse en su interior con ella la recuerda así, en aquella ocasión o en el noviazgo que vino luego y que a él —acostumbrado a flotar en torno de la madre y la hermana o en el mundo impreciso de la casa de Tere—, le pareció algo raro, inmerecido, algo que no sucedería nunca, sobre todo tratándose de una chica de su misma edad, es decir, un poquito mayor que él y con padres que, en el Madrid de entonces, vivían de las rentas.

La hermana no volvió a hablar de Carmen. Sólo una vez comentó vagamente:

—Esas son cosas que pasan con la guerra.

—Eso ¿qué?

—Eso de las madrinas y los novios.

Antonio no quiso responder.

Por entonces, y aprovechando las restricciones, ya se besaba a veces con Carmen por las escaleras.

—¿Cuántos escalones me quedan? —preguntaba a la muchacha.

—¿Para qué?

—Para llegar...

—Para llegar ¿adónde?

—Adivínalo.

—Cuatro o cinco.

—¿Todavía?

—Bueno, tres.

—Menos mal. Se ve que voy subiendo. Y esos tres. ¿Para cuándo?

—Esos tres para cuando acabe la guerra.

Porque todo: proyectos y decisiones, hasta las cosas nimias como el sí de un noviazgo, era costumbre entonces aplazarlo, condicionarlo, al final imprevisible de la guerra.

Y ahora con esta suerte, con esta bendición de las pinturas, van a techar la iglesia. No entrará más la lluvia en el invierno, ni vencejos perdidos, ni tal vez —eso estaría bien, eso sí que sería un milagro —ese frío tan seco que se agarra en la garganta, en el pecho. El último invierno fue benigno, si bien se mira; el peor resultó dos años antes, cuando la abadesa dio el bajón ese del que ya no saldrá, a pesar de lo que el médico diga, aunque repita eso de "no se apuren, hermanas, que tienen abadesa para rato". Un médico burlón a veces y a ratos cariñoso, un médico que tampoco es joven, que también debe resentirse en los inviernos. La iglesia queda nueva —eso es lo principal—, y puede que también levanten esa parte caída del claustro porque lo que es el dormitorio, ése sí que tienen que hacerlo nuevo.

Nuevo, no. Lo que tienen es que tapar la grieta tan grande por donde pasa ese cuchillo de aire en febrero. Nadie quiere dormir en ese sitio, en el sitio adonde apunta el viento, y una madre que pasó allí una semana, quedó con media cara amoratada, con un ojo hinchado y dolores de garganta. Tapar la grieta, pintar la habitación de blanco levantar un tabique que separe la cama de la madre Teresa del resto de las otras, para que no las despierte a las demás como hace siempre cuando se desvela por la noche y vuelve a su manía de revolver las fotos en la cama.

Y poner algún cuarto de baño más; quitar esos veintitantos retretes todos en fila, de una pieza, con sus hediondos agujeros de madera, con su tapa de asa torneada, sobada de tantos años. Esos retretes que hacían corriente entre ellos, cuando se destapaba más de uno a la vez, donde tanto frío se pasaba en el invierno. Un par de baños al menos, aunque tengamos que pagar nosotros la grifería, como aquella nevera que tan buen resultado nos dio, o las máquinas de coser, o las camas nuevas. A veces es bien verdad que Dios escribe recto con las rayas torcidas, pues si no llega a ser por el bajón de la abadesa, las novicias y las madres todas dormirían, dormiríamos en los jergones, es decir, en el santo suelo como aquel que dice. ¿De cuándo serían los jergones? De los tiempos de Maricastaña, de cuando la madre fundadora, dice la madre Aurea, esa andaluza tan salada, esa que siempre baila sevillanas, allá por Navidad cuando se abre un poco la mano, a la que hizo daño tanto anís y hubo que llamar a don Joaquín y se pasó la noche entera diciendo que iba a morirse. Y el médico con aquello de "usted no se muere, usted lo que tiene es que dormirla". Y todas las demás poniendo cara de circunstancias porque es una chiquilla y había que taparla, y es bien verdad que la razón se viene con los años, aunque hay a quien en toda la vida le entra en la cabeza.

Pero bien salada que estuvo en cambio cuando trajo el hortelano aquella niña sólo de meses que ella la abrazaba y besaba y acunaba y que decía que era como el niño Jesús, sólo que en niña. ¡Qué salada, cuánto vale qué salidas tiene, qué alegría echa a todo; qué buena es, y qué limpia! Y todas acunaban a la niña, se la quitaban unas a otras, la llamaban por su nombre, como si pudiera entender la criatura. Hasta la hermana portera hacía sonar las llaves delante los ojillos y le hacía llorar sin querer, sólo por bondad, nada más que por las pocas luces que Dios le dio a la pobre.

Y es bien verdad que Dios escribe bien derecho aunque no lo parezca, porque sin el bajón de la abadesa, que Dios quiera que se reponga pronto, no tendríamos camas, con esa idea suya de sufrir por Dios, de ofrecerle el hambre y las privaciones y hasta su callo santo que ella padece más que nadie de tanto tiempo de estar arrodillada. Como si servir a Dios —y que Él y la Virgen me perdonen—, fuera eso sólo. Bien que viene la nevera que apenas gasta luz, que conserva tan bien los huevos y la leche y algún pollo deshuesadito ya, de los que a veces traen, bien que se arreglan con ella las cocineras. Ahora son otros tiempos y no hay por qué sufrir tanto, hay que saber servir a Dios en su punto debido.

Si además de techarnos la iglesia y levantar la parte más rota del claustro y arreglar el dormitorio, esa junta que mandó al hombre, al señor que va a quitar los santos, nos diera una limosna sólo para cumplir los plazos de las camas y la nevera, bien podría decirse que aquello era un milagro, la mano de Dios Nuestro Señor que mira por nosotras, aunque no lo merezcamos. Las dos máquinas de coser ya veríamos el modo de pagarlas, por ejemplo, mismo con lo que se cose para fuera de casa. Ahora, con ese juego que están bordando para la farmacéutica, ya casi se saca para una; para la otra Dios dirá.

Y ya me olvidaba de los cuartos de baño. Y son bien

223

importantes porque a veces Dios da una enfermedad o se la busca una sin saberlo. Como decía el médico aquella vez: "Usted se la ha buscado, madre, con esa manía suya de ponerse a blanquear paredes. ¿A quién se le ocurre? ¿Cuánto pesa usted? Tiene usted sólo el pellejo encima y se me pone a blanquear. Eso es el apéndice, que con estos trajines y su debilidad lo tiene que está clamando al cielo. Mañana mismo me la llevo al hospital. Se lo vamos a quitar, de modo que bien temprano quiero verla vestida de pontifical".

Aquel agua tan fría, tan difícil de calentar en el invierno, aquella bañera de latón más fría aún que el agua, que sólo con rozarla con el cuerpo daban escalofríos. A veces suceden cosas así, una enfermedad, un viaje, una operación —Dios no lo quiera— y hay que estar limpia aseada, dispuesta. Siempre lo digo, lo diré siempre a la madre abadesa: "Madre, en limpieza y comer no le duela gastarse el dinero; en limpieza y comida todo lo que se gaste es poco". Pero ella no oye o hace que no escucha o puede que sea verdad y a su edad ya no se piense nunca en esas cosas. Otro cuarto de baño al menos, como aquel que había allí en el hospital. Aquel que no dejaba de mirar la madre Áurea diciendo aquello de que sólo por estar unos días allí "iba a ponerse ella algo delicaílla".

Se portó muy bien conmigo por entonces y me dió la razón en todo, hasta en lo de quitarme la toca cuando estábamos solas y volver a ponérmela en cuanto que llamaban a la puerta. Hacía calor allí. Fuera, en la calle, frío, pero allí un calor que nos hacía abrir de cuando en cuando la ventana. De no ser por el dolor, igual que unos cuantos días de descanso, hasta aquella mañana en que entró don Joaquín con el otro doctor y dijo: "Madre, ha llegado la hora de la verdad". Y lo dijo así, tan alegre, dando ánimos, al ver a la madre Áurea que se echaba a llorar viendo la camilla.

Hubo una monja —de las franciscanas clarisas, creo, de esas que hay tantas—, que según dijo el doctor no se quiso quitar la ropa que llevaba encima y la engañaron, le dieron la anestesia a respirar y la durmieron. Después de operarla la volvieron a vestir, le pusieron la toca y ella pensó que había estado vestida siempre, la bendita. "Pero usted no será así, ¿verdad? —dijo el médico—. Usted es una monja, como quien dice de la nueva ola y no vamos a andarnos con pamemas." Y yo con un esfuerzo y en tanto me encomendaba a Dios Nuestro Señor, le contesté aquello de "¿Pues qué? ¿No soy una mujer como todas las demás? No se van a asustar". Y lo dije queriendo hacerme fuerte aunque por dentro no hacía más que llorar y acordarme de todas mis hermanas, porque pensé que de aquélla no salía.

Y luego, al despertar, lo primero que vi fue la cara de la madre Áurea, que pensé si sería la Santísima Virgen, sonriéndome encima como un ángel. "¿Me conoce, madre? ¿Me reconoce usted?" Y yo no hacía más que cogerla de la mano y apretarle los dedos porque hablar no podía. Me limpiaba el sudor de la frente, me daba agua con limón y la comida. Las otras monjas, las del hospital, y la enfermera, a veces —bien se notaba— se ofendían un poco de verla tan dispuesta, sin dejarlas a ellas acercarse a la cama. Al único que dejaba el puesto era a don Joaquín y al médico de la operación, que me dijo cuando ya tuve fuerzas para oírle: "Mire usted, le hemos quitado el apéndice. Podíamos haberle sacado algo más, pero a una mujer tan joven como usted da no sé qué dejarla tan vacía por dentro. Pero haga usted caso a don Joaquín. No trajine usted tanto y que no vuelva yo a verla por la casa".

Cuando me dieron ya de alta, la madre Áurea no pudo resistirlo y casi daba saltos de alegría: "¡Ay, madre, que nos vamos a casa, con lo bien que se está allí, en nuestra capillica, en nuestra salica de labor, con la madre Teresa!" Seguro que la madre Teresa no tenía tanta prisa por vernos volver, porque la madre Áurea es una de las que más se mete con ella. Sin mala intención, pero se burla y, aunque lo hace con esa gracia suya, la verdad es que al final consigue que se enfade. Como cuando la historia del reloj, de ese reloj grande, de péndulo, que se trajo la madre Teresa al profesar. ¡Qué costumbre aquella de traerse un reloj de esos grandes, con la dote! Había por lo menos en la casa una buena docena de ellos, cada uno con sus distintas campanadas que daba gusto oírlas, que se fueron vendiendo a esos hombres que vienen a

225

comprarlos. "¿Qué tal, hermana, no tendrá por ahí alguna cosita para mí?" Y por más que se les dice que no,
ellos insisten, son capaces de seguir con lo mismo una
mañana entera. "Alguna cosita habrá, algún santillo roto,
de palo, un par de candelabros. Lo que sea. ¿De veras
que no les queda ni siquiera un reloj?" Y al final siempre
se acaba sacándoles alguno, más por quitarse de encima
al hombre que por las cuatro perras que dan. De modo
que así, poco a poco, sólo queda el de la madre Teresa
porque si se lo llegamos a vender, yo creo que se nos
muere del disgusto.

Y fue aquel día, un sábado que la madre Teresa es-
condió la labor a las novicias y se pasaron toda la santa
tarde hasta dar con ella, cuando al día siguiente la madre
Áurea —porque fue ella aunque al principio lo negaba—
cambió el reloj de sitio y al ir a mirar la hora la madre
Teresa se encontró con la pared vacía. Y venga a tentar
la cal y a murmurar por lo bajo, y cuando las campanadas sonaron más lejos, al otro lado del pasillo y las novicias rompieron a reír, la madre se llevó el mayor disgusto
de su vida. Hay que hacerse cargo. No sirve ya para
nada, ya sólo la mantienen sus manías y los ratos tan
grandes que se pasa en la cama, pero hay que comprender
a las novicias y a la madre Áurea también. Del mismo
modo que le gasta esa broma y muchas más, está dispuesta siempre a desnudarla y a meterla en la cama. La verdad es que si como dicen se la llevan, lo va a notar la
casa. Si la trasladan, yo también lo voy a notar, por lo
lista y lo alegre que es y por la mucha compañía que
hace. Cada vez que tengo que ir a Madrid me lo temo,
me temo que me avisen el traslado. Cada vez que me
preguntan por la casa, cada vez que la madre general me
pregunta como marchan las cosas, ya me está dando un
vuelco el corazón pensando en la madre Áurea. "Ya me
la quitan, se la llevan a otro convento. ¿Quién sabe adónde y por cuánto tiempo, si volveré a verla otra vez?"

Y yo sé que no es eso lo que manda la Regla, que
no es así como debe ser, cuando se ofrece al Señor todo:
comodidades, familia, salud y la vida si es preciso, pero
no puedo remediarlo y me veo a veces tan sola aquí —a
solas con Dios nuestro Señor— que pienso si no será con

alegría como es mejor servirle, como se reza más, con mayor fervor y provecho, como dicen las vidas de los santos, aunque en esta nuestra orden no tengamos.

—De modo que a usted también le hicieron esperar...

—Pues sí, bastante. Pero sólo por la mañana. Por la tarde, no. Por la tarde me abrió en seguida la portera. Y como la vicaria me dio la llave de la sala, todo fue coser y cantar. No es cuestión más que de saberse el camino.

—Pues mire usted, a mí, el primer día, me hicieron estar allí fuera, en el portal, como cosa de media hora. Imagínese del humor que entré. Y luego me esperaba en la sala de visitas, en un salón como de estar que tienen ellas. Allí estaban, con la cara tapada, las enfermas, con el velo ese negro echado. Mire usted; lo primero que hice, así de entrada, fue echarles una bronca que todavía la recuerdan. Como que muchas veces me lo dicen. "Miren ustedes —les vine a decir más o menos—, yo soy médico y para ser médico y poderlas curar tengo que verles por lo pronto la cara y después lo que haga falta, porque si esperan que acierte lo que tienen, así de lejos, por la gracia de Dios, me parece que estamos perdiendo el tiempo yo y ustedes. De modo que mañana espero verlas aquí mismo con la cara destapada, y por favor no me hagan venir otra vez en balde. Buenas tardes tengan ustedes." Y me di media vuelta y me largué.

—¿Y al día siguiente?

—Al día siguiente, como malvas, con la cara al aire, como debe ser. Y es que al fin y al cabo son mujeres como las demás, y a las mujeres, ya se sabe, hay que alzarles la voz cuando no la mano, para poder hacer carrera de ellas. Total, que a la semana andaba yo por el convento como ahora, como usted me ha visto. Nada más pasar el portal me daba la portera mi campanilla y ahí me tiene usted por los pasillos haciéndola sonar igual que la priora. Y al llegar a la sala de espera allí estaban mis monjas, todas juntas las enfermas, todas sin velo por orden de la abadesa, que entonces aún pintaba algo en el convento.

—¿Ahora no pinta?

—No, hombre, no. Ahora la que manda en el cotarro

227

es la vicaria. Y la verdad, se nota. No perdona semana sin ir a Madrid. Ahora viven un poco (un poquito) mejor, pero al menos viven, porque lo de antes, no era vivir, aquello era la guerra. Con la madre abadesa ya cascada, sin ver apenas, ya me dirá usted cómo iba a marchar la cosa. La abadesa está ya para pocos trotes, para tomar el sol y gracias, lo mismo que la otra, la más vieja. Claro que así igual resisten diez años más, porque en estos conventos, las que consiguen adaptarse, llegan a viejas.

En la escalera, cuyo pie flanquean dos negros de escayola, cada uno con su haz de luces apagadas en la mano, ha aparecido una doncella de uniforme oscuro, ribeteado de blanco. Trae una gran bandeja plateada, con dos jarras redondas y panzudas, la primera rebosante de limón natural, la segunda de agua con un grande y luminoso pedazo de hielo. También llega la famosa botella de Carlos I entre copas y grandes vasos de refresco. La doncella lo coloca todo sobre la mesa de mimbre, dudando mucho, excusándose mucho.

—Sole, descorra usted el toldo del todo.

—Está casi del todo...

—A ver si puede ser un poco más. Que pase más el aire, si es que lo hay esta noche.

Sole va hasta un rincón donde en una vitrina de cristal, un halcón apolillado duerme o medita. Sus ojos color de ámbar inquietan a la muchacha que se apresura a tirar cuanto puede de la cuerda. Allá arriba, el toldo se estremece y queda totalmente pegado a uno de los aleros iguales que recortan el cielo en un gran cuadrado negro. Las estrellas brillan bajas ahora y su intermitente parpadeo finge un viento allá arriba que abajo, en el patio, no se nota, que no mueve las largas y carnosas cintas de los tiestos, de las casi treinta y tantas macetas que el médico declara, iguales, reunidas en el patio. Hay dos viejas consolas de madera, con su piedra de mármol sosteniendo otras vitrinas con sus aves de presa disecadas, mustias tristes, que miran a los muros donde cuelgan viejos grabados mitológicos con letreros en francés. Fuera, el rumor de siempre: la voz confusa y grave de algún televisor retumbando en la noche, el lejano estampido de una moto; dentro, el susurro de la falda de Sole rozando aquel oscu-

ro mar de hojas al salir del patio, y en el centro geométrico de las cuatro delgadas columnas, la voz del médico
que tras un leve sorbo de limón antes de pasar al coñac,
prosigue:

—Sí, hombre, sí. Aquí en estos conventos, caían antes
como moscas.

—¿De qué? ¿De hambre?

—De hambre, no —tuerce la boca en un gesto divertido—. De hambre, no. De sus lógicos derivados. Sólo
del pecho hubo una época que yo creo que aquí, en este
convento, salían a difunta por año. Fue al acabar la guerra, cuando el hambre aquella. Yo acababa de llegar como
quien dice, pero no vivía en esta casa, vivía en otra más
lejos, casi en las afueras. Ésta es de uno de perras, de
uno que le llaman el Mayorazgo, que al morir se la dejó
a unos frailes para escuela. Luego los frailes no quisieron
venir, seguramente por las perrerías que les hicieron cuando la guerra y al final me la dieron a mí. Y aquí estoy
—se inclinó hacia delante para servir las primeras copas
de coñac—, aquí me tiene, con mi mujer y un chico al
que no veo el pelo más que un par de semanas al año.
—Y adelantándose a la pregunta de don Antonio, continúa—: Bueno, tengo otro más, el mayor, que es médico
también, y una chica casada en Barcelona. Este que le
digo es el pequeño. Estudia Económicas y por cierto que
no sé cómo va aprobando porque no para de meterse en
eso de las huelgas.

Bebió ahora casi de un golpe su copa de coñac y
quedó meditando, mirando al hielo, saboreando el trago.

—La verdad es que es una pena estropear con hielo
este coñac —murmuró el de los santos, por agradecer de
algún modo aquel patio y el fresco de la noche.

—¿Y qué más da? Si no lo tomo con usted, ¿con quién
voy a tomarlo? Porque a mí eso de beber solo no me va,
y no voy a tomar copas con mi chico.

Otra vez más coñac, sin reponer el hielo, ahora ya más
pequeño, fundido a medias. Aquel pulso temblón a la
segunda copa, decía que el hombrecillo acostumbraba beber bien y largo. De pronto, volvió a moverse su barbita
blanca en la penumbra:

—Y ¿qué opina usted de todo eso?

—¿De qué?

—De eso que le decía antes; de los líos que arman los estudiantes ahora, de las huelgas. ¿Qué se dice por Madrid?

—No sé. La verdad es que no leo los periódicos.

—¿No tiene chicos usted estudiando?

—Tenía una chica, pero se casó hace unos meses.

—Entonces no sabrá usted quiénes son los chinos...

—¿Los de Formosa o los otros?

—No tiene usted ni idea, amigo —replicaba triunfante el médico—. Yo le hablo de estudiantes pro chinos, de esos que según mi hijo no creen en nada, ni en Dios, ni en la familia, ni en la moral, ni en nada.

Don Antonio no respondió. Luego, al cabo, se sorprendió volviendo a responder como en otra ocasión:

—Yo, es que allá, en Madrid, salgo poco de casa.

En el húmedo y fresco mar de plantas, allá en el rincón de los halcones, surgían ahora, como entonces, aquellas dos oscuras siluetas, la una con el arma en la mano, la otra con el rosario de bombas en torno a la cintura. "¿Sabe usted quiénes somos nosotros? ¿Qué se dice en Madrid? ¿Cómo nos llaman?" Y él negándolo todo, negando como luego a los guardias. Y allí enfrente, en el rincón donde el halcón asusta a la criada, los dos hombres se desvanecen, uno muerto, sin enterrar, tendido por toda una mañana y una noche a la misma entrada del cementerio, para que todos: chicos y grandes pudieran reconocerle y estuvieran seguros de su muerte; el otro, herido meses después de un disparo de fortuna y rematado luego en un perdido camino vecinal con la entrada para un cine de la capital en el bolsillo de la sahariana.

Y años después, aquel consejo a Anita, cuando el proyecto de huelga en la Escuela.

—Eso, para los chicos. Para un chico, la cárcel puede ser una experiencia. Para una mujer, nada, perder el tiempo en el mejor de los casos.

Y aquel Máximo que no volvió a telefonearle después de la boda, tan razonador, tan seguro en los primeros días de la guerra, tan nervioso después, tan apagado al fin, y hoy pensando en los hijos, en tomar unas copas, pendiente de su tienda de neveras.

Y de nuevo más copas, y mientras se hunde aún más en su sillón de anea, la barbita del viejo continúa vibrando:

—¿Y de esos curas de ahora, qué me dice?

—¿Qué curas?

—¿Qué curas van a ser? Pero ¿en qué mundo vive? Esos curas nuevos que protestan.

Sólo sabía de ellos que dos estuvieron a ver al secretario. Habían llevado cintas magnetofónicas con discursos y un buen montón de impresos. También supo que el secretario les había dado algún dinero.

—¿Qué opina usted? ¿Que la Iglesia va de buena fe o se quiere apuntar para otros treinta años?

—No lo sé. Es difícil saberlo.

—¿Pero es que no lee nada? ¿Ni siquiera escucha la radio?

—A veces, sí... Alguna vez que otra.

—Pues ya ve que se dicen cosas ahora. Que ahora hay más libertad. ¿Sí o no?

—Pues parece que sí...

—Fíjese en el asunto de los médicos. Mi chico dice...

A través de aquella vitalidad curiosa se adivinaba, se escuchaban casi vivas las energías del chico. Al menos, a él se refería cada vez que hablaba de Madrid. "Mi chico cree, mi chico dice, a mi chico le han dicho..." Pero a la quinta copa, la charla del hijo concluía y era el padre quien hablaba por sí mismo:

—A nosotros; a usted y a mí, ¿qué nos queda? Bueno, usted es más joven, pero como quien dice de mi quinta. A nosotros, ir tirando lo que esto dé de sí, a nosotros los cambios no nos cogen. Lo que hace falta es que nos dejen en paz. —Dio un suspiro y miró de refilón a la botella—. A nosotros que nos dejen en paz; nosotros ya para el retiro como aquel que dice, y lo que haya que hacer que lo arreglen los chicos. —Se dejó deslizar suavemente por el pulido respaldo del sillón—. Y hablando de chicos: ¿qué tal le va con el del hortelano?

—Bastante bien.

—Es majo ese rapaz. Y muy cumplidor. Lástima que su padre no le dé mejor oficio que tenerlo ahí, pegado a las faldas de las monjas.

Y en el oscuro patio, en la dura penumbra que aquel feo farol sevillano mantenía, rodeado de monótonas falenas, el humor del coñac comenzaba a bajar, haciendo tiritar las manos. La imagen imprecisa de los dos halcones se alejaba, y las dos estatuas, cada una con su racimo de opacos globos en la mano, se iban fundiendo, como desapareciendo, en la negra boca de la escalera. Y en el ir y venir de las sombras fugaces que en el suelo y la mesa dibujaba el terco ir y venir de las tres o cuatro mariposas, la vista, la atención se fatigaban, mecidas también por la voz monótona del dueño de la casa.

Y de pronto, igual que a la mañana, allá en la sala capitular, el médico había enmudecido, y el de los santos oyó arriba, en las ventanas del primer piso, el súbito caer de una persiana. Seguramente sería la mujer, porque el médico siguió hablando después, en tono más bajo y reposado.

Pero ahora el de los santos apenas escuchaba. Más allá de la voz, de aquella bruma que comenzaba a alzarse en su cabeza, jugaba ahora a imaginar cómo sería aquella mujer que acababa de soltar arribar la persiana. Jugaba a adivinar cómo sería, a través de aquel adusto uniforme de la criada, al trasluz de los vasos altos, de buen cristal antiguo, siguiendo el perfil raro y antiguo también de la panzuda jarra. Todo lo demás: los dos absurdos negros de escayola, los grabados, el zócalo de pulidos azulejos, incluso aquel gran toldo tan útil, tan hermoso, plegado ahora en la noche, con sus cuerdas inmóviles como el palo mayor de una galera, nada tenían que ver con ella; bien se veía que eran cosa de aquel hombre que llamaban el Mayorazgo.

Jugó a imaginársela de una edad pareja a la del médico y de rostro parecido, por aquello de que quienes viven juntos acaban pareciéndose, y de pronto le aburrió el juego. Otra copa más, un poco más de charla, y aquella noche inútil no acabaría nunca dentro de la cabeza rebosando sueño y alcohol, rodeado de aquel húmedo bochorno que le impedía beber más para no acabar mojando del todo la camisa.

En el húmedo vaho que el agua de las plantas despedía se había alzado, había murmurado unas palabras, luchando por tenerse en pie, en el corro de sombras vacilantes. Tanto daba caminar bien o no, llegar a casa de un modo u otro a aquellas horas, con el pueblo vacío. Había vuelto a vacilar, a repetir su excusa, y el médico, bien enhiesto a su vez, se había brindado a acompañarle.

—A mí tampoco me viene mal un buen paseo antes de irme a la cama —había mirado hacia arriba, a las ventanas del principal—. Yo, en verano, con este calor, si no tomo el fresco antes un poco, no me duermo, me ahogo. Los cuartos de arriba son un horno en esta época.

—¿Y por qué no duerme usted abajo?

—Por pereza, por no cambiar la alcoba, porque son muebles antiguos, viejos. Bajar sólo el armario es ya un triunfo. Habría que llamar a un par de hombres sólo para eso.

Fuera, como una cortina, un manto de calor hizo olvidar a don Antonio las gotas de sudor que empapaban su cuello. En torno de la única luz que alumbraba la calle en ruinas, las mismas mariposas giraban tercamente, persiguiéndose. Pero la calle no estaba tan vacía abajo. Se veían sillas a la entrada de un portal y dos hombres que fumaban y niños jugando, como de día, en el polvo.

—Quita, hermoso —había apartado la madre a uno para dejar pasar a los dos hombres—. Buenas noches tengan ustedes.

—Buenas noches.

—Buenas noches, señores.

Calle de San Joaquín, —"como mi nombre" dice el cicerone—, caída toda también, con la gran mole de mampostería y el tejado escondido bajo la gran masa verde de parra virgen y uña de gato. Callejón de la Cinta, con sus casas cerradas, blancas, y un alto pino recortándose negro, único, intacto, entre vigas deshechas y cascotes. Calle de la Santa Cruz, con su luz de neón donde la vista duele después de las tinieblas anteriores. Pisos rotos, aceras destruidas, polvo, grava, tinieblas y la mano del médico que a ratos se apoya y a veces se hace dura, que guía caprichosa a través de arcos rematados por terrazas cubiertas con sombrajos de cañas, donde alguien ronca o suspira, a lo largo de frescos pasadizos cubiertos por la maraña de los nuevos cables eléctricos, negros, gruesos, perdidos a lo lejos, retorcidos en torno a sus postes como aquellas serpientes de agua a las piernas desnudas de san Cristóbal.

—Mire que escudo. Va usted a ver el escudo mejor que ha visto en su vida. Usted que entiende de esto.

Pero el escudo no está, no aparece. Y no se ha equivocado. Vuelta otra vez a examinar la piedra lisa, el muro donde una sombra oval dice bien a las claras donde estuvo.

—¿Ve como no está? —murmura aburrido el de los santos, encendiendo una nueva cerilla.

—¡Pero si le he visto yo aquí!

—Pues no está. Se ve que lo arrancaron —insiste don Antonio satisfecho.

—¡Seguro que lo han vendido!

—Vámonos.

—Espere. Vamos a ver otro. A ver si lo encontramos.

Calle del Viento, ahora en calma total, y la mano del otro fija allí, en el antebrazo, arrastrándole sin saberlo hacia el único lugar desde donde él es capaz de orientarse ahora. Desde el desierto callejón de las Monjas, sólo unos pasos hasta la plaza Mayor y de la plaza Mayor, rápidamente, a casa, a la cama.

—Yo aquí voy a dejarle —se excusa al fin.

—¿Cómo? ¿Qué dice usted?

El viejo no es tonto, ni está tan bebido como parece, porque en seguida comprende que el viaje, el paseo, acaba allí e intenta ganar aún unos instantes.

—¿Echamos el último cigarro?

Saca su cajetilla y ofrece. Se ve que no es tan fácil convencerle. Se apoya en el muro del convento, hace un gesto a su espalda y pregunta:

—Y usted ¿qué piensa de éstas? ¿Qué le parece? ¿Hacen bien o hacen mal?

—No sé... ¿Por qué me lo pregunta a estas horas?

—Yo creo que hacen bien. ¿Y usted?

—Yo, no sé.

—Unas con otras lo pasan bien. Se lo digo yo que las veo a menudo, todas las semanas como quien no quiere la cosa.

—Será así, si usted lo dice.

—Me da la sensación —replica de pronto el viejo,

pensativo, con una voz un poco rara—, de que usted nunca confiesa lo que piensa.

—Yo lo único que quiero en este momento es meterme en la cama.

—¿Lo ve? —Y viendo que el de los santos inicia la marcha, aún concluye, machacón—: Yo creo que hacen bien. Ahí dentro están ahora. Luego se levantan para bajar a rezar a la capilla, después otra vez a dormir, a rezar, a comer, a sus labores, a charlar un rato, a rezar por los pobres pecadores. Y al cabo de treinta, de cincuenta años se mueren, las entierran lo mismo que a nosotros, sólo que ahí dentro, en su propia casa...

—Muy bien, hasta otro día. Buenas noches.

Ya está a punto de llegar don Antonio al pie de la escalinata que cubre todo un lado de la calle vecina, cuando llega de lejos la voz tomada del médico que llama:

—¡Don Antonio!

Se vuelve temeroso, a su pesar. Allá está el viejo, donde le dejó, bajo la luz, sosteniéndose ahora a duras penas.

—¡Ellas tienen razón!

—Sí... —asiente sin volver la cabeza, en tanto los gatos huyen, en las tinieblas, a su paso.

Apresura su marcha, sale de la calle y ya sin vacilar gana el portal de la pensión que está sólo entornado, con el neón de la escalera temblando en el cielo del descansillo. En el piso de arriba hay otra luz. Ya la televisión ha terminado, si no atronaría los pasillos como todas las noches, sin respetar el sueño de los huéspedes. El silencio lo llena la voz de las criadas que planchan y oyen la radio hasta la medianoche. Empuja la puerta, la cierra con cuidado y, tras quitarse con dificultad chaqueta y corbata, se echa, al fin, en la cama que cruje en todos sus muelles.

Ahora nunca se sabe si es mejor cerrar los ojos o no, dejar girar los muros en torno a sí o sentirse desplomar en las tinieblas, hundirse para siempre en aquel cuarto, invadido ahora, a través del balcón abierto, por el rumor afilado de los grillos, por el eco vago de alguna voz perdida, inundado por el vaho ardiente que despide la arena de la calle.

Y es una tarde, poco antes de salir, un día que no es fiesta, porque está en el colegio dibujando. Ya acabó los estudios con su último viaje a San Isidro, pero el profesor de arte —de dibujo se llama—, le aconsejó que siguiera practicando con los otros, con los del último curso. Dice que es una pena que lo deje. Le anima, le da un trato especial, insiste en que vaya a Bellas Artes, pero el padre se opone y Antonio tiene que mentir, que engañarle, asegurando que el dibujo es para el peritaje que está estudiando aparte. Y entre el padre y aquel profesor seglar, de los cuatro que había en el colegio, si el padre no acabó ganando fue gracias a la guerra.

Han hecho quitarse a los frailes la sotana y vestir guardapolvos amarillos, tiesos de tan nuevos, grandes y deformes. Parecen mozos de las tiendas de coloniales que hay detrás del colegio, en las calles solitarias entonces, a donde dan las tapias del patio grande.

Antonio, entre los alumnos del último curso, en su rincón, delante del modelo de escayola, parece un solitario hermano mayor de los demás, un compañero que hubiera crecido demasiado.

Es una tarde a eso de las seis; todos andan manchando el papel con el carboncillo, bostezando disimuladamente, entreteniéndose con el pulverizador y el difumino, esperando pasar al dibujo topográfico o al rayado, que son los que sirven más concretamente para ingresar en las escuelas especiales. Nadie sabe decir quién lo escuchó primero, pero de más allá de la ventana viene un rumor, unas cuantas palabras repetidas, que no se entienden, siempre las mismas, cuyos ecos llegan en distintas oleadas, hasta coincidir en un grito formidable. Y mientras el profesor se acerca a la ventana los alumnos se inquietan, se levantan, intentan ver lo que en la calle sucede, sin alcanzar a distinguir otra cosa que los balcones de enfrente.

La gran voz se desfasa de nuevo, se divide en otras muchas a medidas que se acerca. De pronto suenan cascos apagados de caballos. El rumor de las voces se hace más agrio aún, y suenan dos chasquidos secos y apagados seguidos de otros cuantos.

236

El profesor ha cerrado la ventana de golpe: —"¡Vamos, seguid trabajando. No pasa nada, no hay por qué asustarse!"— Pero nadie se asusta. Al contrario, los chicos quieren mirar por la ventana, rabian por asomarse y conocer la causa de esos gritos, de la gente apiñada en los balcones, de esos golpes raquíticos que, sin embargo, son disparos. Inesperadamente suena en el pasillo el timbre que señala el final de las clases y todos saltan en pie, olvidando al profesor, en veloz avalancha hacia los cristales.

—¡Quietos; no moverse de los sitios! ¡Quietos, he dicho!

Si fuera un fraile, aun vestido de seglar, se detendrían, más los profesores seglares auténticos tienen poca autoridad y además la clase ha terminado también para él, si bien se mira.

—¡A los bancos! ¿Queréis quitaros de una vez de las ventanas?

Al otro lado de los cristales, en la calle, quedan algunos caballos montados por guardias azules, unos con tercerolas y otros con largos vergajos en la mano. La gente comienza a salir de los portales, se dispersa despacio. Cruza la calzada donde faltan hileras completas de adoquines arrancados.

Ha llegado a la clase ese fraile que llaman, por su cabeza al rape, "Peladilla".

—Los chicos que no salgan todavía. Que no se muevan de aquí, que se estén quietos. No bajen al portal, que ya se les irá llamando.

Al salir, apenas se ha alejado por el pasillo, una voz aflautada repite a sus espaldas: "¡Que no salgan, que no salgan!". El fraile se revuelve y plantándose ante las mesas desafía a los chicos paseando sobre las mesas su mirada impasible, hasta que satisfecho les vuelve la espalda y se aleja definitivamente.

Las familias de los pequeños han ido llegando, pero en vez de esperar fuera, a la entrada, como siempre, aguardan en el portal repleto de madres y criadas. Es como una colmena oscura, sonora, de temerosos comentarios que siempre son los mismos, de apagadas protestas que en realidad son lamentos de incertidumbre y miedo.

Antonio y el profesor cruzan entre aquella marea de

237

murmullos que les estrecha al uno contra el otro. Es preciso afrontarla con decisión para alcanzar la calle, pegados al muro donde brillan los cuadros de honor.

Fuera, la multitud de chicos y criadas se disuelve en un instante, aunque los niños quieren demorarse a admirar las nuevas herraduras de goma que llevan algunos de los caballos de los guardias.

—Son para no patinar, para que no resbalen en los adoquines.

—¡Que te crees! Son para no hacer ruido, para venir por detrás, sin que te oigan, y liarse a estacazos.

Las criadas, las madres los apartan, pero ellos vuelven a detenerse en los nuevos camiones de asalto, largos, bajos y sombríos, hasta que nuevos guardias les obligan a caminar, a despejar las aceras.

—¿Y tu padre qué dice? —pregunta, mientras tanto, el profesor a Antonio sin dejar de mirar las maniobras de los guardias, camino de la estación del metro.

—¿De qué? ¿De matricularme en la Escuela?

—De ir a Bellas Artes al año que viene.

—No quiere ni oír hablar de eso.

—¿Y por qué?

—Él sabrá...

—Dice que para hambre, bastante pasó él, de chico.

—Allí aprovecharías el tiempo de verdad —insiste el profesor.

—Él quiere que, a partir de octubre, vaya a alguna academia a preparar ingreso.

—Ingreso ¿de qué?

—Industriales..., agrónomos, no sé... —se encogió de hombros Antonio—. Él lo que quiere es que empiece un peritaje.

—Lo malo que tienen los yesos —insiste el profesor, sin escucharle— es que acaban hartando. De repente, un buen día, te cansas, lo dejas todo y se acabó, no vuelves a coger el carbón en tu vida. Y no es por falta de vocación, es por culpa del yeso, por no dejarlo a tiempo. —De pronto se le nota melancólico—. Eso me faltó a mí, decisión, vamos, valor, en una palabra.

Antonio, a su vez, tampoco lo escucha. Ha alzado la carpeta señalando a los guardias que vienen despejando

de nuevo la calzada. El profesor olvida ya definitivamente
su vocación fallida y los problemas de Antonio, se despide
precipitadamente y corre los pocos metros que aún le
separan de la boca del metro. Y cuando Antonio, al fin,
alcanza el portal de su casa, ya otra vez avanza la gran
oleada de gente disciplinada, partida en dos por las columnas del tranvía, dividida en mitades paralelas, orde-
nadas, simétricas, siguiendo tras un automóvil diminuto, en
cuyo techo se afana un hombre filmando una película.

Hay banderas también, y mujeres, pero no en las filas
delanteras. Llegan ante los guardias y cuando Antonio
piensa que están a punto de enzarzarse, los caballos se
apartan y la oleada sigue su marcha hasta apagarse a lo
lejos el rumor de sus voces.

Ahora, en los últimos meses, camino del verano, después de lo de octubre, después de ponerles guardapolvo
a los frailes, muchas tardes del colegio concluyen así.
Otras, en cambio, Antonio suele quedarse en la clase de
dibujo, cuando ya el profesor y los alumnos han salido.
Entonces el aula es suya y los viejos modelos polvorientos y casi el colegio entero con su patio emparrado, y el
otro intermedio, de cemento, y el tercero que es tan sólo
un solar donde están continuando el muro tras las puertas de hierro, por miedo a que las abran una noche. Bajo
los soportales emparrados del patio primero, del que está
más vecino a la calle, pasean los frailes cuando acaban
las clases. Unos comentan las manifestaciones, los sucesos
de octubre, mientras otros pasean solos, con un libro en
las manos. A medida que el cielo se oscurece, comienzan
a encenderse los grandes muros cubiertos de cristales. Los
frailes que menos saben preparan las clases para el día
siguiente, en tanto los que se encargan de los párvulos
se entretienen jugando al frontón.

Toda una parte de su vida está allí, diez años casi de
su vida, en aquellos tres patios, en las aulas que se ex-
tienden a lo largo de los tres recintos añadidos, crecidos
al cabo de los años alrededor de la capilla. Allí está
Antonio desde antes de la primera comunión hasta esos
meses finales en que, aún sin terminar el último curso, ya
se adivina vagamente la libertad, esos días en que los frailes extreman sus advertencias. "Ese mundo que ahora vais

239

a conocer, esa Universidad donde no siempre es oro lo que se aprende. Acordaos siempre del colegio, de ese himno que se canta todas las mañanas en el patio, de esa estrofa que dice: "En tus aulas, colegio bendito, de la patria se aprende el amor, un amor puro y santo que abarca: la virtud, el saber y el honor". "Rezar las oraciones, no olvidar esa Virgen que ahí queda, en el altar, esperando vuestra visita cada año. Y sobre todo: elegir bien las compañías."

Antonio hubiera deseado poderlas escoger, buenas o malas, fugaces o eternas, mas para él la vida cambió apenas dejar el colegio. La hermana siguió, como siempre, sin llevar sus amigas por casa, sin invitarle a sus fiestas, si es que asistía a alguna cuando se iba de casa, porque salía sin dar explicaciones aunque, eso sí, volvía en punto siempre, sin pasarse un minuto de la hora.

Antonio asistió aún a las clases de dibujo y eso fue todo: aburrirse esperando siempre la hora de salir, en los días que libraban los amigos, los que aún duraron tras del último curso, todos ya preparando el ingreso en alguna escuela especial o al frente de las tiendas de sus padres.

A media tarde, a media sombra, bajo las parras donde ya las uvas van volviéndose rojizas, se está bien, se está mejor que en ninguna otra parte del convento. Algún que otro racimo negrea ya entre las hojas cuarteadas, por encima de los tallos retorcidos; otros no llegaron a crecer y algunos son tan sólo esqueletos comidos por los pájaros. Dentro, en la casa, hace demasiado fresco, y fuera, a pleno sol no se resiste, pero bajo las parras, mecida por el runrún de las avispas, espabilada a veces por el lejano estallido de las notas, la abadesa, en su hamaca de colores, lee su breviario, suspira a veces, y las más medita, soñolienta.

Tiene junto a sí, vecino a sus rodillas, su bastón negro y fino que tanto le gusta, igual que su breviario de grandes letras que ahora se borran, se hacen difusas a pesar de las gafas.

Ahora que el sueño y la vigilia fluyen y se confunden en tantas ocasiones, a veces sueña que está rezando y al despertarse realmente está en la capilla, sentada en uno de los bancos cercanos a la celosía, contemplando cómo las madres arreglan el altar para el día siguiente. Es la hora mejor, con la iglesia cerrada a la gente de fuera, a los vecinos y también a los raros turistas que por el pueblo se asoman de cuando en cuando. Entonces es suya, de las madres, que van y vienen activas, friegan y lustran, cambian flores y limpian bien el polvo a los tres tornos recién barnizados: el que sirve para pasar los ornamentos al párroco, el segundo por donde las madres se confiesan y el tercero por donde luego comulgan.

En la pequeña iglesia cierra los ojos y es como si su cuerpo tan torpe, tan pesado, se deslizara en la fresca penumbra, al otro lado de aquella celosía que teme tanto, hasta el coro diminuto que ocupan casi totalmente el órgano, la antigua sillería, el enorme facistol y la vitrina polvorienta y vacía que guardó durante tantos años el cuerpo de la madre fundadora. Las novicias vienen cantando aquello de "Ven, oh santo Espíritu" y ella, la postulanta, vestida como de novia, se despide del mundo con un cirio en la mano. La doble reja de la celosía se abre y el párroco, desde el lado del mundo, le pregunta si ha venido libremente. Y ella responde: "Libremente, por la gracia de Dios". Las novicias cantan y ella recibe la corona para siempre. Se ha tendido de bruces sobre el suelo y la toca blanca que destaca tanto entre las otras negras, y los zapatos blancos, como de colegiala y las medias blancas se ensucian, al tiempo que el frío de la piedra parece paralizar el cuerpo. Mas pronto se levantará, las otras novicias irán a abrazarla, la reja volverá a cerrarse y a la hora de cenar habrá un postre especial con los pasteles que regala su familia.

Pero la reja no se cierra y ella sigue tumbada, no de bruces ahora sino de espaldas y, aunque hay voces que cantan, más allá de la doble celosía, no está el capellán sino otros rostros casi olvidados. Está el padre con la negra sombra del mostacho cubriéndole la boca, tal como le recuerda en el último día en que le viera, y el hermano que murió en la Argentina y la hermana pequeña que quedó con el padre al cuidado de la casa y la hacienda.

La hermana llora, sus sollozos resuenan en la iglesia

vacía, en el coro inmenso, vacío siempre, también, casi tan grande como el resto del templo, y el padre también se lleva muchas veces el pañuelo a los ojos, pero ella está contenta de verlos allí, de tenerlos tan cerca, después de tanto tiempo.

Y de pronto, llega una angustia repentina que le hace despertar sudorosa bajo los pámpanos. Una novicia se desliza entre los arcos, procurando no haber ruido, en tanto que otras bajan hasta un susurro sus palabras, mientras tienden la ropa que van sacando de un gran cesto de mimbres nuevos. Deben pensar que duerme. Sólo la madre Áurea se acerca al fin.

—¿Se encuentra usted bien, madre?

Abre los ojos despacio, buscando a tientas el puño de su bastón.

—Sí, bien, dormida un poco. Mejor dicho: traspuesta.

—¿Quiere usted que le traiga un vasillo de limón?

—No. No tengo sed. ¿Qué hora es?

—Casi las ocho. ¿De veras, madre, que no lo quiere usted? Ha hecho hoy buen calor y es del agua del pozo de la huerta, que sale como el hielo.

—Bueno, tráigamelo.

Intenta cerrar los ojos otra vez pero, tras la siesta tan larga, el sueño no vuelve. Ahora quizá la noche se prolongue, esa noche que deforma pensamientos y temores a fuerza de darles vueltas, que hace que se agradezca la campana para bajar a la capilla entre dos luces, mientras se encienden vagamente las celosías de los cuartos.

La campana de la casa mantiene el convento vivo en la noche que sería un camino interminable dentro de sí, sin ir a parte alguna, solo pensando, recordando, temiendo. Aún en invierno, cuando el frío quema los bronquios y levanta sabañones incluso a las que no trabajan en el agua, se agradece la campana, aunque la vicaria no le deje bajar a la capilla, del mismo modo que le gusta escuchar la de la iglesia parroquial, donde tampoco va, cuya espadaña humilde se alcanza a ver, junto al otro gran campanario, desde el huerto.

La otra campana dice que el pueblo ya se halla en pie desde una hora antes y que unas pocas mujeres irán a misa. Es bastante para no sentirse sola, para no pensar que más allá de las tapias hay sólo paredes caídas como dicen todos, calles rotas y la roja llanura con sus viñas.

En invierno, ni ella, ni la madre Teresa bajan a la capilla, y la madre Teresa aprovecha la ausencia de las otras para, una vez más, pasar revista a sus fotos.

—Madre Teresa... ¿Ya está otra vez? Va a coger frío... ¡Mire, su caridad, si no las tendrá ya vistas todas!

Pero la madre Teresa sigue yendo y viniendo pesadamente, sin oírla, atando y desatando la caja, como un gran fantasma blanco en el vacío dormitorio. Ya están las dos como quien dice en igual situación, porque a las dos las tratan las demás casi del mismo modo, aunque con distinto respeto y deferencia. Pero si bien se mira, ninguna de las dos rinde ningún trabajo, y siempre, cuando alguna de las dos está presente, se procura no hablar de las madres que murieron. Tampoco —y con distintos pretextos, muchas veces bien torpes— las dejan acercarse al patinillo de atrás, de junto al huerto, donde está el cementerio. Seguramente quieren que lo olviden y, a fuerza de intentarlo, ella también lo tiene presente muchas horas al día y la mayor parte de la vela en la noche. Es mala cosa llegar a su edad con todos los sentidos despiertos a pesar del ataque que le dejó inmóvil la mitad izquierda del cuerpo.

Si al fin se decidieran a arreglarlo —se dice la abadesa en las rachas buenas, cuando no teme tanto—, quizás impresionara menos que ahora, con sus nichos más viejos destrozados y los nuevos con las manchas de la cal que se echa en ellos tras cada enterramiento. Pero eso sólo lo piensa cuando se encuentra un poquito mejor. Cuando las punzadas en la sien le hacen temer un nuevo ataque y la derriban sobre el jergón, en el dormitorio, temblando de dolor y miedo, siente nacer un odio temeroso hacia aquel rincón, por aquel rincón triangular abandonado en un ángulo del huerto.

Ahora, arriba, el techo transparente que forman las parras se estremece. Debe de ser la brisa, ese soplo tan débil que engaña, que hace esperar una noche más suave, pero que pronto cesa en cuanto el sol se esconde y deja las eras y las casas más agostadas que antes. De nuevo las hojas se estremecen. Murmuran un poco y quedan en silencio. En realidad, es tan sólo un rumor, un ruido leve que se repite a pequeños intervalos. La abadesa se quita las gafas recién puestas para volver a leer en su breviario y mira hacia arriba. Allá, entre los borrosos perfiles de las hojas, una fea cabeza oval mira a su vez, se revuelve a uno y otro lado en nerviosos giros. Va estudiando el camino, examina el tronco fibroso de la parra y se desliza entre sus hojas con un rumor parecido a un breve soplo que moviera los pámpanos.

La abadesa no teme a los lagartos. Siempre ha oído decir que al final del verano suelen ir a la caza de racimos, que les gusta el jugo agrio de las uvas sin madurar aún, pero verle allá arriba y pensar que puede resbalar, le repugna. Allá arriba continúa. De nuevo arquea su cuerpo tan suave. Se asoma y mira hacia abajo y es como el dragón que ponen a san Jorge en las estampas. Pero a san Jorge se ve que no le repugna tanto y además, aquél es el demonio, mientras que éste, sin saber por qué, le recuerda a la muerte de que hablaba aquel confesor, el que escogió, sólo para ella, porque el de la comunidad no le gustaba.

—Mire usted, madre —solía decir— no piense en la muerte tal como nos la pintan en los cuadros, en los santos de los libros, como una criatura ajena a nosotros, como un enemigo acechando el momento propicio para caer sobre nosotros, piense más bien en algo que depende de nosotros, en una condición nuestra, que llevamos dentro, algo que nace con nosotros, va creciendo con nosotros también por deseo de Dios y que más tarde nos llevará, si lo merecemos, a su Gloria. No piense en un enemigo, le repito, sino en un amigo, en algo que a la larga nos redimirá de este mundo mortal y nos hará inmortales. Piense en esto, en sus horas de meditación: sobre lo que sería la vida sin la muerte, piense usted qué cosa horrible sería llegar a los cien años con un cuerpo viejo, gastado ya, y saber que aún nos quedaban por vivir días y años y siglos. Pediríamos, llamaríamos a voces a la muerte.

Y en tanto la voz del capellán proseguía implacable al otro lado del canjilón perforado del torno, la abadesa se imaginaba a sí misma como el cuerpo de la fundadora, tendida sobre un suelo de damasco en la vitrina del lado

244

del evangelio, en el coro. Así estaba —ella lo alcanzó aún a ver— con su misma carne y sus mismos huesos y tendones. Eso sí, con las manos y los pies deshechos y el rostro como una oscura máscara inmóvil, pero ella misma al fin y al cabo. Las novicias le cambiaban las flores, le rezaban y una incluso le hablaba, tal como si se confesara a ella, y la momia de la fundadora, mientras tanto, allá dentro, en su urna, parecía descansar de los muchos trabajos y privaciones de esta vida.

Por mucho que el confesor aquel y el capellán quisieran convencerla, ella preferiría siempre un fin así, saberse rodeada de las otras madres en aquel cálido rincón del coro inmenso, blanco, rodeado todo de sitiales, tallados, tan bonitos, que aquella especie de frío palomar con sus nichos tapados por las hierbas. Prefería esperar la resurrección así, completa, intacta, a la luz del día o al menos a la luz de la gran lámpara del coro que valía tanto como ella. Era fácil hablar como lo hacía el confesor siendo joven —mucho más joven que el capellán de la comunidad—, teniendo lejos todo aquello sobre lo que tan justamente razonaba.

Y ahora, arriba, la cabeza oval gira y desaparece. La abadesa ha tirado al suelo su bastón y el golpe provoca arriba una veloz carrera entre los pámpanos. Lástima que la muerte de verdad no se pueda espantar así, con un simple golpe de bastón. No infundiría tanto miedo entonces, ni la odiaría tanto, ni tendría que arrepentirse luego, ya que el Señor hizo todas las cosas: las buenas y las malas, el mundo entero, el cielo y la tierra y ese pequeño rincón triangular donde confluyen las tapias del convento.

La cabeza le retumbaba aún, al cabo de los días, cada vez que se inclinaba a mojar la brocha en el agua hirviente. Lavaba el muro con dificultad y el muchacho debió notarlo.

—Traiga; déjemela a mí —le pidió.

En tanto el chico tomaba la brocha por el palo, don Antonio, maldiciendo una vez más a su cabeza, fue a sentarse en una de las sillas prestadas por las monjas. Mantuvo el rostro en alto y encendió un cigarrillo, tendiendo otro al muchacho. El agua hervía bulliciosa en el cazo y por el blanco cable que unía el hornillo al enchufe de la lámpara las arañas ensayaban sus caminos transparentes.

Ahora —pensó—, aquel año, ante aquel muro y por primera vez, empezaba a sentarse. Ya dejaba la tarea más dura al ayudante. Se dijo que era absurdo trabajar de otro modo, pero al mismo tiempo, en su interior, continuó maldiciendo el recuerdo del médico. Quizá sus enfermas del convento estuvieran sanas ahora, pero aquel hombrecillo vestido de negro, amigo y compadre de una sola noche, no se había vuelto a dejar ver, y a no ser por el hijo del hortelano, el trabajo allí, como el resto de sus horas, habría transcurrido, como siempre, en silencio.

Pero el chico ahora ya no se limitaba a obedecer y a tomar alguna que otra iniciativa. A veces canturreaba a media voz algún cante flamenco de moda en la radio o bien se entretenía traduciendo los distintos toques de la campana que, de cuando en cuando, sonaba dentro.

Sabía cuando llamaban a la vicaria o a la abadesa o cuando el toque era para comer o rezar o, en raras ocasiones, de la hermana portera anunciando visita. Como su padre, como el capellán y su hermana impedida que vivían al otro lado de uno de los patios interiores, igual que los demás vecinos a los que las monjas alquilaban algunas de las alas convertidas en viviendas, recordaba muchas historias de la casa, sabía cómo era tiempo atrás, mucho antes de que él mismo naciera, cuando ya su padre trabajaba en la huerta.

—Había ahí perales y ciruelos y manzanos, no esos árboles tontos de ahora, de sombra, de nada. Y la huerta era mucho más grande; llegaba hasta donde está el cruce de la gasolinera, donde hay ese edificio que es como un monumento, que era entonces fábrica de chorizos. Y la misma fábrica era de las monjas; buena renta que daba. Traían los marranos de Sevilla y aquí hacían los embutidos, pero dieron en venderla y la perdieron; la compraron tres hermanos de los más ricos de aquí, pero duraron poco, porque cuando la guerra todo se vino abajo.

—¿Qué guerra? —preguntaba don Antonio adrede.

—No sé —se encogió de hombros—, en una que hubo, que duró una partida de años. Y en la huerta —prosiguió el muchacho—, cuando era del convento, había tres norias eléctricas que manejaba un primo de mi padre, mecánico del pueblo, que las llamaba "motor uno", "motor dos" y "motor tres". Hasta que aquel mecánico se murió y por pereza y desidia, y porque nadie allí las entendía, se acabaron oxidando.

Calló un momento y mostró a don Antonio otra porción recién limpia del muro: dos cabezas de santos junto al medio san Cristobalón, y mientras el patrón quitaba con la espátula leves remiendos de yeso seco, continuaba:

—Me acuerdo cuando vine aquí con mi padre la primera vez. Yo me perdí y me fui a dar, mismo de cara, dentro de la huerta, con la madre Asunción, una vieja que murió hace ya unos cuantos años. Venía con el velo sin echar y traía en las manos dos repollos. Y como no podía bajarse el velo, ni tirar los repollos, se los puso delante de la cara y pasó tan pancha.

Aún sentado notaba el de los santos aquellas punzadas tras de los ojos que, a veces, llegaban a hacerse insoportables. Así cuando, al igual que casi todas las mañanas, llegó la hora de la visita de las monjas, hizo una nueva pausa contra su voluntad, encendiendo un segundo cigarro.

En un principio solían llegar y marcharse en silencio. Quedaban inmóviles, en el mismo quicio de la entrada. Solía encontrarlas de improviso al volverse, quietas, inmóviles, como rechonchos maniquíes que saludaban con una breve inclinación acompañada de un "Ave María Purísima".

Él respondía con otra inclinación, lo mismo que Antoñito, y luego continuaban la faena. Las madres, poco a poco, se decidían a charlar entre sí, en un tono que era solo un murmullo y al cabo de un rato, al volverse, encontraba el de los santos el rincón de la entrada vacío y la puerta entornada como antes. Habían salido casi de puntillas, de incógnito, sin un rumor, "sin saludar por no sacarle de un trabajo tan difícil" —se excusaban luego.

Otras veces, en cambio, el muchacho parecía oírlas de lejos, parecía adivinar cuando llegaban. Si estaba trabajando en el muro, se volvía a mirar a la puerta, y si estaba vecino a ella, la abría del todo, invitándolas a pasar. Raramente fallaba y esta vez tampoco quedó el umbral vacío cuando hizo girar brevemente la gran hoja de roble salpicada de clavos.

—¡Ay, este Antoñito! ¡Pero mire, su caridad, como adivina cuando llegamos! ¡Si nos siente llegar...! —había exclamado la madre Áurea aún en el pasillo.

Y Antoñito fruncía los labios en una media sonrisa mientras las dos madres entraban, acercándose a ver la pared limpia, cubierta ya en parte por los paños pegados.

—Ya parece otra cosa —murmuró la vicaria, examinando las piernas de la gran figura y el río poblado de pescados— esto ya está talmente como si se acabara de pintar. —Se volvió a mirar a don Antonio—. ¿Sabe usted que todo esto lo hizo una madre de la casa? Pues así es...

—No. No sabía.

Se había inclinado y, con el velo alzado a la altura de los ojos, rastreaba la firma en el borde inferior del yeso.

—Un poco raro —comentó el de los santos a su espalda.

—¿Raro, por qué? —preguntó la madre Áurea, en tanto el de los santos se arrepentía de tomar en serio aquella búsqueda.

—Porque todas esas figuras deben de ser de cuando esto no era convento. Son de antes de poner la sillería.

—¿Y el san Cristóbal?

—El san Cristóbal parece de más tarde.

Las dos monjas quedaron en silencio. Un silencio ni amistoso ni hostil, ausente, como si les estuviera vedado discutir el asunto. La vicaria se había incorporado, suspirando:

—No está, no aparece la firma que le digo.

—Seguro que la borramos con la brocha —murmuró el hijo del hortelano en su tono de broma habitual cuando hablaba con ellas.

—¡Ay, que Antoñito este! ¡Qué salidas que tiene! —exclamaba como un eco la madre Áurea.

—Es verdad —insistió el muchacho—. Igual fui yo el que me la llevé por delante.

La vicaria había renunciado y echándose otra vez el velo por el rostro antes de volverse, insistía en tono de reproche.

—No le extrañe a usted esto que le digo de la madre.

Aquí mismo, en la casa, tenemos ahora una que pinta unos cuadros muy bonitos. Tendría usted que verlos.

—Y pinta pergaminos —vino en su ayuda la segunda—. ¿Se acuerda —se volvía hacia la vicaria— de aquél que hizo por Navidad, con la carita del niño Jesús y aquellos angelicos?

—Sí que me acuerdo, sí.

—¿Y el retrato de Su Santidad?

—Ya lo creo. Lo sacó —de nuevo se dirigía a don Antonio— de una postal que mandaron de Roma.

De nuevo callaron, pero la vicaria no hizo intención de marcharse. La madre Áurea repitió por dos veces su estribillo de: "Vaya, con Antoñito! ¡Qué Antoñito este, qué chico...!" Y el muchacho, que la conocía por la voz, miraba al suelo escondiendo la risa.

—¿Cuándo piensa empezar a quitar las pinturas? —preguntó de pronto la vicaria.

Don Antonio se volvió, sin acabar de entender la pregunta.

—¿Cómo dice? ¿Qué cuándo pienso llevármelas?

—¿Que cuándo va arrancarlas...? —precisó la vicaria.

—Dentro de un día o dos —dudó—; cuando estén secas. Depende...

La vicaria continuó sin responder, y el de los santos fue a entornar las ventanas, defendiendo el cuarto del calor de la siesta. El vaho de fuera hizo aún más agudas las punzadas en la cabeza y decidió volver pasadas las cinco. Así, desenchufó el infiernillo y encargó al muchacho que pusiera en un rincón los cubos.

—¿Se van ustedes ya?

—Sí. Vamos a dejarlo por un rato. A lo mejor hasta mañana.

El claustro olía a repollo hervido y en tanto que cerraban la puerta por fuera, de nuevo la voz de la madre Áurea:

—¡... este Antoñito, que oye crecer las hierbas...!

Al llegar a las últimas escaleras donde el pasillo torcía hacia el taller de las formas, la vicaria se había detenido.

—Oiga usted —comenzó al fin, un poco pensativa, adelantándose al saludo de despedida de don Antonio—. ¿No podría dejar de trabajar unos dos o tres días?

Quedó confuso el de los santos, dudando. El velo inmóvil de la vicaria le ayudaba aún menos a entender la pregunta.

—Perdone. ¿Quiere decir que no vengamos por aquí en unos días?

Dentro, más allá de los pardos tejados del claustro, sonaron dos toques de campana que avivaron las prisas de las dos monjas.

—Claro que —aclaró la vicaria— siempre que a usted no le perjudique en su trabajo.

—Retrasarlo quiere usted decir...

—Eso es. Retrasarlo. ¿No nos haría usted ese favor?

Don Antonio hizo cuentas todo lo aprisa que le permitían las miradas de la vicaria a la escalera de los patios interiores.

—Mire —concluyó al fin—. Yo este trabajo lo hago por contrata, es decir: a precio fijo. De modo que me viene un poco mal marcharme a Madrid ahora.

—No, por Dios —replicó la vicaria—. Lo que yo quiero, bueno, lo que queremos —rectificó apresurada—, es que el señor obispo, cuando venga, vea las pinturas, tan hermosas, en su sitio, antes que se las lleven.

—No sabía que fuera a venir.

—Sí; va a venir. Quiere ver también lo que hay que levantar en la casa. —Señaló el rincón caído del claustro—. La madre abadesa y la comunidad querríamos que viera las pinturas enteras, tal como son y, sobre todo, que las vea el arquitecto que viene con él.

Seguramente —se dijo el de los santos— pensaban que viendo intactas las pinturas sería mayor el valor de las obras con que la Junta pensaba compensarlas.

—Mire usted —concluyó—. Si lo que quieren es que ese arquitecto las vea, yo se las limpio todas para que luzcan bien y no se las arranco mientras el obispo no venga.

—¡Ay, Dios se lo pague a usted!

—Siempre que no tarde más de una semana, pongo por caso.

—El jueves o el viernes viene. ¡No sabe usted el favor tan grande que nos hace!

El rostro de la vicaria debía haberse transformado más allá del velo. Alzaba las manos y uniéndolas como en repentina oración, las escondía luego en el pliegue enorme de sus mangas. La madre Áurea, en cambio, no parecía acompañarla en su alegría. Apenas volvió a hablar y hasta olvidó a Antoñito, que ahora estudiaba atentamente la caña de sus botas.

Cuando el muchacho y su patrón marcharon rumbo a la salida, suspiró la vicaria:

—¡Alabado sea el Señor, cuántos trabajos!

Su voz era normal otra vez, como si hubiera agotado ya toda su alegría y viendo que la madre Áurea no se movía, ni respondía apenas, preguntó:

—¿Qué le pasa? ¿Se encuentra bien, su caridad?

—Sí, sí —protestó brevemente—. Estoy bien, gracias a Dios, en buena hora lo diga.

—¿De veras?

—De verdad.

—¿No estará haciéndose la valiente?

—No. De veras. Sólo me encuentro un poquillo cansada.

—¿Por qué no se echa un poco?

—Voy a ir a la cocina, si no manda otra cosa, y me hago una taza de manzanilla.

—Vaya, vaya, su caridad; no se nos ponga enferma ahora. Dios no lo quiera.

Cuando la madre Áurea se alejó, quedó la vicaria preocupada, viéndola tan poco alegre, tan mustia y silenciosa. Hasta olvidó la campana que poco antes la llamaba, y con un suspiro, alzándose el velo, comenzó a subir las escaleras. Cruzó ante el taller donde las legas sudaban sobre los moldes, entre el humo de las formas, y con el sabor azucarado de la harina aún en el paladar llegó al cuarto de labores. Allí, en su mesa, sobre el verde tapete de plástico, un rimero de sobres azules se alzaba junto a la hilera irregular de nombres y direcciones escritos por su mano. Había también un panzudo tintero, un palillero cárdeno con su pluma de acero y el sello de goma de la comunidad, con su almohadilla de tinta reseca por el calor del cuarto. La vicaria apartó una cuartilla de junto al rimero de los sobres y suspiró largamente como si con ello alejara el bochorno que el bajo techo raso de madera parecía condensar sobre sus hombros. Luego, casi como los niños que escriben sus deberes, comenzó a trazar sobre el papel las siglas de la orden, más abajo el nombre del pueblo y la provincia, y finalmente, a su lado, la fecha. Después buscó el primer nombre de la lista y casi de memoria, comenzó:

"Muy distinguido señor en X^{to}: Le escribo desde un convento de clausura para suplicarle una limosna por amor de Dios."

"Nuestro convento nos tiene consternadas, pues gran parte de él se ha derrumbado y, lo que es peor, otra mucho mayor está tan cuarteada y peligrosa que puede caerse de un momento a otro y matarnos. Ayúdenos, por caridad, con su granito de arena y le prometo las oraciones de la Comunidad."

"En espera de sus deseadas noticias, le saluda su afectísima hermana en X^{to}."

Y abajo va la firma: Un vuelo de mayúsculas con bastones enhiestos que se alzan como rompiendo el techo de las letras. La rúbrica es un ir y venir que encierra una vez más las siglas de la orden, las tres letras borrosas del principio.

De modo que era por eso. Por eso estaba así tantos días, algo rarica; a veces seria y a veces como huraña. Y esa forma de mirar a lo lejos, quieta como una estatua, con los ojos fijos y abiertos igual que viendo musarañas o quién sabe qué cosas en el aire. Y yo le preguntaba: ¿qué le pasa a usted, madre? ¿En qué está usted pensando? ¿Qué tiene? ¿Está usted mala?" Y ella no contestaba. A lo más suspiraba o movía bien triste la cabeza como si dentro tuviera una enfermedad de esas que no se acaban de curar nunca, esas que da Dios Nuestro Señor para probarnos.

Luego hasta esas preguntas se acabaron. Yo también me callaba y ella todo el día sin levantar cabeza, hasta hoy que pareció animarse con lo de las pinturas, antes de preguntarme a mí si estaba mala.

Yo creo que estamos igual las dos, con esa melancolía,

esa pena que viene, sin saber cómo, cuando llegan los primeros días del verano. Cuando empieza a sentirse el calorcico, no sé qué pasa que llega como una grima, como una desazón, que sin los chorros de luz que pasan al convento desde el patio sería mejor quedarse en un rincón del coro, allá cerca del órgano y no comer ni dormir, ni hacer más cosas que rezar.

Ahora se ve que las dos tenemos —creo yo— la misma enfermedad. Se nota que era por la visita del señor obispo. Ahora lo sé bien. Si viene el señor obispo nos separan, me llevarán a mí, no a ella que vale tanto, que ya es tal como si fuera la abadesa. Me mandarán cualquiera sabe adónde, pero algo va a pasar. Cada vez que el señor obispo llega por aquí, parece que no ve, tan abuelete que es, y sin embargo luego se entera de todo. Allá en la capital deben decírselo o es Dios nuestro Señor quien se lo inspira, como la vez aquella, va para un año ya, cuando se me ocurrió decir que en la orden no tenemos santos por pobres, porque para eso, allá en Roma, hace falta dinero. Y yo se lo había oído a la vicaria, que no se me ocurrió a mí, pero el señor obispo se enteró y me lo achacó a mí, no sé cómo.

No recuerdo muy bien cuando lo dije, si fue en el taller o en el comedor o puede que lo dijera muchas veces o una sola y ésa en broma, pero alguien lo tuvo que contar para que el señor obispo se enterara.

A la capital sólo va la vicaria, o aquella otra madre, la madre Encarnación, que estuvo tanto tiempo con aquello de la columna vertebral, que escribía las cartas tan bonitas, aquello de llamar a la clínica "este cielo en la tierra donde no puedo olvidar tantas bondades recibidas de las manos que me han cuidado como lo hiciera la mejor de las madres".

Todas nos lo aprendimos de memoria a fuerza de leérnoslo en el refectorio.

Pero aquélla no pudo ser, ni la vicaria tampoco. Sería para echarse a llorar, después de aquellos días en el hospital, después de lo que dijo al día siguiente de la operación, que yo era para ella todo, lo mismo que una madre también y una hermana, aunque bien es verdad que aún estaba como quien dice con un pie en el otro mundo, nada más que recién salida de la operación. Tan mareada estaba que dijo aquello de "¿Ya nos han quitado nuestro apéndice?" a fuerza de hablar así, por todas, en el convento.

Luego, al cabo del tiempo, ya no dijo más, aunque bien se veía lo mucho que le gustaba tenerme allí, junto a su cama. Ella es así; se calla, no como yo que me falta tiempo para contarlo todo, para decirlo todo sin malicia, a la buena de Dios, sin pensar en si hay alguien o no delante.

Tiene que ser por eso. Estaba así, tan mustia porque ella lo sabía o porque se lo teme como yo. O no lo teme, o no le importa y todo son figuraciones mías, ilusiones, tiempo tonto, vacío, que debiera emplear en otra cosa, en meditar, por ejemplo, en unos ejercicios como esos que nos da ese padre que se viste ya como quien dice de paisano. Se sienta al otro lado de la reja y nos habla tan bien que una se pasa las horas muertas escuchándole.

Siempre debiera ser igual entre dos personas que se quieren, pero a veces no, a veces la que más pone, más pierde. Quizá lo sabía y no me lo dijo. ¡Si al menos todo fuera por eso! Es como si dijera que lo siente, que a ella también le duele aunque se calle, amargada por dentro como yo cuando digo "no es nada, será cosa del tiempo, de este calor que hace".

Ella disimula mucho mejor que yo, yo no lo hago ni medio bien y me entran buenas ganas de llorar ahora pensando en ello, cada vez que la veo, por mí y por ella, cuando allá arriba viene el día, según se va metiendo la luz por esa rendija tan grande que ahora dicen que nos van a tapar, por donde entra la luz de la huerta y el piar de los pájaros y ese frío tan negro en el invierno.

¿Dónde irá una? ¿Dónde la mandarán? ¿A la casa madre, como a esa novicia de Jaén que está allí tan contenta, aprendiendo hasta música y ortografía? ¿Tendrán allí un obispo menos viejo, no como este abuelete que nosotras tenemos? Porque hay otros conventos que quitaron ya el velo. Ya no lo llevan ni en la Semana Santa, ni siquiera en tiempo de ejercicios. Lo quitaron del todo, el velo, tan molesto.

¿Con quién tendré que estar, si es que por fin me llevan? Porque bien es verdad que nadie me lo dijo todavía, ni mi madre vicaria ni la abadesa, pero tengo aquí dentro una aprensión, una angustia, una congoja que no miente, que se me entró en el pecho y no me deja vivir, ni rezar, ni dormir, como una cruz, que es tener que dejar esta mi casa, este mi conventillo, mis hermanas, mi vicaria y hasta este nuestro Antoñito, si me apuran, tan majo, tan servicial y tan simpático. Este convento, con su huertillo, con sus uvas tan ricas en octubre y su sombra que es una gloria, como una bendición de Dios, con sus suelos del claustro tan majos, tan bonitos, con figuras y flores que hizo quien sabe quién, sólo con cantillos del río, con tanta gracia, que tienen tanto mérito. Esa capilla, que es una iglesia, donde se está tan bien como en la huerta, tan hermosa con sus cinco altares, fresca en verano a pesar del artesonado de madera tan antiguo, de tanto mérito también; recogida en invierno, casi a oscuras con la luz del Santísimo sola, allá en el altar de la derecha, luciendo como una culebrilla, más allá de la reja.

Allí, junto a la celosía, bien pegadilla al órgano, frente a la urna donde dicen que estuvo la madre fundadora, haciendo la oración se está en el cielo, se está en el otro mundo, rezando o en meditación, que es lo mismo y una sola cosa, como dice nuestro capellán, rezando dentro de una, sin mover la boca, como si hablara con Dios Nuestro Señor. Porque así como otras veces se reza todas juntas, cuando se reza sola se está mejor, parece como si una no tuviera otra cosa que santos pensamientos y recuerdos de las vidas de santos, de tantos como hubo en tiempos antiguos, de la madre fundadora y de los sufrimientos del Señor en su sagrada pasión. Y, a veces allí, en aquellas tinieblas, con sólo aquella culebrilla de luz temblando más allá de la reja, me imagino a Dios Nuestro Señor en el Calvario, que dicen que es la mejor meditación, y veo su sangre y esa lanzada en el costado y el dolor tan grande de las espinas y los clavos, y todo es igualito, mismo como la imagen que hay en la capilla. Entonces me entran unas ganas de llorar muy grandes, de sufrir por Él, de dar por Él mi sangre, y así el tiempo se pasa de tal modo y manera, que a no ser por mi vicaria me estaría allí el día entero.

Pero ella llega y me da unos golpecitos. "¿Qué? ¿Estaba dormida, su caridad? ¿No oyó la campana?" Y yo doy un suspiro que es como si me saliesen del cuerpo el alma y los pensamientos. Luego, el huerto está igual, y el claustro y el refectorio y los pasillos tan blancos, recién dados de cal, con los letreros mandados escribir por la abadesa; pero volviendo de la capilla, del coro, es como si volviera de otro mundo, como si de lo más alto, bajara a este mundo tan triste, tan soso y aburrido, salvando la vicaria que va a mi lado y que es como mi hermana.

Y llego sin ganas de comer, pero empiezo y, poco a poco, me va entrando el apetito y luego todo se olvida otra vez, hasta que al día siguiente, se siente el remusguillo de estar sola, otra vez, con Dios Nuestro Señor, de ofrecerle algo, algún padecimiento como aquellos dolores del riñón o el frío tan negro del invierno o este de mi traslado que ahora me estoy temiendo.

Y nadie lo ha dicho, nadie ha venido a decirme "te cambian, te llevan", nadie lo sabe y sin embargo es como si todo el mundo lo supiera, como dice el señor capellán que es cuando se va a morir, cuando en abril nos habla de la muerte. Entonces se mira ya a las cosas diciéndoles adiós, fijándose bien en ellas, como si una quisiera llevárselas, igual que si pudiera. Así miro yo a mi huertecillo y al órgano y a mí Cristo, también, de la capilla y al cuartillo de labor donde he pasado esos ratos tan tranquilos. Hasta echaré de menos a la madre Teresa, ¿quién me lo iba a decir?, y también a las demás, casi a todas.

Y todas estas penas, cuando no me dan rabia, las ofrezco a Dios Nuestro Señor, cuya vida es espejo de lo que por nosotros sufrió tan inocente, a Dios Nuestro Señor para que no consienta tal injusticia, esto es: que me lleven, que me separen. Amén Jesús, no lo permitas.

Y era Madrid distinto ya. No tan distinto como luego, pero no volvió a ser como él lo recordaba. Era normal. Incluso sin la guerra habría sucedido. La misma guerra que se llevó al padre barrió, por ejemplo, las verbenas, las empujó a los barrios exteriores. No es que aún por entonces tuviera humor y ganas para ellas, pero cierta vez que fue con los amigos de la Escuela, se dijo que ellas o él habían cambiado, que acabarían en lo que son aproximadamente ahora.

—¿Y eso da para comer? —le había preguntado la madre, cuando supo que quería matricularse en San Fernando.

—Puedo hacerme profesor de dibujo.

—¿Pero eso es una cosa segura?

—Mamá; seguro no hay nada ahora, ni Correos.

—Pero eso, al final ¿de qué se sale?

—De profesor de dibujo en el instituto, por ejemplo —insistió sin precisar muy bien.

De todos modos, ni la madre, ni la hermana entendían demasiado. Hubiera podido inventar otro estudio cualquiera y habrían aceptado también, con tal que no fuera demasiado largo o costoso para su pequeña renta.

—¿Por qué no haces oposiciones al Ayuntamiento, como tu padre?

—Pero mamá, no voy a hacerme abogado ahora. ¿Tú sabes lo que se tarda en eso? Además, no me gusta.

—Pues alguna otra cosa. Allí hay amigos de tu padre todavía.

La madre no sabía que aquellos amigos no existían ya. La guerra los barrió. Así se salvó de hacer oposiciones y cuando volvió a insistir en lo de San Fernando, ni la madre ni la hermana se opusieron.

Carmen, en cambio, aceptó contenta.

—Se debe estudiar sólo para lo que se tiene vocación —decía siempre, en su tono decidido de niña sin problemas.

—Es que verás... Hasta que gane algo...

—¿Qué nos importa? Ya verás como mis padres nos ayudan.

Y por hacer esa ayuda más decorosa, se dedicó a hacer copias.

—Pero tú no hagas copias —insistía aún Carmen—. Tú a lo tuyo.

Para ella todo aquello era como un juego brillante, algo así como un modo de entrar en sociedad que no se daba en otras profesiones. Es verdad que entonces en Madrid se vivía con muy poco dinero, mas Antonio veía crecer inexorables las obras, junto al río, y hacía sus cálculos de los gastos que vendrían luego. Su único modo de ganar ese dinero estaba allí, en su mano, en aquellas vírgenes y bodegones, sobre todo, que por entonces copiaba incansable.

Y poco a poco, los últimos amigos de la casa fueron quedando atrás, borrados a su vez por los nuevos compañeros de la Escuela. Allí están, en su primer año de dudas, de vocaciones vacilantes. Lázaro, que luego se fue a Méjico con toda su familia, y Soriano, que acabó de poeta y que ya en aquel primer año publicó su primer libro, y Pozas, que emigró a Sudamérica, se metió en publicidad y ahora tiene un hotel en Alicante. Era como prepararse para otra carrera cualquiera —hasta el sitio recordaba a San Fernando en lo sucio y negro, en aquel pulular por los pasillos a oscuras, arriba y abajo, salvo que aquí, al menos, se estaba rodeado de cuadros—, como una carrera cualquiera, salvo que algunos compañeros tenían estudio ya —algún desván, algún piso inhabitable de los que aún se encontraban—, y algún domingo que otro reunían en él a los amigos.

Cuando rayando la mañana salían entre dos luces a la calle, hartos de vino y de patatas fritas, Antonio se prometía siempre hablar sinceramente con Carmen, no casarse tan pronto, dejar las copias, seguir su consejo pero de otra forma: retrasando en lo posible la boda. Pero luego, a la tarde, lejos ya de las copias y la Escuela, su decisión fallaba y nunca llegaba ni siquiera a plantearlo. En realidad, se daba cuenta entonces, casi tanto como ahora, las veces que se molesta en recordarlo, de que Carmen era para él una defensa, igual que una muralla, frente a las tinieblas del piso de arriba, frente a aquel tiempo del hambre eterna y bolsillos vacíos, de tener que vender los libros del padre para comprar a veces materiales.

Carmen era su vida y su defensa, y para prescindir de ella era preciso una razón más fuerte y distinta, capaz de transformarle, porque él mismo, con el tiempo, acabaría pareciéndose a ella.

Así, las obras del chalet junto al río llegaron a su final, aunque no fueran tan aprisa como todos creían. Se detuvieron en varias ocasiones por culpa del cemento que faltaba entonces y porque los obreros trabajaban sólo a

258

ratos perdidos. A cada parón, Antonio respiraba, pero luego, a la noche, pensando en la casa, reconocía que no era sincero. Aunque el chalet acabara devorándole también a él, le agradaba y eran tiempos difíciles —decía— tiempos de colas, de una guerra tras otra, que acostumbró a la gente a preguntarse qué sucedería en un mes, en un año, a la semana siguiente.

Y la casa, en cambio, creciendo como los niños, indiferente a todo, frente a la Casa de Campo, cerrada todavía.

—¿Pero es que no piensan abrirla nunca? —preguntaba la madre en sus visitas.

—Mamá, la están limpiando.

—Limpiándola, ¿de qué?

—De granadas, de bombas.

—¿De bombas? ¿De qué bombas?

—Aquí estaba el frente, mamá...

—Sí, ya lo sé. No creas que soy tonta.

—¿Quién dice que lo seas?

—De la guerra me acuerdo muy bien.

—No es cuestión de acordarse. Es cuestión de haberla vivido.

—¿Y qué me quieres decir? ¿Qué la has vivido tú porque estuvieras allí, en Barajas?

—Más que tú, sí, mamá. Tú no saliste en los tres años ni dos veces de casa.

La madre no sabía que al otro lado del muro murieron muchos hombres, que una tarde —según contaba Máximo—, para tomar el pequeño cerro que hay a mano derecha, al otro lado, iba la tropa de las brigadas tan impaciente, que los de a pie se adelantaban a los tanques. Muchos quedaron con el rostro hundido en la pinocha, por las cunetas de ese caminito que sube hasta la meseta donde existen aún lienzos de muro que sirven a las parejas para descansar tras la subida y ver Madrid ahora, extendido en un gran semicírculo, desde la Puerta de Hierro hasta los Carabancheles.

Frente al cerro, cara a los pinos que volvían a surgir de entre los restos de los troncos muertos, la casa llegó a su fin y vino esa ceremonia de la presentación de la novia que tanto odiaba Antonio.

—¡Pero si ya nos conocemos todos! —protestaba—.
Nos tenemos más que vistos. Nos conocemos de memoria.

—¿Y qué tiene que ver? Hay que hacerlo y se hace
—se imponía la hermana—. Ya hablaré yo con Carmen.

Y la casa de Carmen también había cambiado. Lo
estuvo pensando mientras duró aquella extraña ceremonia
de vestirse como para una fiesta, bajar los contados escalones, llamar, ser recibidos y merendar, charlando de
todo, menos del asunto en sí, a lo largo de unas dos
horas.

La casa había cambiado. Ahora era una más, sin los
chicos de los otros pisos, sin las chicas, casadas casi todas
ya. Hasta Carmen parecía un poco más vulgar, sin aquella especie de aureola de reina de todos, de dueña de la
casa. Los muebles, como los padres, parecían más viejos,
y el Ford era vulgar, sin los chicos del quinto fingiendo
en él accidentados viajes.

Los buenos tiempos —buenos tiempos para los padres
de Carmen y en general para todos los pisos de la casa—,
barrieron ante sí aquellos ratos que nunca más volvieron,
ni cuando se volvieron a encontrar, como meses después,
con el pretexto de la boda.

Y la noche anterior a la boda fue inevitable también,
la despedida con los amigos de la Escuela, aquel vino y
aquellas patatas y la eterna propuesta de subirse unas
chicas al estudio para matar la tristeza del coñac y despedirse de solteros todos. Y al filo de las tres, la botella
final, la que el dueño del estudio esconde para cuando
se sube una chica para él, no como ahora que se niega
a consentirlas. Muñoz que canta y Pozas empeñado en
hacerle callar y esa pelea que todos temen pero que nunca
estalla, que se aplaza siempre para la copa siguiente, y
Soriano, con los ojos opacos ya, acurrucado en el suelo,
en un rincón, con su vaso en la mano, comiendo avella-
nas como un mono, murmurando:

—Antonio, de ésta te acabas, mi palabra, de ésta no
sales. No sabes lo que haces.

Y Antonio sin escucharle apenas, inmóvil, mareado,
mirando a todos y en realidad despreciándoles un poco.
¿Qué eran, a fin de cuentas? ¿Adónde llegarían? A nada,
a pobres, a lo que son ahora.

Estando ebrio era aquella su defensa, pero luego, de día, les admiraba más, se sentía —se sentiría siempre ya—, incómodo ante ellos.

Y el día venía ya por los pardos tejados de Madrid, pardos aún entonces a cualquier hora, malvas de amanecida. Llegaba en una gran raya luminosa, anaranjada, casi violeta, blanca finalmente, que disolvía los negros nubarrones de la madrugada. Por allí, por aquel blanco relampagueo de luz, en aquella primera brisa que ahora arranca vibrantes sonidos en los miles de antenas instaladas, llegaba inexorable entonces el día de su boda.

¿Fue Tere a su boda? Piensa que sí. Quizás estaba allí, pero la verdad es que el recuerdo se confunde con la boda de Anita, con el de otras más, como la de la hermana que vino poco después, al cabo de unos meses.

Es fácil, en cambio, evocar el rostro de la madre el día en que se reunieron para decidir la boda segunda, tras de la que la hermana se iba con el marido a Venezuela.

—Mira, mamá; tú te vienes a casa, con nosotros. Carmen dice que, por ella, encantada.

—¿Y por qué voy a irme si tengo aquí la mía?

—Mamá, Dios no lo quiera —replicaba la hija—, pero te pasa algo y ¿qué haces? ¿Cómo te arreglas?

—Si me pasa algo, ya llamaré a Antonio.

—Mamá, si no hay teléfono siquiera... Figúrate que es de noche.

—Ya me las arreglaré.

—Es un disparate, de todas maneras. ¿Qué más te da? —volvía Antonio a la carga, sin muchas esperanzas—. Allí vas a estar tan bien como aquí. Carmen dice...

La madre volvió el rostro y le miró. Y no estaba llorando. Era un rostro vacío como siempre. No estaban allí, en sus ojos, ni la sombra del padre, ni él mismo, ni un destello lejano de alegría, ni el dolor de la guerra. Era un rostro vacío y nada más —pensaba—, parecido a otros muchos, al de Carmen después; quizás como el de él mismo ahora.

Poco después de la última hora canónica, es decir, de la nona, el convento queda apagado, en silencio, hasta la hora de maitines. Sólo se oye, de cuando en cuando, el ladrido espaciado del perro de la huerta, mientras en el piso superior se encienden las celosías de la madre Teresa.

Las sábanas que bordan las novicias, las prendas de punto para las que no se admiten géneros, para las que es preciso adelantar cien pesetas, según dice el cartel a la entrada, quedan cada cual en su silla correspondiente, en el cuarto cuyo suelo divide en dos, a medianoche, el haz cuadriculado de la luna.

En el claustro, leves ráfagas agitan suavemente la ropa tendida a secar y duermen los lagartos y las grandes moscas azules que zumban por el día en torno de las uvas. Hasta la iglesia, en sombras, iluminada sólo por el tenaz parpadeo de la lámpara que acompaña al Santísimo, llega, de cuando en cuando, alguna lejana voz desde el pueblo o el eterno estampido de las motos.

El pueblo mismo, en invierno, queda, a esta hora, mudo también, vivo solo en sus luces, muerto bajo el silencio helado de la escarcha. En su vacía plaza, sin las vetustas sillas de los bares, ni la torre multicolor de las maletas, brillan los menudos morrillos de los alcorques, y allá dentro de la Casa Consistorial no bostezan los dos guardias municipales en torno del brasero.

Ahora, en verano, en cambio, con las buñolerías sirviendo cazalla hasta las primeras horas de la noche y los bares abiertos hasta más tarde, siempre hay, frente a la iglesia principal, un corro de paisanos, mientras los chicos juegan a la pelota en el espacio acotado con cadenas ante la puerta real. Los dos municipales han sacado sus sillas bajo los soportales y una vez desabrochado el cuello de la blanca sahariana se han sentado a fumar. Uno de ellos —el cabo— ha sacado el tabaco, en tanto el compañero, se seca el sudor del cuello y corre la pistola en su funda a lo largo de su grueso abdomen, hasta hacerla descansar sobre el muslo. Así se está mejor. Suspira hondo y mira a lo lejos, a lo largo de la calle que flanquea la iglesia. De día se ven campos y tierras y, al final, una oscura cadena de montañas azules. Ahora, sólo una luz colgando inmóvil sobre la calzada. Y piensa —lo dirá más tarde en el informe— que la farola aquella, recién puesta, alumbra algo menos aquella noche. Puede ser que estén moliendo en el molino nuevo, o la fábrica de embutidos que tira de la luz, o estas lámparas nuevas de neón que no son tan buenas como asegura el representante.

Está calculando los días que lleva colocada la lámpara y parece que cada vez se apaga más, y de pronto llega un chico gritando, mientras suena en la iglesia el toque de rebato.

Los dos guardias se alzan precipitadamente y tras de arreglarse pistolas y saharianas, ya van con los del corro por la calle de la luz empañada, por donde nace el humo.

De pronto, en la plaza, hasta entonces tediosa y tranquila, la campana y las voces del muchacho han hecho surgir un sentimiento incierto de miedo y entusiasmo. Corren todos, la tertulia de los soportales y otros hombres salidos de los bares, y los niños también, sin escuchar los gritos que los llaman de lo alto.

—¡Vicente, ven aquí!

—¡Antonio, que no vayas! ¡Antonio...!

—¡Eulalia...!, ¡Rosalía...!

Ahora, en la plaza sola, en las pausas que duran lo que tarda en tomar aliento el sacristán de la campana, se oyen voces que preguntan, se llaman, se despiden, rumores metálicos de cubos y puertas que se cierran. Hasta los perros van, con su trote impreciso, flanqueando la marcha, olfateando el aire cargado ya, aullando a veces, excitados también como los hombres.

Callejón del Cieno, apenas visible ya por la humareda, calle de los Martínez, con las alegres criadas de la casa en el balcón principal riendo, respondiendo a las bromas del cortejo.

—¿Qué? ¿No bajáis?

—¡Para apagar fuegos estamos nosotras!

—¡Baja para acá, que te apague yo algo!

Una saca la lengua y todas, apoyadas en la barandilla, echan los pies atrás, escondiendo las piernas.

Calle de San Vicente de Paúl, calle de la Encomienda, en donde se une más gente, ya con hachas y picos y cacharros, callejón de las Monjas, con niebla que huele a leña seca ardiendo, que hace llorar, toser, que pone áspera la garganta.

La puerta grande del convento está abierta. Se ven

cruzar por dentro las sombras apresuradas de las monjas y hay ante el portal un grupo de hombres intentando organizar la cadena de costumbre, esta vez desde una de las norias del huerto. Pero los que llegan quieren ver el fuego antes, echar un vistazo al convento por dentro y son inútiles las amenazas de los guardias y las voces del hortelano, que quiere arrastrarles adonde sale el agua. Otros, dentro, con hachas y picos intentan derribar un tejadillo, prendido ya, vecino a la iglesia. La trama de cascotes y ladrillos se tambalea, está a punto de caer y cuando los hombres quieren apartarse chocan unos con otros y las brasas salpican sus cabezas. Repentinamente, la negra niebla se abre y, como en una explosión, nace una gran llamarada que hace que la cadena se organice definitivamente. A la luz de la bombilla que ilumina la fachada, al resplandor de las ventanas abiertas, fronteras al convento, comienza a brillar ya en orden el vaivén de los cubos, en tanto el cabo envía al compañero a buscar al alcalde.

—Anda, dile que está esto hecho un ascua. Yo cuido aquí que no se desmanden éstos.

Pero el alcalde llegaba ya, con el médico de las monjas y don Antonio. Habían coincidido en plena calle, apenas salidos de la plaza y, entre el tumulto de los gritos, las carreras y las voces, apenas consiguieron cruzar un breve saludo que sonó lejano, perdido entre el repicar de la campana. Ya entrando en el callejón, el de los santos había gritado al médico:

—Mala noche, ¿no le parece?

—Mala para volver a encontrarse —había respondido el médico con cierto humor—. Además, con este bochorno...

Y el médico se había acercado sin detener su marcha, esquivando a los chicos que corrían por el centro de la calzada.

—Además con el peligro del fuego. Aquí, todo tan seco...

—¡Bah! —hizo un gesto el otro de quitar importancia al incendio—. Esto aquí, en los veranos, el pan nuestro de cada día. Luego no pasa nada: cuatro vigas abajo y unas cuantas tejas rotas.

—Por el humo parece que esta vez es algo más.

—Nada. Nunca es nada. La culpa es del puñetero sacristán que la goza dándole al badajo. Yo voy por calmar a esas mujeres que tendrán un buen susto dentro del cuerpo. —Volvió a mirar malhumorado en dirección al campanario de la iglesia mayor, invisible pero sonoro aún, y preguntaba—: Y usted ¿a qué va? ¿A ver el espectáculo?

—A ver si tengo que sacar mis trastos.

Y en tanto el de los santos respondía, el médico se hundió en el portal tras el alcalde. Iba a pasar tras ellos don Antonio, pero uno de los guardias se plantó ante él, cortándole el paso.

—No se puede.

—Es que tengo mis cosas ahí dentro —protestó.

—¿Qué cosas?

—Mis cosas. ¿Qué van a ser? De mi trabajo.

El de la puerta interrogó con la mirada al cabo.

—Son órdenes, amigo —confirmó éste—. No puede pasar nadie.

—Déjeme hablar con el alcalde, por lo menos, o con la superiora. Sólo asomarme un instante.

—Espere; quítese de en medio. Espere *usté* a que salgan; cuando salgan habla *usté*, mientras tanto apártese, no estorbe. —Su brazo le empujaba hacia atrás con violencia cada vez más firme, a medida que arreciaban y se manifestaban las protestas.

El incendio, de muros afuera, siguió hasta su final como una fiesta nocturna, a veces como un juego. Sólo en otra ocasión volvió a surgir, por encima de las tapias de la huerta, un racimo de rostros preocupados, al tiempo que se escuchaba el derrumbarse de algún muro allá adentro. El aire se pobló de estallidos de chispas y de un olor a brasas apagadas a medias que añadían aún más calor al calor de la noche. Pero ya los hombres iban y venían sin gran prisa, sin gran convicción, deteniéndose a veces en las mesas que la mujer del guarda y las de los inquilinos habían colocado cerca del portal, con pan y vino y alguna que otra punta de chorizo.

Olía a sudor, sobre todo, a bochorno, a paja calcinada,

y ya algún grupo, con los ojos enrojecidos por el humo, se volvía camino de la cama.

Entre los primeros que aparecieron en el portal reconoció don Antonio al médico. Le vio encender un cigarro con los guardias y alejarse rumbo a su casa.

—¿Qué tal? —le alcanzó—. ¿Tenía usted razón?

—¿Cómo dice? —preguntó el otro, con cara de sueño?

—Que si tenía razón; si no era tanto como parecía.

El tono del médico cambió en un instante.

—Perdone usted. Con esta oscuridad no le había reconocido.

—No me dejaron entrar. ¿Ha habido muchos daños?

—Muchos, no... Lo que dije, lo de siempre...

—Alguna chispa...

—No... —dudó unos instantes—. Parece que una chispa, no. Al menos eso dicen. Un cable que prendió fuego a la madera o los plomos o un corto circuito, no sé..., no me haga mucho caso, porque yo, maldito lo que entiendo de eso.

Ese tono, ese vago modo de hablar que tanto oiría luego, que nunca acusa pero que insiste y vuelve siempre al principio, como en los malos sueños. "¿Usted recuerda si el infiernillo que utilizaba usted, quedó enchufado o no? ¿Quién lo ponía? ¿Usted o el chico? ¿Quién lo desenchufaba, al cerrar el cuarto por la noche? ¿De qué amperaje era? ¿No lo sabe? Sí sabrá dónde lo compró... ¿Era como éste? ¿Este mismo? ¿Le reconoce usted?"

Y el sargento, al otro lado de la mesa, se aburre tanto como él repitiendo monocorde sus preguntas, se aburre tanto como él con sus respuestas, en tanto desde la pared del fondo, cuadriculada de pequeñas fotos, miran rústicos criminales, ladrones de motos, algún que otro modesto estafador, falsas criadas, casi cincuenta rostros reunidos en siniestra promoción, como en la foto múltiple de final de carrera.

Y de nuevo: "¿No puede recordar usted si el cable...? y vuelta a bucear en la memoria, vuelta a rogar: "Si yo pudiera entrar, si consiguiera ver cómo quedó aquello...". Pero el sargento insiste. "Eso es cosa del obispo. Ni las mismas monjas podrían permitirlo ahora." "Pero las monjas también tenían su taller de formas, y además con los cables por los suelos."

"También pudiera ser... Nadie dice que no. Es precisamente lo que se está investigando." Nada, en resumen, el silencio, otra vez los rostros sonrientes de las fotos hechas en momentos felices, casi todas en una boda, para un carnet, en la tarde de fiesta de un pueblo, hechas en ocasiones que contrastan con su fin ahora, clavadas en la pared del cuartelillo.

Y otro día, desde la pensión, ha llamado por teléfono al obispado de la pequeña capital.

—¿El secretario está? —pregunta sin saber bien a quién debe dirigirse.

—No está —responde una voz amable y femenina.

—¿No sabe si tardará en llegar?

—No creo que tarde mucho. Pero si quiere algo para el señor obispo yo puedo darle el recado. Yo soy su sobrina.

Don Antonio ha explicado a su vez, a la muchacha, con mucha precisión, lo más claramente posible, que quiere entrar de nuevo en el convento, recuperar sus cosas, reanudar, si puede, su trabajo. Aguarda con el auricular pegado a la oreja, que le suda, hasta que al fin vuelve a oírse la voz lejana de antes.

—Que dice el señor obispo que sí, que siendo un caso así, que le daremos el permiso.

—¿Puedo ir mañana a por él?

—Sí; venga usted mañana. Nosotros estamos aquí hasta las dos.

—Muchas gracias.

—No hay de qué; de nada.

El Obispado de la pequeña capital es un rústico palacio abandonado a medias. A la entrada, el portero le ha hecho esperar.

—Hoy el señor obispo no recibe; hoy no, sólo los jueves. Pero le puede recibir don Teodoro, que es su secretario.

El portero es viejo, casi de la edad del obispo, según explica. Tiene el rostro curtido, deformado por el frío del invierno en aquel enorme caserón, tostado de media frente abajo, blanco rosa hacia arriba desde la nítida marca de la boina. Ha comenzado a hablar soñoliento, lejano, en una cantinela que repite tal vez con cada forastero. El señor obispo es muy bueno, hizo mucho bien durante la guerra, salvó a muchos, seguro que le concede ese permiso. Está viejo y se va a retirar ya... Es muy bueno... muy bueno...

De improviso suena el teléfono y es como una explosión en el cuarto tan pequeño.

El portero se yergue, se transforma, alza el auricular y grita:

—¡Aquí palacio! Dígame.

Don Antonio aprovecha la ocasión y nada más colgar, le recuerda la entrevista, mas cuando el portero va a buscar a don Teodoro, éste hace un rato ya que salió para casa.

—¿Pero no dijo que le esperara?

—Sí; eso dijo. —Se encoge de hombros—. Se habrá olvidado, venga mañana. A lo mejor mañana tiene más suerte.

Y al otro día, el secretario del obispo habla despacio, impersonal, con cierta calma al principio, que luego, al compás de la disputa, se transforma en obstinación, en ira.

—Bien, sí, de acuerdo, pero aquí, en el Obispado, no podemos obligar a nadie y menos al convento. Usted comprenderá que allí tienen sus reglas y sus normas. Además le diré una cosa: yo no soy, en absoluto, partidario. Yo creo que es hora de que las dejen en paz. Hace un par de meses estuvieron allí dentro fotografiando las dichosas pinturas. Ahora viene usted y así ni pueden hacer su vida ni seguir su retiro, ni nada que se le parezca. Ahora bien —tomó respiro un instante y lanzó un vistazo a los papeles sobre su mesa, como dando fin a la entrevista—, si usted tiene tanto interés, escribiremos y, a su debido tiempo, le mandarán las madres la respuesta.

—¿Y no podría el obispo convencerlas?

—Pensaba ir por allí, pero con esto del incendio no creo que lo haga. Se ha suspendido indefinidamente la visita.

—Pero el señor obispo me dijo por teléfono...

—Nosotros no estamos ni a favor, ni en contra —concluye el secretario—, aunque, eso sí: puede usted, desde luego, recoger sus cosas. Es de sentido común.

—Es que no se trata de mis cosas. Se trata de acabar ese trabajo.

El secretario tuerce el gesto otra vez, baja los ojos y sin responder comienza a arreglar el rimero de sobres que corona su mesa.

Y al día siguiente, de nuevo ante la puerta del convento, la otra voz —la voz de la portera que tan bien conoce— susurra, desde el otro lado del torno:

—La abadesa está enferma... ya sabe usted... La vicaria no, la vicaria está en Madrid. Se fue... Vendrá en esta semana. Para ese permiso que *usté* dice, es mejor que hable con ella... Sí, claro, que nos acordamos de *usté*. ¿Cómo no?

Una gran pausa. Apenas se oye respirar al otro lado, ni alejarse los pasos de la madre, ni la campana desde lejos, llamándola.

En cambio, afuera, en el portal, a espaldas de don Antonio, hay ahora un grupo reducido esperando su vez ante el torno. El más cercano de él es un viejo que se impacienta ya con una cesta de verduras bajo el brazo. De improviso, al otro lado se reanuda el murmullo:

—... Mejor escribe *usté* una carta. La madre le contestará. La madre vicaria siempre contesta. Se la podemos mandar a Madrid, si quiere, para que no pierda más tiempo aquí, esperando por eso. Claro, *usté* no ha visto cómo quedó la sala capitular. Sí, sus cosas las tenemos preparadas...

Y más tarde, en el Ayuntamiento, el bedel que le mira casi sin verle, desde sus grandes gafas de cristales ahumados, que le habla con la colilla desteñida temblándole aún en los labios quemados, sin hacer ni ademán de alzarse de la silla.

—No, el señor alcalde viene sólo por la tarde. Ya sabe usted que es médico y tiene las mañanas ocupadas con la consulta. Y eso de por la tarde, si no pintan bastos y tiene que venir a poner orden, quiero decir paz entre los concejales. Pero, vamos, por la tarde es más fácil, si es que no le llaman para algún caso urgente. Porque él, para eso, no es que lo diga yo, lo dicen todos, él no perdona ni que sea hora de dormir, ni de comer, ni a veces sabe a qué hora se acuesta. Él dice "Ahí voy" y ahí va; coge el coche y se planta donde sea. Pero de todos modos, ya le digo: vuelva, vuelva por aquí sin prisa porque también puede ocurrir que esté con alguna comisión o de caza o, ¡qué sé yo!, que ese día no le cuadre venir. Llame, llame usted antes de caer por aquí; llame antes, si puede, por teléfono.

La respuesta de la vicaria viene dentro de un sobre azul corriente de oficina, escrita a mano en una cuartilla donde un sello de caucho ha impreso a mano el escudo de la orden.

"Muy distinguido don Antonio en el Señor. Paz y bien. Grandemente agradecemos su atenta carta de fecha 23 del actual. Sentimos tenerle que decir que no. Agradecemos su buenísima intención de acabar su trabajo y conseguir con ello que se hagan las obras para arreglo y mejora del convento, pero sentimos, digo, que no nos interesa ya, ni es nuestro deseo seguir adelante en estas condiciones, y si es preciso, con pequeñas limosnas iremos levantando lo más urgente y así, con la ayuda del Señor, pensamos solucionarlo todo.

Repitiendo que muy agradecidas, dándole mil gracias, pidiendo al Señor por Ud. queda de Ud., su hermana en Cristo.

Sor María del Carmen Cavero."

V

Las paredes son blancas ahora, sin los dibujos de papel, algo rozadas, ya como si llevaran cierto tiempo pintadas. Faltan también las fotos, los retratos. Sólo quedan paisajes en los marcos de siempre, que contrastan con algunos muebles nuevos, pocos, cuatro o cinco quizá. Y aquel tresillo viejo, tapizado de claro ahora, con sus brazos torneados, escondidos quién sabe con qué truco del tapicero, y una nueva mesita, con revistas ajadas, que no es nueva, que es la antigua con las patas cortadas, y el único jarrón que resta de los de entonces.

Ya no están aquellos opacos cortinones, los han cambiado por cortinas blancas, casi transparentes, pero la lámpara de bronce, aquella que nunca se encendía, aquella sí que cuelga aún del plafón, presidiendo la vida de la sala, aunque sin sus pantallitas de tela roja. Ahora hay una gran pantalla color barquillo, enhiesta en un rincón, sobre su vástago dorado iluminando el parquet que cruje como entonces, pero que está más limpio y nuevo, acuchillado.

Todos esos muebles arreglados, corregidos, son como saldos ya de recuerdos, producen una sensación en cierta forma incómoda viéndolos transformados así, al cabo de los años.

¿Y los retratos? ¿Dónde estarán? Vendidos, muertos, olvidados, perdidos. Aquel hombre entrecano, de uniforme, con sus grandes bigotes y el puño apoyado en el costado, aquel otro presentando la gorra bien cogida a la altura del pecho, aquel último de leguis relucientes ¿dónde estarán? Rostro con rostro, cristal contra cristal, bajo un manto de polvo, como los rostros mismos, como quizás estaba ya mucho tiempo atrás cuando sus figuras arrogantes decoraban aún los cuartos de la casa.

¿Y los otros, los vecinos, los de afuera? Todos aquellos que miraban de reojo, desviando súbitamente la mirada, cada vez que sorprendían a alguien llamando a aquella puerta? ¿Y el portero, ya viejo y sin embargo demasiado joven aún para su edad real, para los años que lleva espiando detrás de sus cristales? O la dueña de la pastelería que, ésa sí, tiene mejor memoria, que recordó al instante a la pareja, aún sin haberlos visto juntos antes, que no dejó de mirarles o mejor de estudiarles, en tanto les servía las pastas para el té de aquella tarde.

El té es nuevo también. ¿Quién lo tomó allí antes? O puede que no, que fuera siempre así, porque decía Máximo que los rusos amigos del general no podían pasarse sin él, a cierta hora.

El hotel de enfrente sigue igual: grande, blanco, más allá de la ventana, al otro lado de la calle, con su fachada recién revocada, casi brillante en todos sus balcones y ventanas, y suena lo mismo el silbato del portero, que es una orden para los taxis.

Y subiendo a la casa, pasando ese portero que ya no le reconoce, las escaleras tienen ahora rotos sus cantos y en las paredes sucios desconchones, y remiendos blancos en las vidrieras de los descansillos, esas vidrieras que abiertas alguna vez de par en par, en día de limpieza, se asoman al vacío gris, agrio, penetrante, tapizado de un humus sedimento de alfombras sacudidas, gasoil de la calefacción, pelusas, polvo y humo. Esa escalera que, a pesar de todo, sigue ofreciendo esa misma sensación de refugio y defensa, igual que las iglesias donde pasa su tiempo y su trabajo, lo mismo que la segunda escalera, la interior, por donde se subía entonces cuando la luz fallaba, y con ella el ascensor, en el preludio incierto de los bombardeos.

Era duro, el corazón se ahogaba en llegando a los últimos tramos, porque nunca tuvo paciencia suficiente para esperar y las piernas iban pesando más cuanto menos se comía.

El corazón se ahogaba en la subida y, luego, calculando si al llamar en la puerta abriría la prima, porque nada más entrar en el portal el recuerdo de Carmen se borraba.

Mas casi siempre aparecía la criada: "Pase, pase usted, señorito. Están en la sala" o "No, en la alcoba, espere, por favor. Traiga, deme el abrigo".

Y luego viene ese pasillo largo que se prolonga rumbo a la claridad, al vago resplandor de la sala donde nace el olor que es para él el aroma perpetuo de la casa, después del agrio olor de la escalera, un aroma que quizás es sólo sugestión porque ya no se compran allí lilas, o al menos no se ven por los jarrones.

—Siéntate, espera un poco que me visto —ha dicho Tere—. ¿Tomas algo?

Se la oye, allá dentro de la alcoba, como a la madre antaño. Suena el abrir y cerrar, el rechinar intermitente del armario, el ir y venir de las chinelas y luego el agudo taconeo de los zapatos, de esos tacones que acribillan la madera. El parquet brilla a pesar de que —la prima lo dice—, ahora el servicio es caro y debe conformarse con la mujer que viene un día sí y otro no, por horas.

—No te imaginas como está eso ahora.

—Algo oigo a veces en casa.

—Vosotros, ¿cómo os arregláis?

—Nosotros, con una mujer también, me parece. Y Conchita, que vive en casa.

—¿Quién es Conchita? Tu sobrina...

—Esa misma...

—Me parece que estaba en la boda. ¿No?

—Creo que sí. Bueno... seguro que estaba.

Es raro estar así, hablando de criadas, a través de la puerta entreabierta mientras Tere se viste. Es como su amistad durante tantos años que ese modo de hablar perpetúa, ese modo de hablar en que lo que se dice no llega a importar demasiado, sino todo lo demás, lo que ya se conoce porque está siempre en torno, palabras que van y vienen en un juego que responde a otro juego allá adentro en la cabeza, ese juego que impide a Antonio traspasar las barreras de las lilas, de la antigua criada, de la madre ya muerta, de aquellos muros tan cubiertos de retratos.

Ahora, con la madre muerta, esa barrera perpetuada

aún después de la guerra debería caer, mas mientras cambia o no, es preciso continuar, insistir en el tono trivial aunque aplomado, serio, un poquito paternal, informándose de sus proyectos, de los últimos tiempos de la madre, comprando así sus horas de estancia allí con ella, o el placer de tomar una copa juntos, en un sitio discreto por culpa del luto.

La prima a veces calla. Entonces, más que aburrido, incómodo, abre alguna de aquellas revistas desvaídas, abandonadas con poca convicción ante el tresillo. Pero aquellas palabras y fotos que son sólo recuerdos ya, tan pasados como los propios, le desazonan aún más. Va doblando las hojas y cuando cae en la cuenta de que apenas ve lo que mira, vuelve a empezar, hasta que, finalmente, las cierra y retira.

—¿Cómo encuentras esto? —llega de nuevo la voz de Tere.

—¿El qué? ¿El piso?

—La casa.

—Bien. Bastante cambiada.

—¿Bien del todo?

—Bueno, quiero decir muy bien. La encuentro distinta como te puedes imaginar.

—Pero distinta ¿en bueno? —insiste Tere.

—Sí.

—No lo dices muy convencido.

—Sí, mujer. ¿Cómo quieres que lo diga?

—Es que me interesa mucho tu opinión. Tú eres hombre de gusto. Eso decía mamá.

Y es raro conocer ahora, por su boca, la única opinión acerca de él de la difunta. Tere habla de ella, como si se hubiera muerto hace ya muchos años y le contagia el tono, haciéndole responder:

—¿Decía eso?

—¿No sabes que tenía muy buena idea de ti? Decía que de toda su familia, eras el único con quien se podía hablar. ¿No lo sabías?

—No...

—Pues eso decía.

Ahora es igual lo que dijera, lo que pensara, lo que la prima y él pudieron ser sin ella. Ahora no está, y

274

pueden salir, entrar o quedarse como alguna tarde allí, en la sala, si hace demasiado calor en la calle.

—Te costaría un dinero.

—¿El qué? ¿El arreglo del piso?

—Reformar todo esto.

—No lo sabes tú bien. Así estoy. Entre esto que ves y la testamentaría, sin un céntimo...

—¿Recuerdas que tienes que ir el jueves al notario?

—Lo tengo apuntado.

—¿Quieres que te acompañe?

—No hace falta; no te molestes, es un amigo.

—Si te digo que no es molestia, no lo vas a creer...

—Claro que lo creo.

—Entonces vengo a buscarte.

Tiene razón porque él, aparte de su compañía, puede ayudarle poco en las cuentas de esa herencia cuyo secreto guarda con cuidado, pero que tiene que existir porque Tere no piensa trabajar y a veces habla de su dinero, lamentándose un poco, en esa forma de suave queja, con que lo hacen los que gozan de un pasar respetable.

—Y a mí, ¿cómo me encuentras? —vuelve a preguntar de improviso.

—Muy bien —se apresura a responder Antonio, como temiendo no atreverse a confesarlo si lo piensa—. Lo mismo que en la boda.

—Tampoco pasó tanto tiempo.

—Poca cosa.

Tere no entiende. Él se refiere a su aspecto en la boda, después de tanto tiempo, desde aquellas visitas anteriores. Ahora que lo pregunta, ahora que se halla presente solo en su voz, en ese rumor de pasos que, de vez en cuando, se reanuda, la ve en aquella penumbra y comprende cuán poco tiene que ver con la prima pequeña y a la vez mayor, eterna adolescente a la sombra de la madre. Es como una mujer distinta que se conoce ahora, que gusta y se desea, con la que se debe ser cordial y simpático como en aquella otra casa barrida por los años.

Y más allá de esos ojos de la señora, tan negros y tan vivos, lo más vivo en un cuerpo invicto todavía, está en su risa, o mejor en la sonrisa que no sabe a quién sonreirá, que parece decir, a media voz, por encima de sus propias palabras, como Modesto el del bar, como Máximo en el día de la boda:

—¿De modo, Antonio, que vas a ser abuelo?

Pero ahora calla, sus pasos dicen que debe andar adentro, por la cocina quizás, y Antonio, aburrido, se ha levantado a mirar a través de la puerta entreabierta.

Allí está la famosa alcoba, con su gran cama de metal y cristal, con sus ramos de bronce en grandes cestos, con su colcha azul de sombríos reflejos. Allí aparecen aquellas butaquitas redondas, de raso, con madroños, alguno de los cuales falta, debe faltar desde hace muchos años. Ésa es la gran coqueta, con su espejo oval con las aguas partidas por el tiempo. Allí aparece, en sombras, porque no le llega la luz de la mesilla, el solemne armario de caoba, lo único de la habitación que se alcanzaba a ver desde la sala.

—Tere —le había dicho, allí mismo, ante la madre que aún parecía mirarlos, en aquella alcoba que empezaba a apestar a crisantemos—, Tere, si necesitas algo, si quieres que te ayude... Lo que sea. No importa, llámame.

—Sí; te llamo... Gracias, Antonio.

Y luego, de noche ya, de vuelta del entierro, otra vez frente a ella que no está triste del todo pero sí cansada, luchando por tenerse en pie, con dos afiladas lunas negras, bajo los párpados, bajo los ojos que casi se le cierran:

—Me voy ya, Tere... Te dejo que duermas.

—No sabes cuánto te agradezco todo esto...

—¡Bueno!, mira que cosa... Anda, me voy. Debes estar muerta.

—No sabes las noches que he pasado.

—Pero, ¿por qué no me llamaste?

Y en el pasillo, la sensación de perderla otra vez, con sus ojos tan bellos, con sus hebras claras que arrancan de la frente y brillan cada vez que se lleva la mano a la sien.

—No sabes qué noches, con mamá quejándose sin parar, cambiándola de ropa, con el cuerpo, la pobre, hecho una pura llaga. No sabes qué dos meses, sin poder apartarme de la cama.

Y el secretario había alzado el rostro en silencio, desde el montón de fotos esparcidas sobre la mesa. Volvió a mirar como aquella otra vez, meses atrás, el san Cristobalón, sus piernas bañadas por el río, rodeadas de peces cenicientos y contempló al de los santos, con aire de duda, sin decir palabra, por unos instantes.

—Mira —comenzó al fin—. Yo no sé qué decirte. Todo depende de ellas y del obispo, claro.

—Pero algo se podrá hacer.

—¡Hombre, como poderse...! Depende del interés que tengan aquí —señaló como siempre, con un gesto, el cuarto de al lado—, pero es que si la culpa es tuya, no te van a dejar entrar otra vez, por mucho que insistas.

—¿Y si la culpa es suya?

—Suponiendo que la culpa fuera de ellas, menos aún.

—Entonces tú dirás qué hacemos.

—Algo, no sé. Escribir una carta.

—Insistir. Que nos digan que no, claramente.

—¿Pero no te lo han dicho ya?

—No. No del todo. Si no, no insistiría.

—Esa carta tendría que firmarla el comisario.

—¿Y qué crees, qué no va a querer?

—¿Por qué no? Lo que pasa es que no está. Está en París. Vamos a ver... Estará allí hasta el día doce. El viernes próximo lo tenemos aquí. Este viernes no, al otro. Yo le pondré la carta a la firma, es lo mejor.

—Y yo ¿qué hago? ¿Vuelvo o te llamo?

—A mí me viene mejor que llames —responde el secretario, dudando un poco, como siempre antes de responder—. Además, así a lo mejor, mientras tanto, sale alguna cosa.

—Es que yo no quiero otra cosa —insiste don Antonio—. Lo que yo quiero es acabar aquello.

—Ya me imagino.

—No es cuestión de principios, es también por cuestión del dinero.

—Eso también puede arreglarse con tiempo. —Mira otra vez las fotos y calla. Ahora siempre es así, hasta que el de los santos hace ademán de irse. Lo que más molesta y desconcierta a don Antonio, no son los plazos que van pasando desde el día de su vuelta, ni el dinero que quizá nunca cobre, que es difícil exigir porque no hay recibos ni contrato, sino saber que su trabajo es casi inútil allí, algo que solamente interesa a él, que en él comienza y en él termina. Esa idea de lujo, de cosa artificial, inútil, le vence mucho antes que su actual apatía cada vez que emprende un nuevo viaje, cada vez que dispara una de esas preguntas vacías:

—Entonces, ¿te llamo el miércoles que viene?

—Llámame a ver si hay suerte.

Ya va camino de la puerta, pero la puerta se abre antes de que haga girar el picaporte, y aparece, a medias, como sin atreverse a entrar del todo, una muchacha.

—Pase, Pilar, pase —le anima el secretario—. No se quede ahí fuera.

—¿Este señor es don Antonio, verdad? —pregunta ella.

—El mismo, Pilar.

—Es que me dijo usted que cuando viniera por aquí, le recordara lo de la carta.

El rostro del secretario se trasforma en un instante. Parece escudriñar la lejanía. Luego vuelve a mirar a la muchacha.

—Hija mía, Pilar, le aseguro a usted que en este momento, no. No tengo ni idea de qué carta me está usted hablando.

Sus palabras animan a entrar a la muchacha, que la busca en el armario. Allí está sobre la mesa ahora, escrita en papel cuadriculado de colegio, encabezada por una pequeña cruz y unas siglas piadosas.

—¡Ah, hombre! Claro que la recuerdo. Es una carta del párroco aquel. Aquel donde estuviste tú el otoño pasado.

—Será pidiendo algo.

—Nos la escribió hace ya tiempo. Por unas reproducciones que le prometiste, según decía. Le contesté que se las mandaríamos y unos días después me vino esta otra del Obispado.

—Insistiendo.

—No, no... Dice que tu amigo el párroco está en un sanatorio y que nos agradecen el envío. En un sanatorio de esos de la cabeza.

—¿Y qué tiene eso que ver conmigo?

—¡Hombre! Como tener, no tiene, pero pensé que te interesaría saberlo. Tú me dijiste una vez que era así como un poco raro, ¿no?

—Raro, sí, pero aparte de eso nunca noté nada. Bueno, verdaderamente, no sé qué iba a notar; que andaba solo todo el día; eso sí lo recuerdo. Cuando no trajinaba en la iglesia, se marchaba con el breviario, de paseo. Cogía el camino del monte y no paraba hasta la hora del rosario. Entonces se volvía. De lo demás no sé; nunca eché con él más de dos parrafadas seguidas.

—En fin —replica el secretario, como echando el telón—, nada más... Lo que hace falta es no acabar como él, tú que andas también solo tanto tiempo.

Y le despide con aire socarrón, como si ya le viera en una sala del sanatorio.

Es lástima que la carta no diga más. Ahora, mientras camina por el pasillo, rumbo al historiado ascensor, ve allá lejos, de paseo por su bosque de hayas, al párroco. Allá va, camino de la cumbre, allá van sus ojos tan fijos al hablar, sus manos tan inquietas en cambio, su quebrada silueta, sus eternas botas, aquellos ademanes a la vez plácidos y altivos.

Ahora las dos manchas negras bajo los ojos han desaparecido. Ya vuelve, a rachas, el buen humor de Tere, cuando saliendo de la alcoba, pregunta:

—¿Qué tal me sienta el luto?

Porque aunque no es luto del todo, y a pesar de que ya se lo ha repetido muchas veces, le gusta oír a Antonio:

—Muy bien. Debías ir así siempre.

—¡Qué cosas tienes! De luto siempre. Parecería una viuda.

—Una viuda elegante. Con el muerto en casa.

—¿Qué muerto? —le pregunta extrañada.

—¿Qué muerto va a ser? Yo.

—Que bobo eres; que cosas se te ocurren.

Cuando aparece definitivamente, Antonio se levanta. Tere descorre las cortinas para que el fresco de la noche alivie el bochorno del cuarto.

—Bueno; cuando quieras.

—No me digas que tienes que estar a las once en casa.

—Bueno, a las once no, pero no muy tarde, ¿eh, Antonio? —suplica mientras gira el llavín— que mañana tengo que madrugar.

—No sé a qué llamas tú madrugar...

—Levantarme a las nueve, por lo menos.

—Para las cosas que tendrás que hacer...

—Pues, hombre, ir al notario.

—Lástima que no pueda acompañarte.

—No seas pesado.

—Como quieras...

—No seas bobo; no te enfades.

—No me enfado. Sólo quería verte en plan de mujer de negocios, pero si es un secreto me callo.

Ante el portal, la plaza; tras el largo y pesado bochorno va despertando al fresco de las primeras horas de la noche. Los jardinillos rebosan ahora de ancianos y niños, ocupando a tope sus bancos exiguos. Los últimos turistas bajan cansados la cuesta desde Sol hacia el hotel, ante cuya entrada el silbato imperioso del portero hace correr intermitente la fila de soñolientos taxis.

—Oye, Antonio —le ha detenido Tere, cogiéndole del brazo—, ¿por qué no vamos a un sitio fresco? ¿A un sitio donde se respire? Arriba, en casa, se nota menos, pero aquí abajo, la calle es un horno.

—Vamos a un sitio con aire acondicionado.

—Mejor al aire libre.

Y de nuevo en el taxi, ese vacío. ¿En qué pensará Tere? ¿En lo que ella llama sus negocios? ¿En sí misma? ¿En él? ¿En su entrevista del día siguiente?

Entretanto, el bochorno aún; el sudor que rezuma por la espalda del chófer, esa red de puntos cristalinos que baja desde la nuca acelerando su marcha en la caída. ¿Qué irá pensando Tere? ¿Se aburre? ¿Se divierte? Ese viento que corre y entra por la ventanilla, que sofoca, que reseca la cara, la boca sobre todo. Una mujer sola, una mujer de su edad, soltera, sola, con algún dinero. Una mujer así siempre quiere casarse. Una mujer así, aún con familia, flota, no es nadie, no pinta nada. Tere está sola. O no; cualquiera sabe.

—¿Qué haces este verano?

—¿Este verano? —le mira sorprendida—. ¡Pero si estamos a mediados de agosto, casi!

—Tampoco es tan tarde. ¿No te vas fuera? ¿Ni siquiera una semana?

—Si no fuera por las cosas del notario, no estaba ya aquí.

—¿Adónde habrías ido? ¿A la playa?

—Tenemos un apartamento en Benidorm. Lo compramos ya va para dos años. Nos dijeron que era una buena inversión.

—¿Para alquilarlo?

—Bueno, para alquilarlo y para ir nosotras también, aunque mamá lo disfrutó bien poco la pobre.

El tiempo hace ridículas las cosas. El tiempo, la edad, separa más que el dolor, lo mismo que la muerte. Allí va Tere, a su lado, más cerca que de joven, en el recuerdo. Allí va y es como haber vivido muchos años con ella, unos años pasados que no existen, pero que separan, se interponen igual, cansan igual, vacían, mientras en el rincón más tórrido del interior del taxi las miradas se cruzan y vacilan.

—Yo creo —murmura Antonio—, que debíamos irnos los dos: tú y yo a ese apartamento.

—¿A cuál? ¿Al mío?

—Justo, al tuyo. Vivíamos allí un mes o dos.

—O un año...

—Eso es: un año. Lo que quisieras.

—Podíamos probar. Es verdad...

—¿Por qué no te lo piensas?

Y Tere, tras dudarlo un poco, responde:

—Otro año.

—¿Y por qué otro año?

—Por el notario —ríe al fin—, ya te lo dije antes.

—¿Pero no se puede dejar eso hasta el otoño?

—No se puede; no.

Lo ha dicho en ese tono que no le va, que quiere ser firme, interesado, como si ya tratara un asunto de negocios. No le va, no encaja en él, aunque seguramente la culpa no es suya, sino de Antonio. Esa alegría que vuelve ahora, ese humor un poco infantil —piensa Antonio—

281

van mal, puestos a calcular la renta del dinero administrado hasta entonces por la madre.

La madre sí que había nacido para eso, pero Tere no, aunque, ¿quién sabe?, quizá sirva o se acostumbre con el tiempo.

Y de pronto se le ocurre una segunda solución:

—Oye, ¿no será que ese notario y tú...?

Y apenas ha comenzado se arrepiente de ello, como de todas sus necias palabras anteriores. A fin de cuentas prefiere que la razón sea ese hombre, a quien no conoce, antes que otra Tere distinta dedicada, como tantas ahora, a alquilar pisos. Antonio lo prefiere, pero las palabras no sirven para explicarlo. Lo que Antonio quiere decir, más allá de todas esas inútiles palabras, es que sería bueno vivir con ella, juntos los dos, en esa playa que no ha visto o en el piso que sí conoce, en el que tanto piensa. Huir del chalet del río, de conventos y ermitas, del secretario y su opulento ascensor, del frío y la humedad, del polvo de la cal, del tacto pegajoso de las colas.

Huir del río, de los pinos que cada mañana amanecen sombríos hasta tomar color contra el lecho blanquecino de las nubes, del mismo muro que hurgan, hacen temblar y agrietan y dividen ahora los grandes brazos amarillos, como ortopédicos, de las excavadoras. Huir del río inmóvil, del quiosco de Modesto, de los chopos desnudos y la voz del agua que engaña, que finge otro lugar desconocido, lejano cuando empiezan las avenidas del invierno. Huir de ese chalet, antes de que el verano pase del todo, antes de que comience otro año y Tere, de nuevo, vuelva a ser lo que fue, acabe definitivamente en el recuerdo de antes.

Huir de la casa —"¿Será feliz Anita?" "¿Tú crees que querían el niño tan pronto?" "¿No debía buscar Gonzalo otro trabajo?"—, de Conchita y su labor de punto, febril ahora, de Anita que se transforma día a día. O quizás no, de Anita no, aunque hubiera estado bien ese viaje postrero que nunca hicieron juntos, hasta llegar a la trampa de Agustín. Hallarla como el mismo Agustín la describía: igual que una pequeña torre envuelta en las picudas saetas de la hiedra, encontrar esa llave perdida entre las zarzas, abrir ese candado y entrar en el recinto

282

que respeta la niebla. Ver esas laderas de roca en las cimas más altas, con sus manchones de óxido y los rosarios de pisadas que son las del párroco aquel del sanatorio; escuchar en el bosque cómo la escarcha se funde poco a poco, como se va despegando de la tierra.

Pero es inútil; Anita se ha borrado también, es otra ya, como Tere, y sin embargo es preciso luchar, romper esa barrera ese cauce que encarrila su vida desde tanto tiempo, es preciso romper este silencio de ahora, aunque sea con las necias palabras de siempre:

—¿Entonces, decidido?

—¿Decidido, qué?

—Que nos vamos...

—¡Ah, sí! Nos vamos.

—La semana que viene.

—La semana que viene. ¿Por qué no? —ríe Tere otra vez, mirándole a los ojos—. Lo malo es que el apartamento está alquilado.

—¿Hasta cuándo?

—Hasta finales de septiembre. Si no, ya estaría allí.

—¿Quién? ¿Tú?

—Sí; yo.

—¿Pero no me has dicho que tenías que hacer cosas aquí, en Madrid?

Tere calla y Antonio no sabe si miente o no, si quiere o no quiere ir, si todo aquello, incluida la cena, le apetece. Sólo queda esperar, resignarse ahora, que ya el taxi entra en el jardín del restaurante semivacío, cara a la sierra, donde cientos de luces parpadean.

¿Qué sería su vida si se hubiera casado con Tere? ¿Quién estaría allí al otro lado de la mesa? ¿A quién estudiaría mientras lee la carta junto al maître inmóvil? Están tan llenos de ella sus recuerdos que le es fácil imaginar su vida de otra forma, con otro oficio, sin la guerra incluso, pero no sin ella, que es gran parte de toda su memoria. Ese deseo que ha llenado tantas horas vacías, le ha ayudado a salvar, en cierto modo, tantas decepciones, que a ratos, cuando mira hacia atrás, le parece lo único que se mantiene intacto, lo único que perdura desde el día en que la conoció, allá en el lejano cuarto de las lilas. Desde entonces, muchas veces un lugar, un pueblo, una alcoba fueron buenos para él si así lo parecían para estar a su lado, para vivir con ella, para hacer el amor con ella, y sólo él mismo sabe —ni la misma Tere lo imagina—, cuanto está hecho él mismo de esos recuerdos, de esos momentos, de ese mismo deseo.

—¿En qué piensas? —pregunta Tere ahora.

—En ti; ¿en qué voy a pensar? —responde casi mecánico, sin poder evitar un vistazo al maître que ya se va alejando.

—¿En mí?

—Claro que sí...

—Pero ¿en qué, de mí?

—A ver si lo adivinas.

Es la tarde anterior a su boda. El dueño del estudio donde se celebra alza su vaso y dice aquello de "para mí, el mejor momento con una mujer no es estar en la cama, es ese rato antes, cuando estás cenando con ella, cuando la tienes allí delante y piensas lo que luego va a venir, cuando la tienes allí, vestida, delante, comiendo, bebiendo, hablando y te preguntas cómo será luego, si te va a compensar, si será para tanto tan virgen como da a entender o al, revés, tan caliente, si valdrá la pena aguantar tanto, tantas historias, tantas molestias. Eso es lo mejor, cuando estás a punto de saber cómo son, porque luego, en lo demás, a la hora de la verdad, lo cierto es que todas se parecen.

—¿Qué piensas de mí? —insiste Tere—. Anda, dímelo.

—Pienso, que ahora, con esto de tu madre, te vas a quedar sola.

—¡Bah! —exclama decepcionada—, ¿qué más da? Se está sola siempre, ¿no?

—No siempre. A veces la cosa tiene solución.

—¿Qué solución?

—Esperar; aprovechar la oportunidad.

—No sé qué oportunidad.

—Una oportunidad, por ejemplo, como la nuestra ahora.

Y Tere no contesta. Allá lejos, en lo alto de la sierra, se enciende y apaga el punto rojo de la televisión, y más abajo, en el valle, brilla como sembrado desde lo alto el parpadeo intermitente de las colonias veraniegas, de las parcelaciones y los trenes. Las encinas, tan negras aparecen inmóviles, y la noche, con las estrellas tan altas parece congelada, vacía. Lejos se oye el traqueteo que acompaña al desfilar de un tren que es sólo el resplandor cuadriculado de las ventanillas, se oye también ladrar a un perro, se escucha el terco susurrar de los insectos. Todo está allí lejano y cercano, mudo y ajeno también, como Tere, que calla aún y a la que es preciso rescatar de su silencio. Ha posado la mano sobre su mano tan pequeña y blanca que se vuelve, que se adapta a la suya, que se estrecha y torna a girar para que Antonio la acaricie.

—Tere
—Dime.
—¿Qué hacemos esta noche?
—¿Cuándo?
—Luego.
—Vamos a un sitio que esté animado.

Acaricia esa muñeca tan estrecha y suave, con el círculo dorado del reloj en su centro, un reloj pequeño, un poco antiguo, que debe ser recuerdo de su madre.

—¿A qué llamas tú un sitio animado? ¿A un sitio en que se baile?
—No; no hace falta. Además ¿como voy a bailar yo?
—Yo tampoco.
—Me conformo con que sea divertido.

Y es un sitio animado y también divertido, más esto por error. Hay en su centro una gran jaula donde, a veces, según indican los anuncios, se meten las parejas, para ser izadas bailando hasta el techo.

Han entrado por error, pensando en una sala con espectáculo, pero allí no está en parte alguna, es todo el interior, la sala misma. Hay un estrado con un conjunto joven, una joven orquesta vestida con casacas militares a cuyo son se alzan los brazos en el centro de la pista. No hay demasiadas parejas, pero las cuatro o cinco que giran, avanzan o reculan, al ritmo que los altavoces multiplican, estudian a conciencia sus pasos, fijos los ojos en los pies de los otros, como estudiando una invisible partitura.

—Ahora, con el verano, no viene nadie —explica el camarero que les sirve—. Tenía que ver usted cómo se pone esto a partir de octubre.

285

Pero, aun así, la penumbra teñida de azul, gris o violeta, se anima en parejas que se abrazan, se besan, se acoplan, que no deben gustar a Tere, a juzgar por el gesto con que las mira.

—Le hacen a una sentirse vieja —murmura al fin como justificándose.

—¿Y qué importa la edad? El tiempo no existe.

—El tiempo puede que no.

—Ni el tiempo ni nada. No hagas caso; anímate.

—Si no estoy triste. Sólo que no acabo de encontrarme en este sitio.

—¿Y qué más da este que otro?

Porque Antonio, de pronto, se encuentra a gusto entre aquellas luces de colores, bajo esa música tres volúmenes más alta que rompe toda intimidad o la crea, ¿quién sabe?, con ese whisky aguado que pica en la garganta y caldea tibiamente el estómago.

—¿Qué más da un sitio que otro? —repite—. ¿Qué más da, estando contigo?

Es aquella boca pequeña, carnosa, que cede hasta los dientes como en esa otra ocasión casi olvidada. Se siente como entonces, como un pequeño círculo, como un anillo débil en su fondo que, poco a poco, se estrecha y se estremece. ¿Qué más da esa penumbra roja, violeta, azul? ¿Qué importa esa música, esa voz deformada, las chicas de colores, los chicos desgarbados que se mueven ante ellas? No existen, no son nada, no están allí, no les rodean, no existe el camarero, ni la encargada del guardarropas vacío, ni el taxista borroso, soñoliento, ni esas luces que pasan, que nacen en su espalda, ni el áspero roce del asiento.

El taxi se ha detenido. Allí están el gran hotel y la casa, de nuevo. Tere ha suspirado, se ha atusado el pelo un poco y, en tanto Antonio paga, ha buscado el llavín en su bolso.

—Te llamo —dice Antonio—. Te llamo mañana —mientras se acerca presuroso el sereno.

—Mañana, no; mañana no puedo.

—¿Te viene bien el jueves?

—El jueves, vale.

—Hasta el jueves, entonces.

—Adiós.

—Y ya sabes; piénsalo.

—¿El qué?

—Lo del veraneo. Aún estamos a tiempo.

—Bueno. Lo pensaré. Estáte tranquilo.

—No lo olvides.

—No lo olvido.

Sólo queda volver paseando, haciendo tiempo y sueño, contemplando los últimos turistas, mirando de refilón escaparates, como a lo largo de aquel otro camino, desde el colegio a casa. La Gran Vía, a esa hora, es toda un local a punto de cerrar, como esos cines donde un empleado clava torpemente las nuevas carteleras. Por encima de los pocos anuncios luminosos que aún restan encendidos, se adivina ya el resplandor pastoso que no tardará en aparecer, recortando arriba en el cielo los complicados remates de cornisas y tejados. Es el momento en que las terrazas quedan definitivamente vacías, cuando empieza a subir, desde el parque, el vaho fresco del río.

Y están derribando el muro, la pared como dice Conchita. La están echando abajo con barras y piquetas. Primero la perforan, la marcan con taladros, para que después el bulldozer la acabe de partir, la derribe. Van saliendo a la luz, de sus entrañas carnosas y rojizas, montones de raíces removidas. A veces, cárdena, enorme, aparece una rata. A don Antonio le recuerdan las del Tajo, gordas, pacíficas, sesteando al pie de las murallas o bajando en pesado galope a chapuzarse en el agua fangosa.

Y por encima del muro derribado van surgiendo los pinos. Pueden verse desde el comedor ahora, alzándose por las laderas de los cerros hasta formar arriba una corona oscura en torno de las calvas que rematan las cimas. En la luz y sombra que señala el vaivén de sus copas, cruzan caballos, plácidos jinetes y lentas caravanas de autos que el paso de las explanadoras detiene a veces por completo. Más allá, en la pelada cima del cerro Garabitas, donde estuvo el cañón aquel que Antonio escuchó disparar desde tantos portales, hay más autos inmóviles y niños que juegan y, un poco más abajo, mesas y sillas de tijera, ancianos que leen, un atleta que se pasa largas horas realizando ejercicios, y un hombre que cada domingo mira con sus prismáticos las azules estribaciones de la sierra.

Nunca, antes de ver los pinos, las encinas negras, la mancha color tabaco de los robles, se hubiera pensado que el muro separara tanto, ocultara tanto, fuera tan macizo, tan alto. Viendo ahora los cerros ondular, perderse uno tras otro, dominando esa línea imprecisa que es ahora el horizonte, parece increíble que todo ello estuviera ahí, tan cerca, durante tantos años.

Pero antes de amanecer, todo ello no es más que una gran mancha negra silenciosa. De lejos llega en el viento, la cantinela aburrida de los grillos. Cruzan espaciadas luces de coches por las carreteras interiores, ahora que dejan pasar los autos de las nuevas colonias recién edificadas por el lado de Humera. A ras del agua bailan en el estanque otras luces, las luces de los edificios más altos de Madrid, y el destello sonoro, intermitente, de un avión que cruza hacia Barajas. Hay reflejos inmóviles, latas abandonadas y una gran mancha blanca que es un ronchón de cal o de cemento quemado por el sol del pasado verano junto al quiosco de madera, al amparo del cual acostumbra a ensayar una banda de trompetas.

Y en medio, casi en el centro de la gran sombra inmóvil, hay un destello diminuto que se aviva a ratos. Debe ser la brasa de un cigarro. Será un guarda o alguien que cruza o un malhechor humilde de los que hacen su nido a la orilla del río. ¿Quién será? ¿Qué hace allí? Duerme, vela quizá. Está solo en la gran mancha negra que se estremece a ratos, que se va quedando inmóvil después, hasta las altas torres de viviendas que cierran ahora el horizonte. "¿Qué hace allí?", se pregunta Antonio viendo esa luz desde su ventana. Ahora que ya no cruzan coches, que no llega el lejano mugido de los trenes, es con el murmullo de los grillos, con su brasa rutilante, lo único vivo que anima el parque. La vida de las tinieblas es su vida, y su vida solitaria debe durar lo que ese destello inmóvil que se anima a ratos.